알아줌,
그 성취와
애정의 서사

알아줌,
그 성취와
애정의 서사

강영순 지음

보고사

책머리에

알아줌이란 일회적인 일은 아닌 듯싶다. 격려이자 권면이며, 믿음이자 후원이다. 오랜 기간을 두고 사람이 사람을 사귀는 일이다. 이것을 두고 인인성사(因人成事)라 하든, 인연이라 하든, 사랑이라 하든, 모두가 하나의 긴 사건이며 이야기이다. 이야기할 만한 사연이 얽혀있지 않다면 알아줌으로서는 좀 흠결이 되지 않을까 한다.

그 동안 오랜 세월이 흘렀다. 조선후기 여성 지인담을 가지고 박사학위 논문을 제출한 지도 어느덧 십수 년이 지나가 버렸다. 이 책은 그것을 전면 손질하여 개고하고, 또 오늘날까지 한국에서 입으로 전승되는 '사람 알아주는 이야기'를 망라해서 고찰한 원고를 보충해 덧보탠 결과물이다. 그러한 작업을 하면서 사람이 사람을 알아준다는 의미가 무엇일까 곰곰 생각해 보았다. 게으름과 뒤늦음에 대한 변명이 될지는 모르겠지만, 알아줌에는 그만큼의 세월이 필요하고 인간들의 삶이 녹아들어 가야 함을 깨달았다.

남자들끼리 혹은 여자들끼리의 알아줌은 필시 우정이라는 이름으로 표현된다. 말하자면 동성의 알아줌은 '벗의 도리'[友道]를 실현하는 일이다. 그것을 우리의 전통 윤리에서는 믿음[信]으로 개념화했고, 모든 인간관계의 바탕이 된다고 여겼다. 벗의 능력과 선한 의지를 믿고 세상에서의 성취와 도덕적 완성을 돕는 일이 벗을 사귀는 도리일 터이다.

여기서 '벗'은 가족 관계, 상하 관계에서 벗어나 인간 본연의 모습으로 만나는 모든 인간관계를 포괄한다. 사람이란 기본적으로 '벗'으로 만나는 것이라는 생각을 해보면, 벗의 알아줌이란 종교적이기까지 하다.

하지만 남자와 여자 사이의 알아줌이란 우정에 그치지 않는다. 애정이 개입되기 때문이리라. 그것은 우정에 비해 훨씬 독점적이기에 집착과 갈등이 있게 마련이지만, 반대로 헌신이 있고 공동의 성취가 있다. 그래서 남녀의 알아줌은 우정의 알아줌에 비해 더한층 사연이 복잡하고 이야기가 풍성하다. 만남과 헤어짐이 있고, 또 다시 만나 가정을 이루고 생육의 일상적 삶을 공유하는 은밀한 과정이 있다. 결국 알아줌이란 사람이 얽히면서 성취와 애정을 엮어내는 이야기라는 생각에 도달했다.

사람이 누구로부터 알아줌을 입는다는 것은 매우 강렬한 체험이다. 누군가 자기의 존재를 믿어주고 추구하는 가치를 공유한다고 할 때 이른바 나의 존재가치가 커지고 정체성도 훨씬 굳건해지기 때문일 것이다. 그러나 역으로 사람이 누구를 알아준다는 것도 그 못지않게 강렬한 경험이다. 그 존재가치를 믿어주고 손을 잡아 이끌어서 사회적 성취를 이룩하는 과정은 바로 사람을 키우는 일이 될 것이다. 가정과 학교와 마을공동체, 그리고 더 나아가 기업과 국가와 세계는 그러한 일을 하는 시공간이 되어야 한다.

내가 이 조그만 결과물을 내는 데까지 많은 분의 '알아줌'이 있었음을 고백한다. 이미 여러 해 전에 유명을 달리하신 나손 김동욱 선생님의 이끄심과 황패강 선생님의 가르침을 기억한다. 또 몇 년 전 돌아가신 부모님 두 분께도 이 조촐한 출간의 소식을 전해드리고 싶다. 하늘나라에서나마 이 못난 딸의 하찮은 성취를 기뻐하시리라 믿는다. 그리고 학계의 동역자로 만나서 한 가정을 이루고 학문의 후원자까지도 마다하지 않았던 남편 윤주필 교수에게 마음으로부터 깊은 은애의 정을 느낀다. 우리들 사랑의 증거인 딸 석희와 아들 돈희와도 자축의 자리를 한 번 가져야겠다. 마지막으로 우리들 부부의 출발을 격려해 주셨고 지금까지 믿음으로 지켜봐주셨던 모든 선후배 지인, 벗님들과 함께 흥겨운 출판기념회라도 베풀고 싶다. 어떤 형태로든 꼭 그런 모임을 가질 수 있기를 바라고 있다. 또 이 책의 출간을 맡아주신 보고사 김흥국 사장님, 신속하고 꼼꼼하게 편집을 마쳐준 오은아님께도 참 고맙다는 말씀을 전한다.

2013년 새봄 신학기를 앞두고, 도곡동 우거에서
강영순(채영) 삼가 씀.

차 례

제4장 지인담의 시대적 변이와 문학사적 의의

들어가는 말

'알아줌'이 중요한 이유

한국을 비롯한 동아시아 문화에서는 유독 인간관계가 중시된다. 한 사람의 정체성은 친척과 지인에 의해 성립될 때가 많다. '인사가 만사'라고 하는 관념도 사회 시스템보다는 인간의 관계성을 중시하는 동아시아 특유의 가치관을 담고 있다. 우리 사회에서는 '인정'을 무시할 수 없는 것도 마찬가지 맥락이다. 그것은 어쩔 수 없이 현세주의를 표현하는 강력한 상징어이다. 그것은 사람이 사람에게 전하는 마음의 작은 표현일 수도 있고, 숨은 의도를 노골적으로 드러내는 청탁일 수도 있다. 인정을 지나치게 쓰면 부패를 가져오지만, 인정을 도외시하면 역풍을 맞아 일을 그르친다. 천리도 이 인정의 얽힘과 표현 속에서 구체성을 얻는다고 우리들은 믿는다.

이러한 가치관과 행동 양식이 오늘날까지 어렴풋하게 남아 있는 것은 아마도 동아시아 문명권에서 오랫동안 작동해 왔던 유교의 종교적, 교육적, 행정적 전통 때문일 것이다. 현실적으로는 차별적 사회체제를 피할 수 없었지만, 적어도 이상적으로는 모든 사람이 천리를 나누어 가졌고 사람은 누구나 배워서 관리로 뽑혀 쓰일 수 있다고 보았던 것이다.

그것은 결국 사람에게 공평한 기회를 주는 성균(成均)과 사람을 알아보고 들어 쓰는 거용(擧用)의 제도로 정착되었다. 여기서 전통사회에서는 실용적 지식의 객관적 평가보다 사람됨을 종합적으로 표현할 수 있는 문학적 능력을 감지하는 과거제도를 개발해냈다. 그것은 동아시아 중세의 이른바 '문치주의'를 낳았다.

한국 서사문학에서는 잠재력 있는 이를 알아보는 감식력 있는 사람이 그런 사람을 택하고 관계를 맺는 이야기가 많이 발견된다. 그러한 감식력은 인재를 중시하는 전통사회의 분위기에서 군자의 중요한 능력으로 간주되어 특별히 '지인지감(知人之鑑)' 혹은 줄여서 '지감(知鑑)'이라 칭하였다. 이제 본 저술에서는 지감에 의해 사람을 택하고 후원하여 그 지감이 적중되는 서사구조를 지닌 이야기를 '지인 이야기'라 총칭하고 그 서사 문학사적 전개 양상과 특성에 관해 연구하고자 한다.

지인 이야기는 구비문학은 물론이고 한문문학이나 국문소설에서도 꽤 넓은 영역을 차지하고 있어 오랜 전통을 지니고 있다. 그런데 조선후기 18~19세기 야담집에는 그런 이야기가 집중적으로 실려 있어 비슷한 유형의 이야기들이 중첩되기도 하고 변형되기도 하였다. 본 연구에서는 야담집에 실린 지인 이야기를 특히 '지인담(知人譚)'으로 유형화하여 자세히 살피려한다. 이것은 지인담이 조선후기의 사회상과 무관하지 않음을 시사한다. 또 지인담 가운데 여성이 지감 능력의 주체자로 등장하는 이야기가 큰 비중을 차지하고 있고 '여성 지인담'이라 특정할 만한 서사 유형을 만들어냈다. '알아줌'의 문제가 문학사적으로 큰 의미가 있음을 시사한다. 알아주는 이가 남성인 경우는 인재의 성취 과정을 다루는 지인담의 일반적인 양상을 포괄적으로 드러내지만, 여성지인 이야기는 주로 애정결연담의 성격을 띠면서 애정과 성취의 문제가 길항적으로 작용하면서 본격 서사물로 꾸며지기 일쑤이다. 본 연구에서는 여성이 지감의 주체자인 지인담을 '여성 지인담'이라 명명하고 이러한 이야기의 서사적 전통, 야담으로서의 전개 양상, 소설적 변용 등을 두루 고찰하기로 한다.

한편 지인담은 조선후기 사회에 나타난 여러 문제 가운데 전통의 고수와 새로운 가치관의 갈등과 조화에 대해 문학적 해답을 제시했다고 보여진다. 지인담은 소외된 계층의 이야기 속에서 바람직한 인간관계와 사회적 성취를 말함으로써 중세 체제의 모순을 어느 정도 완화시킴과 동시에 새로운 질서의 가능성도 암시했다고 여겨진다. 특히 여성 지인담은 기본적으로 전통사회에서 사회적 약자였던 '여성'을 내세워 '남녀의 애정'과 '사회적 성취'라고 하는 실질적인 문제를 이야기함으로써 소외된 지식인 내지 하층민의 관심사를 반영하고 있는 것으로 보인다.

그간의 연구 동향

조선후기 야담1)에 관한 연구는 1970년대 이후 활발히 진행되었다. 야담의 형성과 발전2), 장르 규정의 문제3), 편찬자나 개별 화집 및 작품에

---

1) 17세기 『어우야담(於于野談)』을 필두로 등장한 한문단형 서사체를 지칭한다. 그간 '한문단편', '문헌설화', '한문단편 소설', '필기야담류', '야담', '패설' 등 다양하게 명명되었지만, 본 연구에서는 『어우야담』, 『계서야담』, 『청구야담』 등에서 사용한 '야담'이란 용어를 사용하기로 한다.

2) 임형택, 「한문단편과 강담사」, 『창작과 비평』, 13권 3호, 창작과 비평사, 1978; 진경환, 「야담의 사대부적 지향과 그 변개 양상」, 고려대 석사논문, 1983; 정명기, 「이야기의 개변 양상과 그 의미」, 『원광한문학』 2집, 원광대학교 원광한문학회, 1985; 전관수, 「조선후기 야담의 형성과 갈래」, 연세대 석사논문, 1986; 이신성, 「옥소선 이야기의 전개양상과 그 의미」, 『파전 김무조 박사 회갑 기념 논총』, 동 간행회, 1987; 정명기, 「야담의 변이 양상과 의미 연구」, 연세대 박사논문, 1988; 김상조, 「계서야담계 연구」, 고려대 박사논문, 1991; 졸고, 「일타홍이야기의 여성 지인담 성격 연구」, 『고전문학연구』 9집, 한국고전문학연구회, 1994.

관한 연구4)들이 그것이다. 그 후 원론적인 문제를 일단 유보하면서 야
담을 효과적으로 이해하려는 노력이 이어졌다. 우선 일정한 유형 인식
에 의거해 어떤 작품군을 연구하였다.5) 이들은 대개 조선 후기의 특정
사회상을 드러내는 작품 유형에 주목함으로써 서로 다른 야담집들에 흩
어져 있는 작품군을 하나의 시각으로 조망하였다. 야담이 내포하고 있
는 사회사적 의미를 검출하였다는 데서 의의를 찾을 수 있다.

　한편 최근에는 야담의 문학성과 작가의식, 동일 작품군에 대한 의미
규명 등 문예미학적인 측면의 연구가 진행되었다.6) 특히 이신성은 여성

---

3) 조희웅, 『조선후기 문헌설화 연구』, 형성출판사, 1980; 이강옥, 「조선후기 야담집
　　연구」, 서울대 석사논문, 1982; 박희병, 「야담과 한문단편 장르 규정의 몇 가지 문제에
　　대하여」, 『한국한문학연구』 8집, 한국한문학회, 1985; 김정석, 「청구야담과 구전설화
　　의 관련양상 연구」, 한국학대학원 석사논문, 1987.

4) 이경우, 「어우야담 연구」, 서울대 석사논문, 1976; 권태을, 「동야휘집 소재 야담의
　　유형적 연구」, 영남대 석사논문, 1979; 박희병, 「청구야담 연구」, 서울대 석사논문,
　　1981; 이명학, 「삽교만록 연구」, 성균관대 석사논문, 1982; 이현택, 「계서 이희평 문학
　　연구」, 국민대 석사논문, 1983; 졸고, 「유몽인 문학연구」, 단국대 석사논문, 1986; 김
　　종철, 「차산 배전연구」, 『한국학보』 47집, 일지사, 1987.여름; 이병로, 「한문단편 '廣
　　作' 연구」, 성균관대 석사논문, 1987; 장효현, 『서유영 문학의 연구』, 아세아문화사,
　　1987; 정명기, 「청구야담의 편자와 그 이원적 면모」, 『연민 이가원선생 칠질 송수 기
　　념논총』, 同간행위원회, 1987; 두정님, 「동야휘집 연구」, 서울대 석사논문, 1990; 윤
　　세순, 「동야휘집 성격고찰」, 성균관대 석사논문, 1991; 홍성남, 「동야휘집 연구」, 단국
　　대 석사논문, 1992; 이신성, 「천예록 연구」, 동아대 박사논문, 1993; 김동욱, 「천예록
　　연구」, 『반교어문학연구』 5집, 반교어문학회, 1994.

5) 김석배, 「의적계 한문단편 연구」, 『문학과 언어』 6집, 문학과 언어연구회, 1985; 김석
　　배, 「추노계 한문단편 연구」, 『문학과 언어』 7집, 1986; 윤옥희, 「한문단편에 나타난
　　군도의 성격」, 성균관대 석사논문, 1987; 김경숙, 「신분변동 야담 연구」, 서울대 석사논
　　문, 1989; 여세주, 「정남훼절담의 형성과 사회적 의미」, 『영남어문학』 16집, 영남어문
　　학회, 1989; 김창진, 「한문단편 보은담의 유형과 의미」, 『석천 정우상 박사 화갑 기념
　　논문집』, 동간행위원회, 1990; 이수영, 「조선후기야담연구 - 치부담을 중심으로」, 영
　　남대 석사논문, 1992; 장진숙, 「조선후기 야담집 소재 치산담 연구」, 연세대 석사논문,
　　1992; 황형주, 「군도이야기 연구」, 성균관대 석사논문, 1992; 조선옥, 「사술담 연구」,
　　부산여대 석사논문, 1993.

주인공의 야담 작품군을 '여성인물 야담'이라 명칭하고 이에 해당되는
각 편들을 일일이 취합하여 그 전개 양상과 변이를 따졌다. 조선후기
야담에 나타난 여성상을 부각시켰다는 연구 의의가 크다. 또한 특정한
작품군의 서사적 변용 과정을 추적한 연구도 제출되었다.7) 특히 이강옥
은 '사대부 - 기생 관계담'을 조선 초·중기의 잡록, 초기야담집, 조선후
기의 야담집에서 단계적으로 변화의 추이를 고찰하였다. 그 결과 조선
후기 야담에서는 사대부 일화의 성격을 넘어서서 젊은 남녀가 절실하고
지속적인 관계를 맺으면서 '사랑의 쟁취', '사회적 상승'을 이야기했으
며, 서술의 초점도 사대부로부터 기생으로 옮겨갔음을 밝혔다. 때로는
삼각관계가 형성되어 흥미로운 사건을 전개시켜 일화에서 소설로 발전
하는 원동력을 제공했다고 보았다.8) 소재적 차원에 머물던 야담과 소
설의 영향관계를 작가의식과 서술방법의 측면에서 분석하여 연구를 진
일보시켰다. 또한 야담이라고 하는 단형 서사체의 문학사적 지위를 고
찰했다는 의의도 있다.

개별 작품군을 유형의 개념을 통해 포괄적으로 이해하는 방식은 그
한계점에도 불구하고 야담의 계통적 고찰에 유용한 방법론을 제시해 준
다. 그런데 사람을 지감으로 알아보고 선택하여 후원해서 지감이 적중

---

6) 정명기(1988), 앞의 논문; 이학주, 「조선조 야담집 작가의 야담인식에 관한 연구, 강
원대 석사논문, 1991; 이경우, 「초기 야담의 문학성에 관한 연구」, 서울대 박사논문,
1990; 성기동, 「조선후기 야담연구」, 중앙대 박사논문, 1993; 김희경, 「기녀 결연 야담
연구」, 연세대 석사논문, 1990; 이신성(1993), 앞의 논문.

7) 이신성, 「선천 기생 이야기의 전개양상과 그 의미」, 『일사 천두현교수 정년퇴직 기념
논문집』, 1991; 이신성, 「일타홍 이야기의 전개 양상과 그 의미」, 『한국한문학연구』
14집, 1991; 최인황, 「한국서사문학에 나타난 연명담 연구」, 숭실대 석사논문, 1992;
김정석, 「단명담·추노담의 소설적 변용과 그 성격」, 성균관대 박사논문, 1994.

8) 이강옥, 「조선 초·중기 일화의 변개와 야담계 일화 및 야담계 소설의 형성」, 『조선
시대 일화 연구』, 태학사, 1998, 306~320쪽 참조.

된다는 지인담이 조선후기에 집중되어 있는데도 그간 주목받지 못하였
다. 일부의 여성 지인담들은 여성의 내조담[9]이나 현녀담[10] 등에 포함된
형태로 인식되기도 하였다. 또 소설에서는 지감 화소가 서사구조에 작
용하는 지인 소설을 분명하게 발견할 수 있는데도 단순히 지감 화소를
부분적으로 차용한 소설로 다루고 만다. 그 결과 남녀이합을 다룬 혼사
장애 소설이나 군담소설, 애정소설 등에 포함시켜 다루기도 하였다.[11]

그럼에도 불구하고 지인담에 대한 연구는 야담 연구보다 그나마 고전
소설 연구에서 더 많은 성과를 거두었다. 우선 한준섭[12]은 고전소설에
보이는 '지인감식(知人鑑識)' 화소를 따지면서 지기(知機), 지감(知鑑),
몽조(夢兆) 등을 함께 거론하였다. 이는 고소설에 나타난 예지(豫知) 현
상들을 총체적으로 드러내 보여주었다는 데 의의가 있다. 그러나 여러
가지 초현실적인 정신 기능들을 동일한 범주 안에서 설명하여 '지인지
감' 개념이 다소 복합적인 것이 되었다.

또 김대숙은 설화 연구를 수행하는 가운데 여성 지인담의 서사적 전
통을 암시하였다.[13] 그는 「온달전」, 「삼공본풀이」, 「내복에 산다」 계열
의 설화 등을 '여인 발복 설화'의 전승 측면에서 연구하면서, 이것들이
조선후기 야담집에 들어있는 '남편을 택하여 출세시킨 여성 이야기'와
어떻게 같고 다른지를 비교하였다. 여성 지인담과 관련하여 서사적 연
원을 추론하는 본격적 작업이 필요함을 제기한 셈이다.

한편 양혜란[14]은 고전소설 중에서 '남녀주인공의 운명적이고 기이한

---

9) 조동일, 『한국문학통사』 3권, 지식산업사, 1994 3판, 501~502쪽 참조.

10) 이신성, 「일타홍 이야기의 전개 양상과 그 의미」(1991); 「선천 기생 이야기의 전개
    양상과 그 의미」(1991) 참조.

11) 「소대성전」과 「옥단춘전」 같은 작품이 대표적이다.

12) 한준섭, 「고소설에 나타난 지인감식(知人鑑識) 연구」, 건국대 석사논문, 1988.

13) 김대숙, 「여인 발복 설화의 연구」, 이화여대 박사논문, 1988.

만남'을 다룬 이야기들을 유형화하면서 '지인지감 형(型)'을 설정하였다. 이 연구에 의하면 지인지감 유형에 나타나는 남녀 결연은 '신물(神物)점 지 형'과 '애정성취 형'의 중간단계로서 신이한 세계관에서 현실적인 세계관으로의 이행기적 세계관을 반영하고 있다고 보았다. 이는 '남녀 결 연'의 주지와 관련된 사상사적 의미를 설명해 내는 데 유용한 분석이다. 반면에 '지인지감'에 대해 더 세부적이고 자세한 논의가 필요하게 되었 다. 지인지감을 '인간이 갈고 닦은 풍부한 경험을 바탕으로 한 안목'이라 고 정의하여15) 유가적 전통에 근거한 사대부들의 학식과 경험 그리고 예지력만으로 개념을 한정하였다. 또 구체적인 작품 분석에 있어서도 지감 화소를 단순 차용한 경우와 지감 화소가 작품 전반에 서사 구조로 작용하는 경우를 구별하지 않았다.16) 이는 '남녀의 결연' 그 자체에 논점 이 있는 연구이기에 가질 수밖에 없는 한계이다. 또한 논문 성격상 야담 은 다루지 않아 서사문학사 내부의 관련 양상을 살피지는 못하였다.

현혜경17)은 지인지감 화소가 핵심 단락으로 작용하는 야담 작품군을 주목하였다. 우선 그는 지인지감의 개념을 '비범하고 신비스러운 감식 안을 가진 사람이 인간의 드러나지 않은 재능이나 자질을 알아보는 능 력'이라고 정의하였다. 또 지감 화소 이야기의 서사 단락을 「지자(知者) 혹은 피지자(被知者) 제시 - 피지자에 대한 지인 - 피지자에 대한 후원 - 피지자에 대한 장애 - 피지자의 잠재력 발휘 즉 지감적중(知鑑的中)」으 로 요약하였다.18) 이는 '지인담'의 서사구조를 추출하여 유사한 성격의

---

14) 양혜란, 「기봉류소설연구」, 이화여대 박사논문, 1989.

15) 양혜란, 앞의 논문, 11쪽 참조.

16) 예컨대 지감 화소가 삽입된 혼사장애 소설은 지감 화소가 서사구조를 이루고 있는 소설과 구분될 필요가 있다. 예컨대 「가심쌍완기봉(佳心雙婉奇逢)」의 경우는 지감 화 소가 삽입된 여성 영웅 소설이라 할 수 있다.

17) 현혜경, 「知人之鑑類型 古典小說 硏究」, 이화여대 박사논문, 1990.

여러 유화(類話)를 하나의 시각으로 다룰 근거를 마련했다는 데 의의가
크다. 그러나 고소설 논의를 위해 사전 작업으로 한 것이어서 야담 연
구에 그대로 적용하기에는 무리와 한계가 뒤따른다. 우선 위와 같은 서
사구조를 갖춘 것이면 모두 지인담 내지 지인 소설로 볼 것인가에는 문
제가 있다. 즉, 위 서사구조에서 '지감 선택'과 '지감 적중'의 관계가 분
명히 규명될 필요가 있다. 다시 말해서 피지인자에 대해서 지인자의 지
속적인 후원이 있고, 피지인자의 처지가 선택과 후원을 중심으로 역전
된다고 하는 사실이 구조 속에 반영되어야 한다. 또 분석 작품으로 『계
서야담』, 『동야휘집』, 『청구야담』에 수록된 11편의 지인담을 추출하였
는데 이들이 지인담의 유화를 대표한다고 보기에는 무리가 있다. 남성
지인담 가운데 조선 후기 화집에 많이 분포되어 있는 「재상 민백상과
위장 김대갑」이나, 시대상을 예민하게 반영하고 있는 「통수와 용인 무
변」, 「통수와 박동지」 등의 유화를 거론치 않았으며, 여성 지인담으로
는 「일타홍」, 「선천 기생」, 「급수비」만을 선정하였다. 결국 남성 지인
담으로는 발탁 이야기와 보은 이야기가 누락되었으며 여성 지인담의
면모도 기생이 주인공인 이야기만 일부 거론하였다. 그러므로 이 논문
은 지인담과 고전소설의 관련에 있어 서사구조상의 유사성을 드러내는
데는 성공했지만, 지인담의 소설적 변용에 대해서는 구체적으로 지적
하지 못하였다. 우선 야담 내부에서의 변모를 중시하면서 그 결과가 소
설에 어떻게 연계 되는가 면밀히 살필 때 이른바 '지인지감 유형 소설'
로 간주한 작품들의 공통점과 차이점에 대해서 효과적으로 설명해 낼
수 있을 것이다. 예컨대 '지인지감 유형'의 소설과 지감 화소가 차용된
군담소설이나 여성 영웅소설 사이에는 분명한 차이점이 존재할 터인

---

18) 현혜경, 앞의 논문, 7쪽 참조.

데, 이러한 부분은 지감 화소가 소설에 변용되면서 어떻게 기능했는지 차별적으로 다룸으로써 해명될 것이기 때문이다.

또 김종군은 고소설을 대상으로 애정 결연서사 작품군을 설정하고 순차적 구조와 대립적 구조를 추출하였다.[19] 한편으로 결연서사의 유형을 사회적 이념과 개인적 소망에 충실한 서사와 그것을 절충한 서사의 세 가지로 나누었는데, 「남성출세돕기형」 단위담의 고소설 대상작품을 열거하여 본 연구에서도 참고할 만하다. 예컨대 「구운몽」의 양소유/계섬월·가춘운·적경홍, 「옥루몽」의 양창곡/강남홍·벽성선, 「옥단춘전」의 이혈룡/옥단춘, 「신유복전」의 신유복/이경패, 「이진사전」의 이옥린/김경패, 「청년회심곡」의 김진성/농월 이야기가 여기에 해당된다. 논자는 이 유형의 표준형을 양소유와 계섬월의 결연담으로 설정하고, 그 원형으로 「이와전」, 「온달열전」, 「서동설화」 등에서 찾았다.[20] 지인담을 고소설로 확대하여 고찰하기 위해서 좋은 참고가 되지만, 서사문학사의 추이에서 야담의 존재를 적극적으로 고려하지 못한 한계가 있다.

상기한 세 연구 사례는 지인지감 화소의 기능과 지인지감 유형의 고전소설에 대해 인식을 새롭게 하는 데 있어 커다란 기여를 하였다. 그러나 지인담의 광범위한 전승에 대해서는 자세히 살피지 못한 한계를 지니고 있다. 그로부터 지인지감 유형의 소설과 야담의 경계를 고찰하는 데에도 주의를 기울이지 못하였다. 따라서 본 연구에서는 야담의 지인 이야기가 지니는 서사문학적 전통과 여성 지인담 유형의 전모를 드러내도록 노력할 것이다. 또한 대표적 여성지인 소설을 택해 지인담의 소설적 변용을 분명하게 따지고 야담과 소설의 접촉 및 경계를 논의하기로 한다. 이러한 작업의 성과는 지인담과 매우 친연성이 높은 지인 소설과, 그렇

---

19) 김종군, 『남녀 애정결연 서사 연구』, 박이정, 2005, 27~44쪽 참조.
20) 김종군, 같은 책, 165~184쪽 참조.

지 못한 지인소설을 변별할 수 있는 기준점을 제공할 수도 있을 것이다.

연구의 전제와 방향

본 연구에서는 문학성을 인정받는 특정 작품이 그렇지 못한 것으로
여겨지는 여러 작품들을 대표하지도 않고 대표할 수도 없다는 관점을
택한다. 왜냐하면 고전 서사문학 특히 야담에서는 유사한 이야기가 편
찬자에 의해 얼마든지 다양하게 개작되면서 전승되기 때문이다. 따라서
수많은 화집(話集)에 산재되어 있는 유사한 작품들을 일정한 유형에 소
속되는 개별 작품 혹은 각편(各篇)으로 취급하기로 한다. 구체적으로는
조선후기 17세기 초『어우야담』에서부터 20세기 초『대동기문』에 이르
기까지 현재에 알려진 문헌설화집 혹은 야담집을 전부 다 연구의 대상
으로 삼아 지인지감 화소가 개입된 자료를 추출하기로 한다. 다만, 지감
화소가 단순하게 삽입된 일화(逸話)와 지인 이야기가 서사 구조를 이룬
지인담을 구별하여 후자를 대상으로 삼는다. 또한 논의의 심도를 높이
기 위해 일반 지인이야기로부터 여성 지인담으로 논의의 초점을 모아나
가기로 한다. 여기서 '여성 지인담'이란 지인 이야기 가운데 가장 다양
하게 전승이 이루어졌던 영역이다. 본 연구에서는 이를 특정한 서사구
조를 공유하는 야담 '유형'으로 다루고, 여러 야담집에 산재되어 있으면
서 주인공이나 사건 전개 양상이 일치하는 이야기들을 하나의 작품군으
로 묶어 '유화(類話)'로 인식한다. 또 어떤 화집에 수록되어 구체적으로
전승된 자료는 어떤 유화의 '각편(各篇)'으로 취급한다. 이 때 유화의 명
칭은 각 화집에서의 수록 양상이 서로 다르기 때문에 임의로 붙일 수밖
에 없다. 즉, 본 연구의 연구 관점에 따라서 알아주는 이와 알아줌을

입은 이의 관계성을 잘 드러낼 수 있게끔 명명한다. 따라서 이 유화가 바로 여성 지인담 유형에 속하는 개별 작품군들이다. 이러한 개념을 예시해 보면, '『계서야담』(야담 화집의 이름) 본(本) 「일타홍」(유화의 이름)'의 형태가 될 것이며, 이러한 표시는 곧 「일타홍」 유화가 『계서야담』에 수록되어 있는 하나의 각 편을 가리키는 것이기도 하다.

본 연구는 조선후기 야담 가운데 지인담의 유형적 존재 상황, 여성 지인담의 전개 양상, 소설적 변용 등을 고찰할 것이다. 이를 위해서 I장에서는 '지인'의 유래와 개념을 살펴본다. '지인'이라는 어휘가 '사람을 알아본다'[知人]는 행위적 개념뿐만 아니라 '남을 알아주는 사람'[知人者]이라는 인물형의 개념으로 사용된 사례를 찾고 예화를 통해 기본적인 지인담의 서사구조를 추출할 것이다. 아울러 지인담의 사상적 배경 및 조선후기 정신사의 일단을 점검하게 될 것이다. 또 이어서 지인자와 피지인자의 성별을 근거로 지인담의 범주를 설정하고 조선후기 화집에 폭넓게 존재하는 남성 지인담과 여성 지인담을 추출한다. 이 과정에서 남성 지인담의 전반적인 상황을 점검하고 여성 지인담 논의에 필요한 배경적 지식을 확보한다. 또한 여성 지인담의 기본 서사구조를 추출하고 일화 수준의 여성 지인담, 여성 지인담과 유사한 현녀담(賢女譚), 내조담(內助譚), 여성이인담(女性異人譚) 등을 폭넓게 대비함으로써 본 연구에서 다루고자 하는 여성 지인담의 개념을 확정한다.

II장에서는 여성 지인담에 대한 전반적인 고찰을 한다. 우선 앞 장에서 제시한 여성 지인담의 개념과 범주에 근거하여 각 편을 추출한다. 이 수백 편에 달하는 각 편은 내용에 따라 십여 개의 유화로 압축될 것이다. 이 유화들을 중심으로 여성 지인담의 서사구조와 전개 양상을 살피기로 한다. 이 과정에서 여주인공과 남주인공의 신분, 성취동기, 반전의 양상을 구체적으로 따져 여성 지인담의 중요 계열을 설정하고 전개 양상의 근간을 추적한다. 뿐만 아니라 여성 지인담이라고 하는 서사체의 핵심 화소인 지감(知鑑)의 근거와 실체가 무엇인지, 또 그 변화 과정은 어떠한지 살펴서 여성 지인담의 전승 양상을 다면적으로 관찰할 것이다. 또 지감의 변이 양상이 여성 지인담의 하위 계열에 어떻게 관계하는지 살피기로 한다.

Ⅲ장에서는 여성 지인담의 대표적 유화(類話)와 여성지인 소설을 택하여 작품 분석을 시도해 본다. 앞 장에서는 전반적인 여성 지인담의 전개 양상을 살피는 데 주안점을 두었다면 본 장에서는 개별 작품을 통해 지인담의 서사문학사적 전개 양상을 확인해 본다. 그 과정에서 여성 지인담에 소속되는 하위 유형의 개별 작품은 무려 수십 편으로 전승되며 다양한 변이를 보였음을 추적하고 그것의 의미를 따질 수 있을 것이다. 또한 야담에서 고유한 서사구조를 확보한 지인담은 전승을 거듭하면서 국문소설로 발전되었다고 여겨진다. 그와 같은 발전 과정을 여실히 보여 주고 있는 소설 작품을 택하여 분석한다. 이들 작품을 여성 지인담의 시각에 의거하여 분석하면서 야담과의 친연성과 소설적 변용의 특징을 아울러 점검하기로 한다. 이 두 작품의 고찰을 통해 '지인 소설'이라는 새로운 유형의 설정 가능성을 가늠해 본다.

Ⅳ장에서는 이상에서 논의된 결과를 서사문학사적인 맥락에서 검토한다. 우선 조선후기에 여성 지인담이 대거 등장하게 된 국내적 연원으로서 서사문학적 전통을 고찰하기로 한다. 적당한 사례가 서사무가, 구비설화, 문헌설화 등에서 두루 찾아지기 때문이다. 여성 지인담의 이전 또는 동 시대에 마련된 문학적 전통과 관습을 살핌으로써 여성 지인담의 문학사적 위상을 점검하게 될 것이다. 또한 여성 지인담의 시대적 변모도 살피고자 한다. 이제까지 밝혀진 화집의 편찬 연대를 근간으로 하여 그것들에 수록된 유화의 각 편들이 상호 어떻게 변화되었는가를

고찰하고자 한다. 그 결과 여성 지인담의 대체적인 변이 양상이 추출되
리라 예상된다. 또 '여성지인 소설'의 특징을 기존 연구에서 거론되었던
'지인지감형' 소설과 대비함으로써 이들 작품의 분석 결과가 지니는 일
반적 의미를 점검하기로 한다. 이를 통해 여성 지인담의 문학사적 의의
를 종합하는 자리로 삼는다.

　본 연구는 우리 서사문학사에서 차지하는 '지인담'의 위상을 자리매김
하기 위한 첫 단계 작업으로 이루어진다. 그 가운데 특히 '여성 지인담'과
'여성지인 소설' 유형의 양상을 천착하는 계기로 삼는다. 그 결과 한국
서사문학사의 '신인', '영웅', '이인' 등과 같은 차원에서 사람을 알아주는
이로서의 '지인'이라고 하는 새로운 인물형을 부각시키고자 한다.

제1장
지인의 유래와 지인담의 개념

1. 지인(知人)의 유래와 개념 변화

한 개인에게 '지인(知人)'은 단순한 면식 정도만 있는 사람이 아니다. 아는 사람이 아니라 알고 지내는 사람이라는 정의가 더 적절하다. 우리네 정서로 보아서는 서로 소식을 주고받을 만한 관계가 성립됐을 때 '지인'이라 할 만하다. 여기서 한 발짝 깊이 들어가면 자신의 존재 가치를 알아주는 사람이 된다. 그것은 '지기(知己)'이다. 혈연이나 인척 관계를 벗어나서 가까운 정도로 따지자면 벗으로 사귀는 지기가 있고 그를 둘러싼 지인이 있다. 그 밖에는 공적 사회를 구성하는 동료가 있을 뿐이다. 친친(親親)의 논리로 나남을 두고, 안팎을 구별하는 인간관계의 구성 방식이다.

그러나 '지인'은 한 사람의 가치를 알아주는 행위가 전제될 때 성립된다. 이러한 경우에 지인은 '알고 지내는 사람'이라는 명사적 어휘일 뿐만 아니라 '사람을 알아보는 행위'로서의 동사적 의미를 지니게 된다. 고전문헌에서는 단연코 후자의 용례가 본령이다. 이는 일찍부터 유가 경전에 등장한다. 『논어(論語)』에서는 "남이 나를 알아주지 못함을 근심

하기보다 내가 다른 사람을 알아보지 못할 것을 근심하라"고 하였다.[1]
공자는 '사람 알아주는 일'을 지식인의 중요 자질이자 덕목으로 자각하
고 있었다. 또 남을 사랑함이 어짊[仁]이고, 남을 알아봄이 지혜[知]라
단언했으며, 어진 사람을 알면서도 함께 조정에 서지 않는 관리가 있다
면 그는 지위를 도둑질하는 사람이라고 비난했다[2]. 여기서 '지인'이란
사람을 알아보고 알아주는 일련의 가치적 행위이다. 구체적으로는 대상
인물의 인격이나 잠재력 등을 간파하고 동조하는 실천적 개념이다.

위 예에서도 알 수 있듯이 유가 경전에서는 '지인'이라는 행위를 군자
라는 치자의 관점에서 이해한다. 그것은 곧 인재 발탁의 개념으로 연결
된다. 『서경(書經)』에서 그러한 점이 잘 드러나 있다. 고요(皐陶)가 우
(禹) 임금에게 의견을 개진하는 대목에서 정치의 핵심은 "사람을 알아보
고 백성을 편안케 하는 데 있다."고 하였다. 이에 대하여 우임금은 "그
같은 일은 위대한 요(堯) 임금도 어렵게 여긴 것이다"라고 동의하면서,
"사람을 알아보면 명철함이니 그런 사람을 관리 삼을 만하고, 백성을
편안케 하면 은혜이니 백성을 품을 수 있다"고 부연하였다.[3] 여기서는
지인이란 사람됨을 알아보는 데 그치는 것이 아니다. 사람을 알아볼 줄
아는 사람 즉 지인자(知人者)를 관리로 등용하고 궁극적으로 백성을 다
스리는 일에 동참시키는 일련의 행위로 연결된다.

그렇다면 어떻게 사람을 알아보는가? 그 방법에 대하여 『중용(中庸)』
에서 적지 않은 관심을 기울였다. 정치는 사람을 얻는 데 있다고 하는
대전제는 여타 경전과 다름이 없다. 그런데 사람을 제 몸으로써 취하고

---

1) 『論語』, 「學而 제1」 #1, "人不知不慍 不亦君子乎"; #16, "不患人之不己知 患不知人也"
2) 『論語』, 「顏淵 제12」 #22, "樊遲問仁 子曰 愛人 問知 子曰 知人"; 「衛靈公 第15」 #14,
   "子曰 臧文仲 其竊位者與 知柳下惠之賢 而不與立也"
3) 『書經・皐陶謨』, 『書經集傳』(이이회 영인, 1982) 152쪽, "皐陶曰 都 在知人 在安民
   禹曰 吁 咸若時 惟帝其難之 知人則哲 能官人 安民則惠 黎民懷之"

제 몸을 도로써 닦고 도를 인으로써 닦는다고 하면서 그렇기 때문에 군자는 수신(修身), 사친(事親), 지인(知人), 지천(知天)을 단계적으로 실천해 나가지 않을 수 없다고 하였다.[4] 다분히 수양론에 흐른 것 같으나 그렇지만은 않다. 개인적인 문제와 공적인 문제, 수양과 정치를 연결시키려고 하는 유가의 이상이 잘 반영되어 있다. 지인의 문제와 관련시켜 해석하더라도 결국 사람을 알아보고 쓰는 일은 제 자신의 수양, 경험을 통한 안목, 주변의 인간관계, 이치를 따지는 능력 등을 통해서 가능하다는 의미를 지닌다. 인격, 경험, 식견, 추리 등이 지인의 방법론으로 거론되었다 할 수 있다.

그러나 알아주는 일은 사적 인간관계에서도 존재한다. 아니, 이것이 공적 영역보다 더 실제적이고 중요할지도 모른다. 『사기열전』에서 유명해진 "사내는 자기를 알아주는 사람을 위해 죽고, 여자는 자기를 좋아하는 사람을 위해 얼굴을 꾸민다."는 대목[5]은 알아주는 관계가 남자끼리 지기(知己)가 되고, 남녀 사이에 정인(情人)이 되는 관계로 발전될 수 있음을 시사한다. '알아줌'이 내밀할 때 죽음을 초월하고 사랑을 이뤄내는 특별한 관계를 낳을 수 있다는 말이다.

한편 국내 고전으로서『삼국사기』에는 지인의 방법론과 관련하여 소중한 기록이 있다. 원화(源花)와 화랑(花郞)의 기원에 관한 유명한 대목이다.

---

4) 『中庸』제20장, "爲政在人 取人以身 修身以道 修道以仁 故 君子不可以不修身 思修身 不可以不事親 思事親 不可以不知人 思知人 不可以不知天" 한편 '爲政在人' 구절은 『孔子家語』의 유사한 대목에서 '爲政在於得人'이라고 되어 있다.

5) "士爲知己者死 女爲悅己者容".『사기·자객열전』가운데 예양(豫讓)이 진(晉)의 지백(智伯)의 지우를 입고 조양자(趙襄子)에게 원수를 갚으며 한 말이다. 이 대목은 『전국책·조책』에도 나온다.

진흥왕 37년 처음으로 원화를 받들었다. 애초 군신들이 '사람을 알아 볼'[知人] 방법이 없는 것을 근심하여, 끼리끼리 모여 무리 지어 놀게 해서 그 행실과 의리를 살핀 다음에 들어서 쓰고자 하였다. 드디어 미녀 두 사람을 간택하니 하나는 남모(南毛), 또 하나는 준정(俊貞)이다. …… 무리들이 화합하지 못해 파산하였다. 그 후에 다시 미모의 남자를 취하여 장식하게 하고 화랑이라 이름하여 받들게 하였다. 도제 무리들이 구름처럼 모여 도의로써 서로 갈고 닦기도 하고, 가악으로 서로 좋아하여 산수를 노닐며 즐겨서 멀리까지 가지 않은 데가 없었다. 이로 인하여 '그 사람의 옳고 그름을 알게 되니'[知其人邪正] 훌륭한 자를 택하여 조정에 천거하였다.[6]

원화 제도는 남녀 청소년을 모아 공동생활을 하게 하되, 그 사람됨을 알아보고 거용하고자 했으나 질투로 인해 실패하였다. 이를 보완하여 화랑제도를 만들되, 윤리적 수양과 문화적 함양을 하게하고 우수한 자를 뽑아 썼다는 말이다. 『삼국사기』의 「김흠운 열전」에서는 사론을 통해 화랑제도의 연원을 「본기」와 비슷하게 기술하고, 삼대의 화랑이 무려 200여 인으로 꽃다운 이름과 아름다운 사적을 남겨 전기를 갖출 수 있다고 하였다. 김영윤(金令胤)의 조부 흠춘(欽春), 관창(官昌), 김흠운(金歆運)까지 3명의 '화랑열전'을 모아 기술한 취지를 설명한 것이다. 주로 삼국통일 전쟁에서 죽음을 무릅쓴 용맹을 떨친 장수들이 화랑 출신이었음을 보여주는 열전이었던 셈이다.

또한 『보한집』은 고려전기의 과거제도와 출신자들에 대한 자부심을 크게 드러내고 있으며, 당대 무신집권기의 안정책으로 과거출신 관료에

---

6) 『삼국사기·신라본기4·진흥왕』 "三十七年春, 始奉源花. 初, 君臣病無以知人, 欲使類聚群遊, 以觀其行義, 然後擧以用之. 遂簡美女二人, 一曰南毛, 一曰俊貞, 聚徒三百餘人. 二女爭娟相妬, 俊貞引南毛於私第, 强勸酒至醉, 曳而投河水, 以殺之. 俊貞伏誅, 徒人失和罷散. 其後, 更取美貌男子, 粧飾之, 名花郎以奉之. 徒衆雲集, 或相磨以道義, 或相悅以歌樂, 遊娛山水, 無遠不至. 因此知其人邪正, 擇其善者, 薦之於朝."

대한 기대감을 강조하였다. 고려시대의 과거시행 방식이 시험관과 피선
발자가 '지공거와 문생'의 특수한 밀착 관계를 형성한다는 점에서 시험
관의 '감식력'을 중시하였다. 그 가운데 다음과 같은 대목은 인재를 알
아보는 일화를 소개한 것이다.

> 지금 민속에 전하는 말이다. 어떤 사신 하나가 밤중에 시흥군에 들어와 큰
> 별이 인가로 떨어지는 것을 보았다. 구실아치를 보내서 가 살피도록 하였더니,
> 그 집 며느리가 마침 사내아이를 낳았다. 사신이 속으로 기이하게 여겨 그 아이
> 를 얻어 길렀다. 이가 강공(강감찬)이다. 상공이 되었을 때 감식이 있는 송나라
> 사신이 와서 공을 보고는 말하기를, '문곡성이 나타나지 않은 지 오래되어 어디
> 에 있는지 몰랐더니 지금 공께서 바로 그렇군요' 하고는 계단을 내려와 예를
> 차렸다고 한다.7)

이를 통해 볼 때 감식력이란 대상 인물의 현실적 능력뿐만 아니라 신
비로운 힘까지 알아보는 투시력이다. 그만큼 사람을 알아내는 일은 예
사롭지 않은 것임을 보여준다. 또 유승단을 알아본 박인석의 일화에서
는 다음과 같이 기술되어 있다.

> 문안공(유승단, 초명 원순)은 문장과 조행이 사람들의 귀감이 되었다. ……
> 그가 벼슬하지 못하고 있을 때 상서 박인석의 집에 들렀다. 박상서는 감재(鑑裁)
> 가 있어 예를 다하여 대접하였다. 사람들이 그 까닭을 물으니, '이 사람은 밤을
> 비추이는 신비한 야광주와 같아서 구하여도 얻을 수 없는데 감히 스스로 오게하
> 겠는가?' 하였다.8)

---

7) 『補閑集』卷上 #5 〈姜仁憲公邯贊〉 "今俗傳云 有一使臣夜入始興郡 見大聖隕于人家
遣吏往審之 其家婦適生男子 使心異之 因求其子而養 是爲姜公 及爲相 宋使有鑑識者
來見公曰 '文曲星不現久矣 不知何在 今公卽是' 乃下階禮之"

8) 『補閑集』卷中 #4 (俞升旦 初名 元淳) "文安公以文行爲人倫龜鑑 …… 公微時 過朴尙

무명의 선비가 얼마나 대단한 인물인지 감별하는 능력을 상서 지위에
있던 박인석(朴仁碩)이 보여주었다는 말이다. 대상 인물도 인물이려니
와 그를 알아보는 지인지감이 또한 대단한 능력임을 '감재(鑑裁)'라는 어
휘를 통해 표현하였다.

이에 비해 송나라의 소식(蘇軾)은 한 관리에게 주는 편지에서 "자기를
밝게 아는 것이 남을 아는 방법이다"라고 하였다. 자신의 장단점을 살피
는 지혜를 가지고 있는 사람은 그것을 미루어 남을 알아볼 수 있다는
뜻이리라. 이는 물론 이는 『노자』의 "남을 알아보는 자는 지혜롭고, 스
스로를 아는 자는 명철하다"는 구절을 뒤집어서 원용한 표현이지만9),
남을 알아보는 힘이 자기 성찰에 있음을 지적한 것이다. 재능과 인격을
두루 갖춘 사람이 인재를 제대로 식별한다는 말이기도 하다. 편재(偏才)
는 어쩔 수 없이 편재를 선호할 뿐이고, 오직 덕성과 여러 재능을 고루
갖춘 겸덕(謙德) 겸재(兼才)만이 여러 인재를 정당하게 식별해 낼 수 있
다는 인식을 저변에 깔고 있다.10)

한편 『사문유취(事文類聚)』에서는 「지인(知人)」 항목을 별도로 마련하
여 지인과 관계된 다양한 유래를 집약적으로 살펴 볼 수 있게 하였다.
우선 특이한 것은 '지인'에는 나쁜 사람을 알아보는 사례도 있다는 점이
다.11) 그러나 이야기 속에 반전이 일어남은 물론이다. 알아보는 대상자
의 현 상황과 나중 상황이 뒤바뀜은 알아보는 자의 식감을 증명하기 위
해 필수적이다. 따라서 그 같은 증명 과정이 간단한 형태의 순차적 서사
구조를 이루기도 한다.

書仁碩宅 朴君有鑑裁 待之盡禮 人問其故 曰 此人如照夜神珠 求不可得 況敢自致乎"
9) 蘇軾, 「與葉進叔書」, "僕聞有自知明者 乃所以知人"; 『老子』, "知人者智 自知者明"
10) 렁청진 편저, 『변경』, 더난출판, 2003, 472~475쪽 참조.
11) 『事文類聚 別集』 권28 人事部, 『事文類聚·地』(서광출판 영인, 1991) 561쪽 「知其必
叛」, 「知其內險」 참조.

그 이외에도 여러 사상서에서 발췌한 '지인(知人)'과 관련되는 대목들이 수록되어 있다. 『열자(列子)』의 자료에서는 '감식(鑑識)'이란 모름지기 일이 이루어지기 전에 알아보는 것이니 그래야만 '지인'이라 할 수 있다고 하였다.[12] 요컨대 지인이란 사람에 관한 예견 능력임을 강조했다 하겠다. 또 사마휘(司馬徽)가 '지인지감(知人之鑑)'이 있었는데 방덕공(龐德公)이 그를 두고 '빙감(氷鑑)'이라 칭했다는 대목이 있다.[13] 지인의 능력이란 바로 투시력, 즉 예견력의 날카로움과 투명성에서 좌우되는데 그 능력의 정채로움을 '얼음'에 비유한 표현이다. 이러한 어휘들은 후대에 '지인'과 관련된 표현의 전범 구실을 했음은 물론이다.

또 『공자가어(孔子家語)』에서도 한 대목을 발췌하여 놓았다. 말은 수레 끄는 것으로써 상(相)을 보고 선비는 거처하는 것으로써 상을 보아야 한다고 하면서 얼굴이나 말하는 것을 가지고 사람을 취해 실수했다는 공자의 경험담을 수록하였다.[14] 일상적인 방법으로는 사람 알아보는 데 충분치 않음을 강조하면서 더 근원적인 통찰력과 핵심적인 방법이 필요함을 암시했다고 하겠다.

이상의 한문고전에서는 '지인'을 하나의 행위 개념으로 전제하고 있을 뿐만 아니라 '지인'의 방법에 대해 여러 측면을 말하고 있어 참고가 된다. 이에 비해 『태평광기(太平廣記)』에서는 「지인」 항목을 따로 설정하여 서로 다른 주인공들의 서사 작품들을 한 곳에 모아놓아 주목된다. 총2권에 걸쳐 54명의 이야기를 수록하고 있다. 한문고전 사상서들이 주로 '지인'의 개념과 방법을 따졌다면, 본 연구는 '지인 이야기'에서 서사

---

12) 같은 책, 같은 곳, "聽之於未聞 察之於未聽 而鑒其神智 識其才能 可謂知人 若功成事遂然後知之者 何異耳聞雷霆而稱爲聰 目見日月而謂之明乎"
13) 같은 책, 같은 곳, 「號爲氷鑑」 항목, "司馬徽 淸雅 有知人之鑒 龐德公 嘗謂德操爲氷鑑"
14) 같은 책, 같은 곳, 「不以貌取」 항목, "… 相馬以車 相士以居 以容取人 則失之子羽 以言取人 則失之宰子"

주인공의 면모를 그려 놓았다. 그러므로 여기서 '지인'은 어떤 행위의
개념일 뿐만 아니라 개성과 현장성을 지닌 실상을 지니게 된다. 이러한
실제적 이야기에서는 '사람을 알아본다'는 것은 '사람을 알아보는 이' 즉
지인자(知人者)의 인물형을 그려내게 된다. 실제 작품의 내용 가운데 '지
인(知人)'을 인물형에 관한 어휘로 사용한 예가 다음과 같이 발견되기도
한다.

> 승상 두홍점(杜鴻漸)을 세상에서는 '지인'이라 불렀다.15)

> 태사도(太史徒) 두공(杜公)이 장홍정(張弘靖)을 보고 "반드시 재상이 될 것
> 이다."라고 하였다. 귀인 중에 '지인'이 많음이 이와 같다.16)

그러나 물론 「지인」조에 수록된 각 편들의 성격이 다 같은 것은 아니
다. 중요 관리나 저명한 인사에 대한 품평과 그에 따른 통찰력을 강조한
단순한 일화에서부터 심리적 갈등과 전후 사건이 다소 복잡하게 연결되
는 서사물에 이르기까지 다양하다. 여기서 줄거리에 담겨지는 사건으로
보자면, 이들 작품들은 대개 '인재 등용', '후원과 보은', '혼사 결연'의
이야기 등으로 구분된다.

이 가운데에서 본 연구과 관련이 깊으면서 갈등 양상이 서사적으로
잘 묘사된 작품군은 주로 혼사 결연의 지인담이다. 「위선(韋詵)」과 「묘
부인(苗夫人)」이 바로 여기에 해당된다. 전자는 장인이 사위를 택하는
데 반해, 후자는 장모가 사위를 택하는 이야기이다. 물론 사윗감을 선택
할 때 주위에서 비웃을 뿐만 아니라, 특히 알아주는 이의 배우자 즉 알

---

15) 『太平廣記』 권170 「杜鴻漸」, 『太平廣記』 2.(계명문화사, 1982 영인) 1245쪽, "丞相杜
鴻漸 世號知人"
16) 같은 책, 같은 곳, 「杜佑」, "太司徒杜公 見張相弘靖 曰 必爲宰相 貴人多知人也 如此"

아줌을 입는 이의 장모 또는 장인이 그 알아주는 이의 행위를 마땅치 않게 여기고 반대한다는 점에서 동일하다.

여기서 「묘부인」은 특히 주목되는 작품이다. 우선 주인공이 「지인」 항목의 총 56편 중 유일하게 여성으로 설정되어 있다. 비단 본 연구에서 중점적으로 다루고자 하는 여성 지인담의 선례일 뿐만 아니라 이야기의 묘사가 핍진하고 반전의 양상이 뚜렷하여 서사적 효과가 높다. 그 내용을 요약하면 다음과 같다.

> 장모가 재상급인 남편의 반대에도 불구하고 못난 사위를 골라 딸을 시집보내고 모든 사람의 질시를 감싸주며 지속적으로 후원자 노릇을 한다. 사위는 아내의 도움을 받아 처가살이를 청산하고 난리 통에 공을 세워 장인의 벼슬인 금오장군을 대신 제수 받는다. 처가집에 다시 나타나 예전에 괄시하던 사람들을 징치하고 장모를 잘 모신다.17)

본 작품은 '지인'을 흥미로운 서사물의 주인공으로 형상화하면서 독자적 성격을 지닌 인물형으로 만들어 냈다는 점 때문에 더욱 주목할 만하다. 이때 다음과 같은 구조의 의미적 서사단락이 계기적으로 구성되어 있는 셈이다.

① 피지인의 처지가 열등한데도 지인이 그 사람을 알아본다.
② 피지인이 주변 사람들에게 무시당하고 지인은 반대에 부딪힌다.
③ 지인이 지속적으로 피지인의 후원자 노릇을 하며 사건에 개입한다.
④ 피지인이 결국 성공하여 지인의 식감을 증명한다.

---

17) 같은 책, 1244~1245쪽 참조.

이상의 순차 구조는 그 자체가 갈등 요소를 지니고 있어 반전의 가능성을 안고 있다. ②는 ①의 결과이고 ③은 ②의 결과이며 ④는 ③의 결과이자 ①②의 완전한 해결이다. 따라서 모든 단락은 모순적이며 계속해서 다음 단락으로 발전되어 갈 수밖에 없다. 이 같은 의미의 단락으로 구성되어 있다면 이는 하나의 서사유형을 갖춘 '지인담'이라 불러도 무방할 것이다. 이 가운데에서도 일화적 수준의 작품과 결정적으로 차이가 나는 단락은 ③이다. 이는 유형적 수준의 '지인담'에서는 지인자와 피지인자가 단지 알아주고 그 대상이 되는데 그치지 않고 연속적 행위와 반전의 주체로 나섬을 말해 준다. 다시 말하면 지인자와 피지인자 모두가 기존 통념에 맞서면서 지속적인 관계를 맺고 구체적인 행위를 주고받으면서 새로운 가치관을 실현한다. 또한 ①과 ④의 연결 방식도 일화적 수준의 작품과 다른 특징적 요소이다. 피지인자의 처지가 지인자와 관계를 맺은 시점을 기준으로 하여 역전되어 가는 과정을 밟아가며 결국에는 ①이 ④로 반전되면서 최초의 평가 대신에 새로운 평가가 참다운 것임을 드러낸다.

이상의 논의를 기초로 하여 '지인'과 관련된 몇 가지 개념을 정리해 볼 수 있다. 한문고전에서 '지인'이란 사람을 알아보는 행위를 지칭했었지만, 이것이 이야기 형태로 수용되면서 남의 비범함을 미리 알아보고 후원하는 인물형으로 변형 발전되었다.

또한 '지인'은 남의 미래를 알아볼 줄 아는 특별한 능력의 소유자이다. 그 같은 능력을 두고 흔히 지인지감(知人之鑑), 지감(知鑑), 식감(識鑑) 등의 용어로 지칭하였다. 이러한 용어는 사물에 대해서는 사용하지 않고 오롯이 사람 알아보는 감식력에만 해당된다.

결국 '지인'과 관련하여 단순한 행위와 서사물의 차이는 '사람을 알아보는 일'의 양상이 서로 다르기 때문에 생겨난다 할 수 있다. '사람을

'알아본다'는 의미는 사람마다 다를 수 있고 전통적으로 관상, 품평, 교육, 등용과도 밀접한 관련을 맺어왔다. 따라서 전통 사회에서 이에 대해 문화적으로 어떠한 함의를 지녀왔는가도 중요하다.

앞에서 살폈던 한문고전에서의 견해는 대개 수신(修身)과 지인(知人)을 상호보완적인 것으로 관련시키고 있다. 이는 수기치인(修己治人)의 유가적 인격론에서 벗어나지 않는 관점이다. 자신을 잘 알아 남을 헤아린다는 방식이다. 그러나 전통적인 지인의 방법이 이런 것만 있었던 것은 아니다. 사람 살피는 일을 하나의 특수한 지식으로 체계화시켜 이른바 '상법(相法)'을 만든 경우가 많았고, 실제 전통사회에서는 이런 종류의 책이 매우 유행하였다. 예컨대 『마의상법(麻衣相法)』에서는 사람의 모습을 통해 그의 미래를 알아 볼 수 있다고 진술하고 있다. 한 예를 들어보면 다음과 같다.

> 모습을 상 볼 경우 먼저 오악(五嶽)이 꽉 차는지 관찰한다. 이런 사람은 부귀하고 영화로움이 많다. 다음으로 삼정(三停)이 모두 같은지 분별한다. 평생의 현달이 내내 보장된다. 오악이 조회하듯 일어나면 관록이 영광되고 승진할 것이다. 걸음걸이와 앉음새에 위엄이 있으면 남에게 존중을 받는다. 이마는 초년운을 주관하고 코는 중년운을 주관하고 지고(地庫)와 수성(水星)이 말년을 주관한다. 만약 오악이 깎여 들어가면 흉악하다.[18]

'오악'은 사람의 얼굴을 천하 동서남북중앙의 다섯 명산에 비유한 것으로 이마, 턱, 양쪽 광대뼈, 코를 우의(寓意)한다. '삼정'은 얼굴을 가로로 삼등분하여 윗이마에서 양 눈썹까지, 코와 광대뼈 부분, 입과 법령

---

18) 『懸吐註解 麻衣相法』(명문당, 1988 중판) 7쪽, 「相貌」, "相貌者 先觀五嶽盈滿 此人 富貴多榮 次辯(sic辨)三停俱等 永保平生懸達 五嶽朝聳 官祿遷榮 行坐威嚴 爲人尊重 額主初運 鼻主中年 地庫水星 是爲末主 若有剋陷 爲凶惡"(현토 생략)

및 턱 등을 우의한다. 위쪽을 상정(上停), 중앙을 중정(中停), 아래쪽을 하정(下停)이라 부른다. '지고'와 '수성'은 양쪽 법령 밖의 도톰한 부위와 입술을 우의한다. "조회하듯 일어난다"는 것은 오악이 코를 중심으로 분명하게 자리를 잡은 것을, "깍여 들어간다"는 것은 얼굴에서 오악 부분이 깍여서 밋밋함을 가리키는 듯하다.

물론 상법이라고 해서 눈에 보이는 것만을 언급하고 있지는 않다. 말하자면 대상 인물을 종합적으로 관찰하는 방법을 제시한다. 기운을 논하는 항목 논기(論氣)에서는 다음과 같이 진술하였다.

> 무릇 옥을 머금은 돌이 있으면 산이 빛나고 금을 품은 모래가 있으면 내[川]가 아름다운 법이다. 이는 지정(至精)한 보물이 색(色)을 드러내고 기(氣)를 발하기 때문이다. … 그 기의 얕고 깊음을 비교하고 그 색의 조급하고 고요함을 관찰하면 군자와 소인을 구별할 수 있다. 기가 길게 퍼지고 화락하여 사납지 않으면 복 있고 오래 살 사람이요, 급하고 재촉하여 고르지 못하며 거칢이 색에 나타나면 잘달고 천한 사람이다.[19]

여기서 '색'과 '기'란 얼굴빛과 기질이라 번역할 수는 있겠으나 그보다 더 포괄적인 개념이다. 내면적인 가치를 종합하여 겉으로 드러나게 하는 총체적 현상이라 할 수 있다. 따라서 전적으로 외면적이거나 또는 내면적인 일방적 차원의 것이 아니라 그 둘 사이를 연결시켜주는 그 어떤 것이다. 따라서 '색·기'의 외부 표현으로 안색, 신색, 기색, 기분, 기운 등을 나누어 거론할 수는 있겠다.

한편 상법을 그대로 지인지감으로 인식한 사례도 있어 주목된다. 필

---

19) 같은 책, 21쪽, "夫石蘊玉而山輝 沙懷金而川媚 此 至精之寶 見乎色而發乎氣也 … 視其氣之淺深 察其色之躁靜 則君子小人 辨矣 氣長而舒 和而不暴 爲福壽之人 急促不均 暴然見乎色者 爲小賤之人也" (현토 생략)

사본으로 전하는 『지인감(知人鑑)』에는 내제(內題)에 '相書論(諺解)'이라 적고 그 아래 편에 다시 '知人鑑'이라 부기해 놓았다.[20] 이는 4음보 두 줄로 이루어진 시구 한 짝을 잇달아 적은 국한문 혼용의 가사체 필사본 서책이다. 내용은 신체의 특징을 들고 그것의 길흉과 의미를 관상의 관점으로 읊은 것이다. 그 앞부분을 옮기면 다음과 같다.

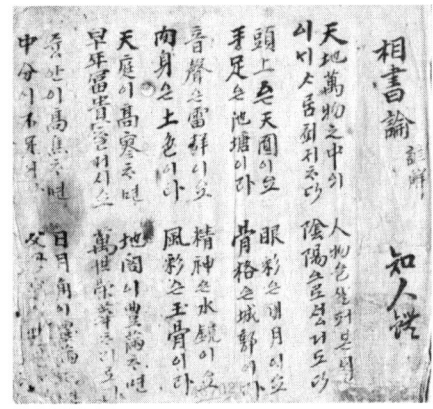

[그림 1] 『지인감』의 첫 장.
관상 보는 법을 가사체로 읊었다.

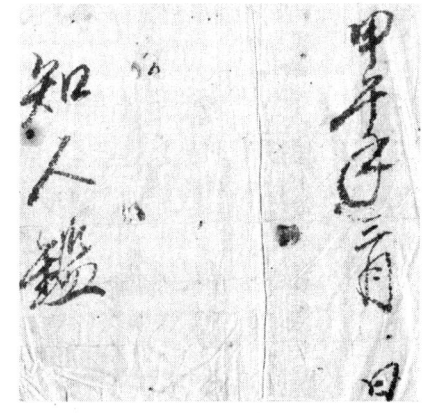

[그림 2] 『지인감』의 표지.
단국대 율곡기념도서관 소장. '사람을 알아보는 거울' 같은 책이라는 뜻이다.

> 천지만물지중(天地萬物之中)에 이 내 사람 최귀(最貴)하다
> 인물(人物)을 살펴보니 음양(陰陽)으로 생겼도다
> 두상(頭上)은 천원(天圓)이요 수족(手足)은 지당(池塘)이라
> 안채(眼彩)는 일월(日月)이요 골격(骨格)은 성곽(城郭)이라
> 음성(音聲)은 뇌성(雷聲)이요 육신(肉身)은 토색(土色)이라
> 정신(精神)은 수경(水鏡)이요 풍채(風采)는 옥골(玉骨)이라
> 천정(天庭)이 고료(高廖)하면 조년부귀(早年富貴)할 거시오

---

20) 단국대 율곡도서관 청농(고 진동혁 교수의 아호) 문고 소장본이다.

지각(地閣)이 풍만(豊滿)하면 만세영화(萬世榮華)하리로다
중안(中顔)이 고초하면 중분(中分)이 부족(이라)
일월각(日月角)이 풍만(豊滿)하면 부모(운이 유여하다)

비록 필사본이기는 하지만, 전통사회에서 관상이 매우 유행했다는 점
과 지인지감의 근거를 다름 아닌 관상으로 인식했음을 알려주는 일례이
다. 또한 사람의 몸을 천지에 유비시키는 자연론적 관점을 읽을 수도
있다.

그러나 상법은 전통사회의 선진적인 지식인들에 의해 비판을 받아 왔
다. 예컨대 정약용은 「오학론(五學論)」에서 '술수지학(術數之學)'의 폐단
을 지적하면서 다음과 같이 비판하였다.

점복, 관상, 별·일월·북두성의 점 등 무릇 술수로 부연한 것은 모두 미혹이지
학문이 아니다. 요임금도 앞일을 알지 못해 곤(鯀)에게 일을 맡겼다 그르치고,
순임금도 앞일을 알지 못해 남쪽으로 순수하다 창오산에서 죽고, 주공도 앞일을
알지 못해 관숙(管叔)에게 은(殷)을 맡기고, 공자도 앞일을 알지 못해 광(匡)
땅에서 위험을 당해 죽을 뻔하였다. 지금 앞일 알지 못함을 병되게 여겨 반드시
앞일 아는 자를 만나 귀의하려고 하니 미혹함이 아닌가?[21]

정약용은 관상도 '술수지학'의 하나로 취급하면서 '성리학·훈고학·
문장학·과거학(科擧學)'과 함께 비판한 것인데, 중요한 것은 이것들이
당시 번창해서 본연의 유학이 위축되었다는 위기감을 피력했다는 사실
이다.[22] 이 글은 전통사회의 지식인들이 대개 이 다섯 종류의 '학업'에

---

21) 『與猶堂全書』 제1집 장23 「五學論」 五, 『增補與猶堂全書』 1.(경인문화사 영인,
1987) 233쪽, "若卜筮·看相·星耀·斗數之等 凡以術數衍者 皆惑也 非學也 堯不能
前知 任鯀以敗事 舜不能前知 南巡狩 崩於蒼梧之野 周公不能前知 使管叔監殷 孔子
不能前知 畏於匡 幾不能免 今也 病不能前知 必得一前知者以爲歸 豈不惑歟"

종사하면서 행세하거나 생계를 도모했다는 것을 의미하기 때문이다. 따라서 그만큼 관상과 같은 미래에 대한 예언 행위가 유행하고 폭넓은 계층의 관심을 끌었다는 증언이기도 하다.

반면, 정약용과 같은 지식인의 비판이 그 같은 유행과 관심을 불식시킬 수 있었던 것은 물론 아니었다. 그 자신도 공자가 『주역』 찬익(贊翼)한 것이나 주자(朱子)가 『참동계(參同契)』 주석한 것의 가치는 긍정하고 있고[23] 또한 미래에 대한 인간의 정당한 기대와 호기심을 부정한 것은 아닐 터이기 때문이다. 더욱 중요한 문제는 '지인'의 행위를 더 합리적으로 수행하고 문학적으로 설득력 있게 형상화해 나갔던 조선후기 야담 작품군에 상응해서 사상계에서 어떤 인식의 변화가 모색되었느냐는 부분이다. 이러한 점에서 최한기(崔漢綺)의 『인정(人政)』은 재음미할 필요가 있다.

최한기는 관상과 같은 고정적인 방식을 술수라고 비판하기보다는 이를 더 크고 합리적인 인사 관리의 방식 안에 용해하는 태도를 견지한다. 그리고 '지인(知人)'이라는 개념을 확대해서 '측인(測人)'으로 고쳐 부르고, 그것을 '교인(敎人) - 선인(選人) - 용인(用人)'의 관련 개념과 연결시키면서 거대한 '인정(人政)'의 학문체계를 수립하였다. 그는 먼저 「인정범례(人政凡例)」에서 지인과 측인의 개념을 두고 다음과 같이 차별화하는 관점을 전제하였다.

---

22) 저자는 위 인용문 말미에서 다섯 편의 글을 마감하며 "五學昌 而周公仲尼之道 榛榛然以莽 將誰能一之"라 하였다.

23) 같은 책, 같은 곳, "聖人 以糟粕示天下 留其秘以自用 故孔子作易翼 朱子注參同契 後人不知其義也"

고금의 서적은 모두 '지인(知人)'을 요목으로 삼는다. '지(知)' 한 글자로 선악
우열을 단정하고 달리 변통하는 술법이 없으니 죽은 사람에게 쓸 수는 있어도
산 사람에게는 쓸 수가 없다. 오히려 '측(測)'이란 글자를 헤아림의 방법으로
삼아 일정치 않은 선악을 참작하는 결과가 되게 하고 다함 없는 견문을 기다려
증험하는 기회로 삼게 하는 것이 낫지 않겠는가? 사랑하면서도 그 악을 알고,
미워하면서도 그 선을 아는 것이 오직 '측인(測人)'의 요체이며 '지인(知人)'의
활법이다.[24]

'사람을 알아본다'는 것은 얼마든지 변화할 가능성이 있는 대상에 대
한 판단 행위이니 매우 신축성이 있으며 수많은 요소를 참작해야 한다
는 견해이다. 여기서 '지인'이 전통적인 감식의 방법이라면, '측인'은 헤
아리는 요소들을 다양화하고 경험의 결과를 피드백 시키는 독특계를 전
제로 한 개념이다. 따라서 '지인'의 의미를 확충하여 '측인'의 개념을 설
정했다 할 수 있다. 실제 최한기는 「측인문(測人門)」을 서술하는 과정에
서 전통적인 관상법에 대해 매우 세밀하게 따지고 그 적실성에 대해 논
하고 있다. 다음과 같은 것은 상술과 측인의 관계에 대한 총론이어서
주목된다.

옛날 '사람을 상을 보는 것'은 단지 용모와 기색을 대상으로 삼았지만, 지금
'사람을 헤아림'은 그 심법과 행사를 들어 사람 도리의 대체를 통달한다. …
이래서 점차 단계적으로 창달해 가고 후대가 점점 밝아진다. 상 보는 것과 사람
을 헤아림은 사람 도리에 이르러 진선진미하다. 만약 옛 상법의 단서가 없다면
어떻게 이처럼 점차 밝게 닦아지고 성실하게 추측 통달하겠는가? 모두 옛 사람

---

24) 『국역 인정』 I,(민족문화추진회, 1980) 원문편 3쪽. 「人政凡例」 其二, "古今書籍
皆以知人爲目 知之一字 以善惡優劣斷定之 更無變通之術 在死人則可 在生者則不可
豈若以測字爲忖度之方 使未有定之善惡 歸于參酌之科 未究竟之見聞 留待證驗之機
愛而知其惡 憎而知其善 亶爲測人之義諦 實是知人之活法"

의 경험이 축적된 덕분이다. 반면에 옛 사람의 상법을 바탕으로 하되 미루어
밝힘이 잘못되면 점차로 방술(方術)에 기울어진다. … 미루어 밝힘이 성실하면
사람 도리에 도움이 되지만, 허탄하면 사람 도리에 해가 된다.25)

　그가 말하는 '사람 도리'[人道]에는 여러 의미가 포괄되겠지만 관상이
든 측인이든 그 기준점을 지녀야 정당한 의의를 획득한다고 한 것이다.
쉽게 말하면 상법이나 측인술은 어느 한두 가지 현상에 스스로 구속됨
이 없이 사람 살아가는 일상사로서의 마음가짐과 행사에 도움이 되는
예측과 대비이어야 한다는 지적이다. 실제 최한기는 「측인문」의 소결론
으로서 '감평(鑑枰)'이라고 하는 사람의 품평 방식을 제시하면서 매우 세
분화된 근거를 제시하여 경우의 수를 엄청나게 늘렸다. 기품(氣稟), 심
덕(心德), 체용(體容), 문견(聞見), 처지(處地)에 따른 소(消)·장(長)을 각
각 4단계로 두고, 또 재국(才局), 응변(應變), 풍도(風度), 경륜(經綸), 조
시(措施)에 따른 우(優)·열(劣)을 각각 4단계로 두고는 다시 그것들을
연결시켜 서로 다른 품평의 경우를 만들었다.
　그러나 무엇보다도 중요한 것은 '측인' 개념이 단순한 평가 작업에 그
치지 않는다는 점이다. 그것은 '가르치고, 뽑고, 쓰는' 일련의 행위와
연관되어 이루어진다는 점 때문에 더욱 그렇다. 그래서 오히려 저자는
「측인문」 총론 가운데 '지인과 측인은 다르다'라는 항목에서 다음과 같
이 설명하였다.

---

25) 같은 책 43쪽, 總論 「推明相測」, "古之相人 但在容貌氣色 今之測人 擧其心法行事
　　以達人道大體 … 是乃漸暢之層節 後代之益明 相人測人 至人道 而盡美盡善 若無古
　　人相法之發端 何以有此漸修之明推達之誠 莫非古人經驗積累之功也 且因古人之相法
　　而推明不善 則漸趨於方術 … 蓋推明誠實 則有補於人道 推明虛誕 則有害于人道"

함께 일을 겪어야만 비로소 '지인'할 수 있고 일을 겪기 전에는 단지 '측인'할 수 있을 뿐이다. 일을 겪기 전에 그 사람이 어떻다는 것을 알고 일을 겪은 뒤에 그 징험이 과연 어김이 없으면, 이를 일러 '사람을 알았다' 하는 것이다. 만일 끝내 징험이 없는데도 사람을 알았다 한다면 누군들 사람을 알지 못하겠는 가?[26]

진정한 '지인'에 이르기 위해 그 한 과정으로서 '측인'이 이루어져야 한다고 설명한 셈이다. 그러나 지인이란 결과적 개념이고 실제로는 '측인'과 그 이후의 단계적인 행위가 수행될 뿐이다. 그렇다면 최한기에 있어 '지인'의 개념은 부정되는 것까지는 아니더라도 그것은 '측인'을 통해서만 도달되는 결과이다. 따라서 단번에 '지인'이 이루어질 수 없음은 당연하다. 그의 사상 체계에서는 단지 전인적이며 포괄적인 의미의 '측인'이 역설되고 있는 것이다.

여기서 '지인' 행위에 있어서 단순 일화와 본격 서사물의 차이도 어느 정도 시사점을 받을 수 있다. 전통적인 관상의 수준에서 결정론적인 태도로 사람을 평가하는 이야기는 설득력이 희박한 범상한 '지인담'이다. 단지 '사람을 알아보았다'고 하는 자기주장 이외에 별다른 '징험'이 없는 이야기다. 그에 비해 서사구조를 갖춘 지인담은 전면적인 인간관계를 담은 이야기다. 충분한 '징험'을 갖추고 설득력을 높인 서사물이다. 이 같은 서사물은 전통적인 '지인'의 개념으로 충분히 설명하기 곤란하고 그 자체로서 독립적인 진실성을 지닌다. 알아주는 사람과 알아줌을 입은 사람이 동반자적인 위치에서 헌신과 분발과 보답의 과정을 밟아 나가는 서사구조에 최한기의 '측인' 개념은 상응할 만한 의미를 담고 있다.

---

26) 같은 책, 12쪽, 測人總論「知人測人有異」, "與之經事 方可知人 未及經事 只可測人 經事之前 知其人之如此 經事之後 果驗無違 是謂知人 如無終末符驗 而謂之知人 孰 不知人"

그것은 단순히 품평이나 예언에 그치는 것이 아니라 '측인'의 결과에 이르기까지 함께 일을 겪고 일을 완성시키는 개념을 내포하고 있다. 최한기의 사상이 야담에 영향을 끼쳐 지인담으로서의 어떤 변화를 초래했다고는 할 수 없어도, '사람을 알아보고 대우한다'는 사회적 의미에 대해 문학이나 철학에서 동시대적인 모색이 이루어졌다고 해도 좋을 것이다.

2. 지인담의 범주와 여성 지인담의 개념

지인담이란 식감 있는 사람이 현재로서는 평범하거나 또는 열등한 인물의 비범성을 알아보고 선택하여 관계를 맺으면서 사건이 벌어지고 기존 상황이 반전되는 서사구조를 지닌 이야기라고 개념 규정을 해 볼 수 있다. 그런데 여기에는 반드시 지감 능력의 소유자와 알아봄을 당하는 상대방이 주인공으로 등장하고 일정한 서사 단락이 요청된다. 따라서 지인담에 대한 개념 규정을 더 분명하게 하려면 주인공과 서사단락에 대한 기본적인 규정이 필요하다.

우선 본 연구에서는 '지인'에 내포되는 행위와 인물형 개념의 혼재를 피하기 위해 인물형을 지칭할 경우 '지인자(知人者)' 혹은 '알아준/본 이'로 한다. 또한 알아봄의 대상 인물은 '피지인자(被知人者)' 혹은 '알아줌/봄을 입은 이'라고 칭한다. 그런데 언제나 지인자가 주인물이고 피지인자가 보조인물인 것은 아니다. 관점에 따라 사건에의 기여도가 얼마든지 다르게 해석될 수 있다. 그러나 분명한 것은 지인자와 피지인자가 함께 사건에 연루된다는 점이다. 지인자는 피지인자가 능력을 발휘하도록 계기를 마련해줄 뿐만 아니라 지속적으로 후원하고 피지인자는 행위의 당사자로 구실하므로 밀접하게 관련되어 있다.

한편 지인자와 피지인자의 성별은 그 둘이 연루되는 사건의 성격과 이야기의 종류를 규정짓는 중요한 기준점이 된다. 즉 지인담에 나타나는 주인물들의 관계 양상은 이론상 다음의 네 가지 경우로 존재한다. ①남성 지인자와 남성 피지인자, ②남성 지인자와 여성 피지인자, ③여성 지인자와 여성 피지인자, ④여성 지인자와 남성 피지인자의 관계가 그것이다.

①은 남성 지인담이다. 지인자는 피지인자보다 우월한 입장으로 대개 왕이나 관료이다. 왕이나 관료가 인재를 전격 임용하는 '발탁담', 관료가 불우한 처지의 남성을 후원하여 보답을 받는 '보은담', 관료가 피지인자를 혼인관계에 의해 선택하는 '혼사담' 등이 있다.

②는 야담에서 잘 발견되지 않는다. 현재로는 「이충무공 소실」[27] 등을 거론할 만하나 '지감에 의한 선택'이 서사구조의 주요 화소로 작용하지는 못한다. 소설로는 「박씨전」, 「운향전」 등이 이에 해당된다. 「박씨전」은 이시백의 아버지가 며느리 박씨를, 「운향전」에서는 이승상이 운향의 비범함을 알아본다. 대개 이런 경우는 남편의 지감 부재에 의해 형성되는 갈등 구도 안에 시아버지의 지감이 설정된다. 이럴 때 여성 피지인자는 오히려 이인적 면모를 띠게 된다.

③도 야담에서는 잘 발견되지 않는다. 있다 해도 중요한 서사 구조로 작용하지 못한다. 여성이 같은 여성을 알아보고 사회적 성취를 시킨다는 것은 당시로서 매우 상상하기 어려웠기 때문인 듯하다. 또한 대사회적 의미를 지니면서 여성이 관계할 수 있는 일이란 혼사인데 시어머니

---

27) 내용은 다음과 같다: ① 이충무공이 첨사를 제수 받아 임지로 떠날 때 어느 재상이 자신의 측실 딸을 소실로 권하였다. ② 부임 행차 시에 그녀를 보니 맘에 들지 않아 내심 불만이었다. ③ 하루는 순사가 급히 찾자 소실이 그 일을 미리 짐작하고 해결책을 일러주었다. ④ 과연 소실의 말대로 일을 처리하였다.

가 며느리의 비범함을 알아보아 결정한다는 것이 현실 여건상 곤란하고
서사적인 흥미를 끌기가 어려웠던 것 같다.

④는 여성이 배우자를 선택하는 경우가 주종을 이룬다. 불우하지만
잠재력을 지닌 남성을 지감 있는 여성이 결연 대상으로 선택하고 그
지감이 적중되도록 헌신하여 결과적으로 함께 사회적 성취를 이룬다는
내용이다. 물론 앞 절에서 살핀 바 있는 『태평광기』의 「묘부인」은 장모
가 사위의 비범함을 알아보고 후원자가 된다는 이야기인데, 이러한 경
우가 우리 야담에서는 잘 발견되지 않는다.[28] 또한 위 ①②에도 혼사
와 관련된 이야기가 있으나 알아주는 이가 남성으로서 시아버지, 친정
아버지, 또는 장인 등이어서 혼주(婚主)의 사위 혹은 며느리 고르기의
이야기이다. 그에 비해 ④는 주로 혼인 당사자인 여성이 남편을 택하는
이야기이다.

이상을 통해 지인담의 범주는 주로 ①남성 지인자가 남성피지인자를
택하고 후원하는 남성 지인담, ④여성이 남성을 배우자로 택해 성공시
키는 택부담으로서의 여성 지인담의 판도로 형성됨을 알 수 있다. 또한
지인담에서 지인자는 남성 또는 여성인데 반해 피지인자는 거의 남성이
라는 사실도 주목된다. 예컨대 ②③에 해당되는 것으로서 남성이 여성
을 알아보고 택했다거나 여성이 여성을 택하는 이야기는 잘 보이지 않
는다. 남성이 여성을 취하는 사건은 특수한 처지에서 이인적 여성을 알
아 차리는 것 이외에는 일종의 여성적 매력을 알아준다는 것 이상의 의
미를 부여하기 어렵기 때문인 듯하다. 또 전통 사회에서 여성이 남성이
나 혹은 같은 여성에게 선택되었다고 해서 여성 피지인자의 잠재력이
기존 상황을 반전시킬 정도로 서사적 줄거리를 형성하기는 어려웠기 때

---

28) 여성 지인담인 「이만웅 첩」에서 장모가 등장하나 이는 딸의 지감 선택을 위한 현실
   적인 배려로 보인다.

문이기도 했을 것이다. 따라서 지인담이 하나의 흥미로운 서사 유형이
되기 위해서는 단순히 잠재력을 지닌 사람을 지인자가 알아보았다는 단
순 화소에 그치지 않고 지인의 피지인 선택과 후원, 피지인의 분발과
사회적 성취로 인한 상황 반전 등의 서사 단락이 요청된다. 결국 서사
유형으로서의 지인담은 지인과 피지인이 중요한 사건을 매개로 일생에
거쳐 긴밀한 관계를 유지한다는 점이 중요하다. 남성 지인담과 남편감
스스로 선택하는 여성 지인담은 이 같은 측면을 여실히 보여준다.

　남성 지인담은 거의 남성이 남성을 알아보는 이야기이다. 어떤 사람
의 좋은 장래를 알아본다든가 혹은 나쁜 미래를 예측한다. 대개 관상이
나 선견지명이 있는 사대부들이 피지인의 행동을 보고 상대방의 앞날을
꿰뚫어 본다.[29] 그러나 본격적인 서사적 지인담이 되기 위해서는 또 다
른 특징이 부가된다. 그 특징의 핵심은 지인자와 피지인자가 지감적중
이 될 때까지 지속적으로 밀접한 관계를 유지한다는 점이다. 따라서 그
에 걸맞은 서사 단락이 존재하게 된다.

　남성 지인담은 '지인제시 - 지감선택 - 후원 - 갈등 - 지감적중'의 구
조를 지닌다.[30] 알아주는 이와 알아줌을 입는 이 모두 남성이면서 이
같은 서사구조를 지닌 남성 지인담은 크게 '발탁담', '보은담', '혼사담'
의 내용을 이룬다. 이 세 가지 이야기는 그 자체로 독자적인 유형을 형
성하겠지만 여기서는 남성 지인담이라는 유형의 하위 계열로 취급한
다. 이러한 내용의 남성 지인담은 조선후기 야담집에 대거 수록되어 있
다. 해당 자료와 화집별 수록 상황을 일괄 제시하면 다음 쪽에 제시한
[표 1]과 같다.

---

29) 따라서 남성 지인자가 전문적인 관상가로 설정되는 경우도 있다.
30) 경우에 따라 혹 '갈등' 단락이 생략되기도 한다.

[표 1] 남성 지인담 유화의 화집별 수록 상황 조견표

話集 \ 類話	1.세종의 발탁담	2.성종의 발탁담	3.전동흘과 이상진	4.이완과 박탁	5.동고와 피씨 사위	6.김상서와 김동	7.전장복과 아이	8.조상서와 아이	9.문명구와 등짐꾼	10.통수와 박동지	11.민백상과 김대갑	12.조동지와 아이	13.김여물과 노복	14.통수와 용인무변	15.이자건과 유진동	16.신임과 유척기	17.동양위와 홍명하	화집별총합
1.어우야담													o		o			2
2.삽교만록							o											1
3.학산학언		o																1
4.천예록	oo																	2
5.청야만집													o					1
6.동패낙송 동양문고본		o																1
7.동패낙송 천리대본		o														o	o	3
8.동패낙송 연대본		o	o															2
9.동패낙송 이화여대본		o	o															2
10.동패낙송 임형택본		o	o															2
11.동패낙송 (卷之二) 정명기본			o															1
12.계서잡록 정명기본			o															1
13.계서잡록 고려대본			o													o	o	3
14.기문총화 동양문고본											o		o					2
15.기문총화 국립중앙도서관본	oo		o	o	o						o					o	o	8
16.기문총화 연세대본		o	o															2
17.기문총화 서울대본		o	o								o					o		4

話集＼類話	1.세종의발탁담	2.성종의발탁담	3.전동흘과이상진	4.이완과박탁	5.동고와피씨사위	6.김상서와김동	7.전장복과아이	8.조상서와아이	9.문명구와등짐꾼	10.통수와박동지	11.민백상과김대갑	12.조동지와아이	13.김여물과노복	14.통수와용인무변	15.이자견과유진동	16.신임과유척기	17.동양위와홍명하	화집별총합
18.계서야담 규장각본		ooo		o	o	o							o			o	o	9
19.총화			o															1
20.청구야담 소창본				o	o					o		o	o				o	6
21.청구야담 규장각본			o	o	o					o	o	o	o	o		o	o	10
22.청구야담 버클리대본			o	o	o			o		o	o	o	o	o		o	o	11
23.청구야담 동양문고본			o	o	o					o	o	o	o	o		o	o	10
24.해동야서					o					o	o		o					4
25.동야휘집 대판대본	o	o	o	o	o	o		o		o			o			o	o	11
26.동야휘집 경북대본	o	o	o	o	o	o		o		o			o			o	o	11
27.동야휘집 천리대본	o	o		o	o													4
28.동야휘집 서울대본	o	o		o	o	o		o		o			o			o	o	10
29.동야휘집 연대본					o													1
30.금계필담 정문연본																	o	1
31.금계필담 정문연 하성문 고본																	o	1
32.금계필담 고려대본																	o	1
33.금계필담 국립중앙도서 관본																	o	1

類話 \ 話集	1.세종의발탁담	2.성종의발탁담	3.전동흘과이상진	4.이완과박탁	5.동고와피씨사위	6.김상서와김동	7.전장복과아이	8.조상서와아이	9.문명구와등짐꾼	10.통수와박동지	11.민백상과김대갑	12.조동지와아이	13.김여물과노복	14.통수와용인무변	15.이자견과유진옹	16.신임과유척기	17.동양위와홍명하	화집별총합
34.금계필담 서울대 상백문고본																○		1
35.계산담수		○																1
36.동국쇄담		○																1
37.선언편			○															1
38.성수총화			○															1
39.송천필담 정문연본			○															1
40.쇄어			○													○	○	3
41.아동기문			○		○	○										○		4
42.청구총화					○	○					○		○			○		5
43.청야담수			○	○	○	○										○		5
44.하담만록					○											○		2
45.해동기화		○																1
46.실사총담						○												1
47.대동기문			○		○											○		3
48.기문					○													1
49.몽유야담																	○	1
유화 별 총합	6	10	18	23	18	10	1	1	3	5	11	4	10	6	1	16	19	162

발탁담은 왕이나 관료가 포의의 인재를 알아보고 발탁 또는 후원하는 내용이다. 왕이 지인자일 경우는 파격적인 기용으로 주위의 반대가 수반되기도 하나 끝내는 발탁된 신하, 곧 피지인자가 맡은 바 임무를 훌륭히 해내어 왕의 지감을 입증한다. 그러나 왕과 신하라는 신분 때문에 사적인 관계 형성은 별도로 설정되지 않는다. 이러한 신하발탁담은 왕권을 강화해야 할 조선 초기부터 보이는데 유가적 전통과 함께 통치자

의 중요 덕목으로 인식되었기 때문인 듯하다. 왕은 대개 세종·세조·성종·선조·숙종 등으로 설정된다. 이들은 선치를 했거나 역사적으로 중요한 시대에 재위했던 임금이다. 「세종과 우(禹)아무개」, 「세종과 유생」, 「성종과 남산의 유생」, 「성종과 이석(李石)」, 「성종과 구종직(丘從直)」,[31](이상 유화1·유화2) 등이 여기에 해당된다. 신하발탁담은 19세기 『계서야담』, 『동야휘집』에까지 커다란 변이없이 그대로 전승된다.[32]

관료 발탁의 경우는 식감 있는 관료가 포의인 인재를 알아보고 후원하여 피지인자가 출사하는 내용이다. 우선 「전동흘(全東屹)과 이상진(李尙眞)」(유화3)을 살펴본다.

① 전동흘은 지인지감이 있었다.
② 한 마을에서 편모를 모시고 사는 가난한 이상진에게 재물을 나눠 주었다.
③ 기회 있을 때마다 도왔는데 이상진이 후에 부귀하게 될 것이라 하였다.
④ 이상진은 전동흘의 권유로 과거에 응시해 급제하였다.
⑤ 이상진이 전동흘을 추천해 벼슬이 통제사에 이르렀다.[33]

이외에 「이완(李浣)과 박탁(朴鐸)」(유화4)도 이와 유사한 발탁담이다. 「전동흘과 이상진」은 『학산학언』 이후 18개 화집에 꾸준히 수록되었고, 「이완과 박탁」은 『동패낙송』 이후에 23개 화집에 집중적으로 보인다. 앞선 시기에 출현한 「전동흘과 이상진」과는 달리 「이완과 박탁」은 효종의 죽음으로 인한 피지인자의 좌절을 드러내고 있는 점에서 오히려 안타까움과 함께 흥미를 끌었던 것 같다.

---

31) 『天倪錄』에 「獨守空齋擢上第」, 「妄入內苑陞顯官」 등의 제명으로 되어 있다. 『한국야담사회집성』 4권, 509~512쪽 참조; 『東野彙輯』에 「感宸夢獨占嵬科」로 되어 있다.
32) 이강옥, 「조선초·중기 일화의 형성과 변모과정 연구」, 서울대 박사논문, 1993, 288쪽 참조.
33) 『靑丘野談』, 「全統使微時識宰相」 참조.

한편 보은담은 지인자가 피지인자보다 우월한 관계라는 점에서는 발탁담과 동일하나 피지인자가 이인(異人)의 속성을 지닌다. 피지인자가 '거지아이'와 같이 보잘 것 없고 미천한 처지일 경우 오히려 이인의 면모가 강하다. 반면 '막료'나 '무변'등 범속한 사람이면 그보다는 이인 면모가 약화되기도 한다. 또한 보은담에서는 지인자와 피지인자가 사적인 관계를 유지한다는 점이 발탁담과 다르다. 즉 발탁담에서의 알아줌을 입은 이는 일정한 지위의 관료가 되어 '지감 적중'이 공식적으로 확인되지만 보은담은 그렇지 않다. 예컨대 임진왜란 때 알아준 이의 가족을 구원한다든가 혹은 명당자리를 잡아준다. 알아준 이가 관료가 아닌 경우에는 그를 큰 부자로 만들어 주기도 한다. 물론 알아줌을 입은 이가 범속하게 나타나는 경우도 있다. 이럴 때의 보은담에서는 알아준 이가 몰락한 후에 경제적인 도움을 주거나 그 이의 신뢰에 걸맞은 행동으로 부응한다.

이인 면모의 보은담은 일찍이 『삼국유사』의 「안길(安吉)과 차득공(車得公)」[34] 설화에서 그 선례가 보인다. 「문호왕 법민」에 들어있는 내용 개요는 다음과 같다.

① 문호왕(文虎王, 문무왕)의 서제(庶弟) 차득공은 거사 차림으로 시정을 살피러 무진주를 순행하였다.
② 아전 안길이 그가 이인임을 알고 맞이하여 정성으로 대접하였다.
③ 차득공은 안길에게 서울에 찾아오라 하고 떠나와 재상에 올랐다.
④ 안길이 서울에 와서 그가 차득공임을 알고 만났다.
⑤ 차득공이 환대하고 임금께 여쭤 성부산 아래 땅을 하사받게 하였다.

---

34) 『삼국유사 신역』, 「기이편」, 앞의 책, 118~120쪽 참조.

지인담의 일반적인 구조에서는 알아주는 이가 우월한 처지에 있으면
서 불우한 피지인자를 후원한다. 본 작품에서는 차득공을 알아본 안길
이 알아줌을 받은 사람보다 신분이 열등하지만 만나는 시점에서는 차득
공이 신분을 감추고 있으니 지인담의 일반구조와 부합하는 셈이다. 그
러나 피지인자는 숨기기는 했어도 대단한 잠재력을 지닌 귀족이니 안팎
의 능력이 다른 이인적 성격을 지닌다. 안길은 거사차림으로 초라하게
다니며 민심을 살피는 차득공의 실체를 알아보고 집으로 청해 들여 정
성껏 대접하고 자신의 아내를 시침까지 시키며 환대한다. 차득공은 안
길에게 수수께끼 같은 말로 자신의 집을 일러주며 떠난다. 그 후 안길은
서울로 수자리 살러 와서는 그를 찾으나 찾을 길이 없다. 그가 재상인
것을 알지 못했기 때문이다. 어떤 노인의 도움으로 그와 재상봉한다는
설정도 계속해서 차득공의 존재를 이인답게 만드는 데 기여한다. 이 설
화는 '지감 - 지감적중'의 일반적인 구조를 차용하면서 위정자와 백성의
관계를 밀착시키고자 하는 의도를 담고 있다. 아울러 보은담의 관점에
서 보면 통치자를 환대하는 백성은 상을 받는다는 주지를 형성한다.

조선후기 남성 지인담에서 보은담 형태를 띠고 있는 작품으로는 「동
고(東皐)와 피씨(皮氏)의 사위」(유화5), 「김상서(金尙書)와 김동(金童)」(유
화6), 「만금부자 전장복(田長福)과 거지아이」(유화7)[35], 「조상서(趙尙書)
와 아이」(유화8)[36], 「문명구(文命龜)와 등짐꾼 노인」(유화9)[37], 「통제사
(統制使) 이장오(李章五)와 동지(同知) 박민행(朴敏行)」(유화10)[38], 「재상
민백상(閔百祥)과 위장(衛將) 김대갑(金大甲)」(유화11), 「조동지(趙同知)와

---

35) 『雪橋漫錄·土』에서는 「邊士行」의 구술로 되어 있다. 『삽교집』 하, 서벽외사해외수
　　일본, 아세아문화사, 1986, 344~346쪽 참조.

36) 『靑丘野談』, 「獲生金父子同宮」; 『東野彙輯』, 「輸一石父子敍倫」 참조.

37) 『東野彙輯』, 「警頑習店舍責衲」 참조.

38) 『靑丘野談』, 「朴同知爲統帥散財」 참조.

거지아이」(유화12)[39] 「김여물(「金汝吻)과 충복」(유화13) 「통수(統帥)와 구무변(具武弁)」(유화14)[40] 등이 있다. 이 가운데 「동고와 피씨사위」, 「김상서와 김동」, 「전장복과 거지아이」, 「조상서와 이인아이」, 「문명구와 등짐꾼」 등은 피지인의 이인 성향이 더욱 강한 이야기들이다.

특히 「동고와 피씨사위」는 알아보는 이가 동고 이준경(李浚慶)이어서 그 예지력이 신통하기까지 하여 다소간의 이인 경향을 띠기도 한다. 내용은 다음과 같다.

> ① 겸인(傔人) 피씨(皮氏)가 동고에게 자기 외동딸 사윗감을 골라 달라고 청하였다.
> ② 어느 날 동고는 길거리에서 거지아이를 데려와 혼례를 시켰다.
> ③ 피씨의 사위는 매일 빈둥거리며 잠만 자니 식구들이 모두 박대하였다.
> ④ 동고가 죽으며 자신의 가족들을 피씨의 사위에게 부탁하였다.
> ⑤ 피씨의 사위는 대비해 두었던 산중의 피난처로 양가 식구들을 데려갔다.
> ⑥ 동고 자제들이 답답해 하자 산위에 올라가 임란이 났음을 보여주었다.
> ⑦ 대란이 끝난 후에 피씨의 사위는 길지(吉地)에다 동고 후손들을 옮겨주고 어디론가 떠났다.[41]

지인지감이 있다고 이름난 이준경 대감에게 그 집안 겸인이 사윗감을 부탁했더니 길거리의 거지아이를 택해 주었다. 그런데 그 아이는 이 대감의 부름에도 응하지 않아 정중히 초청해야 했고 또 혼인을 청해도 달갑지 않게 여겼다. 알아줌을 입은 사람의 이 같은 태도에서 이인적 속성이 잘 드러난다. 또한 3년 동안 잠만 자며 빈둥대니 가족들이 무시한다. 일종의 갈등이 형성되는 셈이지만 알아준 이의 후원은 오히려 계속된

---

39) 『靑丘野談』, 「獲生金父子同宮」; 『東野彙輯』, 「輸一石父子敍倫」 참조.
40) 『靑丘野談』, 「鄕弁自隨統使後」; 『東野彙輯』, 「暗酬惠謀帥歸老」 참조.
41) 『溪西野談』, 『한국문헌설화전집 1』 101쪽 참조.

다. 그런데 어느 날 이후부터 신이함을 보여서 주변 사람들의 인식을 바꿔 놓고 임진왜란에 대비한다. 이미 예정된 '천운(天運)'은 어쩔 수 없어 국가를 위기에서 구하지는 못 하지만 개인적 차원의 피난은 가능하다고 보았다. 당시 상황에서는 임진왜란이라는 대변란 후에 무능력한 지도층보다는 무명의 이인에게 신뢰감을 느끼는 정서가 형성되었음직도 하다. 위기를 극복하는 데 있어 대감보다는 겸인이, 겸인보다는 거지사위가 더 실질적 역할을 한다는 역전된 관계가 암시되었지만, 이준경 대감은 그를 어느 정도 내다보았으니 알아줌의 능력이 기존의 위계질서를 다시 유지시켰다 하겠다.

「문명구와 등짐꾼」도 역시 이인을 알아보는 지인의 이야기이다. 지인지감이 있는 문명구(文命龜)는 어느 점사에서 만난 미천한 등짐꾼이 이인임을 알아본다. 그의 알아봄과 대접에 등짐꾼은 명당을 일러준다. 훗날 문명구가 재물을 주어도 받지 않고 가버려 이인다운 면모를 분명하게 드러낸다.

「전장복과 거지아이」는 거부인 전장복(田長福)이 거지아이를 데려다 키우는데 어느 날 아이가 장사를 원해 자금을 주었더니 많은 이득을 남겼다. 그런데 아이의 행적이 신이하기 그지없다. 그 후로 전장복이 그 아이를 사위로 삼았더니 그의 재산을 잘 지켰다고 한다. 만난 이후의 행적도 그러하려니와 특히 그 소종래를 알지 못하는 거지아이로 설정되어 있어 이인 성향을 띤다.

「김여물과 충복」은 인물전설에 보은담이 곁들여 지는 과정을 보여주는 유화로서 주목된다. 『어우야담』에 수록된 김여물(金汝吻)의 일화는 지인담이 아니라 김여물이 탄금대에서 전사했다는 전쟁 영웅에 관한 사실담이다. 이것이 『계서야담』에 수록된 「김여물과 충복」에서는 달라진다. 김여물은 평시 다른 하인들의 질시에도 불구하고 밥을 유달리 많이

먹는 한 노복의 뒤를 보아 주었다. 그 후 김여물이 전쟁에 나가자 노복은
자원하여 수행하였다. 주인을 죽음에서 지키기 위해 애쓰다가 주인이
기어코 전사하자 죽음을 무릅쓰고 시신을 건져 돌아왔다. 보은담의 성격
을 띠기도 하지만, 음식을 축내는 건장한 노복이 언젠가 쓰일 데가 있다
는 것을 주인의 입장에서 예견했다고도 볼 수 있으므로 지인담으로 분류
해 볼 수 있다. 알아준 이는 비록 생전에 지감 적중을 확인하지 못 했지
만, 오히려 전장에다 시신을 방치해야 한다는 사후의 극한상황에서 생전
알아줌의 행위가 보은의 결과를 얻었다는 점에 극적인 반전이 있다.

보은담 계열의 남성 지인담은『청구야담』이후에 다양한 변모로 발전
하였다. 「조동지와 거지아이」는 치부하는 이야기와 관련하여 의외의 가
족 관계를 환기시켜 준다. 큰 부자인 조동지가 거지아이를 양자로 삼아
장사를 시키는데 그 아들은 장사 밑천을 가지고 오히려 평양 기생에게
미혹을 당한다. 그러나 생금덩어리인 기생집의 섬돌을 얻어와 의부에게
주고 의가 났던 관계를 회복하였다.

또 「통수와 구무변」은 흥미로운 배신 삽화를 끼어 넣었다. 통제사를
따라간 무변이 통제사의 신임과 은혜에도 불구하고 어느 날 돈을 갖고
도망간다. 그 후 세월이 흘러 통제사가 남인의 몰락과 함께 망하자 달아
났던 무변이 찾아와 자신이 마련해 놓은 생거지로 안내한다. 당쟁으로
인한 정권의 부침이 무상할 뿐만 아니라 무엇보다 당파에 허망하게 휩
쓸리는 개인의 위기를 예전의 알아줌이 의외로 극복하게 했다는 내용이
다. 집단의 논리에서 벗어나 개인적 소망을 추구하는 데 있어 지인과
보은의 관계를 특이하게 꾸며냈다고 하겠다.

한편 남성 지인담은 혼사담 계열에 이르러 또 다른 양상으로 발전한
다. 우선『매옹한록(梅翁閒錄)』[42) 소재의 혼사 지인담은 기본 형태로서
주목된다. 「이토정과 이덕형」, 「동양위와 김좌명」 등이 여기에 해당된

다. 이들 이야기에는 갈등과 후원의 단락이 없다. 이토정은 이산해의 부탁으로 이덕형을 사윗감으로 골라주며 출세를 예언했는데 적중하였다. 또 동양위는 김좌명의 울음소리를 듣고 갓난아이 때부터 사윗감으로 점지했는데 김좌명은 과연 소년 등과한 인재였다.

여기서는 알아주는 이와 알아줌을 입은 이의 신분이나 처지가 질적으로 다르지 않다. 따라서 가족의 반대나 갈등이 있을 리 없고 따라서 알아줌을 입은 이에 대한 알아준 이의 지속적인 후원도 그다지 두드러지지 않는다. 혼인과 관련하여 오직 지인자의 지감과 지감적중이 이야기의 핵심을 이룰 뿐이다.

그러나 혼사담 계열은 '지감', '후원', '보은' 등의 내용에 '혼사'가 개입됨으로써 내용이 더 흥미로워지고 갈등과 반전이 두드러진다. 「재상 이자견(李自堅)과 유진동(柳辰仝)」(유화15), 「판서 신임(申銋)과 유척기(俞拓基)」(유화17), 「동양위(東陽尉)와 맏사위 홍명하(洪命夏)」(유화17) 등이 여기에 속한다.

이들 유화에서 알아준 이는 현달한 관료이며 알아줌을 입은 이는 불우한 처지의 양반이다. 또 알아준 이는 혼인 당사자인 알아줌을 입은 이의 장인이든가 처족 어른이다. 알아줌을 입은 이는 가난한데다 행동이 거칠은 영락한 양반 자제이므로 알아준 이의 선택은 가족들의 박대와 갈등을 수반한다. 반면 상대적으로 알아준 이는 알아줌을 입은 이를 지속적으로 후원한다. 후에 알아줌을 입은 이가 현달해서야 알아준 이의 지감이 입증된다.[43]

---

42) 『한국야담자료집성』 7, 정명기 편, 계명문화사, 1987, 수록.
43) 『太平廣記』 '知人' 條 「韋訜」의 전통과 어떤 관련이 있을 듯하다. 그러나 피지인자의 이인적 면모와 지인자의 비범한 감식은 우리 야담사의 독자적인 전통을 계승했다 할 수 있다.

「이자견과 유진동」은 현재 『어우야담』에만 보이는데 『매옹한록』 소재의 단순 지인담보다 한결 복잡한 구조를 지닌다.

① 유진동은 고아로서 공부를 못 한데다 도둑질을 일삼는 씨름장사였다.
② 재상 이자견이 지나다 그를 보고 자기 여동생과 혼인시켰다.
③ 그러나 유진동이 여전히 못되게 굴어 가족들이 이자견을 비난하였다.
④ 이자견은 묵묵히 그를 후원하였다.
⑤ 유진동이 말에서 떨어진 후 심기일전하여 글공부에 매진하였다.
⑥ 유진동이 급제하여 판서에 이르렀다.[44]

알아줌을 입은 이의 처지가 열악한데다 사람됨이 못됐는데 가족의 일원이 되었다. 이는 자연스레 가족 간의 갈등을 일으키게 마련인데 알아준 이의 후원이 지속되었다. 그러다 방탕하던 피지인자가 분발하는 계기를 맞았다. 그로부터 반전이 이루어지고 알아준 이의 지감이 적중하는 결과에 이르렀다. 「이토정과 이덕형」, 「동양위와 김좌명」 같은 혼사 지인담이 일화 수준에 머물렀다면, 이는 야담 특유의 서사 구조를 획득한 지인담이라 할 만하다.

또한 「신임과 유척기」, 「동양위와 홍명하」는 19세기 『계서야담』, 『동패집』 이후로 총16개와 총19개 화집에 집중적으로 나타난다. 현재로서는 『어우야담』에서 1편만 발견되는 「이자견과 유진동」과는 다르게 이들은 후대 화집에 활발하게 수용되면서 꽤나 인기를 끌었던 것 같다. 이들의 내용에는 알아준 이의 능력과 후원이 구체화되며, 알아줌을 입은 이가 겪는 수난이나 갈등이 심화되어 나타난다.

우선 「신임과 유척기」에는 구체적으로 '관상술'을 통하여 지인자의 지감이 발휘된다. 내용 단락을 살펴보면 다음과 같다.

---

44) 『於于野談』 경문사, 1977, 30쪽.

① 신임은 지인지감이 있어서 며느리가 유복자인 손녀의 사윗감을 부탁하였다.
② 길을 가다 노는 아이들 중에서 초라한 모습의 유척기를 발견하였다.
③ 유척기의 집에 청혼을 하고 며느리에겐 그 사실을 혼인날까지 비밀로 하였다.
④ 혼례 후 며느리와 식구들이 유척기를 꺼려하였다.
⑤ 신임은 지속적으로 유척기를 후원하였다.
⑥ 후에 유척기는 80까지 부부해로하고 영상에 이르고 부귀다남하였다.[45]

며느리는 지감 있는 시아버지에게 유복자였던 제 딸의 남편감으로 "부부해로하며 지위가 대관에 이르고 부귀다남할 상(相)"의 사내를 골라 달라고 주문하였다. 불쌍한 처지에서 태어난 딸아이를 위해 최고의 신랑감을 얻어주고 싶었던 심정에서 그리했을 것이다. 그런데 시아버지 신임은 유척기를 택하였다. 택해진 신랑감의 현재 처지는 조고가빈하고 봉두난발한 망나니 같은 아이였다. 그러나 시아버지는 '하목해구(河目海口)'에다가 '골격(骨格) 비범(非凡)'한 점을 알아보고 손녀의 사윗감으로 그를 선택하였다. 알아줌을 입은 이의 잠재력이 관상 용어로 집약되었으니 알아준 이의 지감이란 다름 아닌 관상술임을 암시한 셈이다.

대표적인 상법 서책인 『마의상법』에는 "하목해구 식록천종(河目海口 食祿千種)"이라는 구절이 보인다. 이는 깊고 길고 빛나는 눈과 '넉四 자(字)'형으로 생겨 힘 있고 매무새 있는 입술을 지녔으면 높은 벼슬을 한다는 뜻이다.[46] 이러한 피지인자의 외모 제시는 며느리가 요청한 조건과 부합되는지 호기심을 자아낸다. 그러나 서사적으로는 그 결과에 이르기까지 순차적 단락을 지닐 수밖에 없어 호기심을 연장시키게 된다.

---

45) 『東野彙輯』, 「槌翁寢將計入房」 참조.
46) 『芝峯類說』身形部, 「容貌」에는 '하목해구'에 대해 상세한 풀이를 해놓아 참고가 된다. "相書曰 河目海口 食祿千種 註目光明而不露 口方正而不反 貴顯食祿之相也 河目海口者 言有容納而不反露也"

며느리의 반대를 짐작한 신임은 혼인날까지 신랑감을 감춘다. 따라서 혼사 후 장모의 핍박과 멸시를 받는 것은 당연히 수반되는 결과인 셈이다. 한편 신임이 국가에 진상할 먹[墨]을 쓸 만큼 가지라고 하자 유척기는 그 먹을 모두 가져가 주위에 나눠 주었다는 내용이 삽화로 제공되기도 한다. 이를 통해 유척기가 '큰 그릇'의 인물임을 암시함은 물론이다. 반면에 가족 간의 갈등이 있다고 해도 심각한 양상으로 그려져 있다 할 수는 없다. 갈등이 있을 때마다 알아주는 이의 후원이 이어져 곧바로 문제가 해결되기 때문이다.

「동양위와 홍명하」에서는 알아줌을 입은 이의 시련이 심각하고 알아준 이의 구실도 한정적이다. 서사 단락을 추출해 본다.

① 지인지감이 있는 동양위의 첫째 사위는 홍명하, 둘째 사위는 김좌명이다.
② 홍명하는 마흔이 되도록 처가살이하고 김좌명은 소년 등과하였다.
③ 홍명하에게 가족들의 박대가 심했는데 그중에도 처남 신면이 더하였다.
④ 김좌명이 문형(文衡)일 때 홍명하의 글을 보지도 않고 던졌다.
⑤ 홍명하의 밥상에 고기가 올라오자 신면이 땅에 던졌다.
⑥ 동양위는 죽으며 홍명하에게 아들 신면을 부탁하였다.
⑦ 홍명하는 등과해 좌상이 되어 김좌명에게 수모를 갚았으며 처남 신면이 옥사에 연루되자 법대로 처리케 하였다.[47]

알아준 이의 지감 선택을 강조하기보다는 알아줌을 입은 이의 박대가 거듭 묘사되었다. 알아준 이가 알아줌을 입은 이를 애써 두둔하지만, 알아줌을 입은 이가 가족으로부터 받는 멸시와 모욕은 여전하였다. 처남과 동서가 잔치자리에 끼어주지 않는다든가 장모의 미움으로 밥상의 반찬조차 차별을 받는다. 그러나 동양위는 그가 귀히 될 줄 알고 늘 두

---

47) 『靑丘野談』, 「洪相國早窮晚達」; 『東野彙輯』, 「賢尉揭鑑欵贅婿」 참조.

둔하며 더욱이 임종 시 아들 신면을 간곡히 부탁한다. 다른 작품 못지않은 지감을 지녔다고 할 수 있다.

그러나 홍명하가 자신을 알아준 장인의 부탁에 흔쾌한 대답을 하지 않는 것이 눈에 띈다. 그러한 태도는 그가 현달한 후의 행동 때문에 더 의미가 있어 보인다. 알아줌을 입은 이의 현달은 알아준 이의 지감이 적중하는 일이지만, 알아줌을 입은 이가 평소의 괄시와 서름을 철저하게 갚는 듯한 내용은 알아준 이의 지감이 철저하지 못 했다고 평가할 여지가 있다. 하지만 그러한 결말에 대해 화집에 따라 편찬자의 의견이 다르게 나타나기도 한다. 김자점(金自點)의 역모에 연루된 신면(申冕)을 당시 법대로 처리토록 임금에게 아뢴 것이 오히려 장인 신익성(申翊聖)의 알아줌에 보답한 것이라는 견해와, 처남을 적극적으로 구원할 수 있는데도 하지 않았으니 보복한 것이라는 견해로 양분된다. 역사적 평가와 서사적 비평 사이에서 서로 다르게 평결을 붙였다 할 수 있다. 문학적으로는 남성 지인담의 구조에 일종의 역설적인 보은담을 결합시킨 특이한 형태의 작품으로 평가된다.

이상을 통해 볼 때 남성 지인담에서는 인재 발탁의 주제가 가장 보편적인 형태인 것으로 여겨진다. 그것은 사대부 남성사회의 주관심사가 환로에 진출하는 일이기 때문에 그와 관련된 이야기가 일반화되었을 것이다. 하지만 이것은 알아주는 이와 알아줌을 입은 이의 공식적인 관계를 주로 다루므로 서사적 구조는 비교적 단순하다. 그에 비해 사적인 차원에서 형성된 지인과 피지인의 관계가 이야기되면서 더 큰 흥미를 끌었고 활발하게 전승되었던 듯하다. 보은담과 애정결연담 성격의 남성 지인담이 이에 해당된다. 보은담 계열은 피지인의 성격이 이인적인 면모를 띠면서 흥미를 더했고, 애정결연담은 피지인의 열악한 처지에서 오는 가족 갈등과 지인의 후원 등이 관심거리였다. 그래서 '지감 – 지감적중'이라는 단

순구조에 선택, 후원, 갈등, 분발 등의 여러 서사 단락을 추가하게 되었
다. 이러한 구조적 발전은 지인담의 범주를 확장시키는 데 매우 중요한
기여를 했고 여성 지인담에 영향을 끼쳤으리라 추측된다.

지인담의 주요 영역은 남성이 남성을 택하는 남성 지인담 말고도 여
성이 남성을 배우자로 택하는 여성 지인담이 있다. 후자의 영역은 주
로 애정 결연의 주제와 관련되기도 한다. 택부담(擇夫談)으로 분류하는
연구자도 있으나 지감 있는 여성의 지감적중 과정이 서사구조의 핵심
이므로 '여성 지인담'이라고 하는 포괄적 개념이 더 유용하다. 이제 택
부담 성격의 유사 여성 지인담, 또는 여성 지인담과 유사한 성격의 여
성주인공 야담을 대비함으로써 여성 지인담의 개념을 명확히 해둘 필
요가 있다.

야담에 등장하는 여성들은 열녀, 효녀, 현모, 양처 등이 주류를 이루
며, 이들은 거의 사회적 통념이나 주어진 환경에 순응하는 전통적 여성
상을 구현한다. 그러나 조선후기로 갈수록 기존의 관념과는 어긋나는
여성상이 표출되곤 하였다. 이들의 공통성은 현실의 고난에 대해 적극
적이고 그를 해결하는 데 있어서 주체적 능력이 있다는 점이다. 여성
지인담을 이러한 일반적 경향과 견주어 보자면, 여성 주인공이 적극적
인 면에서 "배우자를 스스로 선택한다"는 것과 능력의 측면에서 "앞일을
예견한다"는 특징적 면모를 지닌다.

여성 지인담 전반에서 보면 여성 주인공은 '배우자 선택'과 '앞일 예견'
의 어느 하나의 특징만 지니기도 하고, 두 가지 특징을 모두 지니기도
한다. 우선 한 가지 특징을 편향적으로 드러내고 있는 이야기를 보자.
이들은 여성 지인담은 아니지만 여성이 스스로 배우자를 찾아나서는 내
용이 주목된다. 구체적으로 「검녀(劍女)」와 「박효낭전(朴孝娘傳)」[48] 등
이 이에 해당된다. 이 가운데 「검녀」를 살펴보자.

① 소응천이라는 어떤 명사가 있었다.

② 어느 날 묘령의 처녀가 찾아 와 소실이 되길 자청하였다.

③ 얼마 후 소실은 소응천에게 자신의 내력을 털어 놓았다.

④ 자신은 노비 출신으로 주인집이 정변으로 몰살당하자 주인집 딸과 함께 검술을 배워 원수를 갚았다. 그 후 포부에 맞는 배우자를 물색하러 다니다 소응천 당신의 명성을 듣고 의탁했다고 하였다.

⑤ 그러나 함께 살아 보니 그 명성이 모두 헛된 것임을 깨우쳤다고 하였다.

⑥ 소실은 검무를 추고는 어디론가 떠났다.[49]

여성 주인공은 스스로 배우자를 고르기 위해 전국을 돌아다녔다. 그럴 만한 비범함을 그녀의 과거가 잘 말해준다. 그러나 함께 살아보고 그의 위선과 헛된 명성을 깨우쳤다. 그녀는 "음식을 만들고 바느질하는 여인의 일을 다시는 하지 않겠다"면서 소응천 앞에서 칼춤을 추고 떠났다. 남성의 위대함이 지근거리에서는 얼마나 허망한 것인가를 역설적으로 드러내었지만, 지감 능력의 측면에서 보면 세상의 부당함에 맞서는 적극적인 여성이 걸맞은 우자를 찾지 못했다는 말이기도 하다. 그 실패의 원인이 위대한 남성의 부재 때문인지, 안목의 결여 때문인지는 편찬자의 시각에 따라 달라질 일이다. 그러나 후자의 관점을 지닌다 하더라도 여성의 지감이 중요하기 보다는 남성의 지감 부재가 서사의 초점이 될 것이다. 그래서 여성의 이인적 면모 내지 실패한 영웅의 모습을 드러내게 된다.

반면, 여성이 앞일을 예견하면서도 선택에 직접 관여하지는 않는 이야기가 있다. 「나씨(羅氏) 부인」[50]과 「박필위(朴弼渭) 처」[51] 「홍천민(洪

---

48) 『雪橋集』(규장각본) 권6, 아세아문화사, 1986, 565~573쪽; 김혈조, 「박효랑 사건과 그 문학적 演變」, 『인문연구』 10집 2호, 영남대 인문과학연구소, 1989, 참조.

49) 『雪橋漫錄』, 서벽외사해외수일본, 아세아문화사, 1986, 349~352쪽; 전용문, 「한문 단편 '검녀'에 대하여」, 『어문연구』 14집, 충남대 어문연구회, 1985, 참조.

天民) 처」52) 등이 이에 해당된다. 「나씨부인」은 두 편의 삽화로 이루어
져 있는데 그 중 전자의 내용은 다음과 같다.

① 김수항(金壽恒)의 부인 나씨는 지인지감이 있었다.
② 나씨가 사윗감을 고르는데 셋째 아들 삼연(三淵)으로 하여금 민씨 가문의 젊
   은이들 가운데 택하게 하였다.
③ 삼연이 보고 나서는 훌륭한 인물이 없다면서 이씨 댁에서 사윗감을 골랐다.
④ 나씨부인이 혼례 때 신랑을 보고는 요절할 상이라 하고 자신의 딸 역시 마찬가지
   라고 하였다. 부인은 민씨댁 도령들을 보고는 모두 귀상(貴相)이라고 하였다.
⑤ 후에 부인의 말대로 민씨댁 도령들은 현달했으며 사위와 딸은 일찍 죽었다.53)

　삼연(三淵)은 야담에서 흔히 지감 있는 인물로 등장하는 김창흡(金昌
翕)인데, 본 작품에서는 그같이 명망 높은 사대부가 어머니 나씨의 안목
보다 못했다는 것을 이야기하였다. 노부인의 지감이 대단하고 그에 반
하여 대단하다는 남성의 지감은 크게 못 미쳐 일을 그르쳤음을 나타내
었다. 물론 나씨부인은 부정적 결과에 대한 예견력을 보였다는 점에서
특이한 위치에 있다.
　「박필위 처」는 지감과 유사한 예견력을 지닌 여성의 모습을 보이기도
한다. 내용 단락을 살펴본다.

50)『松泉筆談』(정신문화연구원본)『記聞叢話』,『靑丘野談』,『溪西野談』등에 수록되
　　어 있다.
51)『기문총화』,『해동기화』등에 수록되어 있다.
52)『於于野談』, 앞의 책 144쪽 참조. 내용 단락은 다음과 같다: ①洪天民과 朴應男은
　　막역한 친구 사이였다. ②홍천민의 처 柳氏가 창틈으로 朴을 보고 남편에게 경계하
　　라고 권하였다. ③홍천민은 부인의 말을 듣지 않았다. ④훗날 부인의 말대로 박응남
　　이 총천민을 배반하였다.
53)『靑丘野談』,「製錦袍夫人善相」참조.

① 박필위(朴弼渭)는 박세채(朴世采)의 손자이다.
② 그가 등과하여 부친이 잔치를 열어 기뻐하는데 박필위의 처인 홍씨부인은 홀로 근심하였다.
③ 시아버지가 경사스런 일에 근심한다고 며느리를 꾸중하자 공부하지 않은 남편이 등과했으니 오히려 걱정이라고 하였다.
④ 후에 박필위는 남의 글을 훔쳐 등과한 것이 발각되었다.54)

남의 글을 훔쳐 급제한 남편의 실상과 무엇을 모르고 잔치를 베푸는 시아버지의 모습이 모순적이다. 반면에 남편의 예기치 않은 행운에 대해 불길함을 직감한 아내는 어느 정도 여성 지인자의 모습을 띠고 있다. 그러나 여성의 능력은 적극성이 배제된 채 실패한 결과에서만 역설적으로 입증되었다. 이는 여성 지인담의 온전한 모습이라 보기 어렵다.

위의 두 이야기는 피지인자의 장래에 대해 여성이 예견력을 발휘하여 어느 정도 '지감과 지감적중'의 구조를 보이고 있지만 본격적인 지인담이라고 간주하기는 어렵다. 지감 화소가 삽입된 단순한 여성 지인담이라 할 수 있다.

이에 비해 남편감을 고르는 내용의 여성 지인담은 여성이 남성의 잠재력을 알아보고 스스로 선택해서 성공적인 결과를 만들어내는 이야기이다. 『태평광기』, 「묘부인」에서는 장모가 사위를 선택했던 데 비해서, 조선후기 야담에서는 결연 당사자인 여성이 남성을 직접 택하는 이야기로 나타난다. 우리 야담이 긴장감이 있고 사실적이다. 이러한 여성 지인담으로는 「일타홍」 유화가 대표적이다.

① 심희수는 조고가빈(早孤家貧)하여 실학(失學)한 데다가 방탕하기까지 하였다.
② 어느 잔치에서 일타홍은 심희수의 비범함을 알아보고 그의 집으로 찾아가 결

---

54) 『記聞叢話』, 『한국야담자료집성』 6, 361쪽 참조.

연을 맺었다.
③ 일타홍은 집안을 돌보며 심희수의 공부를 밤낮으로 권면하였다.
④ 심희수가 학업에 염증을 느끼자 급제 후에나 만나자며 가출을 결행하였다.
⑤ 심희수는 이를 계기로 분발하여 급제하고 일타홍과 재상봉하였다.
⑥ 심희수는 일타홍의 고향인 금산 군수로 부임하고 일타홍은 그곳에서 죽었다.[55]

「검녀」는 스스로 배우자를 찾아 나섰다는 적극적인 면으로는 여성 지인담과 유사하나 지감 능력을 보이지 못하였다. 「나씨부인」이나 「박필위 처」는 지감이 적중되기는 하지만 실패를 예견하는 지감이어서 알아본 이의 구실이 한정적이며, 알아주는 사람으로서의 지인자는 되지 못하였다. 이에 비해 「일타홍」은 지감 능력이 남성의 사회적 성취로 귀결될 뿐만 아니라 그 능력이 입증될 때까지 서사 전 과정에서 알아주는 이와 알아줌을 입은 이의 관계가 내밀하게 지속되었다. 뿐만 아니라 남성의 처지가 역전되어 전후 상황에 반전이 일어났다. 본 연구에서는 '지감 - 지감적중' 구조의 일화류가 아니라 바로 이러한 요소가 서사 단락으로 구비된 여성 지인담을 본격적으로 다루고자 한다. 이상에서 여성 지인담의 유형은 최소 다음과 같은 의미 단락을 구비하고 있는 것으로 한정한다.

① 남성의 불우한 처지가 제시된다. - '피지인자 제시'
② 여성은 남성의 비범함을 알아본다. - '지감에 의거한 선택'
③ 여성은 남성에게 헌신하고 후원한다. - '결연과 여성의 헌신'
④ 남성은 현달한다. - '지감 적중과 남성처지의 반전'

---

55) 모두 37개의 각 편이 있는 유화이지만 여기서는 기본적인 줄거리를 보이기 위해 『계서야담』의 내용을 축약하여 전재한다.

다음으로는 여성 지인담과 유사한 내조담이나 현녀담 등을 비교 검토
하여 여성 지인담의 특징을 분명하게 점검하기로 한다. 먼저 내조담으
로 「김생(金生) 처」를 살펴본다.

> ① 상주에 사는 김생은 고아로서 머슴을 살다가 26,7세에 혼인하였다.
> ② 첫날 밤에 그의 아내가 10년을 기한하여 치산하자고 제안하였다.
> ③ 부부 각방을 쓰며 매일 죽 한그릇 씩을 먹고 치산(治産)에 힘썼다.
> ④ 10년 만에 마침내 거부(巨富)가 되었다.[56]

여성 주도하에 남녀가 노력하여 좋은 결말을 맺는다는 것은 여성 지
인담과 유사하다. 그러나 여성 주인공의 지감이나 능동적인 배우자 선
택이 내조담에는 없다. 그럼에도 불구하고 불우한 처지의 결연, 부부의
분발, 성공적인 결말 등은 여성 지인담과 내조담이 공유하고 있는 내용
단락이다.

반면 '지감 선택'이라는 측면에서 여성 지인담과 아주 흡사한 「양사언
모친」을 보자.

> ① 양사언의 부친은 영광 군수로 여행길에서 우연히 어느 시골집에서 쉬게 되었다.
> ② 홀로 있던 어린 소녀가 접대에 소홀함이 없었다. 떠날 때 소녀에게 부채를 답
>   례로 주었다.
> ③ 몇 년 후 소녀의 아버지가 찾아와 소녀가 다른 곳으로 시집가지 않는다며 소실
>   로 맞아 줄 것을 청하였다.
> ④ 소녀는 소실로 들어 와 집안을 잘 꾸려나가고 아들 봉래를 낳았다.
> ⑤ 남편이 죽자 봉래의 모친은 봉래가 서자임을 알리지 말라고 유언한 후 자결하
>   였다.
> ⑥ 봉래는 자라서 높은 벼슬을 하였다.[57]

---

56) 『靑丘野談』, 「營産業夫婦異房」 참조.

배우자 선택에 있어 여성의 능동성이 두드러져 있다. 양사언의 부친
은 환대에 대한 답례로서 부채를 주었을 터인데 소녀는 그것을 일종의
'신물(信物)'로 변화시키는 결단을 행동으로 보여주었다. 다른 곳에 시
집가기를 거부한 것이다. 비록 지감에 의거한 선택이 아닐지라도 그 적
극성만은 여성 지인담과 다르지 않다. 또 양사언 모친이 배우자를 선택
하여 집안을 건사하고 끝내 아들을 통해 성공적인 결과를 도출해 냈다
는 점에서 여성 지인담과 유사한 측면이 있다. 그러나 그 과정에서도
지감 내지 지감 적중의 의미 보다는 여성주인공의 절실함과 적극성이
강조된다. 이미 남성은 고을 원의 자리에 올라있으니 지감으로 선택할
필요성이 줄어드는 대신에 후실로 결연을 맺은 후의 행실이 더 부각된
다. 남성의 입신출세를 위한 노력과 헌신보다는 '어진 여자'로서의 자질
이 도드라진다. 그런 덕목은 아들의 장래를 위하여 자결하는 극단의 모
성애를 보이는 대목에서 정점을 이룬다. 부친이 죽어도 복(服)을 입지
못하는 아들을 위해 천출 모친이 따라 죽음으로써 그 아들의 신분 문제
를 해결하게 하고, 적서차별에 대한 강한 저항을 보인 것이다. 그 결과
서자인 아들의 환로 진출이 원활해지고 결국 훌륭한 인물이 되었다. 이
이야기는 출신이 비천함에도 불구하고 훌륭한 인물이 된 양사언의 내력
이 관심 대상이지만, 극단적인 현모양처형의 여인을 부각시켰다. 여성
지인담에 근접해 있기는 해도 그 본령은 현녀담이다.

한편 '능력 있는 여성'이라는 측면에서 여성 지인담과 유사한 여성 이
인담을 보자.[58] 「이충무공 소실(小室)」[59] 「정충신(鄭忠信) 처」[60] 「김천

---

57) 『東野彙集』, 「藏扇幣童女證約」, 정명기 편, 『원본 동야휘집(하)』, 보고사, 1992, 324
   쪽 참조.
58) 능력 있는 여성으로서 여성 영웅을 함께 거론할 수 있다. 그러나 야담에서는 여성
   영웅의 모습은 잘 보이지 않는다.
59) 『계서야담』에 수록. 내용에 대해서는 주 22) 참조.

일(金千鎰) 처」, 「김면(金沔) 처」 등이 이에 해당된다. 이들은 전체 줄거리에 있어 매우 유사한데, 이 가운데 「김면 처」의 내용 단락을 살펴 보기로 한다.

① 김면은 빈한하여 장가를 들지 못하였다.
② 이웃마을에 황발부인(黃髮夫人)이라 불리는 못생긴 노처녀를 아내로 맞이하였다.
③ 부인이 병든 말을 보살펴 명마로 만들었다.
④ 부인이 사람들에게 농사법을 지휘하니 풍년이 들었다.
⑤ 부인이 쇠를 모아 박 모양으로 만들어 비축하였다.
⑥ 임란이 나자 남편에게 의병을 모으게 하고 사람들에게는 박을 달고 다니게 하면서 마을 입구에는 쇠박을 갖다 놓았다. 왜군이 장사마을인 줄 알고 침범하지 않았다.[61]

위 유화들의 여성주인공은 예견력의 측면에서 여성 지인자와 유사하지만 기본적으로 이인의 속성이 강하다. 물론 예견력의 성격이 다르기도 하지만, 이들은 스스로의 능력을 감춘다는 점에서 가장 큰 차이점을 지니고 있다. 지인담에서는 알아주는 여성이 예견력을 드러내면서 남성을 선택한다면, 이인적 여성은 오히려 자기를 알아보는 사람에 의해 선택되고 배우자 남성과 결연을 맺는다. 그러므로 이들은 처음에 지감 없는 주변인들에게 무시당한다. 또한 여성 지인자는 남성을 통해 신분상승을 꾀하는 반면에 여성 이인은 고유한 자기 능력을 발휘하여 사업을

---

60) 『기문총화』, 『한국야담자료집성』 6, 178쪽; 『청구야담』, 「練光亭錦南應變」 참조. 「이충무공소실」과 내용이 대동소이하다.
61) 『금계필담(錦溪筆談)』에 수록되어 있다. 『계서야담』, 『청구야담』의 「김천일 처」는 부인이 어느 집 딸인지 모른다고만 되어 있다. 또 시집 와서 매일 잠만 자니 시아버지가 꾸중을 한다는 대목이 삽입되어 있지만, 난리를 준비하는 내용이 대동소이하다. 남주인공들이 임진왜란의 명장들로서 상호 출입이 있었던 것 같다.

벌이는 데 목표를 둔다. 다만 사업을 성취하는 중에 남성에게 더 적합한 일은 남성이 담당하게끔 안배할 뿐이다. 그리고 그러한 과정에서 비로소 능력을 인정받는다. 여성 지인자는 남성의 현실적인 성취가 있어야 능력이 인정되는 데 비해 여성 이인은 스스로 사업을 성취하여 능력을 인정받으며 남성의 현실적인 성취는 그리 중요한 요건이 되지 않는다.

이상에서 여성 지인담과 유사한 내조담, 현녀담 그리고 여성 이인담을 대비해 보았다. 이상의 논의에서 도출된 사항들을 표로 작성해 보이면 다음과 같다.

[표 2]

의미단락 ＼ 유형	여성 지인담	내조담	현녀담	여성이인담
남편 선택	o	x	o	x
여성의 지감	o	x	x	x
여성의 헌신	o	o	o	o
처지의 반전	o	o	x	x

여성이 능동적으로 남성을 배우자로 선택한다는 면에서 여성 지인담과 현녀담이 동일하다. 그러나 선택이 여성 지인담에서는 여성의 지감에 의해 성립되는 데 반해 현녀담은 여성의 적극성에 의한다는 점이 다르다. 현녀담에서 선택되는 남성은 불우한 처지를 전제로 하지 않는다. 그에 비해 여성의 지감은 남들이 잘 알지 못하는 부분을 알아볼 수 있는 능력이다. 또한 내조담에서는 여성의 배우자 선택 단락이 요구되지 않고 여성 이인담에서는 오히려 여성이 남성에 의해 선택된다.

한편 여성이 남성을 위해 헌신하는 것은 여성 지인담, 내조담, 현녀담, 여성 이인담이 모두 동일하다. 개인적인 차원에서는 헌신이요 사회적 차원으로는 여성의 능력 발휘인데 여성 지인담에서는 능력 발휘보다 헌신에, 여성 이인담에서는 헌신보다는 능력 발휘에 초점이 맞추어져 있다. 또한 지감 적중에 의해 남성의 상황이 애초와 달리 역전되어 서사적 반전이 일어나는 것은 여성 지인담과 내조담이다. 그에 비해 현녀담이나 여성 이인담에서는 남성의 상황이 어느 정도 상승될 수도 있으나 처지 변화가 서사 구조에 결정적인 것은 아니다.

여성 지인담은 여성이 불우한 처지의 남성을 선택하여 남성을 현달시키는 이야기로 지감에 의거한 선택, 헌신, 지감적중과 처지 역전의 단락을 기본으로 하고 있다. 뿐만 아니라 지감 적중이 되기까지 남녀 주인공의 관계가 지속되고 긍정적이다. 그 결과 남성은 불우한 처지를 벗어나 성공하고 여성도 함께 신분이 상승한다.

제2장
여성 지인담의 전개 양상

1. 자료 개관과 해당 유화(類話) 선정

조선후기 야담집을 비교 검토해 보면 대개 세 부류의 서술태도가 드러난다. 우선 작가의식이 독창적이거나 혹은 다른 자료와 차별성이 큰 경우, 또 다른 하나는 그 어떤 선행 화집을 자구도 거의 틀리지 않게 전사한 경우, 나머지 하나는 선행 화집과 유사하되 독특한 자기 문체를 지니며 삽화나 문장의 첨삭이 있는 경우들이다. 이제까지는 작가의 창신이 두드러진 자료들이나[1] 독특한 작가의 문체나 특성이 있는 화집[2]을 중심으로 연구가 진행되어 왔다. 문학성이 뛰어나고 작가의 역량이 십분 발휘된 화집은 그것대로 주목해야 마땅하지만, 특정 유형을 고찰할 경우에는 조선후기에 존재했던 화집을 되도록 전부 포함시킬 필요가 있다. 그렇게 할 때만 여성 지인담에 해당되는 유화의 전개와 변화를 객관적으로 고찰할 수 있을 것이다.

본 연구에서는 여성 지인담의 자료 대상을 여성 지인담이 유행한 조

---

1) 『금계필담』이나 『동야휘집』 등이 대표적이다.
2) 『동패낙송』, 『계서야담』이 대표적이다.

선 후기 문헌설화집 혹은 야담집에서 해당 자료를 찾아 보았다. 그 결과 1621년 편찬된 『어우야담(於于野談)』부터 20세기 초의 『대동기문(大東奇聞)』, 『조선해어화사(朝鮮解語花史)』에 이르기까지 총 54화집3)에 수록되어 있는 여성 지인담 유형에 해당되는 작품들은 총195 편에 이른다. 또한 이 각 편들은 작품의 내용과 기준으로 볼 때 여성 지인담의 하위유형으로서 각 화집에 수록되어 13종의 유화(類話)로 전승되어 갔다. 각 유화의 명칭과 번호는 다음과 같다.4)

1 「일타홍(一朶紅)」, 2 「급수비(汲水婢)」, 3 「선천(宣川) 기생」, 4 「단천(端川) 기생」, 5 「경주(慶州) 기생」, 6 「이만웅(李萬雄) 소실」, 7 「고유(高庾) 처」, 8 「이기축(李起築) 처」, 9 「정기룡(鄭起龍) 처」, 10 「이익(李益) 처」, 11 「이장곤(李長坤) 처」, 12 「오석량(吳碩樑) 처」, 13 「참정댁(參政宅) 여종」이다.

이상의 자료들을 유화와 화집 별로 분류해 보면 다음 쪽의 [표 3]과 같다.

---

3) 동일 제명(題名)의 화집이더라도 모두 개별 화집으로 인정한다.

4) 단, 유화(類話)의 각 편(各篇)으로 존재하는 각 작품에서 주인공을 남성과 여성 중 어느 쪽으로 볼 것인가에는 이론의 여지가 있다. 그러나 여성 지인담 유형으로 서사구조로 파악하고자 하는 관점에 따라 위 유화의 주인물을 여성으로 파악한다. 따라서 야담 기록자가 비록 남성 위주의 편찬의식을 보였다고 하더라도 여성 지인자의 이름을 따서 작품의 제목으로 삼는다. 이름이 제시되지 않은 경우에는 피지인자와의 관계를 근거로 제목을 삼는다.

[표 3] 여성 지인담 유화의 화집별 수록 상황 조견표

話集 \ 類話	1.일타홍	2.급수비	3.선천기	4.단천기	5.경주기	6.이만웅소실	7.고유처	8.이기축처	9.정기룡처	10.이익처	11.이장곤처	12.오석량처	13.참정댁비	화집별총합
1.어우야담(편집연대 1621) 만종재본	o										o			2
2.지봉유설											o			1
3.명엽지해											o			1
4.천예록(편저자 임방의 생물연대 1689-1709)	o													1
5.청야만집(1739)											o			1
6.동패낙송 (1774-1775) 동양문고본	o	o	o		o	o					o			6
7.동패낙송 천리대본 (단 유화8은「이기축처」,「박씨처」두 편이 실려 있다.)	o							oo	o		o			5
8.동패낙송 연세대본	o	o	o		o	o		o	o		o			8
9.동패낙송 이화여대본		o			o	o					o			4
10.동패낙송 임형택본		o			o	o					o			4
11.동패낙송(卷之二) 정명기본		o			o	o								3
12.동패추록 정명기본	o													1
13.동패낙송초 국립중앙도서관본								o						1
14.계서잡록 (1833) 정명기본	o	o	o								o			4
15.계서잡록 고려대본	o	o	o					o			o			5

話集 \ 類話	1.일타홍	2.급수비	3.선천기	4.단천기	5.경주기	6.이만웅소실	7.고유처	8.이기축처	9.정기룡처	10.이익처	11.이장곤처	12.오석량처	13.참정댁비	화집별총합
16.기문총화 동양문고본	o	o	o								o			4
17.기문총화 연세대본	oo	o	o					o			o			6
18.기문총화 국립중앙도서관본 (단유화1은 천예록계열과 동패낙송계열의 두 작품이 수록되어 있다.)	o	o	o								o			4
19.기문총화 서울대본	o	o	o		o	o		o	o		o			8
20.계서야담 규장각본	o	o	o					o			o			5
21.총화	o	o	o								o			4
22.청구야담 (1843) 소창본	o		o					o			o		o	5
23.청구야담 한글본 (규장각 소장)	o	o	o	o				o			o	o	o	8
24.청구야담 버클리대본	o	o	o	o				o			o	o	o	8
25.청구야담 동양문고본	o	o	o	o				o			o	o	o	8
26.파수편													o	1
27.해동야서 (1864)								o						1
28.동야휘집 (1869) 대판대본	o	o	o			o		o	o		o	o		8
29.동야휘집 경북대본	o	o	o			o		o	o		o	o		8
30.동야휘집 천리대본			o						o					2

話集 \ 類話	1.일타홍	2.급수비	3.선천기	4.단천기	5.경주기	6.이만웅소실	7.고유처	8.이기축처	9.정기룡처	10.이익처	11.이장곤처	12.오석량처	13.참정댁비	화집별총합
31.동야휘집 서울대본		O				O		O	O			O		5
32.동야휘집 연세대본		O	O						O					3
33.금계필담 (1873) 정문연본	O			O			O	O			O			5
34.금계필담 정문연 하성문고본	O			O			O	O			O			5
35.금계필담 고려대본	O			O				O			O			4
36.금계필담 국립중앙도서관본	O			O			O	O			O			5
37.금계필담 서울대상백문고본	O							O						2
38.계압만록 (1882-1884)						O		O						2
39.동국쇄담		O	O					O			O			4
40.동야집사	O													1
41.선언편	O	O	O											3
42.성수총화	O		O								O			3
43.송천필담	O													1
44.쇄어	O	O	O					O			O			5
45.양은천미	O													1
46.차산필담										O				1
47.청구총화								O						1
48.청야담수		O									O			2
49.하담만록	O	O									O			3
50.해동기화	O													1
51.오백년기담 (1913)								O			O			2
52.실사총담(1918)	O							O						2

話集 \ 類話	1. 일타홍	2. 급수비	3. 선천기	4. 단천기	5. 경주기	6. 이만웅소실	7. 고유처	8. 이기축처	9. 정기룡처	10. 이익처	11. 이장곤처	12. 오석량처	13. 참정댁비	화집별총합
53. 대동기문(1925)	o							o	o		o			4
54. 조선해어화사(1927)	o		o	o										3
유화 별 총합	37	25	23	8	6	10	3	28	9	1	34	6	5	195

[표 3]에서 살펴 볼 때 「일타홍」유화가 37편으로 가장 많다. 「이장곤 처」, 「이기축 처」, 「급수비」, 「선천 기생」 등은 34~23편 정도이다. 「일 타홍」과 함께 활발히 전승된 유화들임을 알 수 있다. 반면 「이만웅 첩」 은 10편, 나머지는 10편 미만이 전승되었다. 이제 각 유화별로 내용 단 락을 소개하여 여성 지인담으로서 기본적 특징을 점검해 본다.[5]

유화 ① 「일타홍」

① 심희수(沈喜壽)는 조고실학(早孤失學)하고 호탕하여 남들이 '광동(狂童)'이라 손가락질 하였다.

② 어느 잔치자리에서 금산(錦山) 신출나기 기생 일타홍을 보고 추근대나 그 기 생이 싫어하질 않았다.

③ 일타홍이 심희수의 집에 찾아와 어머니께 심희수가 '대귀인(大貴人)의 골상 (骨相)'이므로 10년 기한으로 공부하면 성공할 것이며 자신이 심희수에게 학 업을 권하겠다고 하여 허락을 받아냈다.

---

5) 유화를 논의할 때 각 편은 그 유화의 선본이라고 생각되는 것으로 논의를 진행한다. 본 연구에서는 「일타홍」, 「급수비」, 「선천 기생」, 「이기축 처」는 『계서야담』본을, 「강 계기」, 「고유 처」, 「이장곤 처」는 『금계필담』본을, 「이만웅 첩」, 「정기룡 처」, 「오석량 처」는 『동야휘집』본을, 「단천 기생」, 「참정댁 비」는 『청구야담』본을, 「경주 기생」은 『동패낙송』(『한국야담자료집성』)본을 선본으로 삼고 필요에 따라 여타 수록본을 참 고한다.

④ 일타홍이 집안대소사를 돌보면서 엄한 규칙으로 심희수의 학업을 독려하고 본
　 부인을 맞이하도록 권하였다.
⑤ 심희수가 차츰 옛 버릇이 살아나 공부를 게을리 하였다.
⑥ 일타홍이 자신을 다시 보고 싶으면 급제한 다음에 삼일유가(三日遊街) 때나
　 만나자며 집을 떠났다.
⑦ 일타홍은 늙은 재상 댁에 양딸로 은거하며 심희수의 급제를 기다렸다.
⑧ 심희수가 일타홍을 백방으로 찾다 포기하고 발분하여 면학한 결과 급제하였다.
⑨ 심희수가 삼일유가 때 일타홍과 재상봉하고 함께 집으로 돌아왔다.
⑩ 심희수가 일타홍의 청으로 일타홍 부모가 있는 금산 고을 원으로 부임하여 집
　 안 잔치를 열어줬다.
⑪ 일타홍은 자신의 죽을 날을 미리 알리고 죽었다.
⑫ 심희수는 금강가에서 애도시를 지었다.

유화 ② 「급수비」

① 우하형(禹夏亨)은 가난한 무변이다.
② 평안도에 수자리 살러 와서 허드렛일 하는 급수비와 결연을 맺었다.
③ 그녀는 바느질과 길쌈을 부지런히 하며 음식과 의복 공궤에 소홀함이 없었다.
④ 수자리가 끝나자 그녀는 우하영의 골상(骨相)이 현달할 상이라며 서울로 가서
　 벼슬을 구하라 하였다. 후일을 약속하며 평생 모은 은자(銀子)를 주었다.
⑤ 급수비는 우하형과 이별 후 홀아비 장교 집에 의탁하였다. 때마다 장교에게
　 조보(朝報)를 가져오게 하며 우하형의 현달을 기다렸다.
⑥ 우하형은 상경해 벼슬자리를 얻어 하다가 7년이 지나서 평안도 어느 고을원을
　 제수 받았다.
⑦ 급수비는 우하형과 재상봉하여 본처 없는 집안을 잘 다스렸다. 또한 조보를
　 보며 문무관 전형하는 관리를 예측해서 인사를 차리니 우하형의 벼슬이 자꾸
　 높아졌다.
⑧ 우하형의 벼슬이 절도사에 이르렀고 70살에 죽으니 그녀는 곡기를 끊고 따라
　 죽었다.
⑨ 우하형의 발인 때 상여가 움직이지 않자 그녀와 함께 발인하니 상여가 움직였다.

유화 ③ 「선천 기생」

① 노진(盧禛)은 가난하여 혼인도 못하자 선천(宣川) 고을원으로 있는 당숙에게 혼수비용을 구하러 갔다.

② 선천까지 갔으나 문지기에게 막혀 당숙도 못 만나고 노자도 떨어졌을 때 지나가던 동기(童妓)가 유심히 노진을 살펴보더니 자기 집으로 데려갔다.

③ 노진의 이야기를 들은 동기는 모은 돈 전부를 주며 '10년 안에 반드시 귀하게 될 상이니 후일 급제 후 다시 만나자고 하였다.

④ 노진과 이별 후 동기는 암자로 들어가 두문불출하며 기도만 하여 '살아 있는 부처'라고 일컬어졌다.

⑤ 노진은 얻은 돈으로 혼인하고 학업에 힘써 급제하였다.

⑥ 노진은 급제 후 수의사또가 되어 선천으로 찾아가 보니 동기의 행방이 묘연하였다.

⑦ 이리 저리 찾다가 어느 암자에서 재상봉하고 행복하게 해로하였다.

유화 ④ 「단천 기생」

① 김우항(金宇抗)은 포의로서 가난하여 딸을 출가시키지 못하였다. 마침 평소 친하던 무관이 단천부사(端川府使)로 있어 혼사비용을 구해 변통하기로 하였다.

② 단천에 가서 간신히 부사를 만났으나 홀대가 심했고 항의하다 쫓겨났다. 단천 부사는 사람들에게 김우항을 도와주지 말라고 엄명을 내렸다.

③ 추위와 굶주림으로 위급할 때 이 광경을 목도한 기생이 좇아와 구해 주고 결연을 맺었다.

④ 기생은 김우항에게 지금은 곤궁하나 앞으로 현달할 것이니 그때 자신을 잊지 말라고 하며 재산을 주어 떠나보냈다.

⑤ 김우항은 돌아와 딸을 혼인시키고 자신도 과거급제 하였다. 임금에게 단천에서의 일을 아뢰었더니 암행어사에 제수되었다.

⑥ 김우항이 거지차림으로 기생을 찾아 갔으나 여전히 반기었다.

⑦ 김우항은 기생의 말을 좇아 단천부사로 하여금 스스로 사직케 하였다.

⑧ 기생은 김우항을 내조하고 치산하며 잘 살았다.

유화 ⑤ 「경주 기생」

① 경성(京城)에 우의 돈독한 두 서생이 함께 공부하면서 둘 중 누구라도 먼저 급제하면 나머지 한 사람을 거둬주기로 약속하였다.

② 한 서생이 급제하여 경주부윤(慶州府尹)이 되니 다른 한 친구는 굶주림을 면하기 위해 찾아 갔는데 박대를 당한 채 오도 가도 못하고 거지가 되었다.

③ 추운 겨울날 지나가던 기생이 그를 데려다 후대하며 결연을 맺었다.

④ 기생은 그에게 목전의 궁액은 심하지만 후에 현달할 상이니 과업(科業)을 연마하라고 돈을 주어 떠나보냈다.

⑤ 이(李)서생은 상경하여 열심히 공부해 급제하였다.

⑥ 뒤는 전편의 설화와 동일하다.[6](암행어사가 되어 경주부윤을 징치하고 경주 기생은 그의 둘째 부인이 되었다.)

유화 ⑥ 「이만웅 첩」[7]

① 감사(監司) 이만웅(李萬雄)은 등과 전에 몹시 가난하였다.

② 이때에 관상을 잘 보는 무변이 있었는데 자기 상을 보니 암행어사에게 죽을 팔자였다. 무변이 영흥부사가 되어 부임하던 중 지나가는 상인(喪人) 이만웅의 상을 보니 어사가 될 사람이었다.

③ 무변은 상가(喪家)를 찾아가 조문하고 상주에게 초상 치르느라 빌려쓴 빚을 대신 갚아 주겠다며 영흥으로 오라고 하였다.

④ 이만웅은 탈상을 하고는 영흥에 찾아갔다. 무변이 그의 용모를 보니 전과 달리 빈상이고 어사가 될 상이 아니었으므로 그를 박대하고 내쫓았다.

⑤ 얼어 죽게 된 이만웅은 어느 부유한 과부 노파에 의해 구제되고 풍설에 막혀 노파 집에 묵으면서 그 딸을 소실로 삼았다.

⑥ 이만웅은 그 해 겨울 석 달을 보내고서 노파에게 많은 재물을 얻어 상경하였다.

⑦ 빚을 전부 갚고 그 해에 등과하였다. 경연 중에 임금에게 영흥에서의 일을 아뢰니 임금이 봉서(封書) 3장을 주며 암행어사를 제수하였다.

---

6) 이 자체가 편찬자의 언급이다. '전편의 설화'란 「이만웅 첩」을 말한다.

7) 이우성·임형택 편, 『이조한문단편집』에는 '관상(觀相)'으로, 이신성, 「선천 기생 이야기의 전개양상과 그 의미」(1991)에서는 '상녀(常女)'로 소개되었다.

⑧ 거지 행색으로 처갓집을 찾아가니 딸은 이만웅을 환대한 죄로 관비가 되었으나 변함없이 그를 환대해 주었다.

⑨ 암행어사로 출두하여 영흥부사를 봉고파직하고 어명에 의해 여인을 둘째 부인으로 삼았다.

유화 ⑦ 「고유 처」

① 참판 고유(高庾)는 제봉(霽峰, 高敬命)의 후손이다. 조실부모하고 영남에서 머슴을 살았었다.

② 이웃의 박좌수 딸은 식감이 있어 박좌수를 설득해 고도령과 혼인하였다.

③ 혼인 첫날밤에 아내가 남편에게 기약하기를 10년을 이별하여 자신은 치산하고 고도령은 과거급제하자고 하며 공부할 비용을 마련해 주었다.

④ 고유는 길을 떠나 합천의 한 노옹에게 5,6년을 공부한 뒤 다시 해인사에 들어가 10년 기한을 채웠다. 고유는 장원급제하고 고령현감을 제수 받았다.

⑤ 그 사이 박좌수는 죽고 부인은 아들을 낳았다. 치산하여 부자가 되었으며 고도령을 찾으려고 거지잔치를 벌였다.

⑥ 고유가 거지차림으로 재 상봉했으나 부인은 여전히 따스히 맞아주었다. 고령의 관속들이 들어와 본관사또와 부인에게 문안을 올리니 부인이 기뻐하였다.

⑦ 부인은 그간 치산한 재산을 백성들에게 나눠주었다. 고유는 영남관찰사가 되고 벼슬이 참판에 이르렀다.

유화 ⑧ 「이기축 처」

① 어떤 노둔한 주막집 노비[8]가 숙맥이나 용력이 절륜하였다.

② 주인집 딸은 문자를 알고 영특하였다. 부모가 애지중지하여 좋은 사윗감을 물색하였다. 딸은 부모의 반대에도 불구하고 노비와 혼인하였다.

③ 딸은 혼인 후 부모의 재산을 나눠 가지고 서울로 와 주막을 차렸다.

④ 주막집 딸은 어느 날 남편에게 신하가 임금 폐위하는 내용의 역사서 구절을 가리키며 모처에 있는 사람들에게 배워오라 하였다. 그 곳 사람들이 놀라서

---

8) 처음에는 無名人으로 제시된다. 후에 '이기축'이라는 이름을 하사받는다.

찾아오자 후대하며 남편을 반정에 참여시켜달라고 청하였다. 이후 회합의 장
소로 주막을 제공하였다.
⑤ 인조반정 때 주막집 딸의 남편이 앞장서서 창의문(彰義門)을 부쉈다.
⑥ 그 남편이 기축년에 태어났다 하여 '이기축'이라는 이름을 하사받고 인조반정
3등 공신에 봉해졌다.

유화 ⑨ 「정기룡 처」
① 정기룡(鄭起龍)은 홀어머니와 함께 가난하게 진주에서 군관노릇을 하고 살았
는데 기상이 남달랐다.
② 어느 날 전주감영 아전의 집에 심부름을 가게 되었다. 아전에게는 선견지명이
있는 딸이 하나 있었는데 그녀는 정기룡의 비범함을 알아보았다.
③ 아전 딸은 부모님의 반대에도 불구하고 정기룡과 혼인하고, 부모에게 일생 의
식비를 받아서 시집 있는 진주로 낙향하였다.
④ 여인은 쇠붙이를 사들여 무기를 만들고 곡식을 비축했으며 정기룡에게 사나운
천리마를 주어 말을 길들이게 하였다.
⑤ 임진왜란이 발발하자 정기룡은 전공을 많이 세웠다.
⑥ 정기룡은 영남우도 절도사가 되었다.

유화 ⑩ 「이익 처」
① 강릉 부자 홍장이(洪長貳)은 아름답고 총명한 딸이 있어 좋은 사윗감을 물색
하였다.
② 그런데 그 딸은 떠도는 거지 아이 이익(李益)과 혼인하겠다며 죽기를 한하고
고집하여 혼인하였다.
③ 혼인 후 여인은 이익과 10년간 치산하여 부자가 된 후 다시 10년간 글공부를
시켰다. 이익(李益)은 큰 선비가 되고 진사시에 합격하였다.
④ 여인은 서울 명례방 이이첨의 옆집으로 이사해 그 노모와 친교를 맺었다. 노모
가 아들 이이첨에게 이익을 좋게 말하여 조정에 천거되었다.
⑤ 여인은 오히려 남편으로 하여금 간신 이이첨의 천거는 받지 않겠다며 사직하
고 낙향하게 하니 그 명성이 드날렸다. 이때 이익은 쉰 살이 채 안 되었다.

⑥ 얼마 안 있어 인조반정이 일어나자 이익은 벼슬을 얻었으며 두 아들도 관직에 나아갔다.

⑦ 홍장이는 딸의 지략에 감탄하였다.

유화 [11] 「이장곤 처」

① 이장곤(李長坤)은 중종때의 이름난 재상이었다. 연산군 때 사화에 연루되어 도망하다 함경도 북청에 이르렀다.

② 우물가에서 지혜로운 여인을 만나 결연을 맺고 버들고리 바치의 사위가 되었다.

③ 공은 매일 잠만 자고 게을러서 장인 장모가 그를 박대하였으나 고리장 딸은 정성껏 보살펴 주었다.

④ 중종반정 후 이장곤은 고을 사또가 유기장의 집으로 행차하도록 해 장인 장모를 놀라게 하였다. 사또는 유기장 딸의 노고를 치하하였다.

⑤ 어명으로 그 딸은 정실부인이 되었으며 이장곤은 벼슬이 영상에 이르렀다.

유화 [12] 「오석량 처」

① 오석량(吳碩樑)은 의기가 있었으나 어리숙해 짚신을 팔며 살았다. 서울 가면 짚신 값으로 백전을 받을 것이라 서울 소년이 놀리자 그는 진짜로 알고 서울로 와 짚신 하나에 백전을 부르자 사람들이 비웃었다.

② 어느 재상가의 한 아름다운 여종이 스스로 마음에 드는 신랑감을 택하겠노라고 하다가 길거리에서 짚신 파는 오석량을 보고 기이하게 여겼다.

③ 오석량을 집으로 데려와 가연을 맺었다.

④ 여인은 어리석은 남편의 안목을 위해 종일 나다니며 돈을 쓰도록 시키고 무예를 익히도록 권하니 오석량이 열심히 배워 무과에 급제하였다.

⑤ 여인이 대추, 면화, 헌옷 등을 사고팔게 해 돈을 벌었으나 그때마다 오석량이 돈을 풀어 가난한 사람들을 도와주었다.

⑥ 오석량에게 헌옷을 받은 노인이 산삼 밭을 발견하게 해주었다. 오석량이 산삼을 재상에게 바치고 무과 급제했음을 알리니 재상이 벼슬자리를 추천하였다.

⑦ 오석량이 산삼을 팔아 여인을 속량시키고 벼슬이 수병사(水兵使)에 이르렀다.

유화 13 「참정댁 비」

① 옛날 어느 참지정사 댁에 아름답고 총명한 계집종이 있었다. 그녀는 스스로 마음에 합당한 신랑감을 고르겠다고 작정하였다.

② 비 오는 날 자기 집 문간에서 비를 피하고 있는 거지의 비상함을 알아보고 남편으로 삼았다.

③ 여인이 주인에게 은자 열 말을 빌려 남편에게 장사를 시켰는데, 남편은 헌옷을 사서 팔도를 다니며 거지들에게 나눠 주었다. 우연히 거지 부부에게 옷을 주었더니, 금은을 넣고 흔들면 금은이 가득 차는 바가지를 얻었다.

④ 다시 거지꼴로 돌아 온 남편을 보고 실망하는 여인에게 남편은 바가지로 많은 돈을 만들어 주었다.

⑤ 거지 남편은 여종을 속량시키고 백년해로하였다.

이상 13편의 유화는 모두 알아준 여성이 알아줌을 입은 남성과 결연을 맺고, 후원하여 성공시켜서 최초의 열악한 처지를 역전시키는 줄거리를 지니고 있다. 그런데 지인자와 피지인자의 신분을 살펴보면 기생과 양반이 주종을 이루고, 그 나머지는 재력 있는 중하층 여성과 최하층에서 부유하는 남성의 성격을 띤다. 더 자세히 따져야 하겠으나 이것은 여성 지인담을 크게 두 계열로 갈라 보게 되는 근거가 된다. 알아준 여성을 기준으로 갈라 본다면 기생계와 평민계로 대별된다. 이 가운데에서 첫째, 각 편수가 풍부하고(풍부성) 둘째, 화집에 따른 변이가 다양하며(다양성) 셋째, 두 계열의 특징을 분명하게 드러내는 것(명료성)을 기준으로 할 때 「일타홍」과 「이기축 처」가 여성 지인담을 대표하는 유화라 할 수 있다.[9]

---

9) 「이장곤 처」와 「이기축 처」는 동일한 서사단락을 지닌 유화로서 「이장곤 처」의 각 편수가 6편이 더 많다.(표 3 참조) 그럼에도 불구하고 「이장곤 처」에서는 각 편의 변이가 거의 드러나지 않는다. 반면 「이기축 처」에서는 알아준 여성의 지감 성격이 선견지명, 관상술, 현실 경험력 등 다양하게 변이된다.

앞에서 제시한 「일타홍」의 내용 단락들은 각각 다음과 같은 의미 단락을 형성하면서 여성 지인담의 서사구조로 작용한다. 그러한 의미와 내용의 관계를 정리해 보이면 다음과 같다.[10)]

  A. 알아줌을 입은 남성 혹은 알아준 여성 제시 – 남녀 상황제시 – ①
  B. 여성이 지감에 의거해 남성 선택하고 결연 – 지감 선택과 결연 – ②, ③
  C. 알아준 여성이 알아줌을 입은 남성을 위해 헌신 – 헌신 – ④, ⑤
  D. 알아준 이의 이별과 기다림 – 이별 – ⑥, ⑦
  E. 알아줌을 입은 남성의 노력과 과거급제 – 지감 적중 – ⑧
  F. 알아줌을 입은 남성의 탐색과 재상봉 – 재상봉 – ⑨
  G. 재상봉 이후의 결과 – 후일담 – ⑩, ⑪, ⑫

「이기축 처」를 동일한 방식으로 정리해 보이면 다음과 같다.

  A. 알아줌을 입은 남성 혹은 알아준 여성 제시 – 남녀 상황제시 – ①
  B. 여성이 지감에 의거해 남성 선택하고 결연 – 지감 선택과 결연 – ②
  C. 알아준 여성이 알아줌을 입은 남성을 위해 헌신 – 헌신 – ③, ④
  E. 알아줌을 입은 남성의 활약과 현달 – 지감 적중 – ⑤, ⑥
  G. 현달 이후의 결과 – 후일담 – ⑥

---

10) '내용 단락'은 서술 순서에 따라 사건 내용을 순차적으로 열거한 것이므로 동일 유화의 경우에는 각 편의 단락 번호가 대개 유사하게 대비될 수 있으나 다른 유화의 경우에는 단락 번호 사이에 특별한 관련이 없다. 반면에 '의미 단락'은 서사구조를 형성하면서 유형의 의미를 지탱해주는 요소이므로 고유성을 띤다. 그러므로 순차적으로 열거하지 않고 특정 '의미 단락'에 고유한 번호를 부여하여 유화들의 의미 단락을 상호 손쉽게 대비할 수 있도록 고려한다. 이에 의미 단락은 A, B, C,… 등으로, 내용 단락은 ①②③… 등으로 표시하기로 한다.

「이기축 처」에는 「일타홍」과 비교할 때 의미단락 D,F가 없음을 알 수 있다. 이상과 같은 방식으로 각 유화의 의미 단락을 나누어 보면 이들 또한 두 계열로 나뉘어 진다. 「급수비」, 「선천 기생」, 「단천 기생」, 「경주 기생」, 「이만웅 첩」, 「고유 처」는 「일타홍」과 동일한 의미 단락을 지닌 유화이다. 반면 「정기룡 처」, 「이익 처」, 「이장곤 처」, 「오석량 처」, 「참정댁 비」는 「이기축 처」와 동일한 의미 단락을 지니는 유화이다.

이제 여성 지인자와 남성 피지인자의 사회적 신분, 의미 단락의 유무 등을 종합하여 13편 유화의 여성 지인담을 분석 정리해 보이면 [표 4]와 같다.

[표 4]

類話 要素	1	2	3	4	5	6	7	8	9	10	11	12	13
知人者	기생	급수비	기생	기생	기생	촌녀	좌수딸	주막집딸	아전딸	부잣집딸	백정딸	재상여종	참정여종
被知人者	양반	양반	양반	양반	양반	양반	양반	머슴	관노	떠돌이	망명관인	짚신장사	거지
단락A	+	+	+	+	+	+	+	+	+	+	+	+	+
단락B	+	+	+	+	+	+	+	+	+	+	+	+	+
단락C	+	+	+	+	+	+	+	+	+	+	+	+	+
단락D	+	+	+	+	+	+	+	−	−	−	−	−	−
단락E	+	+	+	+	+	+	+	+	+	+	+	+	+
단락F	+	+	+	+	+	+	+	−	−	−	−	−	−
단락G	+	+	+	+	+	+	+	+	+	+	+	+	+

유화 ①~⑦은 단락D(이별)와 단락F(재상봉)를 포함하여 모든 의미 단락이 구비되어 있다. 유화 ⑧~⑬은 D, F 단락은 없이 나머지 단락을 공유하고 있다. 그런데 ①~⑤에서는 알아준 여성의 신분이 기생 이고 알아줌을 입은 남성의 신분은 양반이면서 서사단락이 모두 일치하여 뚜렷한 하나의 경향을 이룬다. 다만, ②에서 급수비(汲水婢)는 일종의 관

기(官妓)로서 기생만큼 미색을 갖추지 못해 허드렛일을 하는 신분인데, 면역(免役)되었다고 했으니 그나마도 퇴기(退妓)에 가까운 처지에 있는 여성이다.[11] 또 ⑧~⑬에서는 알아준 여성의 신분이 주막, 아전, 부자 집, 백정 등의 재력 있는 중하층민의 딸[12]이거나 최고위층 가문의 여종 으로서 어느 정도 재력을 변통할 처지에 있는 여성이다. 또한 알아줌을 입은 남성은 관노, 머슴 등의 미천한 신분이든가 일반 백성으로 위장한 구명도생(救命圖生)의 관리이다. 거기다 서사구조가 모두 일치하여 또 하나의 다른 경향을 이루고 있다. 이같이 '서사단락'과 '지인자와 피지 인자의 사회적 신분' 등이 대별되는 것을 근거로 삼으면 여성 지인담은 '기생(妓生) 계열' 유형과 '부요녀(富饒女) 계열' 유형으로 구분된다. 다 만 유화 ⑥과 ⑦은 알아준 여성의 신분이 재력 있는 촌녀 혹은 지방의 좌수 딸이고 알아줌을 입은 남성의 신분은 양반인데, 서사구조는 기생 계열과 일치한다. 피지인자가 양반이라는 점이 여성의 부요민 표지보다 더 중요하게 작용하여 기생 계열의 구조와 같이 이별과 재상봉의 단락 이 첨가되었다고 이해된다. 이처럼 추가된 의미 단락을 중요하다고 할 때, 이들을 기생 계열의 유형으로 포함시켜 다루어도 무방할 듯하다.

위 두 계열의 공통 의미 단락은 '주인공 제시 - 지감 선택과 남녀결연 - 알아준 여성의 헌신 - 지감적중'이다. 특히 이 의미 단락은 여성 지인

11) 『계서야담』 #323 「영성군 박문수」에서는 박문수가 진주에서 기생과 급수비와 관계했다가 나중에 거지 모습을 하고 암행어사로 내려가니, 기생은 박대하고 급수비는 여전히 환대하였다는 이야기가 있다. 박문수가 어사 출도하여 기생을 급수비로 강등시키고, 이전 급수비는 칭찬하여 상금을 내리고 기안(妓案)에 올려주었다고 한다. 여기서 기생과 급수비의 관계를 명확히 알 수 있다. 서대석 편저, 『조선조 문헌설화 집요(Ⅰ)』 343쪽 참조.

12) 「고유 처」의 '좌수 딸', '아전의 딸' 등은 사대부 가문의 처녀가 아니라는 점에서 공통된다. 경제적인 조건에 따라 사부가의 처자와 동일한 삶을 영위할 수 있다고 해도 사회적 신분상 평민층 내지 하층민으로 본다.

담 유형의 서사구조를 이루는 데 특별한 의미를 지니며 전승의 뼈대 구실을 한다고 해석할 수 있다. 또한 그것은 여성 지인담이 '예언 – 예언적 중' 구조의 단순 일화와 구별되는 서사적 특성을 제공한다. 따라서 이것이 여성 지인담의 기본적 서사구조라 할 수 있다. 그러나 차이는 '시련(이별) – 시련극복(재상봉) – 후일담'에서 생겨난다. 여성 지인담에 이 구조가 삽입되고 내용이 달라짐은 밀도 있는 구성으로의 확장을 가능하게 한다. 남녀 결연의 시련과 극복 그리고 몰락한 양반의 꿈과 여성의 꿈을 동시에 성취시키는 내용은 서사문학적으로 더 핍진하고 더 큰 흥미를 자아낸다고 할 수 있다.

2. 여성 지인담의 계열과 그 특징

(1) 기생 계열의 여성 지인담의 특징

조선후기 야담 화집(話集)에 수록되어 있는 여성 지인담의 각 편수는 현재 195편이 발견된다. 이 가운데 변이형을 포함하여 기생(妓生) 계열이 112편으로 전체의 약 60%를, 부요녀(富饒女) 계열이 83편으로 약 40%를 차지한다. 여성 지인담에서 기생계 여성 지인담이 중요한 위치를 차지하고 있음을 유포 정도를 통해서도 짐작할 수 있다.

이제 각 의미 단락별로 이 계열의 서사적 의미를 따져보자. 기생 계열은 부요녀 계열보다 이별과 재상봉에 해당되는 2개 단락이 더 많다. 나머지는 공유하는 단락이다. 함께 단락의 의미를 살핀다.

우선 'A. 알아줌을 입은 남성의 제시' 부분이다. 기생계의 경우 남성 피지인자의 열악한 환경은 대개 '조고가빈(早孤家貧)'으로 요약된다. 가장인 아버지가 일찍 죽어 경제적으로 가난하다는 말이다. 또 그러한 환경과 맞물려 여러 가지로 열악한 조건들이 추가된다. 「일타홍」에서 심 희수는 방탕한데다가 공부할 시기를 놓쳐 앞날의 희망이란 없는 처지이 다. 거기다 여성 지인자를 만나기 직전에는 더욱 궁박한 처지에 떨어진 다. 「선천 기생」에서 노진은 혼수 비용을 구하러 선천고을까지 갔다가 문지기에 막혀 크게 낭패를 당하고 있는 중이었고, 「단천 기생」에서 김 우항이나 「경주 기생」에서 이서생(李書生)도 역시 멀고 낯설은 타향에서 추위와 굶주림에 쫓기는 신세가 되었다.

한편 알아주는 여성이 기생이 아닌 「고유 처」, 「이만웅 첩」에서 알아 줌을 입는 남성은 가난하여 빚을 내서 초상을 치르는 상주이거나 조실 부모한 머슴이었다. 이들은 명목상 '양반의 후예'일 뿐이지 실은 삶의 뿌리를 잃은 유랑인에 가깝다. 누구라도 경제적 원조를 해준다면 천리 를 마다하지 않고 가거나, 신분을 가리지 않고 재력있는 집안의 데릴사 위라도 들어가야 할 지경이었다. 이 때 기생이 아니더라도 시골의 재력 있는 촌녀나 향리는 그러한 남성의 후원자가 되기에 충분하다.

이렇게 기생 계열에서 알아줌을 입는 남성 주인공의 최초 상황은 누 가 보더라도 장래성을 예측하기 어려운 방탕아, 머슴, 거지의 신세였으 며 가난뱅이라는 공통된 조건을 가지고 있다. 이에 비해 기생 혹은 부요 녀는 영락한 양반 후예를 후원할 경제적 능력을 지니고 있으며, 후원의 대상이 되는 피지인 남성은 '신의'라는 내적 자질과 '양반'이라는 외적 표지가 알아줌의 조건이 된다.

'B. 지감에 의거한 지인자의 선택과 결연' 부분을 보자. 알아준 여성이 남성을 선택한 것은 피지인자가 장래성이 있다고 판단되고 인간적인 신 뢰감이 수반되기 때문에 이루어진다. 그러나 이러한 판단은 상식적인 수준에서 이루어지지는 않는다. 남성의 처지는 이른바 '진흙 속에 묻혀있 는 옥구슬'처럼 쉽게 예측하지 못할 상황에 놓여 있기 때문이다. 그렇다면 이렇게 특별한 '알아줌'의 능력 즉 지감(知鑑)은 어떻게 발휘되는가?

그것은 여성이 남성의 외모를 '자세히 살펴 봄'[熟視]으로써 이루어진다. 그것은 직접적으로 '관상(觀相)'을 의미하게끔 묘사되기도 한다. 기생이 부랑자에 가까운 남성을 알아주는 여성으로 대거 등장하는 것도 그들이 직업상 사람을 많이 겪어보았기에 관상을 볼 줄 안다고 전제했기 때문일 것이다. 그러나 여성 지인담에서의 '관상'은 알아주는 여성의 능력을 표현하는 대목이기는 했으나 예정론적으로 작용하지는 않는다. 지감은 알아줌을 입은 남성에게 희망을 주는 근거이자 알아준 여성 자신에게는 알아줌을 지속하고 헌신하게 하는 믿음이다. 남녀의 애정결연이 고전소설처럼 천상계의 계시나 꿈, 또는 예정론적인 결합에 의해 이루어지는 것이 아니다. 이는 빈천에서 벗어나 부귀를 성취하자는 남녀 상호보완의 목표에 대해 하나의 자기 암시이자 근거가 된다. 그 목표를 이루기 위한 노력은 상상이나 낭만성을 배제하며 비교적 현실적인 차원에서 이루어짐을 시사한다.

여성 지인자와 남성 피지인자가 만나는 장소는 대개 '길거리'이다. 물론 일타홍의 경우는 연회 석상에서, 정기룡 처의 경우는 집으로 찾아와 만나게 된다. 그렇기는 하나 남녀의 결연이 아무런 전제 없이 이루어진다는 점에서는 동일하다. 그래서 이야기의 주안점이 남녀의 결연보다는 알아주는 여성의 예견 능력에 맞추어진다.

그렇다면 이들 남녀의 결연이 지니는 성격은 어떠한 것인가? 애초 결연의 동기가 연애감정과 지인지감의 어느 쪽에 있는 것인가? 어느 쪽이냐에 따라 작품의 주제는 미묘하게 달라질 수 있기 때문에 문제적 화소가 된다. 남녀의 애정이 연애감정이라는 내적 욕망에 의한 것이라면 이는 좀 더 낭만적 경향의 소설적 주제를 띠게 된다. 지체 높은 남성이 기생과 같이 지체가 낮으나 미모를 지닌 여성에게 접근하여 애정결연을 맺고, 수절할 의무가 없는 여성은 그 사랑을 지켜나가면서 사랑을 완성시켜 온전한 결합을 이루어낸다. 반면에 남녀 애정이 지감을 통한 미래에 대한 가능성에 근거하여 이루어졌다면 이는 좀 더 사실적 경향의 서사적 주제가 된다. 주로 경제적 결핍이 심한 남성을 기생과 같이 사람 보는 눈과 경제력을 지닌 여성이 주도적으로 선택하여 후원하고 출세를 시켜 온전한 결합을 완성시킨다.13) 야담의 기생계 여성지인 이야기는 주로 후자에 해당되지만, 그렇다고 해서 남녀 애정의 내적 동기가 전혀 없다고는 할 수 없다. 하나의 유화 안에서도 수록 화집에 따라 그에 대해서 다르게 묘사하고 작품의 주안점도 미묘하게 달라지기 때문이다. 이에 대해서는 뒤에서 자세히 살피기로 한다.

'C. 헌신(후원)' 부분이다. 알아준 여성은 지감에 의하여 남성을 선택하고 결연한 이후에 알아줌을 입은 남성의 가장 결핍된 요소를 도맡아 후원한다. 기생계에서 남성은 모두 양반의 신분을 지녔기 때문에 '입신출세'란 곧 과거급제를 뜻하고 그것이 결핍을 일거에 해결하는 이상적 목표가 되지만 당장은 경제적 궁핍으로 인해 공부하기가 어려운 처지이다. 「급수비」에서 알아줌을 입은 남성 우하형은 이미 무과에 급제한 무반이지만 변방의 수자리를 전전하는 가난한 하위직이므로 기생의 알아줌을 입은 남성들과 처지가 다르지 않다. 그러므로 여성은 남성이 과업(科業)을 연마할 수 있도록 평생 모은 재산을 주고 자신은 빈털털이가 되기도 한다.

「일타홍」에서는 알아준 여성이 자신에게 반한 남성에 대해 노련한 학습 인도자의 역할을 하고, 「급수비」의 경우는 하급 무변으로 지내며 자포자기에 빠진 남성을 위해 여성은 거의 자신의 모든 것을 바치며 성취 동기를 불러일으킨다. 급수비는 기생보다 낮은 신분에 있지만 가무장에

---

13) 김종군, 앞의 책, 68~69쪽; 297~315쪽 참조.

나아가서는 기생과 같이 행세하며 양반들을 상대한 경험이 있고 어느 정도 재물을 모을 처지에 있었지만, 알아준 여성의 헌신과 후원은 기본적으로 애정과 지감이 더 중요한 원동력임을 알 수 있다.

'D. 이별(시련)' 부분이다. 이는 기생계에서만 나타나는 단락이다. 일타홍은 심희수가 학업 연마를 게을리 하자 말로 할 만한 온갖 설득을 시도해본다. 그래도 별 소용이 없자 일타홍은 마지막 수단으로 이별을 선택한다. 등과하면 다시 나타나겠다고 하며 사라져 마지막 충격 요법을 감행한 것이다. 그러나 일타홍의 이별 선택은 남성을 위한 것이지만, 나머지에서는 알아줌을 입은 남성이 입신출세를 위해 여성을 떠나는 것으로 되어 있다. 물론 여성이 그렇게 하기를 남성에게 권유한다. 그것은 이들 유화에서 애정결연의 장소가 남성 피지인에게는 변방 외지이고 과거 준비를 위해서는 오히려 자기 고향으로 돌아가야 하기 때문이다. 반면, 「고유 처」에서는 한 동네에서 살던 남녀가 결연을 맺는 첫날밤에 10년 이별을 기약하고 알아줌을 입은 남성이 합천과 해인사 등으로 과거 공부를 떠난다. 그러나 어떤 형태이든 이들의 이별은 입신출세의 당위성과 연관되어 있다.

기생과 양반은 정식으로 혼인 관계가 될 수 없고, 등과(登科) 전에 기생첩을 들이는 것도 지탄의 대상이 된다. 기생과 양반이 지감과 애정에 의해 결연을 맺었다고 하더라도 현실적 도덕률에 구애를 받지 않을 수 없었기 때문에 이러한 경우의 남녀는 혼사장애를 타개하기 위해서라도 급제라고 하는 돌파구를 마련해야 하였다. 반면에 알아준 여성이 기생보다 못한 면역된 급수비이거나 지방에서 그럭저럭 살아가는 촌녀 혹은 아전의 딸일 경우에는 입신출세 자체가 남녀 공동의 목표였기에 이별을 감내하였다.

한편 여성은 남성과 헤어지면서 대부분 희망을 북돋우는 '권면의 말'

을 한다. 명색만 양반이지 궁핍에 찌들리고 머슴을 살며 더욱이 객지에 와서 누구의 도움이라도 받지 않을 수 없는 처지에서 자포자기에 가까운 남성의 성취동기를 고양시키는 것이다. 이 때 권면의 말은 상술(相術) 어휘 곧 관상어(觀相語)로 표현이 되는데 이것은 단순히 남성에게 하는 여성의 교언(嬌言) 차원을 넘어서서 신뢰감을 갖게 한다.[14]

이들의 이별 기간은 며칠이나 몇 달이 아니다. 10년을 작정한다고 명토를 박기도 하지만[15], 적어도 기약할 수 없는 세월을 각오하고 여성은 남성을 떠나거나 떠나보내는 것이다. 이 기간 동안에 신분이 기생인 여성들은 대개 '결신수행(潔身修行)'하며 알아준 남성과의 재회를 기약한다. 일타홍은 어느 재상의 수발을 들어주며 재상을 통해 심희수의 급제 여부를 노심초사 확인하곤 한다. 선천 기생은 더욱 시련의 정도가 심각하여 어머니에게조차 행방을 감추고 산속 깊은 절에 들어가 면벽수도를 하며 '생불' 소리를 들을 정도였다. 이들의 경우에는 그만큼 남녀의 결연이 비록 지감에 의해 촉발되었다고 하더라도 애정이 수반되었음을 강조하게 된다.

반면에 「급수비」와 「고유 처」는 경제적 삶을 꾸려가며 지극히 현실적인 방법을 택한다. 급수비는 남성에게 재산을 모두 주어 빈털터리가 되었으니 생계를 도모할 길이 없어서 다른 사람에게 의탁해서 살아간다. 천한 신분에 남녀의 독점적 애정이나 수절과 같은 윤리를 내세울 처지가 못 되는 것이다.[16] 그녀는 홀아비 장교(將校)의 후취로 들어간다. 정절이 문제시 되지 않으니 현실 문제를 적극적으로 타개해 나갔다고 하

---

14) 구체적인 고찰은 '여성 지인담의 知鑑의 실체와 변이'에서 이루어 질 것이다.

15) 여성이 10년을 기한하자고 하나 실제 재상봉은 이본에 따라 7, 8년 만에 이루어지기도 한다.

16) 『溪西野譚』 "吾賤人也 爲先達何可守節 當託身於某處 先達作宰本道然後 卽日當進 謁 以是爲期"

겠으나, 그녀는 장교의 전처 살림을 조금도 축내지 않고 오히려 불려주
는 가운데 자신이 알아준 남성의 성취를 기약하였다. 또한 고유 처는
알아준 남성과 이별한 후에 경제적 후원자였던 친정아버지는 죽고 유복
자 같은 아들을 낳았다. 10년 동안 치산을 하여 부자가 되고 소식 없는
남편을 찾기 위해 거지잔치를 벌였다.

　이별의 두 가지 양상을 통해 여성 지인담의 남녀결연이 지니는 의미
가 야담 특유의 진취성을 드러냈다는 점을 확인할 수 있다. 신분의 격차
를 넘어서는 남녀 간의 애정과 신의에 의한 인간관계를 잘 보여줄 뿐만
아니라, 남녀 공동의 목표였던 입신출세의 목적이 오직 고귀한 신분을
획득하기 위한 것이라기보다는 경제적 여유를 누리기 위한 현실적 대응
이었음도 드러내 보였다. 이러한 요소들은 여성 지인담이 단순 일화의
성격을 넘어 서사적으로 갈등적 주제와 반전 등을 구비하는 야담적 특
성을 띠게 만든다.

　'E. 알아줌을 입은 남성의 노력과 급제' 즉 '지감 적중' 부분이다. 기생
계열에서는 알아줌을 입은 남성의 주체적인 행동과 신의를 드러내는 서
사단락이다. 여성에 의해 주도되어 오던 서사 진행이 여성에 대한 피지
인자의 새로운 인식과 자신의 결심을 드러내는 쪽으로 선회하는 부분이
다. 남성은 여성과의 재상봉을 위해 각고의 노력으로 과업을 연마하고
그 결과로 급제하게 된다. 「단천 기생」과 유사한 구비설화 「평양기생의
의리」에서는[17] 전 재산을 털어준 여성을 위해 남성이 학업연마에 전념
하는 과정이 핍진하다. 공부하다 졸아서 머리를 끄덕이게 되면 칼날에
머리가 닿도록 해 놓을 정도였는데, 자신에게 수모를 준 평양 고을원에
대한 복수심보다 여성에 대한 그리움과 보답이 그러한 행동의 더 큰 동

---

17) 『한국구비문학대계 (2-2)』, 551쪽 참조.

기인 것처럼 묘사되어 있다. 「일타홍」에서도 이별 후 남성 피지인자 심희수는 새로운 각성과 더불어 피나는 노력을 경주한다. 이것은 남성과 여성의 상호교감적인 신뢰와 사랑을 드러내주며 한 단계 진전된 결핍 요소의 해결을 의미한다. 여성이 장래성 있는 남성에게 은혜를 베풀고 보은을 받는 미래 투자의 논리로는 다 설명되기 곤란하다. 여성이 베푼 그간의 경제적인 도움이나 후원은 결핍의 표면적 해결이라면, 이것은 신분상의 차이에서 오는 심리적인 결핍 요소의 해소이므로 심화된 해결이라 할 수 있다.

또한 남성의 입장에서는 애초 상황의 '반전'을 이룩한 것이다. 여성이 남성을 선택했을 시점의 곤궁과 위기를 이제는 자발적 노력으로 타개한 것이다. 알아준 여성의 변화는 잔잔한 감동을 준다면, 남성의 역동적인 지위 변화는 극적이어서 여성 지인담 서사구조의 핵심이 된다.

다음은 지감이 적중된 이후의 단락 'F.탐색 및 재상봉(시련극복)'과 'G.후일담'을 살펴 보자. 「일타홍」, 「급수비」의 경우는 이 부분을 독립해도 될만큼 재상봉 과정이 치밀하고, 재상봉 이후에도 알아준 여성의 헌신이 계속된다. 그리고 후일담이 남녀의 죽음 장면까지 연장된다. 일타홍은 죽은 후에도 심희수의 꿈에 나타나 도와주며[18] 「급수비」의 우하형은 죽어서 관이 움직이지 않다가 따라 죽은 급수비의 관을 함께 운구하니 그제야 움직였다. 후자의 결말은 「온달전」의 말미와 유사하거니와 그들의 애정이 인간의 신의 차원을 넘어서 있었음을 암시한다.

그러나 기생 계열이나 부요녀 계열을 막론하고 알아줌을 입은 남성의 성공은 대부분 벼슬이 어디에까지 이르렀다는 정도에서 그치기도 한다. 이를 통해 알아준 여성의 삶이 어떠했는가는 굳이 드러내지 않는다. 여

---

18) 『천예록』 계열의 「일타홍」 유화가 이에 속한다. 4장 2절 참조.

기에는 남성을 통한 여성의 신분상승이나 대리성취가 전제되어 있다고 여겨진다. 특히 기생 계열에서는 여성의 삶이 남성에게 의탁할 수밖에 없다는 관념이 노골적으로 드러나기 일쑤이다.

기생계 여성 지인담에서 알아준 여성의 신분은 거의 기생이거나 기생에 가깝다. 급수비는 기생과 마찬가지로 관아에서 신역을 감당하는 신분이다. 이만웅의 소실과 고유 처만이 이들과 신분이 다른 부요민이다. 기생은 미천하면서도 다양한 체험을 통해 남다른 지혜와 현실적 능력을 지닌 이중적 존재이다. 그러한 신분적 특성은 갈등 요소이면서도 또한 반전의 가능성을 마련해 준다. 미천한 양반과 관계를 맺고 피지인의 급제나 출세를 위해 이별을 단행하는 것은 그 같은 특성과도 무관하지 않다. 이들에게 이별은 공간적인 이별 이상의 의미를 지닌다. 피지인자에 대한 절실한 동기 유발과 지인자 자신의 기약 없는 기다림이 맞바꾸어지고 있다. 비범함을 알아보고 헌신한 것이 최초의 선택이라면 이별은 지감의 완성을 위한 결단이다. 그래서 남성도 여성과의 재상봉을 위해 발분하고 급제 후 여성 지인자의 소재를 탐색한다. 기생과 양반은 정식 부부 관계를 맺을 수 없는 데다 오랫동안 헤어져 있었으니 믿음만이 그들의 관계를 지탱해 줄 뿐이다. 이별과 재상봉이 그만큼 의미가 있고 새로운 관계를 맺을 시점에 놓였으므로 지감적중 이후에 그들 남녀가 어떻게 살았는지는 서사적으로 관심의 대상이 된다. 복잡하든 간단하든 재상봉 이후에 후일담이 추가된 것은 서사구조로서 중요하다.

(2) 부요녀 계열의 여성 지인담의 특징

앞 절에서 살핀 여성 지인담 유화 가운데 부요녀(富饒女) 계열에 속하는 것은 「이기축 처」, 「정기룡 처」, 「이익 처」, 「이장곤 처」, 「오석량

처」, 「참정댁 비」이다. '피지인자(지인자) 제시 - 지감 선택 - 헌신 - 지감
적중 - 후일담'의 서사단락을 공유하며 기생 계열에 비해 '이별(시련)'과
'재상봉(시련극복)' 단락이 없다. 알아준 여성과 알아줌을 입은 남성의
사회적 신분 격차가 크지 않아 그로 인한 갈등과 반전의 여지가 그만큼
적다. 기생계와 같이 양반인 남성이 별도로 정실을 두고 등과 후에야
알아준 여성을 소실로 맞아들일 필요가 없다.

　또한 평민 이하의 남성이 추구할 수 있는 사회적 성취동기는 급제가
아니고 그 이외의 출세이다. 부유함일 수도 있고 자유일 수도 있고 난세
의 활약일 수도 있다. 급제를 위한 오랜 고행의 기간이 요구되지 않기에
'이별과 기다림'이 없고 따라서 '탐색과 재상봉'도 없다. 지인자 여성이
스스로 선택한 남편을 위해 지략을 제공하고 헌신하는 내용이 강조된
다. 기생 신분의 지인자는 알아줌을 입은 남성의 경제적 궁핍을 후원한
후 '결신수행'하며 급제를 기다리는 반면에 평민 이하 신분의 여성은 시
종 남성과 함께 사건에 참여하고 사업을 감당해 낸다. '헌신'이 기생 계
열에 비해 더 적극적이고 능동적이다.

　한편 부요녀 계열의 남녀 주인공의 신분은 기생 계열에 비해 다양하
다. 우선 여성을 살펴보면 이기축 처는 '주막집 딸', 정기룡 처는 '향아
전의 외동딸', 이익 처는 '강릉 부호의 딸'이다. 더욱이 「이기축 처」 유
화에서는 이기축 처의 신분이 각 편에 따라 다른 경우도 있다. 평양기생
(청구야담), 퇴기의 딸(동야휘집), 춘천 촌여자(금계필담) 등 다양한데 주
막집 딸로 설정된 각 편이 가장 많다. 그런가 하면 이장곤 처는 백정의
딸이며 오석량 처와 참정댁 여종은 정승 가문의 여종이다. 이들의 신분
은 너무도 다양하여 혼란스럽다 하겠으나, 그 공통점은 어느 정도의 경
제력을 지닌 부요한 여성이라는 데 있다.

　그에 비해 알아줌을 입은 남성은 노비, 관노, 거지, 짚신장사로 하층

빈민이다. 이장곤은 관료이지만 여성과 만나는 시점에서는 구명도생하는 처지로 백정의 사위가 될 만큼 천민의 신분으로 위장해 있었다. 오석량은 어리숙한 짚신장사이지만 근본이 향반(鄕班)이라 하였다. 오석량처는 남편이 무과 급제한 후에도 그 사실을 주변에 감추고 남편으로 하여금 장사를 시켰다. 산삼 밭을 발견한 후에야 자신의 주인인 대감에게 무과 급제한 사실을 알려 남편의 벼슬을 주선하게 된다. 경제력의 유무가 알아줌을 입은 남성에게 매우 중요함을 말해준다.

이기축 처, 정기룡 처, 이익 처 등은 모두 재력 있는 집 외동딸로서 재주 있고 영민하여 학식과 시사적 안목을 지니고 있다. 그래서 인조반정이나 임진왜란 등의 국가적 위기를 기회 삼아 미천한 신분의 남성 피지인자를 입신출세시킨다. 반면 참정댁 여종, 오석량 처, 이장곤 처는 노비이거나 백정의 신분인데, 여성의 헌신이 현실적인 방법으로 전개된다. 지감에 의거한 확신이나 자기희생의 방법이 기생 계열과도 크게 차이가 나며 부잣집 외동딸에 비해서도 범상한 일상적 능력으로 나타난다. 이와 맞물려 남성의 성취는 여성의 노력이나 인내와는 무관하게 민담적인 성격을 띤다. 아내가 주는 돈을 남편이 적선을 하고 돌아다녔더니 돈이 나오는 바가지를 얻었다거나, 산삼 밭을 발견했다는 행운의 방법이 동원된다. 경제적 성취를 두드러지게 나타냈다고 할 수 있다.

이제 평민계 여성 지인담의 특징을 순차적 서사단락을 통해 살펴보기로 하자.

우선 'A. 알아줌을 입은 남성의 제시' 부분이다. 남성의 신분은 평민 이하라고는 하지만, 특히 거지나 짚신장사, 관노, 떠돌이, 주막집 머슴 등의 처지에서 극도의 경제적 궁핍 상태에 머물러 있다. 겉으로 보기에는 어떠한 주목도 받기 어려운 군상이다. 그러기에 이들은 그들의 처지와는 다르게 특별한 능력이 있음을 함께 제시한다. 이기축은 미련하지만 '용력(勇力)'이 절륜하다. 정기룡은 조고가빈한 관노이나 '기개'가 뛰어났다. 이들은 처지가 열악한 대신 남성으로서의 역량이나 특장을 지니고 있다. 기생계에서 알아줌을 입은 남성이 '불우'하지만 '가능성'도 함께 내포하고 있었던 점과 유사하다. 부요녀 계열의 피지인 남성들은 현실감, 신분, 재력, 가정 등 정상적인 삶에 필요한 요소들이 모두 결핍되어 있다. 그러나 용력, 기개, 의리 등이 있어 여성이 알아보는 요소로 작용한다.

'B. 지감에 의한 여성 지인자의 선택과 결연'을 보자. 여성이 남성을 보자마자 비범함을 알아보는 것은 기생 계열과 동일하다. 그러나 부요녀 계열에서는 기생 계열처럼 여성이 남성을 '자세히 살펴보지'[熟視] 않는다. 「이기축 처」의 경우 지인자와 피지인자가 주인집 딸과 머슴의 관계였으므로 사람됨을 익히 알아보았겠지만 대부분은 남성을 우연히 만나 첫눈에 그의 비범함을 감지한다. 이방의 딸은 정기룡의 음성을 듣고 그의 비범함을 감지하며, 재상댁 여종이나 참정댁 여종은 각각 남성을 한차례 보고 그 능력을 알아본다. 반면에 이들 여성은 당대의 정치 상황에 대한 선견지명을 지니고 있었고 그것과 관련하여 남성의 능력을 직감하였다. 그 점에서 이들이 경제적 여유가 있으며, 영민하고 어느 정도의 학식이 있다는 조건들이 의미 있게 관련된다. 인조반정이나 임란 등 사회 상황을 예견한 후에 남성의 장점을 간파한다는 설정은 이들의 이지적 능력이 월등함을 말해준다.

또한 여성이 남성을 선택하여 결연하는 방법이 기생계와 판이하다. 기생계에서는 정식 혼례를 치루지 못하고 임시적인 결연을 하는 데 비해 평민계의 남녀는 혼례의 형식을 갖춘다. 이들은 기본적으로 같은 계층의 자질을 지니고 있음을 의미한다. 지인자와 피지인자의 처지가 분명하게 차이가 남에도 불구하고 이들은 하층민의 삶을 살고 있는 것이라 할 수 있다. 적어도 야담 창작 및 수용층에게 있어 부요녀 계열의 남녀 주인공들은 부족한 점을 상호 보완하며 공동의 노력으로 사회적 성취를 이루는 인간형이라 이해되었음을 알 수 있다.

'C. '헌신' 부분을 보자. 기생계에 비해 남성의 신분과 결핍 여건에 따라 헌신의 방법이 다양하다. 또한 기생계에서는 남성이 분발하도록 여건을 조성하는 데 비해 부요녀 계열에서는 남성의 자발적 노력을 기다리지만은 않는다. 지인 여성은 시대와 현실을 파악하여 피지인 남성을 조정하고 구체적인 사업을 지시하며 그것에 함께 동참한다. 이기축 처는 인조반정에 남편을 가담시키기 위해 주막집을 차리고 다리를 놓으며 결정적인 순간에는 자신도 참여한다. 정기룡 처는 임진왜란을 예측하고 무기와 식량을 비축했으며 비루한 말을 사서 천리마로 키웠다. 한편 오석량 처나 참정댁 여종은 헌신의 방법이 더 구체적이고 현실적이다. 그 어리석음을 깨우쳐 주기 위해 남편이 나다니며 돈을 써보도록 시킨다든가 장사를 해보게 한다. 결국 부요녀 계열에서 알아준 여성의 헌신은 남녀가 함께 동참하여 남성의 현달이나 치산을 위해 노력하는 형태를 취하며 여성의 활약이 기생 계열에 비해 크게 드러난다.

'E. 피지인 남성의 현달(지감 적중) 부분이다. 이기축, 정기룡, 이익, 오석량은 관직에 나아갔으며 참정댁 여종의 거지 남편은 부자가 된다. 이장곤은 암울한 시대를 잘 견디어 내고 복권을 할 수 있었다. 이러한 결과들은 알아줌을 입은 남성에게 있어 커다란 '상황 반전'이다. 애초 여성이 남성을 선택했을 시절의 불우함과 비천함을 벗어나서 공신이나 시대의 영웅이 되기도 하고 거부가 되기도 한다.

'G. 후일담'을 보자. 기생계의 「일타홍」이나 「급수비」처럼 여성의 헌신이 연장되고 후일담이 신령한 죽음에까지 연결되지 않는다. 대개 남성의 벼슬이 어디까지 이르렀다는 것으로 대미를 마감한다. 반면 이장곤의 백정 처는 어명에 의해 둘째 부인이 된다. 백정딸에서 어엿한 문관의 내방 마님이 된 것이다. 이기축의 처는 이본에 따라 '정경부인'이 되기도 한다. 여종으로 설정된 경우에는 '속량(贖良)'하여 자유의 평민이 된다. 남성의 처지가 반전된 것과 더불어 여성 지인자의 성취가 이루어졌다.

3. 여성 지인담에 나타난 지감의 실체와 그 변이

(1) 관상에 근거한 지감(知鑑) – 기생 계열

여성 지인담은 여성이 지감을 통해 남성을 알아보고 선택하여 성취시키고 자신의 지감을 입증하는 이야기이다. 그렇다면 그 '지감'의 실체를 각 이야기에서 어떻게 인식하고 형상화했는지는 별도로 살펴 볼 필요가 있다.

기생계 여성 지인담의 경우 지감이 있는 어떠한 기생이 남성을 선택했다는 것 이외에는 알아준 여성의 남다른 능력이 구체화되어 있지 않다. 물론 기생으로서 일류의 미모와 가무 능력을 지녔음을 암시하는 부분은 더러 보인다. 따라서 접대 대상이 폭넓고 경험이 풍부함을 암시받을 수 있다. 그러나 그것이 지감의 근거를 구체적으로 드러내 보이는 것은 아니다. 반면에 지인 여성은 어느 대목에서든 피지인 남성에게 '선택의 변'을 피력한다. 또 훗날의 성취와 재상봉을 기약하며 이별할 때 '권면의 말'을 해주는 경우가 많다. 그것은 희망 부재의 피지인자에게 성취동기를 부여하고 훗날의 좋은 결말을 꿈꾸게 한다. 지인자의 지감은 바로 이 '선택의 변'과 '권면의 말'에 집약되어 있다. 기생 계열의 유화들에서 그 대목을 추출하여 열거해 보면 다음과 같다.

모든 사람들이 미친 놈이라 지목하지만 천첩의 견해로는 대귀인의 기상임을 알 수 있습니다. - 「일타홍」[19]

여인이 말했다 : "내 당신의 모습과 기상을 보니 보통 사람이 아닙니다. 훗날 잘만하면 넉넉히 절도사까지 이를 것입니다. … 십년을 기한하면 큰일을 이루어 낼 수 있습니다." - 「급수비」[20]

도령의 기골 상모를 보건대 크게 현달할 상을 지녔습니다. … 도령은 십년이 지나지 않아 크게 현달할 상이니 반드시 크게 귀해질 것입니다. 나는 몸을 정결히 하여 기다릴 것입니다. 만나 볼 기약은 오직 등과한 후가 될 뿐입니다. - 「선천 기생」[21]

기생이 말했다 : "첩이 나리를 보건대 오랫동안 포의로 궁곤하게 지내지 않을 것입니다. 훗날 부귀해지면 나를 잊지 마십시오." - 「단천 기생」[22]

기생이 거지에게 말했다 : "빌어먹는 것이 망측하지만 당신의 골상이 끝내 크게 현달할 것입니다. … 생원님은 지금 궁액이 비록 심하지만 반드시 과거 공부를 다시 해서 입신양명을 도모하고 치욕을 씻도록 하십시오." - 「경주 기생」[23]

---

19)『溪西野譚』,『한국문헌설화전집 1』202쪽, "諸人以狂童目之 而以賤妾之愚見 可知其 大貴人氣象"

20)『溪西野譚』, 앞의 책 231쪽, "女曰 吾見君容儀氣象 非草草之人也 前程優可至閫帥 … 十年爲限則可以有爲也"

21)『溪西野譚』, 같은 책 257쪽, "吾見都令之氣骨相貌 可有大顯達之相也 … 都令不過十 年 可有大顯達之相也 必大貴矣 吾當潔身俟之 會面之期 只在登科後耳"

22)『靑丘野談』上, 아세아문화사 영인, 316쪽, "妓曰 妾觀行次 非久困於布衣者 他日苟 當貴無相忘"

23)『東稗洛誦』,『한국야담자료집성』1, 407쪽, "妓謂乞曰 乞事罔測矣 然 乞之骨相 終 必大官達 … 生員主 目前窮厄 雖甚 必復修擧業 以圖立揚 期雪其恥焉"

노파가 몇 일 더 묵으라 권하면서 이생의 문벌을 자세히 캐물었더니 서울 재상집 아들로서 앞길이 있는 사람이었다. …… 딸은 엄전하고 재주와 지혜가 있었다. - 「이만웅 첩」[24]

여인이 도령에게 말했다 : "제가 당신 모습을 보니 오래도록 빈천함으로 고생할 분이 아니십니다." - 「고유 처」[25]

기생 계열 유화를 화집별로 조사해 보면 『동패낙송』 이후부터 뒤늦은 시기의 야담집에 이르기까지 이 같은 알아줌의 근거는 지속적으로 나타난다. 또한 '권면의 말'은 '이별과 재상봉' 단락을 전제로 하므로 기생계 계열 여성 지인담의 중요한 특징이 되기도 한다. 그러한 '권면의 말'들은 단순한 예측이나 격려의 차원을 넘어선 강렬한 예시와 확신의 의미를 담고 있다. 또한 그렇게 말하는 것은 모두 상대방의 '모습'을 관찰한 결과이다.

알아줌을 입은 남성의 모습을 지칭하는 어휘로는 『동패낙송』의 경우 주로 '골상'이라 하였다. 그 이외의 화집에서는 '용의기상(容儀氣象)', '기상(氣象)', '기골상모(氣骨相貌)', '모(貌)', '골상(骨相)' 등의 용어를 주로 사용하였다. 이러한 어휘들은 모두 관상과 관련이 있다.

『사기(史記)』에 보면 관상을 보고 인재를 등용한다는 이야기가 나오지만, 한국의 이른 시기 관상에 대한 분명한 자료는 아직 알려지지 않고 있다. 삼국시대 쯤 불교의 유입과 함께 포교를 위해 「달마상법(達磨相法)」이 도입되었으리라 추측될 뿐이다. 그에 비하여 관상을 잘 보는 사대부에 대한 일화는 심심치 않게 기록되어 있다. 또 조선후기에 오면

---

24) 『原本 東野彙輯』上, 정명기편, 620쪽, "嫗勸信宿 詳叩李門閥 乃京洛宰相之子有前程者 …… 女才智淑慧"
25) 『錦溪筆談』, "女謂都令曰 妾觀君之貌 非久困於貧賤者"

환로가 막힌 선비들이 관상을 생계수단으로 삼기도 하였다. 관상을 볼
줄 아는 사람은 곧 문자를 이해하는 능력이 있다는 사실을 암시한다.
그런데 대인관계의 경험이 풍부한 기생이 관상까지 볼 줄 안다면 그것
자체가 비범한 능력이고 지감의 근거로서 신빙할 수 있게 된다. 또한
한문 독자의 입장에서도 관상어휘로 이루어진 권면의 말이 결말과 어떻
게 부합되는지 흥미로운 복선의 구실을 했을 것이다.

(2) 학식에 근거한 지감 - 부요녀 계열 여항인

「이기축 처」, 「정기룡 처」, 「이익 처」에서 알아주는 여성은 문자를 알
거나 공부를 많이 한 부잣집 외동딸이다. 또한 좋은 사윗감을 고르려는
부모에게 자신은 신랑감을 스스로 선택하겠노라고 선언한다. 그들의 신
분은 대개 중서층의 여항인이라 할 수 있다. 그렇게 해서 알아줌을 입은
남성은 머슴, 관노, 떠돌이 등이다. 기생과 양반의 결합이 갈등의 여지
를 안고 있듯이 부요하고 학식 있는 여성과 미천한 인물과의 혼인은 부
모의 강한 반대를 불러일으킨다. 이에 대해 부잣집 딸이 부모를 설득하
는 과정에는 지감의 근거가 비교적 상세하게 설명되어 있다.

「이기축 처」에서는 알아준 여성이 "조금 문자를 알고 영민함을 타고
났다"[稍解文字 性又穎敏] 또는 "총명하고 지혜로와 식감이 있다"[聰慧
有識鑑][26)라고 하였다. 전자는 한문을 어느 정도 이해하고 타고난 성품
이 영리하다는 말이다. 후자는 지감 있을 만큼 총명하고 지혜로웠다는
말이다. 「정기룡 처」에서는 "지식이 뛰어나서 미래의 일을 미리 헤아리
되 선견지명이 많았다."[智識絕倫 豫料未來之事 且多先見之明]이라 하
였다. 또 시집갈 나이가 되어 부모가 사윗감을 의논하자 "우리 아버지께

---

26) 『錦溪筆譚』本 참조.

서 지인지감이 있으셨다는 소릴 들어보지 못했어요. 내 비록 육안이라
도 하늘이 맺어준 인연을 구할 거예요."[未聞 吾爺嘗有知人之鑑 吾雖肉
眼 當求天定之緣]라고 당찬 소리를 하였다.

　이들 작품에 등장하는 지인 여성들은 나름의 총명과 약간의 학식을
바탕으로 자신의 안목에 대해 자신하고 있다. 이에 비해 부모들의 안목
은 관상술과 관련되는 듯하다. 정기룡을 선택한 딸을 아버지가 나무라
자 이번에는 딸이 다시 아버지에게 "비록 당거지술(唐擧之術)이 없더라
도 다만 그 사람이 어떠한가 자세히 살펴보시고 저를 나무라세요"라고
반발한다. 앞서 언급했던 '지인지감'을 구체적으로 '당거지술'이라 지칭
한 셈이다. 당거술은 중국 전국(戰國)시대 양(梁)나라 사람인 당거(唐擧)
로부터 유래되었다는 상법(相法)이지만 관상술의 대명사처럼 쓰이는 어
휘이다. 부모가 관상을 볼 줄 안다면 모르거니와 그렇지 않다면 자신의
학식과 지혜로 배우자를 고르겠다는 말이다.

　이러한 상황은 구비설화 「진주강씨와 정기룡」(제주시편)에는[27] 다음
과 같이 구연되고 있다.

　　어떻게야 공불 어디사(어디야) 간(가서) 어떻게야 헤였는디(했는지), 참, 남
　한 줄 모르게 공불 잘 허여가지고 세상일을 훤언히 알아

　지인 여성의 지혜가 바로 남모르는 공부에서부터 비롯되었음을 언급
한 것이다. 단순한 학식이 아니라 미래사를 알고 지혜를 쌓은 비의스러
운 내공을 쌓았다면 그는 범상한 지인에 그치지 않고 이인의 면모를 띤
것이기도 하다.

　한편, 「이기축 처」의 구비설화인 「여자 잘 만나 판서가 된 옴쟁이 기

---

27) 『한국구비문학대계 (9-2)』, 앞의 책, 202~207쪽 참조.

축이」(삼척군편)에서는[28] 다음과 같이 구연되고 있다. 한자어 비정(批定)은 필자가 했음.

　부자집 딸이니까내 뭐, 무경칠서(武經七書) 다 통달하구 말야, 관상(觀相)까지 잘 보는데

　내가 시골 홍주(洪州)에 사는데 우리 친정집이 부호(富豪)가 되어서 내가 칠서(七書)두 다 통달하구, 우리 선생님에 술수객(術數客)이 하나 있었는데 내가 상서(相書)를 좀 본일이 있다구. 있는데, 이 양반의 상(相)을 보니 왕궁(王宮)의 상(相)을 가졌기 때믄에 내가 술을 먼저 부어 올렸읍니다.

　여성이 경륜가들의 필독서라고 할『육도삼략(六韜三略)』류의『무경칠서(武經七書)』까지 공부한 데다 관상까지 본다는 것이다. 현실에 필요한 교양과 지식을 상당하게 축적하고 미래를 예측하는 안목까지 갖추었다는 점에서 여항인 계층의 자신감을 내보이고 있는 셈이다.
　이러한 지감의 근거는 기생 계열의 경험에 바탕한 관상과는 성격이 다르다. 이들의 지감은 '학식'을 바탕으로 하여 시대적 상황까지 통찰할 수 있는 안목과 경륜이다. 결국 사람에 대한 감식력만이 아니라 시대에 대한 예견력도 포함되어 있는 것이다. 이러한 능력은 인조반정이나 임진왜란이라는 국가변란을 예측하면서 개인에게 불어닥칠 미증유의 환란을 피하고, 한편으로 위기 속에서 절호의 기회를 잡는 데서 발휘된다. 그것은 단순한 지인자의 모습이 아니라 이인에 가깝다. 물론「이익 처」와 같은 경우 지인자의 현실감 강조로 인해「이기축 처」나「정기룡 처」에게서 보이는 이인적인 면모가 약화되었으나 이는 19세기 후반에 향유된 야담의 특성이 반영된 것에 불과하다. 그럼에도 불구하고 이들도 역시

---

28) 앞의 책(2-3), 63~68쪽 참조.

인조반정이라는 정치적 변란을 예견하고 이용하는 면에서는 동일하다.

요약하자면 기생 계열에서는 관상을 통해 지감의 신빙성을 확보하였다면, 부요녀 계열에서는 지인 여성들이 현실적 교양과 학식이 있어 시대와 미래를 예측하는 선견지명도, 사람 볼 줄 아는 관상 능력도 있는 것이다. 관상은 하나의 부산물이고 근원적으로 여성 지인이 월등한 능력을 소유하고 있는 셈이다. 따라서 기생에 비해 부요녀는 이인적 면모를 지니며 알아주는 행위 때문에 시련이나 갈등을 심각하게 동반하지는 않는다.

이 같은 점은 기생 계열의 이본에 반영되기도 한다. 예컨대 「일타홍」 유화 중 『천예록』 수록본은 『계서야담』 이본군에 비해 일타홍의 신이한 지감을 강조하고 있다. 반면 부요녀 계열인 「이기축 처」 유화에서 『금계필담』 수록본은 오히려 관상에 근거한 지감을 강조하였다. 여성 지인담이 수록된 야담집에 따라 지감에 대한 인식이 다르게 작용하고 있음을 알 수 있다. 그러한 변이는 아마도 여성 지인담의 유화들이 지니는 특정 경향이 야담집에 영향을 끼쳐 이루어진 현상이라 여겨진다.

(3) 추리에 근거한 지감 – 부요녀 계열 천민

이장곤의 처인 백정의 딸, 거지를 선택한 참정댁 여종, 짚신장수 오석량의 처인 재상댁 여종 등은 부요녀 계열 가운데서 특이한 신분의 주인공들이다. 이들은 비록 신분은 천민에 속할지언정 특수한 지위에서 타고난 지력을 발휘하고 어느 정도의 재력을 융통할 수 있다. 우선 이장곤 처는 "지혜롭고 견식이 있다"(慧識)' – 『동패낙송』, 참정댁 여종은 "얼굴과 자태가 아름답고 요염하며 헤아림이 총명하고 지혜롭다"[容姿豊艶成度聰慧], 재상댁 여종은 "모습이 아리땁고 식견과 지혜가 있다"[貌妍識慧]로 소개되어 있다. 여성적 매력을 지녔고 위인이 식견과 지혜가

있다는 말이다. 그러나 흔히 관상 능력을 의미하는 '식감(識鑑)'의 표현
은 보이지 않는다. 기생계의 '관상'이나 부잣집딸계의 '학식'에 비해 이
들에게는 아름답고 총명함이 상대적으로 부각되어 있는 셈이다.

반면에 서울 재상가의 여종 신분인 지인자는 물정에 밝아 '치산(治産)'
의 이치를 터득한 사람으로 묘사되고 있다. 그 결과 '속량(贖良)' 과정이
강조되기도 한다. 그의 총명함이 사람을 알아봄에만 있지 않고 재상집
의 살림 규모에서 일종의 식견을 터득하게 되었음을 암시한다. 놀림감
이 되고 있던 오석량의 어리석음을 재상댁 여종이 계발시켜 물산을 이
리 저리 팔아 치산하도록 하고, 참정댁 여종 역시 거짓말을 하며 거지의
장사 밑천을 마련해 준다. 여항인 출신의 여성 지인자들처럼 권력 구조
나 정치 상황을 파악해 남성을 출세시키는 것이 아니라 한 지방의 특산
물을 싸게 사다가 다른 지방에 가 비싸게 팔게 하여 물정을 터득하게
한다. 거지나 짚신장사였다는 남성 피지인자의 최초 상황과 경험이 오
히려 장사하기에 적합한 것으로 고려되었다. 그만큼 이들 여종 지인자
들에게서는 예지력은 약화되어 있지만 지감의 성격이 매우 현실적인 체
험과 추리의 차원에서 이루어지고 있는 셈이다.

반면 이들 천민 출신의 여성 지인자들은 예지력이 축소되었기에 남성
을 선택한 후 지인자에 대한 확신도 적다. 참정댁 여종은 다시 거지꼴로
돌아온 남편에게 주인댁에 면목이 없으니 야반도주를 제안하기도 한다.
이것은 기생의 관상, 여항인 딸의 학식과 이인적 면모에 비해 그들의
지감 능력이 일상적 차원의 것임을 말해준다. 그러므로 오히려 어려운
현실 속에서 불리한 여건을 극복해 나가는 기층민의 모습을 더 가깝게
보여준다고 할 수 있다. 여성 지인담이 이러한 주인공들의 지감을 통해
현실주의적 세계관에 근접해 가고 있었음을 의미한다.

이상 지감의 성격 변화는 여성 지인담의 하위 계열의 특징을 잘 반영

하고 있다. 비록 각 편수가 많은 경우 유화 내부 자체에서 변이가 나타나기는 해도 대체적으로 지감의 내용이 계열에 따라 달리 나타남을 알 수 있다. 우선 기생계 여성 지인담의 경우 여성지인의 지감은 주로 '관상' 어휘로 표현된다. 또 부요녀 계열 가운데 여항인 주인공은 학식과 이인적 면모가 강조된다. 그리고 부요녀 계열 가운데 천민 주인공은 현실적 경험과 추리가 강조된다. 결국 여성 지인담은 서사 구조적으로 기생 계열과 부요녀 계열로 대별되지만, 지인자의 성격과 지감의 근거를 기준으로 볼 때 기생, 위항인, 천민에 따른 세 부류로 나뉜다. 그 세 부류는 여성 지인담 195편 중 57%, 23%, 20%를 차지한다. 또한 기생계는 뚜렷한 자기 전통을 지니고 있는 데 비해 부요녀계는 서로 다른 특징으로 분화되었음이 발견된다.

지인지감은 사람의 품성(nature)을 중요시하면서도 그의 현실적 능력(capability)에 더 많은 비중을 둔다. 인간의 능력은 종합적이라 할 때, 지감은 지적 능력 이외에도 감성, 사회성, 창의성, 심지어 완력과 용감함 등의 행동력을 눈여겨 본다. 결국 지감이란 인간의 능력을 종합적으로 판단하여 현실에서 남다른 결실을 맺을 수 있을 것을 예견하는 투시력이다. 그러나 지감을 발휘하는 지인자와 대상이 되는 피지인자의 관계가 어떠한 상황에서 어떻게 맺어지느냐에 따라서 중요시되는 능력은 달라질 수밖에 없다. 더구나 그 지감이 현실화되기 위해서는 지인자의 믿음과 양육이라는 후원 과정과 피지인자의 호응이 반드시 필요하다. 지감자가 피지인자의 성취를 위해 애정을 가지고 후원자 혹은 삶의 동반자로 나설 때 지감의 이야기가 생성되고 전승된다. 지감은 누가 누구를 알아주느냐에 따라 그 실체와 근거가 다양하게 변이되는 것이 지인 서사에서 구체적으로 검증되는 것이다.

제3장
여성 지인담의 대표 작품 분석과 소설적 변용

　여성 지인담의 구체적인 실례로서 대표적인 유화를 기생 계열과 부요녀 계열에서 한 편씩 선정해 살펴보기로 한다. 기생 계열 7편과 부요녀 계열 6편 가운데 대표격의 유화는 다음과 같은 기준을 만족시킬 필요가 있다. 첫째, 각 편수가 많다. 각 편수가 많다는 것은 활발한 전승과 유포를 의미한다. 둘째, 여성 지인자가 보여주는 지감의 세 가지 면모를 유화에서 모두 보여준다. 셋째, 서사구조로 볼 때 기생 계열과 부요녀 계열을 대표할 만하다.

　첫 번째 조건에 합당한 유화는 「일타홍」 37편, 「이장곤 처」 34편, 「이기축 처」 28편, 「급수비」 25편, 「선천 기생」 23편 등이다. 이 가운데 「일타홍」과 「이기축 처」는 두 번째 조건, 즉 여성의 지감 능력이 관상술, 학식, 추리력을 포함하며 각각 지인, 이인, 일상인의 면모를 유화의 변이 그 자체에서 모두 보이는 유화들이다. 「이장곤 처」는 「이기축 처」보다 각 편수가 많으나 이장곤의 구명도생을 위한 백정딸의 내조만이 강조되고 있어 여성 지인자의 면모가 가장 협소하게 표현되고 의미 있는 변이가 별로 없다. 「급수비」나 「선천 기생」도 역시 관상 능력의 여성 지인자만이 나타나 있다.

이상의 기준에 모두 합당한 각 계열의 대표격 유화는 다음으로 압축된다. 즉, 기생 계열의 「일타홍」 유화 37편, 부요녀 계열의 「이기축 처」 유화 28편이다. 다음에서는 이 두 유화를 중심으로 작품을 분석하고 그 변이 양상을 구체적으로 살피기로 한다. 아울러 고소설 가운데 지인 소설로 거론할 작품을 선별하여 야담과 소설의 관련성을 고찰하고자 한다.

1. 「일타홍」 유화의 변이 양상

「일타홍」은 17세기의 『어우야담』과 18세기 초반의 『천예록』에 수록된 이래로 거의 3세기에 걸쳐 37편[1]의 화집에 수록될 만큼 인기가 높았다. 이는 22편의 화집에 나타나는 「홍순언」[2]과 비교해도 매우 폭넓게 전승되었음을 말해준다. 뿐만 아니라 사실에서부터 허구까지, 허구에서 소설화의 변개과정까지 함께 살펴볼 수 있어 매우 중요한 유화임을 알 수 있다.

(1) 연구사 및 자료개관

「일타홍」 유화에 대한 이제까지의 연구는 여러 측면에서 이루어졌다. 우선 각 편이 많은 만큼 변이와 전승 요인에 초점이 맞춰져 연구의 선편을 잡았다. 정명기[3]는 「일타홍」이 편찬자나 화자의 적극적 개입으로 개변이 두드러지는 대표 작품 중의 하나로 보았다. 서사구조와 서술 문면

---

1) 이는 이신성, 「일타홍이야기의 전개양상과 그 의미」, 『한국한문학연구』 14집, 한국한문학연구회, 1991, 141쪽의 분류방식을 수용하였다. 곧 동일 제명의 화집이라도 이본이면 각 편으로 인정한다.

2) 이신성, 앞의 논문, 149쪽 참조.

3) 「野談의 變異樣相과 意味硏究」, 연세대 박사논문, 1988, 11~20쪽 참조.

을 세밀하게 살핌으로써 「일타홍」의 중요성을 인식시켰다. 그러나 작품 내의 중요한 화소를 파악하여 변이의 기준점을 분명하게 제시하지는 못하였다.

김희경4)은 일타홍의 신분이 기생이라는 데에 초점을 맞추고 기녀결연 야담을 통한 당대인의 인식과 성취동기를 규명하려고 하였다. 그러나 어떤 유화를 기생의 남녀결연이라는 단일한 주제로 파악한다는 것은 아무래도 무리가 뒤따른다.

현혜경5)은 「일타홍」에서 지감 화소를 최초로 부각시켰다. 지인담의 서사구조를 추출하여 여러 유화를 함께 논의할 수 있는 근거를 마련하였으나 논문 성격상 치밀한 분석이 어려웠다는 한계를 갖는다.

이신성은 「일타홍」을 본격적으로 다루어 학계에 보고한 최초의 연구자이다. 그는 28편의 「일타홍」을 채집하였다. 다시 이를 '10개의 「일타홍」'으로 분류하여 이들의 전개양상과 의미를 살폈다.6) 그러나 지인지감 부분은 현혜경의 논지를 답습하였고, 변이 발전 양상을 변별적으로 파악하지 않음으로써 평면적인 논의에 그친 감이 있다.

이상의 선행 연구에도 불구하고 「일타홍」의 여성 지인담적 성격은 단면적으로 파악되었다는 한계를 지닌다. 본 연구에서는 「일타홍」에서 지감 화소가 변이 발전되면서 서사문학적 성격을 달리해 왔다는 전제에서부터 출발한다. 그래서 동일한 유화라고 하더라도 몇 개의 계열을 이루고 각 계열은 다시 상호 영향을 받으면서 화집마다의 전승 과정을 형성했다고 본다.

---

4) 「妓女 結緣 野談 研究」, 연세대 석사논문, 1990, 66~69쪽 참조.
5) 「지인지감유형 고전소설 연구」, 이화여대 박사논문, 1990, 25~31쪽 참조.
6) 이신성, 앞의 논문 참조; 「천예록 연구」, 동아대 박사논문, 1993, 136~160쪽에서는 30편으로 보고되었다.

[그림 3] 문정공 심희수의 묘역을 알려주는 신도비(상단)

[그림 4] 심희수 묘역. 양쪽의 문신석과 장명등의 위로 좌의정 심희수와 정경부인 광주노씨의 쌍분, 그 왼편으로 일타홍 제단, 그 묘역 아래로 무명의 봉분이 있다.

기생 '일타홍'은 『어우야담』에서 일송(一松) 심희수(沈喜壽, 1548~1622)의 일화 속에 최초로 등장한다. 심희수와 유몽인이 동시대 인물이며 『어우야담』이 대개 편찬자가 듣고 본 것을 기록했다는 점을 참작할 때 심희수와 일타홍의 관계는 어느 정도 사실에 기초하고 있다고 인정할 만하다.

심희수는 선조와 광해조에 청현직을 두루 거치면서 임금의 실정에 맞서 직간을 서슴지 않았고, 중국 및 일본의 사신을 맞이하는 외교관으로 탁월한 역량을 보였다. 『광해군일기』 14년 5월 17일 기사에는 「심희수의 졸기(卒記)」가 다음과 같이 기록되어 있다.

용모가 아름다웠고 우스개를 잘하였으며, 재주가 남들보다 뛰어났고 전고(典故)를 잘 알았으며, 문재(文才)가 어려서 일찍 이루어졌다. 정승 노수신(盧守愼)은 바로 그의 아버지와 동서 사이였는데, 그를 아주 세밀히 살펴보고는 동생의

딸로 아내를 삼게 하였다. 융경(隆慶) 임신년(1572, 선조5년)에 과거에 급제한
뒤 현직(顯職)을 두루 거쳤다. 그가 계미년(1583, 선조16년)에 서당에 있으면서
연꽃에 대해서 읊은 율시 한 수가 있는데, 그 내용 가운데

> 풍류객이 언제 이 연못을 팠던고
> 지붕 끝의 밝은 달이 너의 모습 비추누나[7]
> 따뜻한 좋은 계절 단비 많이 내릴 적에
> 금빛 닭이[8] 대궐에 내려오는 것을 보겠지
>
> 才子何年鑿小池, 屋梁明月見容姿。
> 陽和令節多甘澍, 會見金雞下玉墀。

라는 구절이 있었다. 이때에 허봉(許封)이 옥당에 있으면서 차자를 올려 이이(李
珥)를 논했다가 죄를 얻어 귀양갔었다. 상은 심희수가 일찍이 이이의 덕행을
칭찬한 적이 있으면서 이 때에 와서 주상의 뜻을 떠보아 허봉을 구하려고 앞뒤
의 말이 엎치락 뒤치락했다고 여기시고 그를 금산 군수(錦山郡守)로 내보냈다.
  그는 사람됨이 깨끗하여 흠이 적었으나 화합하기를 좋아하여 결단성이 부족
하였으므로 두 번 이조 판서를 맡는 동안 시속에 아첨한다는 비난을 면치 못하
였다. 그러나 스스로의 몸가짐이 맑고 간소하였으며, 오직 시와 술로 스스로를
즐기고 좀처럼 집안일을 경영하지 않아 담장이 무너져도 돌보지 않았다. 일찍이
사복시 제조를 겸하고 있었는데, 자신에게 바치는 하인을 끝까지 받지 않았다.
이에 사복시에서는 이 내용을 들보에다 써서 걸어 놓아 그의 맑은 절개를 드러
냈고, 선조(宣祖)는 일찍이 그를 염근리(廉謹吏)로 기록하고 홍문관과 예문관
의 대제학으로 제수하였다.

---

7) 두보(杜甫)의 「몽이백(夢李白)」 시에서 인용한 것으로 두보가 지붕의 달을 보고 이백
  을 그리워하듯이 자신도 허봉을 그리는 마음을 부회한 것임.
8) 조정에서 사면령을 반포하는 날은 금계(金鷄) 그림을 꽂은 장대를 대궐 문에 설치하
  였다. 《수서(隋書)·형법지(刑法志)》참조. 본문에서는 은택이 가득한 치세(治世)에
  허봉에 대한 사면령이 내릴 것을 기대한 것임.

갑진년 정승이 된 뒤에는 능히 스스로의 주장을 세워 바른 의논을 견지하며
아첨하지 않았다. 선조 말년 정월 초하루에 일식이 일어나자 차자를 올려 잘잘
못을 진달하고, 아울러 왕자 임해군(臨海君)이 유희서(柳熙緖)를 죽인 옥사 사
건을 언급하였다. 이로 말미암아 상의 뜻을 거슬러 지위에서 물러나게 되었다.

광해군 무신년 다시 정승이 되어 옥사(獄事)를 다루면서 많은 사람을 구하고
살렸다. 나라의 무함을 변무한 허균(許筠)의 일을 종묘에 고하자는 일을 논란한
것이 이이첨을 크게 거슬러서 탄핵을 받았다.

기미년에 다시 서용되었는데, 그 뒤에는 성 밖에서 우거하며 서울 집에는
들어오지 않고 여러 차례 치사할 것을 청하다가 이때에 이르러 죽었다.[9]

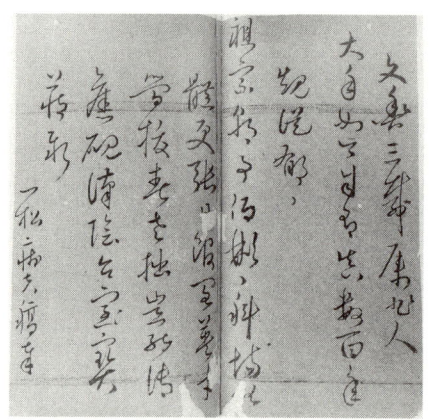

[그림 5] 심희수의 시고(詩稿) 필적. 대제학을
지낸 이후 관각(館閣)의 후진들에게 심회를 밝
히는 내용으로 문집에도 없는 시편. 『槿墨』(성
균관대 박물관) 仁卷.

심희수는 소싯적부터 수려
한 외모에 문재가 뛰어났고 24
세에 문과에 급제했으니 단연
코 한 시대의 풍류남아가 될
만한 조건을 두루 갖추었다고
할 수 있다. 또한 사람됨이 권
력이나 재물에 흔들리지 않고
청렴했으며, 환로에서도 정쟁
의 와중에서 사류를 구원하는
일을 많이 했다고 하니 사림의
추앙을 받을 만한 인물이었다.

더구나 『천예록』, 『청구야담』, 『계서잡록』에서 일타홍을 추모하는 시
구절로 부기한 내용이 조선후기 대표적 시선집인 『기아(箕雅)』에 수록된
심희수의 「유도(有悼)」와 거의 동일한 내용을 인용하고 있다.[10]

 9) 국사편찬위원회 『조선왕조실록』 웹사이트(http://sillok.history.go.kr) 해당기사 참조.
10) 이신성(1991), 앞의 논문, 143쪽과 155쪽 참조. 단, 번역과 해석은 다시 시도한다.

[그림 6] 일타홍 금산이씨의 제단

[그림 7] 제단의 뒷면.
일타홍의 유작시와 심희수의
애도시가 새겨져 있다.

한 떨기 연꽃같은 그대 버들 상여에 실려 있는데
향기로운 혼령은 어느 곳에서 가기를 머뭇머뭇 하는고
금강에 내리는 봄비가 붉은 명정을 적시우니
모름지기 아름다운 님 이별하는 눈물이려니

　一朶芙蓉在柳車　香魂何處去躊躇
　錦江春雨丹旌濕　應是佳人別淚餘

위 실록 졸기에서는 그가 금산(錦山) 고을원으로 좌천되어 갔던 내력
을 밝히고 있을 정도이니, 그의 금산행은 조정과 사대부 사회에서 매
우 잘 알려진 사실이었음을 짐작하게 한다. 이러한 여러 증거로 보건
대 「일타홍」 이야기의 출발은 '심희수'의 풍류담에서 비롯되었을 개연
성이 매우 크다.

그러한 인물이 기생을 사랑하여 평생의 반려자로 삼았다니 사대부 일

화로서도 큰 관심을 끌 만하였다. 그의 정실부인은 심희수 사후까지 장수하며 살았는데 양자마저 죽어서 친척들에게 기식하여 살았는데, 이것이 조정에 알려져 구휼하였다고 한다.[11] 그녀는 심희수의 스승이었던 노수신의 질녀인데, 그 둘 사이에는 친자가 없어 양자를 들인 것 같다. 어쨌거나 심희수의 풍류를 『어우야담』에서는 다음과 같이 전하고 있다.

> 심(沈)부원군은 일타홍(一朶紅)이라고 하는 기생을 사랑하였다. 일찍이 그 기생에게 말하기를 "네 평소 사랑하는 자를 말해라. 손 꼽아 두겠다." 하니, 기생이 능치며 "심부원군입니다." 하였다. "나를 놀리지 말고 바른대로 말해라."하니, 기생이 "양웅산(梁熊山)입니다." 하였다. 심부원군이 엄지손가락을 꼽다가 반쯤 꼽더니 꼽기를 꺼렸다. 이날 그가 종에게 묻기를 "양웅산이 무슨 색 말을 타느냐?" 하니 "도화마(桃花馬)입니다."라고 대답하였다. "네가 마굿간에서 도화마를 끌고 와라. 날이 밝기 전에 일타홍 집에서 기다렸다가 그 자의 말을 쫓아 버리고 이 말로 바꾸어 놓아라. 그자가 타거든 내리지 못하게 하고 잡아끌고 와라." 다음날 아침 과연 데려왔다. 부원군이 인견하여 세웠다 앉혔다 하고, 술 먹이고 노래를 하게 하여 듣고는 이르기를 "과연 일타홍의 정인(情人)이 될 만하구나!" 하였다.[12]

이러한 내용은 단적으로 사대부 일화에 해당된다. 사랑에 빠진 사대부가 오히려 기생의 사생활과 미묘한 감정을 이해하고, 남녀의 애정 관

---

11) 『인조실록』 9년(1631, 명 숭정 4년) 7월 4일(병자) 2번째 기사 참조. 단, 이 때 심희수의 처가 나이 99세라고 했으나 착오가 있는 듯하다. 이 기록대로라면 심희수와 무려 15살 차이가 나기 때문이다.

12) 『於于野談』(만종재본), 『어우집 · 어우야담』, 景文社, 1977, 45쪽, "沈府院君愛一妓名一朶紅 常謂妓曰 爾言平生愛 當爲屈指 妓戲曰 沈府院君也 曰無戲我 實言之 妓曰 梁熊山也 沈府院君屈大指 其指半屈 忌之也 是日 問其僕曰 梁熊山騎何色馬 曰 桃花馬也 曰 爾牽廐中桃花馬 天未曉 侯一朶紅 逐彼馬 以此馬替之 彼騎之勿使下 扶執以來 翌朝果致之門 府院君引見之 使之立 使之坐 饋以酒 聽以歌 曰 宜作一朶紅之情人也"

계에서 자신의 연적(戀敵)이 되는 자의 사람됨을 알아보았다는 것으로
이야기 거리를 삼았다. 심희수의 아량과 안목에 의해 일타홍과 그의 정
인이 모두 풍류의 주인공이 된 셈이다. 일타홍은 그런 사대부의 고임을
받고 있고, 그의 연적도 또한 그의 알아줌을 입었으니 지인지감이 있다
면 오히려 심희수에게 있었던 것이다.

이와 같은 사대부 주변의 일화가 70여년 뒤『천예록』에서는 여성이
남성을 알아주는 지인 이야기로 변개되었다.13) 일타홍이 지인자가 되
고 심희수가 피지인자가 되어 결연하는 서사적 사건으로 탈바꿈하였다.
이후 모든 화집에서「일타홍」은 오직 여성 지인담으로만 전승된다.

논의의 편의를 위해『어우야담』본을 제외한 36편의 각 편을 다음의
기준을 통해 특징을 추출하고 몇 계열로 분류해 보기로 한다. "심희수
의 처지는 비참한가? 여유가 있는가?", "일타홍의 헌신과 시련은 뚜렷
하게 드러나 있는가?", "일타홍의 지감 능력은 신통력, 관상, 추리 등
어디에 근거하는가?" 이 같은 기준을 적용해 보면 대개 각 편의 경향이
드러난다. 심희수의 현실 상황이 악화될수록 일타홍의 지감 능력은 강
화되며 아울러 현실 상황의 개선을 위한 헌신도 동반된다. 그러나 심
희수의 처지가 여유가 있으면 일타홍의 지감 능력이 상대적으로 약화
되고 헌신도 강렬하지 않다. 한편으로 일타홍의 지감이 신이성을 띨
때 심희수의 처지가 넉넉하다. 반면 지감의 근거가 관상일 때 심희수
의 처지는 열악하다.

---

13)『천예록』은『어우야담』(1622)과『동패낙송』(1774~1775)사이에 위치하는 야담집이
   다. 임형택,『동패낙송 해제』참조. 이신성, 앞의 논문 5~17쪽, 1993과 김동욱,「천예
   록연구」,『비교어문연구』5집, 비교어문학회, 1994, 160~167쪽에서는『천예록』의 편
   찬시기와 편찬자를 '1680~1685 李商雨(1621~1685)'와 '1689~1711 任堕(1640~1724)'으
   로 각각 고증하였다. 후자가 반론의 성격을 띠므로 현재로서는 더 유력한데, 종합하자
   면 이 야담집은 대체로 18세기 초엽의 편찬서이다.

이상의 기준을 통해 볼 때, 여성 지인담에 속하는 「일타홍」은 대개 세 계열로 구별된다. 첫째 『천예록(天倪錄)』본(本) 계열, 둘째 『동패낙송(東稗洛誦)』본 계열, 셋째 『동야휘집(東野彙輯)』본 등의 기타 계열이다. 각 계열의 작품군을 가리킬 때에는 이들을 각각 『천예록』계열 「일타홍」, 『동패낙송』계열 「일타홍」, 기타 계열 「일타홍」이라 칭하기로 한다. 계열별 각 편수는 『천예록』계열 8편, 『동패낙송』계열 19편, 기타 계열 9편이다.

다만 『동야휘집』을 위시하여 기타 계열에 속하는 각 편은 서술자의 개입이 적극적이어서 개변의 정도가 심한 특징이 있다. 그래서 공통 단락 말고도 변이 단락이 다수 존재하며 상호 간에 독립성마저 뚜렷하다. 그러나 앞의 두 주요 계열을 벗어나 새로운 시도를 모색했다는 점에서 매우 중요한 공통점이 있으므로 한 계열로 묶어 고찰하기로 한다.

(2) 『천예록』계열의 전승과 특징

『천예록』계열은 사대부로서 심희수의 자존심과 품위를 유지하는 한도 내에서 일타홍의 지감 능력을 드러내려고 했다는 것이 가장 큰 특징이다. 『어우야담』본을 수용하면서 지인담의 서사구조를 적용시켰다고 할 수 있다. 이야기의 구성에서도 심희수가 회고하는 액자 형식을 취하고 있어 남성 위주의 서술 시점을 견지하려 하였다. 그만큼 사대부의 편찬 의식이 여러 가지 점에서 상존해 있다.

『천예록』계열은 총8편이다.[14] 그런데 『천예록』본과 『동패추록』본은

---

14) 1. 『天倪錄』, 『韓國野談史話集成』 4, 태동출판, 1989, 439쪽.(쪽수는 시작면만 제시한다. 이하 동일)

  2. 『東稗追錄』, 『韓國野談資料集成』 1, 정명기 편, 계명문화사, 1987, 270쪽.

  3. 沈鐸 編著, 『松泉筆譚』, 장서각 소장, 권6 장6.

내용이 동일하고, 『동야집사』, 『해동기화』, 『총화』, 『기문총화』, 『실사
총담』본들은 내용이 유사하다. 후자 다섯 본은 피지인자가 '沈聽天守慶'
으로 되어있다. 그러나 『해동기화』, 『총화』의 경우 말미의 서술자 평에
서는 피지인자가 심희수로 되어있다. 앞에서는 심수경으로, 뒤에서는
심희수로 되어있는 셈이다. 『기문총화』에는 서두에서 심수경으로 기록
한 옆줄에다 '一松 喜壽'라고 교정해 놓았다. 모두 피지인자가 심희수인
「일타홍」 유화라고 보아 무리가 없다.

　각 편의 공통 단락을 정리해 보면 다음과 같다.

> ① 심희수는 용모가 옥설 같고 문장이 뛰어나 사람들이 '선동(仙童)'이라고 불렀
> 　으며 소년 등과하고 현재 나이 일흔의 재상이다.
> ② 어느 날 비변사에 나아가 관원들에게 이별을 고하고 귀가해 자리에 누웠다.
> 　평소 아끼던 병조좌랑이 찾아와 연유를 묻자 일타홍 이야기를 하였다.
> ③ 내가 소싯적에 친구들과 어떤 대가집 잔치자리에 갔다가 '천선(天仙)'같은 기
> 　생 일타홍을 보고 사모하는 마음이 생겼으나 어쩔 도리가 없었다.
> ④ 그 후 10여일 후 공부를 마치고 귀가하는 대로상에서 단장한 미인이 다가와
> 　심희수가 아니냐고 반색을 하였다. 관례 전이었고 보는 사람이 많아 부끄러웠다.
> ⑤ 함께 일타홍의 이모집으로 가서 두문불출하고 사랑을 나누었다
> ⑥ 10여일 후 일타홍은 '당신의 그릇과 재주가 필시 일찍 급제하여 지위가 정승판
> 　서에 오를 것이다.'라고 하고, 등과 후 만나자며 아쉬운 기색도 없이 떠나가버
> 　렸다.

---

4. 『海東奇話』, 『韓國文獻說話全集』 5, 동국대학교 한국학연구소, 1991, 421쪽.
5. 『東野輯史』, 『韓國野談資料集成』 11, 앞의 책, 36쪽.
6. 『叢話』, 『韓國野談資料集成』 6下, 앞의 책, 886쪽.
7. 『記聞叢話』, 『韓國野談資料集成』 6下, 앞의 책, 501쪽. (본 영인본은 6권이 두
책이다. 구분을 위해 『記聞叢話 乾』, 『我東奇聞』 수록 책을 6상으로, 다른 책을 6하로
표시한다.)
8. 崔永年 編著, 『實事叢談』, 朝鮮文藝社, 1918, 나손문고본, 115쪽.

⑦ 귀가해 부모에게 이실직고하지도 못 하고 부모명으로 정실부인을 맞았으나 금슬이 좋지 못하였다. 대신 일타홍을 만나기 위해 불철주야 면학하여 급제하였다.

⑧ 일타홍은 노재상댁에 수양딸로 은거해 있으며 급제를 기다렸다.

⑨ 급제한 후 삼일유가 때 노재상댁에서 일타홍과 해후하였다.

⑩ 일타홍을 대동하고 금산 고을 원으로 부임했는데 어느 날 일타홍이 자신의 죽음을 예고하고 5,6일이 지나자 고통 없이 죽었다.

⑪ 일타홍 유언대로 선영에 묻으러 갈 때 금강가에서 애도시를 지었다.

⑫ 그 후 10여 년간 집안 대소사가 있으면 일타홍이 꿈에 나타나 미리 알려주었는데 틀린 적이 없었다.

⑬ 어제 밤 꿈에 일타홍이 나타나 나의 죽음을 알려주어서 주변정리를 한 것이다.

⑭ 과연 상공 심희수가 다음날 죽었다.

⑮ 서술자 평

이 가운데 ①②, ⑬⑭⑮는 액자 형식을 이루는 단락이고 그 나머지가 여성 지인담의 내용을 구성한다. 이를 다시 앞에서 추출한 여성 지인담의 주요 화소 별로 정리해 보면 다음과 같다.

A. 피지인자 제시 – ①, ③

B. 지인자의 선택 – ④, ⑤

C. 지인자의 헌신

D. 지인자의 이별과 기다림(시련) – ⑥, ⑧

E. 피지인자의 노력과 급제 – ⑦

F. 피지인자의 탐색과 재상봉(시련극복) – ⑨

G. 재상봉 이후 – ⑩, ⑪, ⑫

심희수는 전형적인 사대부 집안의 귀도령이다. 『어우야담』의 관점을 일정하게 반영하였다고 할 수 있다. 일타홍의 지인지감과 신이한 면모

는 새로운 서사구조를 가능하게 했으나 심희수의 명성과 지위는 그대로
유지되는 것이다. 각 편의 표현을 살펴보면, 심희수는 뛰어난 용모에
글솜씨가 뛰어나 아이 때부터 '선동'으로도15), 총각시절에 명성이 자심
하며 '풍의영발(風儀瑛發)'로도 칭하였으며16), 일타홍은 심희수를 '천선
(天仙)' 같다고 표현하기도 하였다. 이는 '광동(狂童)'이라고 손가락질 당
하는 『동패낙송』계열의 심희수의 모습과는 모두 좋은 대조를 이룬다.
더군다나 부모가 모두 생존해 있으니 사대부가의 촉망 받는 책방도령이
아닐 수 없다.

  그러므로 심희수는 피지인자로 설정되어 있더라도 양반으로서의 체
면을 돌본다. 우연히 일타홍을 먼발치에서 보고 사모하는 마음이 있으
나 어쩔 도리가 없는 것으로 묘사되는 것은 당연하다. 10여일 후 서당에
서 귀가할 때 만난 일타홍이 말에서 내려 반갑게 자기 손을 잡기까지
하는데 심희수는 대로상이라고 부끄러워하는 편이다. 일타홍과 이별하
여 귀가한 후에도 부모에게 이실직고를 못한 채 거짓말을 하고, 마음에
도 없는 혼인을 정해주는 대로 하여 정실부인과는 금슬도 좋지 않다.
급제 후 노재상집에서 노재상이 "옛날 연인을 보고 싶은가?" 하고 물었
을 때도 심희수는 머뭇거린다. 그렇다고 일타홍에 대한 애정이 미적지
근한 것은 아니다. 그를 향한 집념은 서사를 진행시키는 원동력이 된다.
종합하자면 『천예록』계에서의 심희수는 애정에 이끌리면서도 사대부적
성취를 위하여 양반의 품위를 유지하려는 인물이다.

  한편 '선동'으로까지 불리던 심희수의 장래는 이미 어느 정도 예견될

---

15) 『천예록』, 앞의 책 439쪽, "一松沈相公 顏貌玉雪 標格淸秀 八歲能屬文 文藻儁異 自
在童孺 人皆目之以仙童"
16) 『기문총화』, 앞의 책 500쪽, "沈聽天壽慶(sic 一松喜壽) 總角時 聲名藉甚 風儀暎發
人多艷稱"

수 있는 것이었다. 이러한 피지인자의 조건은 상대적으로 지인자의 지감을 뚜렷하게 부각시킬 수 없게 한다. 일타홍이 그를 선택하는 장면을 살펴보자. 이 여인은 심희수를 어떤 잔치의 먼발치에서 보고는 사모의 정이 생겨 그가 오가는 길가를 지키다가 만난다. 여성이 적극적으로 나서기는 했지만, 애초 심희수도 일타홍을 얼핏 보고 '하늘 신선'으로 느꼈고, 일타홍도 그를 똑같이 '하늘 신선'으로 여겼던 것이다. 여성의 지감 이전에 이들 남녀의 애정이 더 부각되어 있다.

심희수는 넉넉한 처지이며 체면을 지키는 양반이기에 일타홍과 은밀한 관계를 맺는다. 이에 비해 『동패낙송』 계열에서는 일타홍이 가난한 심희수의 집으로 들어와도 육체적 결연을 바로 맺지는 않는다. 도덕적으로 타락해서 '광동'이라고 지탄받는 심희수이기에 일타홍이 오히려 정실을 들게 한 후에 엄격한 규칙을 세워 자신과 합방하도록 조치한다. 그러나 심희수의 가문이 번듯하게 묘사되는 『천예록』 계열에서는 일타홍의 입장이 심히 불리하므로 심희수와 곧바로 육체적 결연을 맺음으로써 자기의 평생을 결정짓는다. 여기에서 지감이 작용했다면 지감의 근거나 구체적인 방법이 무엇인지도 분명치 않다. 일타홍의 능력은 아직 공인되지 못하고 개인적인 차원에 머문다. 지감의 정체는 나중에나 어렴풋이 밝혀진다. 이별할 때에 소년 등과(登科)와 경상(卿相)의 지위를 예언하고, 죽은 뒤에는 현몽하여 집안 대소사를 계속 알려주었다는 대목을 상기한다면 일타홍의 지감은 신통력의 일종이다. 남성의 전도를 알아준 기생의 면모에 느닷없이 이인적 면모를 가미시킨 셈이다. 성취가 이미 예견되어 있는 상황에서 그들 애정을 신비하게 윤색하였다 할 수 있다.

다음 '지인자의 헌신' 화소에 대해 살펴보자. 『천예록』계에서는 심희수의 처지와 능력이 범인보다 뛰어나게 설정되어 있으니, 지인자의 후원이나 희생은 생략되다시피 한다. 다만 이별 후 피지인자의 성취를 기다리는 동안의 여성적 결신(潔身), 재상봉 후 집안을 슬기롭게 다스리고 내조에 탁월한 능력을 발휘했다는 점이 부각되었다.

다음 '지인자의 이별과 기다림' 화소에 대해 살펴보자. 일타홍은 심희수와 10여 일간 뜨거운 애정을 나누다가 느닷없이 '장구지도(長久之道)'가 아니라면서 다음과 같이 이별을 선언한다.

> 첩은 종신토록 당신을 섬길 결심을 이미 했습니다. 단지 낭군께선 위로 부모님이 계시는데 아직 정실도 맞지 않고 지레 축첩이나 하니 지금에야 어찌 허락하시겠습니까? 첩이 낭군의 그릇과 재주를 살펴보건대 필시 일찍 등과하여 정승판서의 지위에 오를 것입니다. 첩은 금일부터 당신과 이별하여 몸을 정결히 하고 절개를 지켜 당신의 등과를 기다리겠습니다. 급제하여 유가(遊街)하는 사흘 안에 다시 낭군과 만날 것입니다. 이를 금석같이 약속합니다. … 낭군이 과거에 오르는 날이 첩을 다시 만나는 때입니다.[17]

사람의 인품과 능력을 살펴보았다는 것은 바로 지감의 방법이다. 지인지감의 내용이 남성과 애정결연을 맺을 당시가 아니라 헤어지는 대목에서 뒤늦게 제시된 셈이다. 그만큼 애정을 앞세우고 성취에 대한 지감은 그 뒤를 따르고 있는 것이다. 거기다 여기서 내보인 지감의 근거가 무엇인지도 분명치 않다. 다만 여러 가지 앞일을 예언하면서 그것을 믿고 기다리겠다는 것은 애정의 힘이라 할 수 있다. 애정에 몰입하는 일타홍의 면모는 신비롭기도 하고 이인적 요소도 지니고 있다. 심희수나 일타홍이나 애초 상대방을 서로 '천선(天仙)'같이 느꼈던 점, 그녀의 죽음

---

17) 『천예록』, 앞의 책 441쪽, "妾之終身事君意 已決矣 但君上有父母 而未聚正室 卽今豈許君之先畜一妾乎 妾觀君器度才品 必當早登科第 位踏卿相 妾從今日辭君而去 當爲君潔身全節 以待君之登科 遊街三日之內 復與君相會 以此爲金石之約 … 君之登第之日 是妾重逢之秋耳"

을 '신녀(神女)'에 비의한 점도 애정의 맥락에서 참고할 만하다. 서술자
는 남성의 성취를 누리기보다는 애정에 충실한 여성 지인자의 모습을
부각시켰다.

　한편 일타홍과 헤어진 후 심희수는 부모에게 바른대로 말하지도 못하
고 속앓이만 하였다. 이별은 여성 지인자의 결단일 뿐 아니라 남성 피지
인자의 고난이기도 하다.

　　홍(紅)을 그리는 정을 도대체 잊을 수 없어 침식을 폐할 정도가 되었다. 한참
　만에 조금 진정할 수 있어 드디어 과거공부에 모든 정력을 기울이며 불철주야
　열심히 노력하였다. 대체로 일타홍을 만나기 위한 심산이었다.[18]

　그러나 고난은 권면이 되고 다시 노력을 불러일으킨다. 결단과 고난
의 화소는 필경 고난을 극복하기 위한 씨앗을 제 속에 감추고 있다. 어
떻게 보면 일타홍의 예견대로 심희수의 잠재력이 가시화되기 시작하는
것일 수도 있다. 그렇다고 지감이 사건 자체를 뻔하게 결정론적으로 이
끌어나가는 것은 아니다. 일타홍이 노재상 댁에 몸을 의탁하는 과정이
나, 심희수가 급제 후 유가 첫째, 둘째 날까지 일타홍을 찾지 못해 실망
하는 모습, 또는 노재상이 이 연인들을 만나게 해 주는 장면 등은 그
자체가 하나의 사건이고 흥미진진하게 전개된다.

　재상봉 후에야 심희수는 부모님께 사연을 고하고 일타홍을 부실로 맞
아들인다. 그 뒤 금산 고을살이에 일타홍이 따라간다. 어느 날 자신의
죽음을 심희수에게 미리 알리고 아무 고통 없이 죽는다.[19] 지감이 적중

---

18) 『천예록』, 앞의 책 441쪽, "紅思戀之情 初不能忘 至於寢食俱廢 久而後稍 能自定 遂
　乃專精致力於科業 晝夜孜孜不輟 盖爲遇紅計也"
19) '知死期'는 음양가에서 죽을 시기를 미리 헤아리는 것인데, 이 같은 신이함은 일찍이
　「선덕여왕 지기삼사」에서도 보인다. 姜在哲, 「善德女王知幾三事條 說話의 研究」, 『東

된 이후에 알아준 여성의 신이성이 본격적으로 부가되기 시작했다 할수 있다. 반면 일타홍의 현실적 능력이나 활약은 상대적으로 약화되어 있다. 지감의 근거가 구체적으로 드러나지 않은 반면에 전반적으로 일타홍의 애정과 능력이 신비로움을 띤 채 심희수의 영달과 그에 대한 내조 등이 강조되어 있다. 그러한 연장선상에서 일타홍은 사후에 심희수가 죽는 날까지 현몽하여 길흉사를 예언하였으니, 애정결연의 관계를 이승과 저승을 넘나들며 지속시킨 것이다.

다른 한편으로『천예록』계열은 거의 동일본이라 할『동패추록』본을 제외하고는『천예록』본 특유의 신비적 성향이 축소되거나 강화되는 변형 과정을 보이게 된다. 각 화집 별로 살펴보면 다음과 같다.

『천예록』,『동패추록』본에서 심희수는 타인의 부러움을 사는 더할 나위없는 준수한 인재이다. '선동(仙童)', '천선(天仙)'이라고 표현한 데서 그러한 상황이 집약되어 있다. 반면『동야집사』,『해동기화』,『총화』,『기문총화』,『실사총담』등의 수록본에서는 "사람들이 대부분 아름답다고 일컬었다"[人多艶稱]고 간접적으로 언급할 뿐이고 심희수의 상황이 그다지 과장되지는 않는다. 더구나『송천필담』본에서는 '심희수' 이름 석 자 이외에는 별다른 묘사가 없다. 이상의 각 편을 변격『천예록』류라 칭하기로 한다.

한편 위 변격류에서는 거의 대부분 ②③⑫ 등의 단락이 탈락되어 있다. 이 가운데 ②의 탈락은 액자 형식의 후퇴이며『동패낙송』계열에 근접함을 의미한다. 그럴 경우 단락 ①은 오직 '피지인자 제시'라는 화소로 구실할 뿐이다. 또 단락 ③의 탈락은 여성 지인자의 제시가 충실치 못함을 의미한다. 단락 ⑫의 탈락은 일타홍의 신이성을 약화시킨다.『천예록』과

洋學』21집, 단국대학교 동양학연구소, 1991. 85쪽부터 96쪽까지 참조.

『동패추록』본에서는 일타홍이 자신의 죽음을 엿새 전에 심희수에게 알려주지만, 변격류에서는 금산에 따라와 얼마 되지 않아 병사하였다. 또 변격류에서는 심희수의 죽음에 대해 일타홍이 현몽하는 단락 자체가 없으니 일타홍의 신이성은 그만큼 감소된다. 오히려 일타홍의 제삿날이라고 눈물을 흘리는 심희수를 어떤 사람이 보고 '마음이 바뀌었으니 미구에 죽을 것이다.'라고 예측할 뿐이다. 이러한 변격류에서는 신이한 예언이 사라지는 대신에 유교적 합리성이 자리 잡고 있는 셈이다.

『천예록』계열의 가장 특이한 변이형은 『송천필담』본이다. 작품 전후의 액자구성이 제거되어 있다. 내용 단락을 정리 열거하여 보면 다음과 같다.

① 심희수가 어려서 우연히 어느 날 밤에 백악 아래를 지나다 불이 켜진 집에 들어가 낭자를 만났다.
② 낭자는 심의수를 마치 잘 아는 사람처럼 대접하며 결연을 맺었다.
③ 낭자는 급제 후 만나자며 아쉬운 기색도 없이 작별을 고했다
④ 뒤에 백악에 가보니 아무 흔적도 없어 낭자를 만나기 위해 공부에 힘써 급제하였다.
⑤ 유가할 때 노재상 집에 갔는데 술을 바치는 미인이 있어 보니 바로 그 낭자였다.
⑥ 낭자는 노재상 집에 수양딸로 의탁해 있으며 그의 급제를 기다리고 있었다.
⑦ 함께 집에 와 아내노릇을 슬기롭게 하였다.
⑧ 자신이 일타홍이라며 자기 고향인 호서방백이 되길 원하였다. 호남영에 부임하여 얼마 안 가 병으로 죽었다.
⑨ 죽을 때 비가 오면 자신의 이별 눈물인 줄 알라더니 정말 비가 내려 애도시를 지었다.
⑩ 금강을 건널 때 널이 가벼워져 상여꾼들이 금강의 신녀가 되었다고 하였다.

『송천필담』본의 특징은 주인공들의 심리 갈등 묘사가 과감히 생략돼 여백으로 처리되었다는 점이다. 심희수에 대한 묘사가 없음은 앞에서 언급하였다. 심희수가 일타홍을 우연히 잔치에서 보았다든가 대로상에서 만났다든가하는 단락 등도 없다. 단지 심희수가 백악 아래를 지나다가 야심할 때 길 곁에 불이 밝혀진 집에 들어가 일타홍을 만난다. 그런데 여인은 평소에 잘 아는 사람처럼 흔연히 대접하고 결연하고 며칠 후에는 오래 머무를 곳이 아니라면서 등과할 후일을 기약한다. 심희수는 몰랐으나 일타홍은 심희수를 익히 알고 있었고 심희수를 맞이하기 위한 만반의 준비를 다했던 것이다. 자신의 뜻에 의해 심희수를 선택하여 인연을 맺은 뒤에 그의 학업을 위해 이별하지만, 그 같은 과정에 관한 묘사가 여백으로 처리되어 있다. 오직 일타홍의 지감에 의거한 선택과 기다림, 그리고 죽음까지 제3자의 객관적인 담담한 시점으로 서술하고 있다. 따라서 일타홍의 행적이 오히려 매우 신비감을 돋우며 부각된다. 결연 방법도 특이하고 분위기도 다른 본과 다르다. 문장이 간략하고 고도의 절제미를 느끼게 한다.

『송천필담』본에서는 일타홍의 신분이 기생이 아니다. 이름 모를 '이인'이라고나 할 수 있다. 그녀가 남자의 장래를 예견하고 남자를 '정인'으로 받아들인다. 일정한 거처도 없고 이름은 재상봉 후에나 밝힌다. 그리고 장사를 지내러 강을 건널 때 관이 가벼워져 금강의 '신녀'가 되었다고 했으니 시해선(尸解仙)이 된 셈이다. 일타홍의 이인적 면모를 효과적으로 부각시켰다고 평가할 만하다. 변격류 가운데에서는 『송천필담』본은 비록 액자 구성을 과감히 제거했지만 『천예록』 계열의 초기 전통에서 여성 지인자의 신이성을 충실히 계승하였다. 남성의 사대부적 면모와 여성의 부덕(婦德)을 강조하려 했던 여타 변격류와 좋은 대조를 이룬다.

『천예록』 계열의 작품은 『천예록』 수록본 「일타홍」 이후로 『동패낙송』

계열에 주도권을 빼앗긴 채 겨우 명맥만 유지한 것같다. 그러나 1917년
의『실사총담』본에까지 변격으로나마 전승된 것으로 보아서 각 편수는
적어도『동패낙송』계열과 대응되는 독자적 전통을 분명히 유지했다고
보아 마땅하다.

(3)『동패낙송』계열의 전승과 특징

「일타홍」이야기의 전형은 대개『동패낙송』계열에서 형성됐다. 이
야기가 잘 가다듬어지기로는『계서야담』에서 이루어졌지만,『천예록』
이후에 최초로 변모를 보인 것은『동패낙송』이니 이를 계열명을 삼는
다.『동패낙송』계열은『동패낙송』,『계서잡록』,『대동기문』에 이르기
까지 많은 화집에 전승되었는데 모두 19편[20]이나 된다. 이를 내용 단

---

20) 1.『東稗洛誦』(동양문고본), 亞細亞文化社, 1990, 23쪽.(쪽수는 첫 면 제시)
   2.『溪西雜錄』,『韓國野談資料集成』5, 앞의 책, 450쪽.(『野談』으로 약칭)
   3.『記聞叢話』(연세대본),『野談』6하, 266쪽.
   4.『記聞叢話』(서울대본),『野談』6상, 26쪽.
   5.『記聞叢話』(국립중앙도서관본),『韓國文獻說話全集』5, 496쪽. (『文獻』으로 약칭)
   6.『溪西野譚』(규장각본),『文獻』1, 201쪽.
   7.『東稗集』(천리대본),『韓國野談史話集成』1, 262쪽.
   8.『靑邱野談』(소창진평본),『文獻』2, 564쪽.
   9.『靑邱野談·下』(버클리대본), 아세아문화사, 1985, 160쪽.
   10.『청구야담』(규장각본),『野談』3, 281쪽.
   11.『選言編』,『文獻』5, 496쪽.
   12.『荷潭漫錄』,『野談』7, 252쪽.
   13.『瑣語』,『野談』7, 35쪽.
   14.『荷潭漫錄』,『野談』7, 252쪽.
   15.『醒睡叢話』(연민소장본),『열상고전연구』3집, 1990, 325쪽.
   16.『溪西雜錄』(고대본),『野談』5, 235쪽.
   17.『東稗洛誦』(연세대본).
   18. 姜斅錫,『大東奇聞』, 1925, 265쪽.
   19. 李能和,『朝鮮解語花史』, 1927, 61쪽.

락별로 정리하면 다음과 같다.

① 심희수는 일찍 아버지를 여의고 공부 때를 놓쳤는데, 방탕하여 남들이 '미친놈 '[狂童]이라 손가락질 하였다.

② 어느 잔치자리에서 금산 신출내기 기생 일타홍을 보고 치근대는데 그 기생이 싫어하질 않았다.

③ 일타홍이 심희수의 집에 찾아와 그 어머니를 만났다. 심희수가 '대귀인(大貴人)의 골상'을 지녔으므로 10년 기한하여 공부하면 성취할 것이며, 자신이 심희수를 권학시키겠다고 말하여 허락을 받아냈다.

④ 일타홍이 집안대소사를 돌보면서 엄한 규칙으로 심희수를 권학시키고 본부인을 맞이하도록 하였다.

⑤ 심희수가 차츰 옛 버릇이 살아나 공부를 게을리하였다.

⑥ 일타홍이 자신을 다시 보고 싶으면 급제 후 삼일유가(三日遊街) 때 만나자며 집을 떠나갔다.

⑦ 일타홍은 노재상 댁에서 수양딸로 은거하며 심희수의 급제를 기다렸다.

⑧ 심희수가 일타홍을 백방으로 찾다 포기하고 발분하여 면학한 결과 과거 급제하였다.

⑨ 심희수가 삼일유가 때 일타홍과 재상봉하고 함께 귀가하였다.

⑩ 일타홍의 청으로 일타홍 부모가 있는 금산 고을 원으로 부임하여 집안 잔치를 열어주었다.

⑪ 일타홍은 자신이 죽을 때를 미리 알리고 심희수 선영에 묻어 달라고 유언하고 죽었다.

⑫ 장례행렬이 금강 가에 이르러 비가 오자 심희수는 애도시를 지었다.

이를 화소별로 정리해 보이면 다음과 같다.

A. 피지인자 제시 – ①, ②
B. 지인자의 선택 – ③

  C. 지인자의 헌신 – ④
  D. 지인자의 이별과 기다림 – ⑤, ⑥, ⑦
  E. 피지인자의 노력과 급제 – ⑧
  F. 피지인자의 탐색과 재상봉 – ⑨
  G. 재상봉 이후 – ⑩, ⑪, ⑫

여성 지인담의 전형적인 서사구조인 '주인공 제시 – 남녀결연 – 헌신 – 시련 – 시련극복 – 지감적중 – 후일담'의 순차적인 구성이 하나도 빠짐없이 짜임새 있게 이루어져 있다. 단, 『대동기문』본에는 이별과 재상봉단락이 생략되어 있어 오히려 부요녀 계열 지인담 구성에 가까우나 후일담을 포함한 모든 서사단락이 본 계열의 다른 각 편과 일치하므로 작품성이 떨어지는 예외적 작품이라 할 수 있다.

『동패낙송』 계열의 일차적 특징은 일타홍의 지감과 현실적인 능력이 부각된 데 비하여 심희수의 처지가 매우 열악하게 설정됐다는 점에 있다. 따라서 일타홍의 헌신과 희생이 긴밀히 연결된다. 『천예록』 계열에서는 일타홍이 심희수와 결연한 후 심희수가 급제하기까지 오직 기다림을 통해 결연 관계를 유지시킨다면, 본 계열에서는 심희수의 열악한 처지를 개선하기 위하여 일타홍이 현실 공간에 직접 개입하며 심희수의 성취를 위해 치밀하게 계획된 행동을 실천한다.

한편 일타홍의 신분은 대부분 '금산의 신출기생'이다. 그러므로 심희수가 등과 출세한 후 금산 고을 원이 되어 일타홍이 금의환양하게 되었음을 강조한다. 『천예록』 계열에서는 일타홍의 신이성이 강조되든가 변이형으로 부덕을 부각시키려 했다면, 본 계열은 일타홍의 현실적 능력과 성취 동기를 핍진하게 그려내었다. 각 화소별로 구체적인 의미를 따져보자.

심희수의 처지는 다음과 같이 제시된다.

일송 심희수는 어려서 아버님이 돌아가시고 공부 때를 놓쳐 머리 땋을 시절부터 오직 방탕함을 일삼을 뿐이었다. 밤낮으로 협사청루에 드나들었으며 공자왕손의 잔치자리나 춤추고 노래하는 기생이 모이는 자리에는 가지 않는 법이 없었다. 쑥대머리와 남루한 몰골로 도무지 수치심이 없으니 사람들이 모두 '미친놈'〔狂童〕이라고 손가락질하였다.[21]

홀어머니 밑에서 컸다는 것은 가난할 뿐만 아니라 부친으로부터의 가정교육이 부재함을 상징한다. '공부 때를 놓침'과 '방탕함'은 그 같은 조건의 당연한 귀결이다. 이 모든 현실 상황이 '미친놈'이라는 표현으로 집약된다. 『천예록』 계열의 부모구존한 어엿한 명문가 귀도령으로서 '선동(仙童)'으로 칭송되었던 것이 이제는 망나니로 지목 받는다. 거기다 체면 불구하고 '탐색(耽色)'이나 즐기는 호색한이다.[22] 이러한 상황에서 그가 사람 구실할 것이라 기대할 수 없으니 급제하여 입신양명하길 바라는 것은 더욱 상상 밖의 일이다. 바로 이러한 설정으로 인하여 일타홍의 지감능력은 더욱 돋보이게 된다. 또한 헌신을 암시하는 복선으로도 작용한다. 심희수는 앞뒤 분간을 못하는 상황이니 차지하고 그의 어머니 입장에서 보면 일타홍의 알아줌은 홀연히 나타난 구원의 손길이다.

우리 아이가 일찍이 엄친을 여의어서 학업을 일삼지 않고 오직 방탕하기만 하니, 이 늙은 몸이 제지할 방도가 없어 날마다 애만 태웠다네. 이제 어디에서 이

---

21) 『계서야담』, 앞의 책 201쪽, "沈一松喜壽 早孤失學 自編髮時 專事豪宕 日夜往來於 俠肆靑樓 公子王孫之宴 歌娥舞女之會 無處不往 蓬頭突鬢 破履弊衣 少無羞澁 人皆 目之以狂童"
22) 『계서야담』, 앞의 책 201쪽, "一日又赴權宰宴席 雜於紅綠叢中 唾罵而不顧 歐逐而不 去 妓中有少年名妓 一朶紅者 新自錦山上來 容貌歌舞 獨步一世 沈童慕其色 接席而 坐 紅小無厭苦之色 時以秋波"

좋은 바람이 불어 자네같은 가인을 보내 왔는가? 우리 미친아이를 성취하도록
할 수만 있다면 이보다 더 큰 은혜가 어디 있겠는가!23)

『천예록』계에서 심희수가 부모에게 말도 못 꺼내고 결국 훗날을 기약
할 수밖에 없었던 처지와는 전혀 딴판이다. 『동패낙송』계에서 심희수야
결연한 기생이 있다고 말할 필요조차 없지만 일타홍의 모습은 그만큼
진취적으로 바뀐 것이다. 일타홍은 용모와 가무가 독보적일 뿐만 아니
라 어린 나이에 지감까지 있어 심희수의 장래성을 알아보았다. 일타홍
이 심희수의 모친을 만나 건네는 대화의 일부분이다. 앞의 것은『동패
낙송』본이고 뒤의 것은『계서잡록』본이다.

　　오늘 어느 댁 잔치에 가서 어르신댁 도령을 여러 사람들 사이에서 뵈었습니다.
모두 미친놈 취급을 했으나 제가 본 바로는 분명코 대귀인의 골상입니다. 다만
그 기운이 흩어져 길들이기 어렵고 탐색만을 일삼으니, 그 좋아하는 바로 인하
여 잘 인도한다면 가히 성취할 수 있습니다.24)

　　오늘 모 재상집 연회에서 마침 어르신댁 도령을 보았습니다. 여러 사람들이
미친놈이라 지목했지만 천첩의 우견으로는 그 대귀인의 기상을 알 수 있었습니
다. 그런데 기운이 크게 거칠어져서 색을 찾는 아귀라 이를 만합니다. 지금 억제
하지 않으면 장차 사람 구실을 못할 것이니, 그 형세로 인하여 순리대로 인도함
이 좋겠습니다.25)

23)『계서야담』, 같은 책 202쪽, "夫人曰 吾兒早失家嚴 不事學業 專事狂宕 老身無以制
　　之 方以是晝宵熏心矣 今焉何來好風吹送 如汝佳人 使吾狂童得至成就 則可謂莫大之
　　恩也"
24)『동패낙송』, 앞의 책 23쪽, "今日赴某宅宴 得見貴宅都令主於坐間人 皆視之以狂童
　　而以吾所見 則的是大貴人骨相也 第其氣逸難馴 專於耽色 因其所好而利導之 則庶幾
　　成就"
25)『계서잡록』, 앞의 책 452쪽, "今日某宰家宴會 適見貴宅都令矣 諸人以狂童目之而以

우선 전자와 후자는 같은 계열이라 해도 심희수의 모습이 더욱 악화되어 있다. 단적으로 '광동탐색(狂童耽色)'에서 '광동 색중아귀(狂童色中餓鬼)'로 표현의 강도가 높아졌다. 이 대목은 후자의 표현이 그 이후 『동패낙송』 계열에서 변함없이 유지된다. 이처럼 홀어머니를 비롯하여 모든 이들이 포기한 상황에서 그를 구제할 방도는 그가 여자를 밝힌다는 점에 착안해야 함을 말하고 있다. 일타홍은 바로 자신이 그 일을 감당할 유일한 적임자임을 자처하고 나선 셈이다.

그런데 일타홍은 『천예록』 계열의 신이한 면모에 비해 지극히 현실적인 인물이다. 지감이 있다고 하더라도 그것은 신비한 그 무엇이 아니라 현실의 문제점을 예리하게 진단하고 그를 타개하기 위한 예지의 범위를 벗어나지 않는다. 그는 뭇사람들의 비난을 무시하고 심희수에 대해 장점과 단점을 파악하여 적절한 처방을 내리되, '대귀인의 골상', '기상', '기운' 등을 눈여겨보았다. 이들은 모두 구체적인 관상 용어이다. 일타홍이 지닌 지감의 실체가 다름 아닌 관상술임을 드러내고 있는 것이다.

그렇다면 관상학으로 위 진술 내용을 재해석해 보자. 얼굴과 머리 그리고 몸의 골격을 보는 것을 골상이라고 한다. 골격은 한번 이루어지면 영원히 변하지 않는 것이지만 기색은 짧은 시간 안에서도 바뀔 수 있다.[26] 기(氣)는 오장육부의 표출이다. 피부 밖으로 나타나는 것은 색(色)이요 안에 있는 것을 기(氣)라고 한다. 이러한 기운이 온화하지도 맑고 부드럽지도 못한 것을 기가 흩어졌다고 하여 '기산(氣散)'이라고 한다. 이를 심희수에게 적용해 보면 대책이 선다. 심희수는 골상을 귀하게

賤妾之愚見 可知其大貴人氣象 然而其氣大麤粗 可謂色中餓鬼 今若不得抑制 則將至不成(人)之境矣 不如仍其勢而利導之" ( )안은 『계서야담』본의 추가字.

26) 「麻衣先生石室神異賦」, 『懸吐註解 麻衣相法』, 명문당, 1988 중판, 86쪽, "當知 骨格은爲一世之榮枯하고氣色으로定行年之休咎니라 註云骨格은無易이라 相之體也則 一世之榮枯를可由而知오氣色은旋生이라相之用也則行年之休咎를可由此而驗..."

타고났지만, 그 마음가짐과 정신의 반영물인 기운을 여자 쫓아다니는
데 모두 써버려 이른바 '기산(氣散)'의 상태에 놓여있다. 아무리 골상이
좋아도 기가 거칠고 조잡하면 어떠한 성취도 이룰 수 없으니 선천적인
행운도 놓치고 만다. 반면 기는 변할 수 있는 것이다. 원래 좋은 조건을
타고났지만 기만 흩어진 상황이라면, 이제는 기를 변화시켜 원래의 행
운을 되찾을 수 있다.[27] 기를 변화시키기 위해서는 마음가짐과 정신이
바뀌어야 되며 마음가짐과 정신이 바뀌려면 그 행동이 바뀌어야 한다.
이를 간파한 일타홍이 그 행위를 조절하기 위해 자신의 미색을 빌미 삼
아 지인자가 되고 헌신하기로 작정한 것이다.

　한편 심희수의 형편없는 상황은 단순한 지감의 발휘로 바뀔 성질의
것이 아니다. 선택을 넘어 헌신과 시련을 필수적으로 요구한다. 지감이
애정결연의 계기로서 그치는 것이 아니라 현실생활의 개선을 도모하고
궁극적인 성취를 위한 긴 여정을 함께하는 결단으로 이어지게 된다.

　일타홍은 기류에서 발자취를 끊고 가난한 심희수의 집안을 돌보며,
심희수를 낮에는 서당에 보내고 귀가 후에는 책상머리에 지켜 앉아 밤
새도록 공부를 권면한다. 혹 심희수가 일타홍에게 남녀애정의 대상으로
접근하려 하면 "떠나버리겠다" 위협한다. 심희수의 학문뿐 아니라 도덕
적 만회를 위해서도 혼인 전에 축첩을 해서는 안 된다고 여긴 것이다.
이에 비해 심희수는 일타홍을 옆에 두고 있기 때문에 정실부인을 맞이
하는 혼인을 꺼린다. 일타홍은 심희수를 꾸짖어 정실부인을 맞아들이게
하고 학업에 지장이 없도록 정실과 자신의 방에 드나드는 일자를 배분
하여 절제의 미덕을 실행하게 한다. 일타홍 자신은 심희수를 훈도하는

---

27) 앞의 책 「論氣」편, 21쪽, "夫形者는質也라氣所以充乎質하야質因氣而宏이니神完則
　　氣寬하고神安則氣靜하야得失이不足以暴其氣하고喜怒ㅣ不足以驚其神則於德에爲有
　　容이오於量에爲有度니乃重厚有福之人也라"

스승 구실을 했고 혼인 후에야 측실의 자격을 얻었을 뿐이다.

일타홍의 이별도 또한 그의 현실 감각과 밀접히 관련된다. 관상이 현실의 개선 의지와 맞물려 있는 것처럼 이별은 다시 헌신의 마지막 수단으로 감행된다. 헤어져 살지언정 성취의 목표에서 물러서지 않겠다는 각오가 일종 비장미를 자아낸다. 이러한 미의식은 『천예록』 계열과 대비해 보면 더 분명하게 드러난다. 그곳에서는 이별이 그들의 애정을 '오래 지속하기 위한 방법'[長久之道]의 일환으로 시도되었다. 10여일 간의 뜨거운 사랑이 현실적으로 인정될 수 없는 것이기에 달리 선택의 길이 없었기에 훗날을 기약하는 지혜로운 방법을 택하였다. 다음과 같은 본 계열의 주인공과는 처지가 퍽 다르다.

> 일타홍이 입으로 다툴 수 없음을 알았다. 한번은 심희수가 없는 것을 엿보고 대부인께 여쭈었다. "첩이 몇 년간 댁에 머문 것은 전적으로 서방님의 학업 때문이었습니다. 그런데 근자에는 염증을 크게 부려서 소첩의 권면으로도 어찌할 도리가 없습니다. 목하 떠나가는 길만이 격동시켜 권면할 상책입니다.[28]

'격권지도(激勸之道)'가 이별하는 핵심적 이유이다. 관상에 근거한 지감이 일타홍의 헌신으로 연결되었다면 헌신은 다시 한계를 드러내고 전혀 다른 차원의 헌신을 필요로 하는 시점에 이르렀다. 그것은 충격의 방식이다. 헌신이 순리적인 권면의 방식이었다면 충격은 그 같은 권면의 끝자락에서 시도하는 마지막 방식이다.

물론 그것까지 일타홍의 지감이라고 보아도 좋지만, 그의 지감은 어디까지나 현실개선 의지에 동반되는 생활의 예지 같은 종류이다. 그는

---

28) 『동패낙송』, 앞의 책 280쪽, "紅之不可以口舌爭 嘗瞰沈之無 告于大夫人曰 妾之積年留宅 專爲書房主學業 而近則厭症大肆 小妾之勸 亦末如之何 目下去字一條路 惟爲激勸之上策"

심희수의 집을 나와 어느 노재상을 찾아가 비복이 되기를 자청한다. 그
런데 노인의 수발을 잘 들어 수양딸이 되기까지 그는 노재상을 영민하
고 지혜롭게 섬긴다. 이 또한 일타홍다운 면모를 잘 보여준다. 과연 그
의 예상대로 심희수는 배전의 노력을 기울이고 재상봉의 기회를 이루어
낸다.

한편 금산고을 원으로 함께 가있는 동안 일타홍은 심희수에게 자신의
죽음을 다음과 같이 알린다.

> 하루는 안에서 종년이 소실의 말이라며 안으로 드시라고 전하였다. 마침 공무
> 가 있어서 곧장 일어나질 못하니, 종년이 연속해서 와 청하기에 공은 이상한
> 생각이 들어 안으로 들어갔다. 일타홍은 옷을 갈아입고 새 침구를 펼쳐놓았는데,
> 별로 아픈 데도 없이 얼굴에는 처연한 낯빛을 띠었다. 이어 말하기를, "첩은
> 오늘 나리와 영결하려합니다. 원하건대 나리께서는 신체보중하시고 영화를 누
> 리십시요. 첩이 죽었다고 슬퍼마세요. 첩의 소원은 제 유체가 반장되어 나리의
> 선영 아래에 묻히는 것입니다."라고 하였다. 홍은 말을 마치자마자 죽었다.[29]

일타홍은 자신의 죽음을 알았다고 볼 여지가 있다. 그러나 『천예록』
계열과 같은 신이한 예견 능력을 띤 것과는 차원이 다르다. 죽음에 임박
해서야 심희수를 급하게 불러들여 유언을 남기기 위한 조처이었다. 그
내용 또한 첩일망정 심희수 가문의 일원으로서 정식 추인되기를 바랄
뿐이었다. 장례 과정에서나 사후에 있을 법한 이인적 면모는 묘사되고
있지 않다. 철저히 현실 생활에 충실하고자 했던 일타홍의 의지가 일관
되고 있는 셈이다.

---

29) 『계서야담』, 앞의 책 208쪽, "忽一日自內 婢傳小室之言請入 適有公事 未卽起 婢子
連續來請 公怪之入內 問之 則紅着新件衣裳 鋪新件枕席 別無疾恙 而顔帶悽慘之色
而言曰 妾於今日 永訣進賜 長逝之期也 願進賜保重 享榮貴 而勿以妾之故 疚懷焉 妾
之遺體 幸返葬於進賜先塋之下 是所願也 言罷奄然而沒"

이상의 논의를 정리해 보면『동패낙송』계열은 피지인자 심희수의 처지가 열악해 짐에 따라 지인자 일타홍의 현실 능력이 강조되는 특징을 지닌다. 따라서 지감의 근거도 관상이라는 구체적 방법을 제시하며 현실 개선의 행위와 연결시키고 있다. 또한 헌신과 이별의 의미를 부각시켰으며 반면 죽음도 현실 의지의 연장선상에서 처리하였다. 또한 같은 계열 내에서도 후대본일수록 심희수의 처지는 더욱 악화되고 현실 생활의 예지로서 기능하는 일타홍의 지감은 강화된다. 이러한 경향은 근대적인 요소가 부상함에 따라 미천한 여인의 현실능력 확대를 소망하는 민중의 염원을 투사한다는 의미를 지닌다.

(4) 기타 계열의 전승과 특징

기타 계열은『천예록』과『동패낙송』의 두 계열에 비해 많은 변개를 보이며, 각 편끼리도 어느 정도 독자적인 성향을 지닌다. 더구나 소설로 근접하는 모습도 관찰되니 한문 단편소설로 취급해도 무방할 정도이다.『동야휘집』본, 『금계필담』본, 『양은천미』본이 여기에 해당된다.

『동야휘집』30)은 이전 화집에 산재되어 있는 어떤 유화를 종합하고 자기대로 부연하는 특징이 있다. 그런데「일타홍」의 경우 전대의『천예록』계열이나『동패낙송』계열을 단순히 접합한 게 아니라 두 계열의 특성을 절묘하게 종합하였다. 그리고 치밀한 묘사를 통해 독자성을 확보하면서 작품성을 높이고자 하였다.

『동야휘집』본의 내용을 단락별로 살펴보면 다음과 같다.

---

30)『동야휘집』의 이본으로 15종이 알려져 있으나 확인된 것은 7종이다. 이 가운데「일타홍」은 경북대 유인본, 천리대본, 대판본에만 수록되어 있다. 경북대본에 탈·오자가 보일 뿐 각 편들의 내용은 동일하다. 여기서는 선본인 대판본(정명기 편, 『原本東野彙輯(下)』, 寶庫社, 1992, 384쪽)을 이용하였다.

① 심희수는 잘생겨 풍모가 멋드러지며 소년 등과해 정승에 이르렀다.
② 어느 날 비변사에 나가 후배 관리들에게 이별을 고하고 귀가해 자리에 눕자 병조좌랑이 문안을 왔다. 연유를 묻는 병조좌랑에게 다음과 같이 이야기를 하였다.
③ 내가 15세 때 글재주는 있었으나 방탕하였다. 어느 날 노는 친구들과 어울려 잔치에 가서 일타홍을 만났다.
④ 일타홍이 우리 집으로 찾아와 매서운 말로 나에게 다짐을 받고, 어머니를 만나 권학시키겠다고 허락을 받았다.
⑤ 공부를 권면하고 집안 대소사를 돌보며 정실부인을 맞아들이게 하였다.
⑥ 내가 옛 버릇이 나와 공부를 게을리하자 일타홍이 별 도리가 없다고 판단하고 가출하여 충격을 주었다.
⑦ 일타홍은 노재상집에 은거하며 나의 급제를 기다렸다.
⑧ 급제하여 삼일유가때 노재상댁에서 만나 함께 집으로 왔다.
⑨ 일타홍의 부탁으로 금산고을 원이 되어 홍의 부모 일가친척을 불러 잔치를 열어 주었다.
⑩ 어느 날 자신의 죽음을 예고하고 죽으며 후일의 심희수 묘소 근처에 묻히기를 소원하였다. 심희수가 선영으로 운구하면서 금강가에서 애도시를 지었다.
⑪ 그 후 집안의 길흉사를 일타홍이 나의 꿈에 미리 알려주곤 하였다.
⑫ 어제밤 일타홍이 "나의 죽음을 알려주어 신변정리를 한 것이다"라고 심정승이 말하였다.
⑬ 과연 얼마 뒤 심희수가 죽었다.
⑭ 서술자 평

위 내용 단락에서 ①②와 ⑪⑫⑬은『천예록』계열의 액자형식과 대동소이하다. 반면 ③~⑩은『동패낙송』계열의 구성에 대응한다. 액자 구성과 후일담은『천예록』에서 영향을 받은 것이지만, 주인공들의 면모에 있어『동패낙송』계열과 같이 일타홍의 현실 능력이 강화되면서도 심희수의 처지는『천예록』계열처럼 조금 넉넉하게 설정하였다. 그러나 세

부적으로는 선행본의 특징을 종합하는 한편으로 사건 전개의 고리를 합
리적으로 보충하여 우연성을 제거하려 하였다. 또한 심희수의 심리 묘
사를 일타홍과의 대화를 통해 곡진하게 그려냈다. 한문고전과 전기(傳
奇) 작품의 선례를 적절하게 활용해 표현의 함축성을 심화시키기도 하
였다. 이는 한문 지식인 계층인 야담의 독자들을 염두에 둔 때문이라
할 수 있다. 주요 단락별로 구체적인 의미를 점검해 보자.

'피지인자 제시'의 도입부를 보자.

심상국 희수는 호가 일송인데 풍도(風度)가 아름답고 사장(詞章)을 잘하였다.
소년에 등과하여 대각(臺閣)의 지위에 이르렀다.[31]

나는 어려서 아버지를 여의고 집이 가난하였네. … 나이 열네다섯에 경전과
역사책을 대충 섭렵하고 시부(詩賦)를 지을 수 있었다네. 훈장이 그래서 칭찬했
고 헛된 명예가 세상에 시끄러웠지. 서당 아이 중에 방탕한 집 자식이 있었는데
항상 여러 아이를 꾀여 화류계에서 장난질 치곤 하였는데, 나도 그의 종용을
받았던 거지.[32]

심희수의 처지가 『천예록』 계열의 '선동(仙童)'이나 『동패낙송』 계열
의 '광동(狂童)'과 같이 어느 한쪽 방향으로 명확하게 제시된 것은 아니
지만, 두 계열의 특징을 조금씩 나누어 가지고 있다. 우선 풍채 좋고
글 잘한다는 것, 그리고 세상에 명성이 났다는 점은 전자 계열의 특징을
따르면서 표현을 누그러뜨렸다. 한편 아버지를 일찍 여위고 집이 가난
하며 방탕한 친구와 어울렸다는 것은 후자의 특징을 따르면서도 완곡하

---

31) 『동야휘집』, 앞의 책 384쪽, "沈相國喜壽號一松 美風度 善詞章 妙年登科 致位臺閣"
32) 같은 책 385쪽, "吾早孤家貧 … 年十四五 略涉經史 能綴詩賦 師從而諛揚 虛譽譟一
世 塾童中 有一宕家子 常誘群童 嬉耍花柳場中 余亦被其慫慂"

게 표현하였다. 크게는 전자 계열의 구성을 따르면서도 후자를 수용하기 위한 배려로 이해된다. 그러나 『동패낙송』 계열과 대비해 보아도 생짜로 공부시켜 급제시켰다는 것보다는 가능성과 문제점을 동시에 지니고 있는 심희수를 권면하여 급제시켰다는 편이 훨씬 그럴 듯하다.

이제 알아준 여성으로서의 일타홍의 면모를 보자. 단락 ④가 여기에 해당된다. 『천예록』 계열에서 일타홍은 고아로서 동리 노파에게 양육되어 기적에 올랐지만, 소종래가 신비에 가려진 '하늘 신선'으로 표현되었다. 반면에 『동패낙송』 계열에서는 부모가 금산에 생존해 있는 '신출기생'이니 신산한 삶이라는 현실적 배경을 지니고 있는 여인이다. 이 두 속성에 비해 본 작품에서는 금산의 양가집 딸인데 동리노파에게 납치되어 기적에 오른 처녀로 설정되었다. 불행한 사건에 의해 나락에 빠져버린 비운의 여인인 셈이다. 뒷날 금산으로 가서 부모 상봉을 하고 금의환양하는 또 하나의 극적인 반전은 비장미를 더해주면서 불행이 하나의 복선으로 깔려 있다. 그리고 일타홍의 아름다움도 다만 "달과 같고 꽃과 같다"고 하여 신비감은 배제하였다.

일타홍의 지감 능력도 '관상'의 형식을 빌리지 않는다. 단지 '육안'으로 확인했다는 말에서 지인지감의 능력을 암시할 뿐이다.

　　귀댁 공자의 명성이 자심함을 들었는데, 어제 어떤 잔치 자리에서 우연히 해후할 수 있었습니다. 첩의 육안으로도 또한 이름이 헛되지 않음을 알고 귀의하기로 마음먹었습니다. 다만, 공자께서 한창 나이에 고상한 체하며 방탕하게 노닐 생각이 있더군요. 만약 열심히 배우고 몸을 단속하여 예전 습관을 확 바꾸지 않는다면 백마지사(白馬之詞)나 황혼지사(黃昏之詞)처럼 시의 소재나 될 것이요, 큰 길거리에서 발인하는 상여꾼이 될 것입니다. 첩은 이 때문에 염려하는 것입니다.[33]

『천예록』계열의 이인적 면모나 『동패낙송』계열의 관상이라는 구체
적인 방법이 없고 대신에 합리적이고 이성적인 능력이 강조되어 있다.
'백마지사', '상여꾼' 운운한 표현은 당나라 전기(傳奇)「이와전(李娃傳)」
의 내용을 전거로 삼은 것이다. 「이와전」의 남주인공처럼 재주만 믿고
착실하게 공부를 하지 않으면 과거에 합격할 수 없을 뿐만 아니라 비참
한 지경에 떨어질 것이라는 암시이다.

'지인자의 헌신과 이별' 화소에 대해 살펴보자. 단락 ⑤⑥⑦이 해당된
다. 대부인을 만나는 과정과 여러 현실개선의 일들이 『동패낙송』계열
과 대동소이하다. 다만 심희수를 힐난함이 곡진하고, 힐난을 받아 마땅
한 심희수의 심리상태가 잘 묘사되어 있다. 우선 심희수가 일타홍의 조
건을 수락한 것은, 일타홍의 의도와는 다르며 지인자의 선택과 헌신을
인정한 것과는 거리가 멀다.

> 내가 헤아려 보았지. 여자가 스스로 자원해서 내 집에 머무른다면 홍(紅)을
> 가까이하여 정을 풀기란 주머니를 뒤져 물건을 꺼내는 것과 같을 테지 하고
> 는, 바야흐로 배항(裵航)이 남교(藍橋)에서 옥절구를 발견한 것처럼 기뻐하
> 였지. 곧이어 강 포구에서 그것을 잃을까 두려워 패물을 끌러 일단 얽어매 놓
> 았던 식으로 '네 말과 같이 하겠다.'고 응답했던 것이지.34)

> 나는 예전처럼 을러대는 것인 줄만 알았다네. 다음날 인근 모임에 잠깐 갔다
> 가 집에 돌아와 보니 홍은 이미 떠나가 버렸어. 들어보니 집사람이 가는 곳을
> 물었지만 역시 그 처소를 말하지 않았다고 하는 것이야.35)

---

33) 같은 책 388~389쪽, "聞貴宅公子 聲華藉甚 昨於某處宴席 偶獲邂逅 以妾肉眼 亦知
名下無虛 矢心歸身 但公子而方興未艾之年 有馳騖冶遊之想 若不勉學飭躬 頓變前習
則白馬黃昏 復作詩料 而亨衢發軔 自當差遲 妾用是爲慮"

34) 같은 책, 389쪽, "余自揣 女旣自薦 而留在吾家 偎紅紵情 當如探囊取物 方喜藍橋之
遇玉杵 旋恐江浦之失 解佩 姑慾羈縻之 乃應曰 當依汝言"

앞의 인용문은 일타홍의 조건을 수락했던 심희수의 속셈이고, 뒷부분
은 일타홍이 떠나갔을 때의 심희수의 심정이다. 여타 본에서는 전혀 묘
사되지 않았던 심희수의 심리상태이다. 일타홍이 심희수의 훈도에 있어
'말로 다투기는 어렵다.'고 판단한 것이 매우 타당함을 설득력 있게 제
시한 셈이다. 심희수의 진정한 인식 변화가 없었기에 일타홍이 떠나가
지 않을 수 없었음을 설득력 있게 보여주고 있다.

지인자의 지감이 신통력이나 관상에 의존하여 어떤 결정론적인 결말
을 예정하는 것은 아니라고 할 때, 『동야휘집』본의 일타홍은 결국 무엇
을 통해 예견 능력을 증명해 보이는 것일까? 이 물음에 일타홍의 이별
과 기다림이란 화소는 매우 중요한 시사점을 던져준다. 사람을 알아본
다는 진정한 의미는 그 대상을 선택한다는 것이고, 선택함은 그 사람의
장래에 깊이 관여하는 것이다. 관여란 결과를 함께 책임진다는 각오이
고, 그러한 각오는 주인공들의 서사적인 얽힘을 동반한다. 일타홍의 마
지막 승부수가 바로 이별을 통해 이루어짐을 강조함은 「일타홍」의 서사
구조를 퍽 견고하게 만드는 장치의 하나일 것이다.

한편 재상봉 이후의 후일담은 『천예록』 계열의 구성을 수용하면서도
『동패낙송』 계열의 현실 지향적인 일타홍의 면모를 중첩시켰다. 우선
일타홍이 죽기 며칠 전에 심희수에게 자기 죽음을 예견하고 미진한 정
을 풀었다는 것은 전자와 일치한다. 그런데 죽음을 어떻게 예견하느냐
는 물음에 대해서는 "나름대로 알 수 있다"고 할 뿐 구체적으로 그 능력
의 근거가 무엇인지 밝히지는 않았다. 오히려 마치 생사 수명의 운수에
대해 순응하겠다는 식의 태도가 나타나 있다. 일종의 순리를 따른다는
합리성이 강조된 셈이다. 사후의 현몽도 "지성이 감동되어 정이 유통하

---

35) 같은 책 391쪽, "余認以如前恐動 翌日暫赴鄰社 歸見紅已去矣 聞家人問所之 亦不言
   其處云"

였다"는 식으로 평하여 『천예록』 계열의 신이성보다는 남녀 간의 '애정'
을 부각시켰다.

이상을 통해 볼 때 『동야휘집』 본 「일타홍」은 성취의 과정보다 남녀
의 애정결연에 대해 깊은 관심을 가지고 곡진하게 표현하고 있음을 알
수 있다. 알아줌을 입은 남성은 애초 여성을 애욕의 대상으로 삼아 가까
이하였다면, 알아준 여성은 남성의 성취를 위해 지극한 헌신을 하였고
기약 없는 이별도 마다하지 않았다. 그 결과 남성은 여성을 다시 만나기
위한 방도로서 과거급제라는 목표를 성취했고 이들은 재상봉하였다. 그
리고 남성은 여성을 위해 금산고을원을 자원했고 여성으로 하여금 금의
환향하게 하였다. 그럼에도 여성은 심희수가 공무를 잘 집행하도록 헌
신을 계속했고, 죽을 때도 그의 묘역에 묻히기를 소원하였다. 이러한
내용을 남성은 회고조로 말하면서 여성에 대한 그리움을 표현하였다.
이 두 남녀가 애정의 출발은 달랐지만 종국에는 서로를 죽음 이후까지
그리워하는 사랑에 도달했다고 할 수 있다.

또 역시 기타 계열에 속하는 『금계필담』본도 변개양상이 두드러지면
서 다른 각 편과 방향을 달리하는 작품이다. 내용 단락을 차례로 살펴보
면 다음과 같다.36)

---

36) 1. 『錦溪筆談』(국립중앙도서관 해외반환문화재본) 일명 『左海逸事』
    2. 『錦溪筆談』(한국학중앙연구원본)
    3. 『錦溪筆談』(서울대 가람문고본; 한국학중앙연구원 하성문고 소장본)
    4. 『錦溪筆談』(고려대 본), 『한국문헌설화전집』 8, 230쪽.
    5. 『錦溪筆談』(서울대 상백문고본)
    이 가운데 고대본은 「단천 기생」(김우항 설화) 말미에 「일타홍」의 후반부를 연결한
    것이다. 물론 두 이야기의 문맥은 통하지 않는다. 단지 흥미로운 것은 전사자가 여타
    본에서는 서로 멀리 떨어져 있는 두 유화를 동일한 주제로 인식하여 「단천 기생」를
    전사하다가 「일타홍」으로 바로 연결시켰다는 점이다. 실수이기는 해도 이 두 유화를
    같은 유형에 속한 작품이라고 당대인들이 인식하고 있었다는 증거가 될 수 있다.

① 명종조의 어떤 재상이 강변에서 울고 있는 6세쯤 된 여자아이를 데려다 키웠다.

② 여아는 자색이 뛰어나고 재주가 능해 재상의 사랑을 받았다.

③ 시집갈 나이가 되자 스스로 신랑감을 고르겠노라 필운대 아래 집을 구해 오가는 행인을 몰래 살피곤 하였다.

④ 어느 날 지나가는 심희수를 보고 기뻐 맞아들여 인연을 맺었다.

⑤ 심희수가 여인에게 빠져 독서를 게을리하였다. 여인이 여러 번 권했으나 듣지 않았다.

⑥ 여인이 등과 후 만나자며 행방을 감추었다.

⑦ 심희수가 여인을 다시 만나기 위해 열심히 글을 읽어 급제하였다.

⑧ 삼일유가 때 어느 노재상집에서 만나 함께 집으로 돌아왔다.

⑨ 후에 금백(錦伯)이 되어 갔을 때 여인이 작별인사를 하고 죽었다.

⑩ 통탄해 하며 운구하는데 관이 가벼워 열어보니 꽃 한송이만 놓여 있었다.

⑪ 심희수가 만시를 지었다.

우선 여느 본의 각 편들은 피지인자 심희수가 먼저 제시되는 데 비하여 『금계필담』본에서는 처음부터 지인자 일타홍의 내력이 상세히 기술된다. 그리고 여느 본에 없는 '버려진 아이' 화소가 첨가되어 있고, 이어 지감의 발휘와 목적까지 함께 묘사하였다. 거기다 일타홍의 신분이 본 편에서는 기생이 아니다. 『송천필담』본과 본편을 제외하고는 「일타홍」 유화 전체에서 보이지 않는 예외적 설정이다. 그만큼 본 편은 변이가 적극적이라 할 수 있다. 기생이 아닌 대신 고아이므로 또한 당연히 금의환향과 같은 후일담은 없다. 여타 각 편에서는 심희수와 이별 후 몸을 숨기기 위해 양녀의 관계를 맺었던 노재상이 본 편에서는 처음부터 매우 중요한 구조자 역할을 한다. 그런데 결혼할 나이가 되자 일타홍은 자신이 스스로 신랑감을 선택하겠다면서 행인이 많이 다니는 곳에 집을 구해 행인들을 살폈으니 특별한 예견 능력을 지니고 있는 인물임에는 틀림없다.

　반면 피지인자 심희수에 대한 정보는 거의 없다. 모두 문면에 숨어 다음 이야기를 보아야만 짐작이 가게 하였다. 『천예록』과 같은 '선동(仙童)'이나 『동패낙송』 계열의 '광동(狂童)' 등의 표현도 없고 잔치에서 최초로 상봉하는 장면도 없다. 단지 여인과 결연 후 너무 여인을 사랑하여 글읽기를 소홀히 했다고 하였다. 그뒤 여러 내용 단락은 『동패낙송』 계열과 대동소이하다. 반면 죽음 부분에서는 『천예록』 계열에 가깝다. 오히려 예견 능력이 강조되고 신이성이 극대화되었다. 장사를 지낼 때 관이 가벼워 열어보니 한떨기 꽃만 놓여있다고 하였다. 『천예록』 계열에서 시해선(尸解仙)을 암시했는데, 본 편에서는 그 같은 신이성을 더 적극적으로 그려내면서 대단원을 마감하였다. 뿐만 아니라 앞부분에서 여성 지인자의 제시가 남성 피지인자에 비해 매우 상세함에도 불구하고 그 구체적 이름은 한번도 언급되지 않다가 관 속에 놓인 '꽃 한 송이'로 그의 이름이 비로소 '일타홍'으로 유추되고 있다.

　이상을 통해 볼 때 『금계필담』본은 여러 가지 특징적인 면이 두드러진다. 사대부와 기생 사이에 이루어지는 애정결연담에서 출발한 「일타홍」 유화의 전제를 바꾸었다. 고아 출신의 재상집 양녀로서 신랑감을 직접 고르겠다고 하여 심희수를 택하였다. 『금계필담』의 「일타홍」은 사대부 일화의 자장에서 완전히 벗어나 여성 지인담에 온전히 진입했다고 할 수 있다. 어찌 보면 일종의 부요녀 계열 지인담의 설정을 차용함으로써 알아준 여성의 관점에서 여성의 적극성을 더 크게 부각시켰다고도 할 수 있다. 그러나 부요녀 계열에서는 현실감이 뛰어난 여성들이 시국을 예견하거나 인정을 터득하여 배우자의 성취를 함께 이루어나갔다면, 일타홍은 오로지 신비감을 지닌 여성으로서 오직 이별의 방법을 통해서 피지인 남성의 성취를 도모했을 뿐이다. 또한 일타홍의 인물은 소종래가 불분명하고, 성취 이후에 부임지에 함께 가지도 못하고 사별하며,

그 죽음도 시해선의 형태를 띠었다. 일타홍의 신비한 형상을 그리는 데 초점이 놓여지느라 남녀의 애정결연과 성취 과정이 지니는 서사 구조의 대립적 측면이 무뎌졌다고 평가된다.

또 역시 기타 계열에 속하는 『양은천미』본[37]은 대체적으로 『동패낙송』 계열에서 변형된 작품이라 할 수 있다. 내용 단락을 차례로 살펴보면 다음과 같다.

① 조선 현종 때 재상 심희수는 어려서 아버지를 여의고 책 읽기를 싫어하며 단지 방탕히 노는 것만 일삼았다.

② 하루는 팔도의 기생들이 모여 기악을 익히는 장악원에 가서 평양기생 일지홍을 보고는 부질없이 침만 흘렸다.

③ 일지홍이 심희수의 집에 찾아와 그 어머니에게 심희수는 오래도록 빈천하고 방탕할 사람이 아니라며 심희수에게 의탁할 뜻을 말하였다.

④ 패물을 팔아 장가 들이고 부지런히 집안을 건사하니 온 집안이 화락하고 살림이 점차 일어 났다.

⑤ 심희수가 처음에는 독서를 부지런히 하더니 나중에는 다시 게을러져 옛 습관이 되살아났다.

⑥ 심희수의 행동이 고쳐졌다는 소식을 들으면 재회하겠노라고 대부인과 본부인에게 말하고 가출하였다.

⑦ 심희수는 사방으로 일지홍을 찾았으나 행방이 묘연하였다. 결심을 굳게 하고 독서에 힘써 급제하였다.

⑧ 일지홍은 노재상집에 의탁하며 심희수의 급제를 기다렸다.

⑨ 일지홍이 급제소식을 듣고 노재상에게 전말을 고하자 노재상이 신참 급제자를 데려왔다. 심희수와 일지홍은 노재상이 마련한 혼인식을 치루고 귀향하였다.

⑩ 평생토록 환락하고 심희수는 종국에 명 재상이 되었다. 이를 증거 하는 시가 있다.

---

37). 『揚隱闡微』, 단국대 율곡도서관 나손문고 소장본. 『양은천미』는 『韓國野談資料集成 12』에 영인되어 있다.

일타홍이 '평양기생 일지홍'으로 되어있다. 또 후일담에서는 일지홍의 금의환향부터 애도시 부분까지가 없다. 일타홍의 죽음 대신에 '행복한 결말'로 끝을 맺는 유일한 작품이다. 그러나 『금계필담』본과 비교한다면 그리 중요한 변화는 아니다. 오히려 『양은천미』본은 「일타홍」의 완전한 한문소설화를 지향했다는 점에서 특색을 찾을 수 있다. 묘사가 핍진하고 허구적인 화소를 삽입하여 구성을 견고하게 했으며 복선화음류의 '행복한 결말'이 돋보인다.

우선 '피지인자 제시' 화소에서 심희수의 열등한 처지는 매우 노골적이어서 표현의 강도가 높다. 아비를 일찍 여위 공부 때를 놓쳤다는 것은 이전 각 편들과 비슷하지만 장가도 못 간 채 방탕하게 노니는 소년이라 하면서 단적으로 '색귀(色鬼)'라 불렸다고 하였다. 묘사의 곡진함은 단순히 수사적 차원이 아니라 모든 상황을 서사적으로 더욱 심각하게 조성해 긴장을 고조시킨다.

한편 여성의 '지감선택' 화소를 살펴보자.

> 첩은 평양기생 일지홍입니다. 오늘 기악을 익히다가 영랑을 만났습니다. 영랑께서는 언제까지 빈천하고 오래도록 방탕히 노닐 사람이 아닙니다. 첩이 평생 의탁하려고 왔습니다.[38]

지감의 근거가 신통력도 관상도 아니다. 예견의 말이 극히 일상적인 어휘로 짜여 있다. 그러나 여전히 장래를 예견하고 지아비를 스스로 택한다. '지감으로 남편감 고르기' 화소가 소설로 확장되는 과정에서 지감의 특별한 근거보다는 이같이 일상적인 추리가 더 유리할 수 있다. 한편

---

38) 『揚隱闡微』, 앞의 책 36쪽, "妾乃平壤妓一枝紅也 今日習樂得遇令郎 令郎非長貧賤
而久遊蕩者 妾欲爲終身之托 是以來也"

그 선택과 헌신이 한계에 부딪히자 이별을 결심하고 모부인과 정실부인에게 자신의 심회를 털어 놓는 대목에서도 애초 '알아본' 이유가 잘 묘사되어 있다. 요컨대 자신의 재모를 가지고 얼마든지 잘난 남자를 고를 수야 있었지만, 심희수를 한번 보고 장래의 희망이 있음을 알았기 때문이라 하였다. 지감의 근거가 신통력이나 관상이 아니라 일종의 추리인 셈이다.

한편 노재상집에 의탁할 때 일타홍이 꾸민 말은 여타 각 편에는 보이지 않던 고도의 허구이다. 또한 고소설에서 장면을 바꿀 때 사용하는 '차설(且說)' 등의 어휘까지 동원하였다.[39]

이상을 통해 볼 때 기타 계열의 가장 큰 특징은 소설적 변모에서 찾을 수 있다. 일타홍의 지감은 '추리'에 의존하며 남성 피지인에 비해 여성 지인자의 주동적 역할이 더욱 커졌고 애정결연과 성취의 주제 가운데 남녀 간의 사랑이 강조되고 있다.

『동야휘집』본에서는 사대부의 외적인 체모는 여전히 견지하면서 사대부의 내부 모순과 타락의 조짐을 보여 주었다. 여기에서 여성의 능력이 개입될 여지가 생기고 여성은 일상인다운 면모를 지닌다. 이러한 진행은 『송천필담』본이나 『금계필담』본에서 더욱 가속화된다. 일타홍의 신분이 기생이 아니며, 아울러 남성의 처지도 제시되어 있지 않았다. 이는 남성의 조건보다 남녀 간의 애정 결연과 여성의 능력 발휘가 더 흥미로운 요소이기 때문일 것이다. 더구나 『양은천미』본은 여성지인 고소설을 방불케 한다. 허구를 개입시키고 '차설' 등의 용어를 사용하며, 일타홍의 죽음 부분이 과감히 생략되어 '행복한 결말'로 끝을 맺었다.

「일타홍」은 37편의 화집에 널리 유포된 유화이다. 「일타홍」은 제재가 유사한 작품군이지만 서사 단락이나 화소의 출입이 크게 생겨 몇 계열

39) 『揚隱闡微』, 앞의 책 34쪽 참조.

로 나뉜다. 단락의 출입은 기본적인 화소와 서사구조의 변화를 초래하
지 않지만 계열 상호간에 화소의 의미와 강조점이 달라져 여성 지인담
유형의 생성 변화에 적지 않은 영향을 끼쳤으리라 예상된다. 본 연구에
서는 사대부 일화인『어우야담』본을 제외한 36편을『천예록』계열,『동
패낙송』계열,『동야휘집』본을 비롯한 '기타 계열'로 분류하였다. 구분
기준으로는 남성의 현실적 처지, 여성의 지감능력의 근거, 헌신의 의미,
죽음의 해석 등 주로 화소의 의미 변화를 문제 삼았다.

『천예록』계열은 사대부의 일화적 속성을 유지하면서 여성의 이인적
면모를 강조하였다. 심희수의 재능 및 사회경제적 여건을 비범하게 설
정하면서 여성의 능력을 부각시키려니 일타홍은 당연히 신이한 이인적
면모를 지닐 수밖에 없게 되었다. 그러면서도 사대부의 여성관을 투영
한 부덕의 형태로 여성의 능력이 발현되는 특징을 지녔다.

반면『동패낙송』계열은 여성의 현실적 능력을 강조하면서 남성의 처
지는 상대적으로 열악하게 표현하였다. 그러면서 남녀의 애정결연과 사
회적 성취라는 주제를 길항적으로 서사화하여「일타홍」유화에서 가장
폭넓은 전승을 이루어냈다. 그러나 주제적으로는 '애정' 그 자체보다는
신의에 의한 '인간관계'의 사회적 의미를 부각시켰다. 이를 통해 알아줌
이 상대방의 성취를 낳고 그것은 다시 보답을 가져온다는 여성 지인담
의 서사구조를 확립하였다.

또한 '기타 계열'은 대개 앞의 두 계열을 종합하면서 여성 지인자의
면모를 주동인물로서 부각시켰다. 표현도 치밀해지고 알아준 여성의 합
리성도 높아졌다. 알아줌의 주제를 '사회적 성취'보다는 '애정결연'의 측
면에서 묘사하고 고소설적 평이성에 접근하였다.

한편 각 계열에서 여성의 지감 방법으로 제시된 것도 좋은 대조를 이
룬다. 그것은 각각 신통력, 관상, 현실 감각의 추리 등으로 대별된다.

이들은 물론 각 계열의 강조점인 이인적 면모, 현실 생활의 예지, 합리적 사건 전개 등과 맥락을 같이 하는 특징이라 할 수 있다. 『천예록』계열은 사대부 중심의 보수적 시각이 강한 반면에, 『동패낙송』계열은 영락한 양반의 자기반성과 현실 개선의 시각을 드러낸다.

반면 '기타 계열'은 19세기 야담사에서 여성 지인담의 향유층이 확대되어가는 추세에 있었음을 암시한다. 국문소설의 독자층인 여성 및 한문해독 능력을 지닌 서민층의 요구가 반영되어졌다고 보기 때문이다. 이는 여성 지인담이 여타 서사문학으로 확산 또는 전이되었다는 논점에서 따져볼 만한 문젯거리이다.

한편 「일타홍」 유화는 『천예록』계열, 『동패낙송』계열, '기타 계열' 순으로 중심축이 옮겨져 시대적 변이양상을 비교적 선명하게 감지할 수 있도록 해 준다. 이를 통해 여성 지인담 전체의 전개양상을 추론할 수도 있겠다. 뿐만 아니라 지인담의 구비전승, 국·한문 지감류 소설과의 연관성을 따지는 데 있어서도 좋은 기준점이 되리라 본다.

2. 「이기축 처」 유화의 변이 양상

「이기축 처」는 여성 지인담 가운데 '이별'과 '재상봉' 단락이 없는 부요녀(富饒女) 유형의 가장 대표적인 유화이다.[40] 28편이 발견될 만큼 유행되었으며, 여성 지인담 전체에서 「일타홍」, 「이장곤 처」 다음으로 많은 각 편을 지니고 있다.

「이기축 처」는 대체로 부요녀 유형 가운데 여항인 계열의 특성을 보인다. 그러면서 각 편들은 여성 지인담의 변화 양상을 다양하게 반영하기

---

40) 대표적 유화 선정 기준은 앞 절의 「일타홍」 유화의 변이 양상을 참조.

도 한다. 이는 「이장곤 처」 유화가 「이기축 처」 유화와 비슷한 각 편수를 지니고 있고 또 더 오랜 세월 전승되었음에도 불구하고 거의 변이가 없었던 것과 좋은 대비가 된다. 「이장곤 처」 유화는 기묘사림이었던 이장곤(李長坤, 1474~1519)의 정치적 복권 문제가 이야기의 중점이 되면서 어떤 변형이 이루어지는 데 제약이 가해졌고 그러한 상황은 야담 독자층에게 큰 흥미를 주지 못했던 것 같다. 「이장곤 처」는 「일타홍」과 마찬가지로 『어우야담』에서부터 보이며, 본격적 지인담으로는 18세기 초엽의 『천예록』이나 18세기 중엽의 『동패낙송』에 처음 등장한다. 이에 비해 「이기축 처」는 19세기 중엽의 화집인 『계서야담』, 『동패집』에 비로소 나타난다. 그럼에도 불구하고 「이기축 처」 유화는 여성 지인담의 변이양상을 집중적으로 드러내고 있으며, 「일타홍」과는 또 다른 주제의식을 추구했던 것으로 여겨진다. 이는 19세기 이래 인기를 끌었던 유화로서 여성 지인담에 대한 야담 향유층들의 창작 욕구에 따라 다양한 전승을 이룩했기 때문일 것이다. 이 시기에는 여성 지인담의 기생 유형, 부요녀 유형의 여항인 계열 및 천민 계열 등이 분화되어 다양한 유화들로 확산되어 갔으므로 「이기축」 유화는 이러한 문학사적 추이를 집약했던 것이다.

(1) 자료 및 내용단락 개관

「이기축 처」는 모두 18종 28화집[41)]에 나타난다.

41) 1. 『溪西野譚』, 『韓國文獻說話全集』 1, 동국대학교 한국문학연구소 편, 111쪽. (이하 『문헌』, 쪽수는 시작 쪽수만 제시함.)
  2. 『溪西雜錄』, 『韓國野談資料集成』 5, 정명기 편, 25쪽. (이하 『야담』)
  3. 『記聞叢話』, 『야담』 6下, 99쪽.
  4. 『記聞叢話』, 서벽외사해외수일본, 아세아문화사, 1990, 446쪽.
  5. 『東稗集』, 『한국야담사화집성』 1, 소재영 공편, 태동, 1989, 290쪽. (이하 『사화』)
  6. 『實事叢談』, 崔永年 편, 1918, 羅孫文庫本, 310쪽.

여성 지인담은 역사적 실존 인물을 주인공으로 삼는 야담의 특징을
그대로 보여준다. 즉 「일타홍」의 심희수(沈喜壽), 「선천 기생」의 노진(盧
禛), 「단천 기생」의 김우항(金宇杭) 등은 문인 관료이었고, 정기룡(鄭起
龍), 이기축(李起築) 등은 무신이었다. 그러나 후대 야담집에서는 특히
『청구야담』 이후로부터 여성 지인담에 무명의 피지인자가 등장하였다.
또한 알아줌의 서사적 전개가 애정보다는 성취에 중점이 놓이고, 그 성
취의 내용도 개인적 '입신양명'을 다루던 전대의 양상과는 다르게 국가적
'대의명분', 천민 신분의 '속량', 기층민의 '치산' 등으로 다양해졌다. 이
가운데 특히 남성 피지인이 역사적 대사건에 참여하여 나라의 공신이

---

7. 『靑邱叢話』, 『사화』 1, 376쪽.
8. 『東國瑣談』, 『야담』 7, 691쪽.
9. 『瑣語』, 『야담』 7, 112쪽.
10. 『靑邱野談 · 下』, 아세아문화사, 1985, 218쪽.
11. 『청구야담』(한글본), 『야담』 2, 222쪽.
12. 『靑邱野談』, 『문헌』 2, 284쪽.
13. 『海東野書』, 『문헌』 6, 558쪽.
14. 『五百年奇譚』, 崔東洲 편, 廣學書舖, 1913, 98쪽.
15. 『東野彙輯』, 『문헌』 3, 461쪽.
16. 『東野彙輯』(경북대 유인본), 권지 四, 25쪽.
17. 『東野彙輯 · 上』(대판본), 정명기 편, 보고사, 1992, 624쪽.
18. 『錦溪筆譚』(『左海逸事』, 국립중앙도서관 반환문화재본)
19. 『錦溪筆譚』(서울대 상백문고본)
20. 『錦溪筆譚』(한국학중앙연구원 하성문고본)
21. 『錦溪筆譚』(한국학중앙연구원본)
22. 『錦溪筆譚』(고대본), 『문헌』 8, 275쪽.
23. 『雞鴨漫錄』, 『야담』 8, 102쪽.
24. 『東稗集』(천리대본), 『사화』 1, 264쪽.
25. 『東稗洛誦抄』(국립중앙도서관본)
26. 『記聞叢話』, 『야담』 6上, 111쪽.
27. 『東稗洛誦』(연세대본)
28. 『大東奇聞』, 姜斅錫 편, 1925, 372쪽.

되는 이야기는 야담 향유층의 관심을 끌기에 충분하였다.

「이기축 처」 유화에서 이기축의 신분은 '노비'이든가 거지나 다름없는 나무 파는 '노총각'으로 설정된다. 요컨대 전망이 없는 비천한 존재이다. 그렇지만 실존 인물 이기축(1589~1645, 선조22~인조23)은 그와 전혀 다르다.

[그림 8] 창의문 전경. 이기축은 한양의 서북부에서 종형인 장단부사 이서의 군대 선봉장이 되어 이 문을 부수고 입성했다.

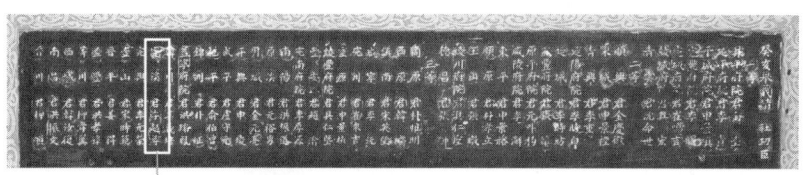

[그림 9] 창의문 내부의 현판, 계해정사공신록
[그림 10] 현판 명단에 지금도 '완계군 이기축'의 이름이 전해지고 있다.

그는 무신 이서(李曙, 1580~1637)와 종형제이며 효령대군의 7대손 가문의 일원이다. 이서는 장단부사(長湍府使) 겸 경기방어사로서 인조반정에 참여하여 호조판서로 승진하고 정국공신 1등에 책록되었으며 완풍군(完豊君)에 봉해졌던 인물이다. 이어 총융사로서 남한산성의 수축과 병기 제조에 지대한 공헌을 하였고 무신으로서는 최초로 병조판서가 되었다. 병자호란 때 남한산성에서 순직했고, 저서로는『화포식언해(火砲式諺解)』, 『마경언해(馬經諺解)』 등이 있다.

다만 이기축은 이서의 얼속(孽屬)으로서 반정에 참여하여 후에 승적(承嫡)이 됐다고 한다. 정조 시대에 소품 문체로 유명해졌던 이옥(李鈺)의 고조부로도 알려져 있다. 말하자면 이기축은 한미한 무반계의 서족(庶族)으로 차별 속에서 지내다가 정권 교체기에 활약해 일약 영웅이 되었음을 짐작할 수 있다.[42]

그러나 이기축이 야담에서 이야기하는 것처럼 세상을 떠돌며 기층민의 신산한 삶을 살았던 것은 아니다. 어릴 때부터 무재가 있어 궁마로 단련한 뒤 1620년(광해군12, 32세)에 무과 급제하고, 그로부터 3년 뒤 종형 이서와 뜻이 맞아 이서가 주둔하던 장단과 인조로 등극하는 능양군(綾陽君)의 처소를 매일 내왕하면서 거사의 연락책을 감당하고, 장단의 군사가 입성할 때 선봉장으로 들어왔다고 한다.[43]

이기축은 그 공으로 정사공신(靖社功臣) 3등에 책록되고 절충장군의 품계를 받고 금군장(禁軍將)이 되었다. 이후 여러 차례 지방관과 군문의 지휘관을 전직하다가 1636년 병자호란 때에는 금군장으로서 왕을 호종하여 남한산성을 지켰다. 이어 어영별장이 되어 남쪽 성을 지켰고 자

---

42)『국조인물고』및『대동야승』15권; 실시학사 고전문학연구회 옮김,『완역 이옥전집』1, 휴머니스트, 16쪽 참조.
43)『한국민족문화대백과사전』,「이기축」조;『인조실록』1년 윤10월 19일 기사 참조.

원·출전하여 분전사투한 공으로 가선대부의 품계를 받고 완계군(完溪君)에 봉해졌다. 청나라와 화약을 맺은 이후 세자를 호종해 심양에 갔다가 3년 뒤 신병으로 돌아왔다. 1642년(인조20, 54세) 그의 출세가 시작되었던 장단부의 고을원이 되었으나 모친의 병으로 사양하였다.

[그림 11] 남한산성 남문의 현재 모습. 이기축은 병자호란이 일어난 그 해(1636년) 겨울 이 문을 통해 청나라 군대와 분전하였다.

사후 한성부판윤에 추증되었고 시호는 양의(襄毅)이다.

한편 1697년 (숙종23) 3월 13일 이기축 처를 비롯한 김효건·권호의 처가 아흔 살 혹은 백세가 넘어 정부인(貞夫人)에서 한 등급 높여 가자하였다.44) 그렇다면 이기축과는 18세 혹은 8세의 나이 차가 있는 셈이니, 그 부인은 자신에 비해 훨씬 나이 많은 노총각과 혼인을 한 셈이다. 또 영조11년 2월3일 경기 유학 안태주(安泰柱)는 상소하여 충장공 정발(鄭撥), 정사공신 이기축(李起築) 등을 포양하여 증직하고 그 자손을 수습하여 임용하기를 청하였다.45) 그의 후손은 공신의 후례로서 조정의 보훈 대상이 되었음을 짐작케 한다.

이기축의 삶은 광해 조에 무과 급제하였다고는 하지만 인조 정권의 성립과 더불어 군사 요직의 지휘관으로 출세를 거듭하며 국난의 최일선에 참여했던 모습으로 요약된다. 봉건 전제국가에서 단순한 출사(出仕)

---

44)『숙종실록』권31, 해당 기사 참조.
45)『영조실록』권11, 해당 기사 참조.

정도가 아니라 나라의 공신(功臣)이 된다는 것은 그 자체가 극적인 이야 깃거리이다. 이는 한편으로 한미한 몰락양반층의 소망과 부합되기도 하고, 또 한편으로 문필과 학식을 중시하는 양반 의식에서 보자면 그 자체가 기이한 흥밋거리가 될 만하였다. 따라서 이러한 이야기가 지속적으로 구전되고 전승되는 과정에서 남주인공의 최초 신분과 처지를 더욱 열악하게 설정하고 그로부터 전개되는 서사의 흥미도를 높였다고 여겨진다. 반면에 이옥(李鈺)과 같은 후손의 처지에서 보자면, 그 같은 선조의 극적인 출세담이 오히려 우세스러운 이야기로 받아드려질 여지도 농후하다. 패관소품, 야담 등의 한문문학 향유층이 지니고 있는 문학적 감수성은 새로운 시대의 사조를 반영하는 긍정적 측면을 가지고 있음에도 불구하고, 정통적인 사대부문학에 안착하지 못하고 그만큼 자기 분열적이었다 할 수 있다.

실제 야담 작품에서 이기축이 노비일 경우에 그 처는 주인집 딸로, 이기축이 떠돌이나 관노일 경우에는 기생이나 퇴기의 딸 혹은 촌녀(村女) 등으로 다양하게 설정된다. 여성 지인담의 부요녀 유형 가운데에서 여항인 계열과 천민 계열을 아우르고 있는 것이다. 「이기축」 유화의 변이 폭이 매우 넓음을 증명하는 대목이기도 하다. 그럼에도 불구하고 이러한 여러 설정의 공통점은 미련하고 빈천한 이기축에 비해 아내의 처지는 견식과 경제적 여유에 있어 월등히 우월하다는 데 있다. 거기다 이 여인은 총명하고 학식과 지감이 있어서 배우자를 스스로 택하겠노라고 평시부터 작정을 했으니 범상치 않은 처자이다. 이들 각 편의 공통 단락을 추출해 보면 다음과 같다.

① 이기축은 미천하나 완력이 있다.
② 총명한 여인이 이기축을 선택하여 혼인한다.
③ 여인과 이기축이 상경한다.
④ 여인의 예지로 인조반정 주모자들과 친교를 맺는다.
⑤ 이기축이 인조 반정 때 선봉에 선다.
⑥ 이기축이 공신에 봉해지고, 기축의 처는 정경부인이 된다.

이러한 공통 단락들은 여성 지인담의 순차적 구조를 형성하면서 각각 다음과 같은 서사적 의미를 지닌다.

A. (피)지인자 제시 – ①
B. 지감에 의거한 지인자의 선택 – ②
C. 지인자의 피지인자에 대한 헌신 – ③, ④
E. 피지인자의 활약과 현달 – ⑤, ⑥
G. 후일담 – ⑥

한편 「이기축 처」 유화의 28개 각 편은 피지인자와 지인자의 신분, 지감의 근거, 헌신의 방법, 남성과 여성의 관계 등에서 다양한 경향을 띠면서 대립적 서사구조를 형성한다. 이들을 기준점으로 삼으면 각 편을 계통적으로 더 세밀하게 고찰하고, 본 유화의 변이 양상을 효과적으로 드러낼 수도 있다.

그 대체적인 경향은 다음과 같다. 알아주는 여성의 지감이 신이하면 할수록 그녀의 헌신 방법이 전지적 차원에서 수행된다. 또 그 여성은 부요한 집안의 딸이며 학식이 있고 총명하다. 시대 상황을 통찰하는 안목이 있으며 이러한 선견지명으로 남성을 선택하고 일상적으로는 불가능한 벼락출세를 시킨다.

반면에 알아주는 여성의 지감이 '관상'으로 뚜렷하게 제시되기도 한다. 이럴 경우에 그 여성은 대부분 조실부모하고 가난하며 혼기까지 놓친 노처녀로 설정되어 있다. 남성과 마찬가지로 미천한 셈이다. 본 유화의 대부분은 알아준 여성의 처지가 유족하게 설정되는 것과는 뚜렷하게 다른 경향이어서 주목된다.

한편 여성과 남성의 관계는 대부분 여성이 우월하고 남성이 열등하다. 다만 관상 능력을 지닌 여성 지인자의 경우는 여성의 처지가 열악하기 때문에 여성과 남성의 관계가 거의 대등하게 형성된다. 그런데 여성이 우월한 경우에는 남성의 열등함이 더욱 심하여 "어리석다"거나 "배불리 먹기를 좋아한다."거나 하여 그 격차를 더 크게 넓히는 경향을 보인다. 남성과 여성이 대등할 경우에는 남성의 열등함은 그다지 강조되지 않는다.

또한 지감의 근거가 현실적 '추리'에 기초하는 경우도 있다. 이럴 경우에 알아준 여성의 헌신 방법은 합리적이다. 남성이 곧장 반정에 가담하는 것이 아니라 반정 주모자들과 깊은 관계가 조성되도록 주도면밀하게 배려한다. 이 때 남성의 처지는 여성보다 열등하기는 해도 이인적 면모의 각 편처럼 심한 차이가 나지는 않는다. 다소 처지가 열악할 뿐이다.

이러한 특징들은 결국 알아준 여성의 인물상에 따라 세 경향으로 요약될 수 있다. ① 이인적 성격의 여성, ② 관상 능력을 소유한 여성, ③ 추리력이 있는 여성이 그것이다. 다음 항목에서는 이러한 경향을 중심으로 각 편들의 변이 양상을 구체적으로 고찰해 보기로 한다.

(2) '주막집 딸' – 선견지명을 지닌 여인

이인적 성격의 여성을 형상화한 각 편으로는 『계서야담』 수록본 「이기

축 처」가 대표적이다. 여주인공은 '주막집 딸'로, 남주인공은 그 집 노비
로 설정되어 있다. 이와 같은 각 편은 『동패집』, 『계서잡록』, 『청구총화』,
『기문총화』, 『쇄어』, 『실사총담』, 『동국쇄담』본이 더 있어 모두 8종 화집
에 9편의 각 편이 한 계열을 이룬다. 이는 「이기축 처」 유화 중 가장
많은 화집에 수록되어 있는 것이다. 또한 이 계열은 「이기축 처」 유화
중 시대적으로 가장 앞선 시기의 화집인 『동패집』에서부터 말기 화집인
1918년의 『실사총담』까지 꾸준히 전승되어 부요녀 유형 가운데 여향인
계열의 강한 특성을 보여 준다. 각 편의 공통 단락은 다음과 같다.

① 이기축(李起築)은 가겟집의 노비로 노둔하지만 힘이 절륜하였다.
② 영민하고 글을 아는 주인집 딸이 자신의 신랑은 스스로 택하겠다고 하더니 죽
   기를 한하고 기축에게 시집가겠다고 하여 혼인하였다.
③ 그녀는 부모에게 살림 자금을 얻어 기축과 상경하여 장동(壯洞)에 술집을 차
   렸는데 매우 깔끔해 여러 사람이 칭찬하였다.
④ 하루는 기축에게 『사략』의 한 구절을 표시해 주며 신무문(神武門) 뒤 여러
   사람이 모여 있는 곳에 가서 배우기를 청하라고 시켰다. 기축이 그 말 대로
   하니 김류(金瑬)와 이귀(李貴) 등이 매우 놀라며 그녀를 찾아왔다. 남편이 비
   록 우둔하나 힘이 세니 후에 쓰일 데가 있다며 훈록에 끼일 수 있도록 부탁하
   였다. 그들이 모두 놀래며 허락하고 그녀는 그 후 회합장소를 제공하였다.
⑤ 이기축은 거사 때 선봉에 서서 창의문(彰義門)을 부수고 들어갔다.
⑥ 논공할 때 3등 공신에 봉해졌다.

단락 ①은 '알아줌을 입은 이의 제시'라는 의미를 지닌다. 이기축은
주막집의 노비 신분이다. 게다가 동쪽 서쪽을 구분도 못할 만큼 숙맥
이며 단지 배불리 먹는 것만 좋아한다. 신분도 신분이려니와 개인적인
자질 역시 정상인에 못 미친다. 이것이 알아줌을 입은 남성의 열악한
조건이며 숨은 진가를 가리는 장애 요소들이다. 그에게는 유독 남보다

뛰어난 완력이 있는데, 이것은 드러난 그의 유일한 능력이다. 이 때문에 그나마 주막집 노비로 지낼 수 있고, 이면에 또 다른 능력을 감추고 있는 것이 된다. 무지와 순수가 뒤섞여 있는 이러한 상황은 아직 계발되지 못했지만 안목 있는 사람의 도움과 계발을 받으면 진가를 발휘할 여지가 생겨난다. 그의 가능성은 완력에 있다기 보다도 우직하고 성실한 성격에 있다. 이기축의 완력은 그의 우직함 때문에 오히려 효용 가치가 높다. 평시라면 알아줌을 입은 남성의 완력은 노비의 조그마한 장점이 될 터이지만 변란의 시대에는 문장보다도 더 쓸모가 많은 능력이 될 수 있다.

②는 알아주는 여성이 지감을 발휘하여 남성 피지인자를 선택하는 과정이다. 물론 여기서는 '선택' 이전에 여성에 대한 소개가 먼저 이루어진다. 여성은 이기축의 주인집 외동딸이다. 총명한 자질에다 경제적 여유가 있어 글까지 깨쳤다. 여러모로 부모가 애지중지하는 귀한 딸이다. 부모로서는 딸에게 잘난 사윗감을 물색해 주고 싶었지만, 딸은 평시부터 "스스로 남편감을 고르겠다."라고 입버릇처럼 말을 하여 기이한 구석을 지니고 있었다. 딸의 총명함을 인정한 부모로소는 평소에는 그 주장을 그냥 흘려들었겠지만 막상 피지인자의 선택이 실행되는 시점에서는 전혀 뜻밖의 일처럼 받아들여졌다. 그러나 딸은 지인자의 안목으로 이기축의 '완력'이 특별하게 쓰일 것을 꿰뚫어 보고 자기의 가겟집 노비의 신분을 아랑곳하지 않고 결연을 맺었다.

부모의 기대를 무너뜨리면서 걸맞지 않는 비천한 남성을 선택하고 결사적으로 자신의 뜻을 관철시키는 내용은 부요녀 유형의 여성 지인담에서 공통적으로 나타난다. 여기서 전통시대 여성으로서는 좀처럼 기대하기 어려운 당찬 모습은 바로 지감의 확신으로부터 비롯되었다 할 수 있다. 이 지감은 학식에 근거한 선견지명인데 특히 여항인 계열에서는 "조금 문자(文字)를 알았고 성품 또한 영민하였다"라는 여성 지인자의 소개에 집약되어 있다. 이는 선견지명을 포괄적으로 암시한다. '문자'를 알았다는 것은 한문책을 읽을 수 있다는 것이고 이것은 당대 일반 여성으로서는 지닐 수 없는 특별한 능력이다.46) 이는 정치적 시대상황을 직시할 수 있는 예시력과 결합되어 이기축의 완력이 '입신출세'까지 연결될 잠재력임을 간파하는 데까지 이르렀다. 또한 '영민'함은 여성의 안목과 계획 하에 어떤 일을 경영하고 추진하는 현실적 실천 능력을 암시한다. 결국 이 두 능력으로부터 모든 서사적 사건이 출발된다고 할 수 있다.

③④는 여성의 구체적인 행동이다. 그것은 남성을 입신시키기 위한 '알아준 여성의 헌신'이라는 의미를 지닌다. 또 이 같은 단락이 충실하게 묘사되고 있는 것은 지인지감이 저절로 증명되지 않고 서사적 사건의 우여곡절을 거쳐 성취되는 것임을 말해준다. 여성이 남성의 행위에 깊숙이 관여할 뿐 아니라 자신을 헌신함으로써 지감이 올바른 것임을 단계적으로 증명해 간다는 의미를 지닌다. 특히 「이익(李益)의 처」에서는 이러한 참여와 헌신이 30여년에 걸쳐 치밀하게 진행되는 것으로 설정되기도 한다.

우선 이기축의 처는 부모에게 생업 자금을 얻어내 상경한다. 부모는 노비와 혼인한 딸자식의 존재가 남부끄러워서 돈을 주어 남몰래 이사시킨다. 그런데 장안에서 소문난 술집을 차린 것은 치부나 생계가 목적이 아니다. 시정의 동태를 알기 위한 수단이요, 또한 당대의 재사들을 자연스럽게 만날 방법이기도 하였다. 결국 ③은 헌신의 첫 단계인 셈이다.

④는 「이기축 처」 유화에서 핵심적인 화소로 작용한다. 서책의 이름,

---

46) 동일한 부요녀 유형의 여항인 계열에 속하는 작품 「정기룡 처」에서는 여성 지인자인 이방딸이 많은 공부 끝에 '未來之事'를 헤아리는 선견지명이 있으며 그 결과로 관상까지 볼 줄 안다. 구체적인 논의는 다음 절 '학식에 근거한 지감'에서 하기로 한다.

물어보는 구절, 도모자의 성명 등이 조금씩 다르게 설정되어 있어도 한 문고전 역사서에서 임금 폐위에 관련된 구절을 역모자들에게 짐짓 배우기를 청하면서 예견력을 과시하고 그들의 도모에 참여하는 내용이 상세하게 묘사되고 있다. 이 이본에서는 이기축의 처가 어느 날 남편에게 『사략』을 내주며 신무문 뒤에 가면 솔숲에 모여있는 무리들이 있을 테니 그들에게 어느 한 구절을 묻고 돌아오라고 한다. 그런데 그 과정이 신이하기 짝이 없다. 만나러 간 사람들이 「이기축 처」 유화의 다른 각 편들과는 다르다. 그들은 술청에서 평소 만나보던 손님들이 아니다. 경복궁의 뒤통수 격인 신무문밖의 은밀한 곳에서 반정을 도모하는 무리들이었다. 그들 앞에 처가 가르쳐준 대로 이기축이 들이댄 글귀는 그들의 의도를 정확하게 꿰뚫어보고 있는 내용이었다. 그들은 자신들의 의중을 알고 있는 누군가가 이 세상에 있다는 사실에 기겁을 할 수밖에 없었다.

이기축 처는 자신을 찾아온 그들에게 "여러분의 일을 첩은 이미 알고 있다"고 선언한다. 그녀의 통찰력과 선견지명에 결국 반정을 도모하던 자들도 두 손을 들고 만다. 국가의 위기지사는 양반들만의 일이 아님을 인정하고, 비록 여인이기는 하나 놀라운 예지력을 지닌 그녀의 술집을 모의 집합처로 사용한다. 그녀는 이후 그들의 뒷바라지를 지속적으로 하게 된다. 이 단락은 결국 헌신의 마지막 단계이다. 지감의 능력을 결정적으로 증명하고 남성의 현달을 실질적으로 보장하는 내용을 담고 있다.

⑤⑥은 '피지인자의 활약과 현달'이라는 서사적 의미를 지닌다. 그녀의 예견대로 남편의 완력은 난세에 불세출의 능력으로 발휘된다. 반정군의 선봉에 서서 입성해 거사를 성공시킨다. 그런데 그때 그는 막강한 힘으로 창의문의 대문을 걸어 잠근 장군목(將軍木)을 분질러뜨리고 입성에 성공했다고 한다. 그래서 남편은 3등 공신에 봉해지고 아내의 지

감이 완전하게 증명되기에 이른다.

'노비'에서 '공신'으로의 변신은 태평성대에는 있을 수 없는 일이다. 더구나 무지랭이의 남다른 '완력'은 오히려 불온한 힘으로 사갈시될 성질의 것이다. 이것이 여성의 지감과 헌신에 힘입어 뛰어난 능력으로 발휘되고 공신이라는 기대하기 어려운 성취를 가져왔다. 여성의 뛰어난 지감은 그래서 신이하고 이인적인 경향을 띤다.

『청구야담』에도 「이기축 처」 유화의 각 편이 수록되어 있다. '이기축'의 성이 나타나지 않고 '기축'이라는 이름만 보일 뿐이다. 또 『청구야담』 한글본에는 성명이 '박기축'으로 나온다. 그러나 이 작품들 역시 『계서야담』 계열과 같이 여주인공이 이인적 면모를 띠고 있으므로 본 항에서 다룰 만하다. 『청구야담』이라 이름 한 여러 이본의 작품들의 공통 단락을 추출해 보면 다음과 같다.47)

① 광해군 말기에 평양에 한 기녀가 일부종사하겠다며 정절을 지켰다. 그리고 직접 신랑감을 택하겠다 결심하였다.

② 하루는 대동문루에 앉았다가 한 나무꾼 노총각을 보고 부모의 반대에도 불구하고 지아비로 삼았다.

③ 그녀는 남편과 상경하여 서울 서대문 밖에 장안 제일의 술집을 차렸다. 김정언 이좌랑 등의 무리들을 잘 대접하여 친해졌다. 그녀는 회합에 편하도록 김정언 집 근처로 술집을 옮겼다.

④ 김정언에게 남편의 글공부를 부탁하고 남편에게는 『통감』의 한 대목을 표시해 주며 보냈다. 기축(起築)이 그대로 하였더니 김이 화를 내며 책을 집어 던졌다. 그리고 놀라서 곧 여인을 찾아왔는데 그녀는 이미 앞일을 다 헤아리고 있었다.

⑤ 수일 후 거사에 성공해 그 남편은 3등 공신이 되어 한성좌윤에 제수되고 후에 병조참판이 되었다.

---

47) 주 3)의 10에서 14까지의 자료가 이에 포함된다.

①은 '피지인자 제시'의 단락에서 오히려 알아주는 여성을 앞세우는 서술 시점을 택하였다. 그녀는 무엇보다도 꽃다운 나이의 평양 기생이다. 그런데 몸을 정결히 하며 일부종사할 남편을 스스로 고르겠다고 하니 특이한 면모를 지니고 있었다. 부요녀 유형 가운데 여항인 계열의 주막집 딸이 기생으로 대체되면서 상황이 더욱 흥미로워졌다고 할 수 있다.

②에서 여주인공은 커다란 나뭇단을 지고 가는 늙은 노총각을 발견하고 아버지에게 혼인하겠다고 한다. 남성이 '거렁뱅이'나 다름없으므로 부모는 반대했으나 그럼에도 불구하고 혼인을 강행한다. '택부' 선언을 한 점과 부모의 반대에도 불구하고 혼인한다는 점 역시 여항인 계열과 동일하다. 다만 피지인자에 대한 더 이상의 묘사가 없다. 무식하다든가 노둔하다는 내용 없이 단지 나뭇단 진 모습으로 미루어 '완력'이 있으리라는 점을 시사할 뿐이다. 이 점에서도 본 이본은 여성 지인자의 신분과 지감에 서술 초점이 맞추어져 있는 셈이다. 여성의 기이한 행동이 호기심을 자극하고 있다.

③④는 대개 『계서야담』본과 동일하다. 「이기축 처」 유화에서 본 단락이 두드러지는 화소로 작용하고 있음을 다시 확인할 수 있다. 다만 『사략』이 『통감』으로 바뀌었고, 반정 주모자의 이름과 태도가 다르게 묘사되고 있다. 특히 반정 모의자들의 의도가 드러날 지경에 화를 내는 부분은 알아줌을 입은 남성의 신분이 미천한 것과 관련될 듯하다. 그러나 '알아준 여성의 헌신'이라는 여성 지인담의 서사적 의미는 일치하고 이야기의 핵화 구실을 하는 것에서도 동일하다.

한편 '배운다'는 빌미로 기밀이 새어 나갔다고 생각한 김정언에게 여주인공은 다음과 같이 내심을 털어놓는다.

저희들도 때를 만나면 양반이 될 수 있지 않겠습니까?[48]

　그들 부부는 거렁뱅이와 기생의 신분에서 출발하여 궁극적으로는 '양반'이 되겠다는 목표를 분명히 지니고 있었던 것이다. 그러나 그녀의 지감이나 능력에 대해선 언급이 없다. 다만 편찬자는 "그 반정하는 의론이 장차 성공하리라는 것을 깨우쳐 알았기 때문"에 그런 목표를 가졌다는 식으로 말하고, 국문본의 편자는 "기생답지 않은 행실도 행실이려니와 일을 알아내는 기이함이 귀신같다"고 평하였다. 그만큼 신이함을 인정하는 서술 태도이다. 결국 ③④는 헌신의 최종 단계이자 지감의 결정적인 증명 과정이다.

　⑤는 결국 여성의 지감과 헌신에 힘입어 남성이 성취를 이룩하는 단락이다. 그러나 '피지인자의 활약' 부분이 탈락되고 없다. ②에서 이기축을 묘사할 때 단지 '나무꾼 노총각'이라고 설명하는 외에 아무런 단서가 없었던 것도 피지인자의 활약을 별로 부각시키지 않은 것과 관련이 있다. 그만큼 여성의 능력이 두드러지고 신이함이 강조되었다. 이기축은 그 처의 지시에 따라 움직일 뿐이고 그 덕에 공신에 봉해진 셈이다. 따라서 성씨를 밝히지 않거나 '박기축'이라 일컫는 오류가 생겨났다. 이러한 모든 차이점이 알아줌을 입은 남성보다 알아준 여성에 초점을 맞춘 서술 태도에서 비롯되었다.

　알아준 여성이 '기생'이라는 설정은 커다란 흥미를 끌 수 있었던 것 같다. 『청구야담』본과 같은 변이는 기생 유형의 여성 지인담의 오래도록 전승되고 인기를 끌었던 현상에 「이기축 처」 유화가 견인된 것이라 할 수 있다. 그러나 「일타홍」 유화와 같은 기생계 여성지인자들은 그

---

48) 『靑邱野談』, 서벽외사해외수일본, 아세아문화사, 1985, 222쪽, "少焉 金正言 來執厥女手日 汝人耶鬼耶 女日 如吾者類 得時爲兩班 亦不可乎"

성취의 결과가 양반의 소실이 되는 데 그쳤다고 한다면, 「이기축」 유화의 여성은 공신의 부인이 되었다는 데서 더욱 극적인 흥미를 끌었다.

이상에서 「이기축 처」 유화 가운데 이인적인 면모의 유화들을 살펴보았다. 『계서야담』 계열의 각 편, 『청구야담』의 각 편 등이 여기에 속한다. 한편 여성의 신분이 '사부가의 아녀자'로 되어 있는 각 편도 있다. 그것은 「박씨 처」인데 '지감에 의해 남편감을 선택'하는 단락이 생략되어 있다.

『계서야담』 계열에서 발견되는 신이한 여성의 면모는 「이기축 처」 유화의 변형이라 할 수 있는 「박씨 처」에서 다시 검증된다. 본 작품에는 남성의 이름이 없고 한글본 『청구야담』에서와 같이 '박성(朴姓)'으로만 되어 있다.[49] 그러나 서사구조가 위 작품군과 거의 일치하고 지인자의 성격도 이인적 면모를 띠므로 「이기축 처」 유화의 각 편으로 포함시켜 본 절에서 함께 다룰 만하다.

「박씨 처」는 『동패집』, 『기문총화』, 『동패낙송초』 등 4종 4편에서 보인다.[50] 세 화집의 내용 모두 대동소이하다.[51] 내용 단락을 분석하면 다음과 같다.

① 광해군 때 서울 근교에 사는 박씨는 어리석고 글 지식이 없었다.
② 그의 아내는 지혜로워 빈손으로 치산하여 천석꾼이 되었다.

---

49) 작품 문면에는 남주인공을 '朴姓人'(박씨 성을 가진 사람)이라고 하였다. 따라서 본 작품명을 「박씨 처」라 명명한다.

50) 『동패집』은 『계서야담』과 비슷한 시기에 만들어졌으니 이 작품은 『청구야담』本보다 선행했을 것이다. (「동패낙송 해제」, 『동패낙송』, 아세아문화사, 1990. 참조) 국문 『청구야담』本에서 남성 주인공을 '박기축'이라 일컬은 것에 영향을 끼쳤을 법하다. 자료 24에서 27까지이다.

51) 그 가운데 『기문총화』本과 『동패낙송초』本은 일치한다. 다만 『동패낙송초』가 탈자, 오자가 더 많다.

③ 상경하여 김류(金瑬) 이웃집에 살면서 경제적으로 후원하였다.

④ 김류 부인을 통해 남편의 글공부를 부탁하고, 남편에게 『한서』의 한 구절을 배워오라고 하였다. 김류가 놀라 형수의 예의를 갖춰 박씨 아내를 불러서 기밀을 실토하며 반정이 성사될지 여부를 물었다. 그 후로도 풀리지 않는 문제는 자문을 구하고 부인은 많은 돈을 거사 자금으로 내놓았다.

⑤ 반정 후에 김류의 추천으로 박씨는 어떤 읍의 현감이 되었다.

이들을 여성 지인담의 서사 단락에 맞추어 분류해 보면 ①은 '피지인자 제시', ②③④는 '지인자의 헌신', ⑤는 '피지인자의 현달'의 의미를 지닌다. 여기서 하나 특이한 점이 발견된다. 본 작품은 여성 지인담의 일반적인 서사구조와는 다르게 여성이 '지감'에 의거해 남편감을 알아주는 부분이 생략되어 있고 알아줌을 입은 남성의 활약과 현달 부분도 온전하게 드러나 있지 않다. 이야기는 남녀 결연이 이미 이루어진 다음부터 시작된다. 그리고 무신으로 큰 공을 세울 만한 '완력'이라든가 그에 따른 비상한 '활약' 대신에 오로지 '현달'의 결과만을 강조하였다. 이러한 변이에 유의하면서 본 작품의 단락이 지니고 있는 의미를 고찰해 보기로 한다.

①에서 남주인공 박씨는 '공동무문식(倥侗無文識)'하다고 하였다. 단적으로 무지몽매하다는 뜻인데 남성의 열등한 처지를 그처럼 표현하였다. 이기축처럼 '완력'은 없지만, 그의 가능성은 신분이 '사부(士夫)'라는 점에 있다. 박씨의 신분이 '사부'라는 점을 감안한다면 그의 아내의 신분 역시 양반가의 아녀자일 것이다. 그렇다면 여성 지인담에 일반적 상황 설정인 '지감으로 남편감 선택'하는 행위는 양반가의 처자에게 적용시키기는 어려웠을 것이다. 결국 개연성을 높이는 차원에서 본 단락이 생략되었다 할 수 있다. 반면에 여성 주인공은 "정숙하고 지혜로움이 뛰어나다" 하였다. 그녀는 맨손으로 천석꾼의 재산을 일군 비범함을 지

니고 있다. 이는 『계서야담』과 같이 부모에게서 돈을 마련하거나 『청구
야담』에서와 같이 기생이라는 신분으로 자금의 출처를 암시하는 것과는
다르다. 결국 ②의 상황은 남편을 위한 아내의 첫 단계 헌신을 이루어
갔다는 의미를 지닌다.

그 후 아내는 김류의 이웃집으로 상경한다. 그러나 무작정의 상경이
아니다. "사부로서 시골에만 묻혀 있으면 안 된다"는 것이 상경의 이유
이다. 남편을 계발시키기 위한 다음 단계의 포석임은 물론이다. 아내는
김류가 시대의 '웃어른'[長者]으로서 이웃하여 살 만하다고 판단하고,
집값의 고하를 따지지 않고 그 옆집을 사서 경제적인 후원을 해가며 김
류의 부인과 친교를 맺는다. 말하자면 ③은 남편을 위한 두 번째 단계의
헌신이라는 의미를 지닌다.

그런데 ③에서 김류에게 접근하는 방식이 이기축 부부가 술청을 차린
것과는 다른 것에 주목해 볼 필요가 있다. 이 역시 남녀 주인공들의 신
분이 양반이라는 점과 관계될 것이다. 또한 이러한 여성의 신분 표지
때문에 ④에서 김류는 박씨 처에게 '형수의 예의'를 차렸다고 할 수 있
다. 이는 이기축의 경우처럼 단순히 모의 장소를 제공하고 외상술로 관
계를 맺는 것과는 종류가 다르다. 뿐만 아니라 그녀는 김류에게 다음과
같이 말한다.

> 초야의 부녀자인지라 비록 심히 어리석지만 하늘의 때와 인간의 일에 대해서
> 는 심중에 살핀 게 있습니다. 극에 이르면 반드시 변하고 변하면 반드시 통하게
> 되어 있습니다. 앞으로의 일이 이 「곽광전(霍光傳)」의 사적과 꼭 들어맞지 않겠
> 습니까?52)

---

52) 『동패낙송』, 서벽외사해외수일본, 아세아문화사, 1990, 265, 266쪽. "朴內曰 草野婦
女 雖甚愚迷 亦有所以察天時人事於心內者 極則必變 變則必通 來頭事 豈無吻合於此
傳中事耶"

"극에 이르면… 반드시 통한다" 운운한 것은 『주역』의 괘사[53]를 활용한 말이다. 천지의 조화에다 인간사의 흥망을 빗대면서 『주역』 논법을 빌린 것이다. 촌 여자라 하면서도 시대에 대한 예견력을 넌지시 과시한 셈이다. 뿐만 아니라 상대의 의중을 분명하게 읽고 있음을 보이기 위해 선왕을 폐위하고 새 왕을 옹립했던 선례를 『한서·곽광전』를 통해 암시하였다. 물론 이 같은 암시는 이미 여말에 이성계가 위화도에서 회군했을 때, 윤소종(尹紹宗)이 「곽광전」을 바쳤던 사적이 있어 더욱 뜻이 분명하다. 이런 정도라면 그 여인의 '문식'은 예사롭지 않다. 이 점에서 본 작품은 「이기축 처」의 '학식'에 의거한 지감을 효과적으로 변용해내고 있다. 김류로서는 자신이 '곽광'에 비의되고 있는 셈이니 크게 놀라고 감복하여 꾸미던 일을 실토할 수밖에 없었다. 아내는 그 후 김류의 고문 역할을 감당하고 거사 자금까지 내놓았다. 결국 ④는 아내의 마지막 단계의 헌신이라는 의미를 지닌다.

반면에 남편은 양반이기는 하나 어리석어 반정에 참여할 수도 없고 또한 '완력'조차 없으니 선봉에 설 수도 없다. 전적으로 아내 덕에 고을 현감이 된 것이다. 아내의 헌신은 ②③④에서 지속적으로 강조되었으므로 남편의 무능함이 한층 부각된다. 본 작품은 여성 지인담의 성격이 다소 변형되면서 아내 덕에 출세한 남자의 형상을 그리고 있다. 단락 ⑤에서는 남편의 '활약' 부분이 탈락된 채 '현달'의 의미만을 부각시켰다.

「박씨 처」는 여성 지인담의 일반에 비해 여성의 신분이 꽤나 높게 설정되어 있다. 기생, 여항인, 시비 등과는 전적으로 다른 계층의 양반 아내이기 때문이다. 요컨대 이 이야기는 내조담에 가까운 내용이 되어버려 여성 지인담의 모습을 제대로 갖추지 못하고, 큰 호응도 얻지 못하여

---

53) 『주역』 繫辭下, "易窮則變 變則通 通則久"

예외적인 작품이 되고 말았다. 그렇다고 여성 이인담에 해당되는 「이충무공 소실」, 「정충신 처」, 「김천일 처」, 「곽재우 처」, 「김면 처」 등과 같이 시대의 난국을 해결하는 여성의 이인적인 면모가 부각되어 영웅적 신이감을 조성하는 데까지 이르지는 못한 것도 미약한 전승의 원인이 되었다.[54] 이 같은 현상은 「나씨부인」이나 「홍천민 처」 등과 같이 사대부 여성의 지인담도 활발하게 전승되지 못했던 이유를 설명해 준다.

반면에 구비설화에서는 정승의 막내딸과 머슴 원두표의 남녀결연으로 여성지인 이야기의 구성을 설정하기도 한다. 천안 지역에서 전승되는 「도끼 정승 원두표」에서는 정승의 셋째 딸이 '제 복에 산다'고 주장하다가 쫓겨나고 집안 머슴이었던 원두표와 결연하여 성취를 이룩한다고 하였다.[55] 「내복에 산다」 설화를 차용하여 알아주는 여성의 신분을 한껏 높이고, 남성의 처지는 극히 미천하게 설정하였다. 반면 경기도에서 전해지는 구비설화에서는 원두표가 힘이 장사인 이기축을 부려서 창의문을 도끼로 깨부시게 하여 반정을 성공시키고 '도끼 정승'의 칭호를 받았다는 내용으로 되어 있다.[56] 여기서 이기축은 머슴이지만, 아내는 좌수 딸로 설정되고 아내의 선견지명에 의해 원두표(元斗杓, 1593~1664)에게 연결되는 것으로 이야기되고 있다. 역사적 사실성에 충실하게 구연되었다 할 수 있다.

(3) '촌여자' – 관상술을 지닌 여인

「이기축 처」 유화에서 여성 지인자의 신분은 다양하지만 대부분 유족한 집안의 딸들이다. 하지만 가난한 여인으로 나타나면서 관상을 볼 줄

---

54) Ⅱ장 2절 참조.

55) 상명대학교 구비문학연구회 편, 『구비문학대관』(천안문화원, 1996) 참고.

56) 『한국구비문학대계』 1-2, (한국정신문화연구원, 1980) 20쪽.

아는 것으로 설정되는 각 편도 있다. 이러한 여성 지인자는 『금계필담』
과 『계압만록』에 보인다.[57) 이들은 「이기축 처」 유화에서 특이한 위치
를 차지하는 각 편들이다. 여기서 알아준 여성은 부요한 집안 배경으로
학식을 갖추고 선견지명이 있어서 부수적으로 관상을 보는 것은 아니
다. 그렇다고 관상으로 미래를 점쳐 운명의 실현을 기다리는 것도 아니
다. 그들에게 '관상'은 적극적으로 배우자를 찾아 나서고 노력하는 추동
력으로 작용한다. 이인적 면모를 띠거나 추리력을 지닌 여성보다 능동
적인 성격의 여성들이다. 상(相)이 좋은 배우자를 택하느라 혼기를 놓치
고, 자신이 '정부인이 될 상'이기에 그에 걸맞은 인물을 물색하기에 이
른다. 관상이 적극적인 삶의 태도와 결합된다는 데 강조점이 있다. 어떤
가능성의 실현을 위하여 그에 합당한 현실적 노력을 기울이는 것이 관
상 볼 줄 아는 여성들의 현실관이다. 그러나 알아줌을 입은 남성은 다른
계열에서 보이는 '용력' 등의 자질이 보이지 않는다. 단지 '크게 부귀할
상'을 지녔을 뿐이다.

이 가운데 먼저 『계압만록』본의 내용을 살펴보자.

① 관서(關西)의 이기축은 기축생(己丑生)이라 그처럼 이름을 불렀다.
② 그 아내는 관상을 볼 줄 아는데 자신의 관상은 정부인(貞夫人)이 될 상이었다.
  배우자를 찾아다니다 평양 감영에 매여 있는 기축(己丑)을 배우자로 삼았다.
③ 서울 이연평 집의 행랑으로 이사해 죽 장사를 하며 매일 아침이면 가난한 이연
  평 부인에게 죽 한 그릇씩을 주었다.
④ 기축의 부인이 남편의 글공부를 빌미로 연평에게 반정 계획을 알고 있음을 알
  렸다. 놀라는 연평에게 남편의 참여 의사를 밝히고 허락을 받았다.
⑤ 반정하는 날 기축이 선봉에 서서 입궐하여 횃불을 휘둘러 5,6인을 죽였다.
⑥ 기축이 공신에 봉해져 공조참의까지 이르고 '起築'이라 개명하였다.

---

57) 자료 18에서 23까지 2종 6편이다.

①은 '피지인자 제시'의 서사단락이다. 남주인공의 이름이 조금 하찮게 붙여졌음을 서술하는 대신에 노둔하다거나 힘이 세다는 등의 기본자질은 제시하지 않았다. 다만 그는 물지게를 지고 있으니 무지랭이 관노나 혹은 그와 유사한 비천한 인물이라는 암시를 줄 뿐이다.

②의 여성 지인자에 대해서도 자질에 대한 구체적인 언급은 없다. 단지 관상술을 뜻하는 '당거안(唐擧眼)'이 있다고 했다[58]. 이인적 면모의 여성들, 곧 주막집 딸, 평양기생, 혹은 양반가의 아내나 아전의 딸로 그들의 신분을 제시하고 여성의 학식과 선견지명 등을 유추케 하는 것과는 다르다. 그녀는 자신의 미래상을 스스로 알아보고 그를 실현시켜 줄 배우자를 선택하기 위해 여행을 다녔다. 신랑감을 찾아다닐 수 있다는 조건과 가족에 의한 혼사장애 갈등이 없으니 조실부모한 가난한 여인이든가 미천한 여인으로 추측된다. 여성 스스로의 성취 욕구가 크게 부각되어 있음이 특징적이다.

③의 '상경(上京)' 모티프는 여타 「이기축 처」 유화와 동일하다. 그러나 술청을 차리지 않는다는 점에서 오히려 양반 신분인 「박씨 처」와 유사하다. 그녀는 목표 성취를 위해 바로 이연평의 집 행랑채로 이사한다. 그리고는 죽장사로 생계를 도모하며 죽 한 그릇씩을 매일 아침이면 가난한 연평부인에게 주어 친교를 맺는다. 이것은 다음 단계로 '배움을 청하기' 위한 예비 작업이자 여성의 첫 번째 헌신이다. 그녀의 도모 방법은 그녀의 처지에 걸맞게 합리적이며 현실적이다.

④는 글공부를 빙자하여 자신의 예견력을 과시하는 '배움 청하기' 모티프이다. 「이기축 처」 유화의 핵심 화소이므로 다른 각 편과 대동소이하다. 그러나 여인이 자기 안목을 과시하는 부분을 매우 세밀하게 묘사

---

58)『雞鴨漫錄』,『韓國野談資料集成』8, 102쪽, "妻有唐擧眼 見渠相則 當爲貞夫人 物色人物 徒箕營見己丑 荷水桶過去 知其大貴 携歸作配"

하여 흥미롭다. 문면을 잠시 살펴본다.

> 기축의 처를 보고 말하기를 "허다한 서책 중에 하필 이 구절을 읽게 했는
> 가?"하니, 축의 처가 웃으며 말하기를 "나리께서만 좋은 일 하시렵니까?" 하
> 였다. 연평이 그가 만만하지 않은 줄 알고 말하기를 "네가 또한 내 마음 속의
> 일을 아느냐?" 하니, 축의 처가 말하기를 "어찌 모르겠습니까?" 하였다.59)

반역을 도모하는 대모험을 '좋은 일'[好事]이라 표현하였다. 이는 물
론 거사를 지칭하는 말이다. 그러나 약간은 우쭐거리는 어조를 띠면서
예견력을 과시하면서도 그 가운데 '의로운 일'이라는 어감을 내포하게
하였다. 목숨을 내놓을 위험천만한 일인데도 남의 집 행랑채에서 죽 장
사나 하는 여인이 '의로운 일' 운운한 것에서 배포를 느낄 수 있다.
　⑤⑥은 '피지인자의 활약과 현달'을 묘사한 단락이다. 그런데 선봉장
으로 대궐문을 부셨다는 말은 없으니 활약상이 다소 축소됐다. 또한 반
정에 참여한 이기축이 횃불 덕에 '햇불공신'[炬火功臣]을 제수 받아 공
조참의까지 했다는 것도 웃음을 자아낸다.60) 그리고 '李起築'으로 개명
했다 했지만 여전히 대수롭지 않다는 이면적 의미가 담겨있다. 이러한
일련의 묘사는 ①에서 이기축의 이름 내력, 미천한 처지, 용력을 제시하
지 않은 것 등과 호응하면서 피지인자의 출세를 왜소하게 만든다.
　『계압만록』본은 인물의 설정이나 전개방법 등 커다란 얼개는 여타본
과 동일하지만 세부적으로 서민적이고 민담적인 성격을 지니게끔 조정
되었다. 인조반정이라는 어마어마한 일에 비해 작고 소박한 일로 출세

---

59) 『雞鴨漫錄』, 『韓國野談資料集成』 8, 103쪽, "見丑妻曰 許多書册 何必如此書 讀之
　　丑妻笑曰 進賜獨爲好事乎 延平知其非尋常 曰 汝亦知吾心內事乎 丑妻曰 豈不知之"
60) '거화공신'이라는 명칭은 일종의 별명이다. 이는 3등 공신의 정식 명칭과는 다르다.
　　약간은 조롱의 의미를 내포하기도 한다.

한 이야기라 할 수 있다. 그만큼 여인의 관상 능력이 크게 부각된다고
할 수 있다. 작품 말미에서 편찬자는 "기축 처의 상법이 신명과 같다"라
고 평하였다.

관상을 볼 줄 아는 여인의 면모는 『금계필담』본에 이르러서는 다른
이본의 영향까지 계승하며 더욱 합리적인 경향을 띠게 된다. 그 내용은
다음과 같다.

> ① 광해군 때 춘천에 총명하고 관상을 잘 보는 처녀가 있었다. 어려서 부모를 여
> 의고 가난한데다가 혼기까지 놓쳤다.
> ② 서울로 가다 양주 다락원에서 추악하고 노둔하나 부귀한 상을 지닌 총각을 만
> 나 스스로 그의 아내가 되었다.
> ③ 근면히 일하여 치산을 한 후 홍제원 길가에 술집을 차렸다. 반정을 모의하는
> 자들을 대접해서 친해졌다. 여인은 훗날의 인조(仁祖)인 능양군(綾陽君)의 사
> 저에까지 드나들게 되었다.
> ④ 여인이 능양군에게 남편의 글공부를 부탁하면서 자신이 기밀을 알고 있음을
> 알렸다. 능양군이 놀라서 기축 부부를 제거하려 회합을 갖는데 여인은 미리
> 알고 찾아가 그들을 설득해 모의에 가담하게 되었다.
> ⑤ 거사할 때에 여인은 재산을 다 내놓아 군사를 먹이고 이기축은 선봉장으로 창
> 의문을 부수고 들어갔다.
> ⑥ 이기축(李起築)은 3등공신으로서 황해병마사에 제수되고 아내는 정부인으로
> 봉해졌다.

①은 '여성 지인자의 제시'이다. 통상적인 '피지인자 제시'부터 하지
않고 여성을 바로 내세워 특이하다. 그만큼 여성 주인공을 중시했다고
할 수 있다. 게다가 소개의 내용이 자세하다. 그녀는 조실부모하고 가난
한 촌 여자이다. 또 상(相)을 보아 신랑감을 고르겠다고 하여 혼기까지
놓쳤다.[61] 여타 계열의 부유한 여인들과는 상황 설정부터 다르다. 부모

도 없고 가난하니 오히려 혼사 갈등의 여지가 없다. 그러니 오히려 자기 눈으로 고르겠다는 것이다.

②는 '피지인자 제시'이자 '지인자의 피지인자 지감 선택'이라는 서사적 의미를 지닌다. 이기축은 못생겼고 노둔하다[62]. 이기축의 외모를 문제 삼은 것은 『금계필담』만의 설정이다. 양주 객사에서 일하고 있으니 신분 역시 미천하다. 남자로서 볼만한 것이 없는데도 불구하고 남편감으로 선택하니 여인의 지감이 돋보인다.

또 ③에서 여성의 헌신 방법도 여타 본의 소재를 차용하면서도 새롭다. 우선 '치산' 과정이 삽입된다. 「이기축 처」 유화에서 관상을 볼 줄 아는 여성들의 공통점은 가난한 것이다. 부유한 여성의 경우에는 별 문제가 없겠으나 이들은 현실 경영을 어떻게 하느냐가 문젯거리이다. 『계압만록』본에서는 치산 과정이 없이 가난하여서 죽을 끓여 파는 현실적 방법을 설정했었다. 그에 비해 본 작품에서는 '치산' 화소를 삽입하였다. 이는 여주인공이 반정에 경제적인 후원까지 맡아 나서고 훗날 '정부인'에 이르 것과 관련이 있다.

③은 '상경(上京)' 모티프이다. 미천한 처지에 어울리게 홍제원 길가에 주막을 차린다. 그러나 그것은 장동이나 서울 중심가의 일류 술집이 아니다. 은밀한 곳을 찾느라 홍제원의 바위 밑에서 모의하고 있던 반정의 주모자들을 겨냥하고 차린 것이다. 그들이 헤어질 때를 기다려 맞아들이고 여러 가지로 대접하여 결국에는 능양군의 사저에 가족처럼 드나들기까지 한다.

---

61) 『錦溪筆譚』(韓國精神文化硏究院本) "光海時 春川府 有一村女子 聰慧有識鑑 幼喪父母 貧無所依 欲相人而嫁之"

62) 『錦溪筆譚』(韓國精神文化硏究院本) "楊州之樓院 過一總角 貌甚醜愚蠢 無可觀 然有富貴相 女曰 此眞吾夫也"

④는 또한 '배움 청하기' 모티프이다. 그런데 흥미롭게 내용을 변화시켰다. 이번에는 대상이 능양군(인조)이다. 김류나 이연평 등 반정의 주모자들이 아니라 훗날 인조가 될 능양군인 것이다. 이인적 면모를 지닌 여성들보다 처지나 능력이 열등하면서도 '배움을 청하는' 대상의 격이 높아졌다. 거기다 갈등 요소까지 생겨난다. 상대방이 여인의 지혜에 감복하기보다는 쉽사리 반역 모의에 참가시켜 주지 않는 것이다. 인조는 그들 부부가 낌새를 챘다는 것을 알고 비상회의를 소집하여 부부를 죽이려 한다. 신이한 능력의 여성들에게는 없었던 '위기'이다. 이는 관상 능력만으로 반역의 주모자인 인조를 단번에 감복시킨다는 설정은 오히려 개연성이 떨어짐을 말해 주기도 한다. 이러한 위기는 '지감선택'과 '피지인자의 활약'이 주관심사이던 여성 지인담을 더욱 현실감 있게 만든다. 그녀는 '대의명분'을 운운하여 위기를 모면한다. 비천한 여인이 반정에 참여하기 위한 계략이 시종 치밀하고 합리적이다.

　　문을 열고 들어가 여러 사람에게 두루 말하기를 "지금 흉악한 무리들이 정권을 훔치고 국모를 폐하는 지경에까지 이르렀습니다. 실로 바른 성품을 지닌 사람이라면 누구라도 대감을 추대하여 반정을 도모하려 하지 않겠습니까. 첩은 비록 천한 여자이나 대의명분을 압니다. 어리석은 지아비 기축은 신실하여 부릴 만하고 더구나 용력이 남다르니 족히 선봉을 맡길 만합니다. 첩의 부부로 하여금 사직을 바로잡는 일에 참여하게 해주신다면 이 어찌 큰 은혜가 아니겠습니까."63)

---

63) 『錦溪筆譚』, "卽排戸而入 遍告諸公曰 方今羣凶竊柄 至於廢母而極矣 苟有彝性者 孰不欲推戴大監 思所以撥亂反正乎 妾雖賤女子 亦知大義矣 愚夫起築 信實可使 況其勇力絶倫 足當先鋒之任 使妾夫婦亦得參於靖社之勳 豈非莫大之恩乎"

반정에 대해 단순히 개인의 영달이나 신분상승을 넘어서서 앞에서는 '좋은 일'이라 했고, 여기서는 '대의'의 명분으로 일컫고 있다. 넌지시 반역의 낌새를 알아차리고 오히려 대의명분을 위해서는 목숨을 걸겠다는 적극적 찬동의 의지를 밝힌 셈이다. 이러한 의식은 『계압만록』본과 좋은 대비를 이룬다. 예견력의 과시가 아니라 정정당당한 명분을 제시함으로써 자신의 입지를 확보하였다.

여타 각 편들은 이기축 부부가 반정에 참여하는 동기는 대개 사회적 성취에 있다. 『계서야담』본에서는 자신들의 목적이 "훈록에 참여"하는 것이라고 하였다. 『청구야담』본에서는 "우리 같은 사람도 때를 만나면 양반이 될 수 있는가"라고 하며 신분 상승의 욕구를 표현하였다. 『동야휘집』본에서는 '입신양명'이 목적이라고 하였다. 이에 비하여 본 작품에서는 사대부적 의식을 가미하였다. 그래서 반정 모의자들의 의중을 눈치 챈 이기축 부부를 제거하려다가 그 대의명분에 오히려 감탄하는 것으로 처리하였다. 뿐만 아니라 거사할 당시에 여인의 활약을 거창하게 묘사하였다. 그간 여러 가지 후원을 했을 뿐만 아니라 반정군 500여명에게 술과 고기를 배불리 먹여 군사들의 사기를 드높였다는 것이다.

『계압만록』 수록본이 미천한 여인의 이야기를 서민적이고 소박하게 표현했다면, 『금계필담』본은 여성의 신이한 면모보다 부부의 활약을 대단하고 화려하게 부각시켰다. 자신의 뛰어난 능력을 남편의 입신양명을 위하여 일부 사용한 이인 면모의 여성에 비해 관상계에서는 자신의 모든 것을 걸고 치밀하게 계획하고 승부를 건다. 그만큼 알아준 여성과 알아줌을 입은 남성의 결연이 보여주는 헌신과 시련과 극복의 과정이 흥미롭다.

결국 여성의 '관상'은 여인의 능력을 의미하기도 하지만 작품의 복선이기도 하다. 독자들에게 관상의 귀추에 대해 궁금증을 유발시키며, 단순 예언적인 기능 대신에 여성의 희망으로 작용한다. 꿈을 제시하고 그

꿈의 실현을 위해 최선의 노력을 다하는 모습과 그것의 성취는 희망 없는 시대의 돌파구일 수도 있다.

(4) '퇴기의 딸' – 추리력을 가진 여인

「이기축 처」 유화의 또 다른 한 계열은 여성의 지감이 경험과 지혜를 통해 추리력으로 발휘되는 경우이다. 이는 이인의 면모나 관상술을 지닌 여주인공에 비해 예견에 대한 확신이 뚜렷하지 않으며 헌신의 방법도 남성의 협조 하에 진행되는 특징을 지닌다. 이러한 일상적인 면모의 여성은 『동야휘집』에서 보인다. 대판본과 가람본(경북대 유인본), 서울대본 등 3편의 화집에 수록되어 있는데, 내용은 거의 같다.[64] 그 내용 단락은 다음과 같다.

① 이기축(李起築)은 관북 사람[65]이다. 본디 노둔하여 숙맥이지만 성품이 순실하고 힘이 절륜하였다. 이리저리 떠도는 가난한 나무장사였다.

② 함흥에 어느 부유한 퇴기집에 아름답고 총명한 딸이 있었다. 그녀는 나무 팔러 온 이기축을 보고 혼인하였다.

③ 상경해 서울에 술집을 차렸다. 이 때 김승평 이연평 등이 단골이 되었다. 그들이 오면 매번 기축으로 하여금 시중을 들게 하였다.

④ 아내가 기축을 시켜 이연평에게 『사략』과 『통감』의 구절을 배우기를 청해서 남편이 거사에 참여토록 약속하였다.

⑤ 거사에서 이기축은 선봉에 섰으며 창의문을 부수고 들어갔다.

⑥ 기축은 2등(sic 3등) 공신에 봉해지고 관직이 우윤(右尹)에 이르렀다. 기축년에 태어나 녹훈시에 이름을 기축(起築)이라고 썼다.

---

64) 『동야휘집』의 이본대조표에 의하면 7종의 이본 중 「이기축 처」 유화가 나타나는 화집은 대판본, 가람본, 서울대본 뿐이다. 『原本 東野彙輯·下』(대판본), 보고사, 1992년, 해제 참조. 본 연구에서는 대판본을 대본으로 삼는다.

65) 가람본이나 서울대본에는 '完山人'으로 되어 있다. 편자평도 대판본에만 있다.

①은 '피지인자 제시' 단락이다. 이기축은 이리저리 떠돌며 나무나 해다 팔아먹고 연명하는 거렁뱅이 같은 노총각이다. 그는 심히 노둔하여 숙맥을 구분하지 못할 정도이나 성품이 순실하고 여력이 절륜하다.[66] 그에 대한 소개는 이인적 면모의 '주막집 딸' 계열보다는 약간 상향 조정된다. 무지와 순수가 혼재하는 노둔한 자질이지만 우직한 성격을 분명하게 부각시켰다. 이야기 전개가 합리적이고 현실성을 띠는 데 대한 사전 포석이라 할 수 있다.

②에서는 '지인자의 지감 택부'가 이루어진다. 이기축 처의 신분은 부유한 퇴기의 딸이다. 이는 「이기축 처」 유화가 최초로 보이는 『동패집』이나 『계서야담』의 '주막집 딸' 속의 내포된 의미를 확실히 드러내는 설정이다. 경제적 여유를 상징할 뿐만 아니라, 기생 어미로부터 간접 경험한 것에 의해 체득한 안목이 있음을 짐작케 한다. 결국 기생계 여성 지인담의 전통과 「이기축 처」 유화 중 '주막집 딸'계의 전통을 동시에 참작한 셈이다. 그녀는 또한 "곱고 수려하며 재주 있고 지혜롭다"라고 하였다. 관상 볼 줄 아는 주인공들처럼 '식감'이 있지도 않고, '주막집 딸'처럼 신비한 면모의 여성도 아니다. 아름답고 지혜롭다는 자질은 그만큼 현실적이다. 기적에 올리려는 어미에게 자신은 기적에 매이지 않고 "스스로 지아비를 택하겠다"고 선언함은 그 같은 최초의 설정에서 파생되는 자연스러운 반전이다. 그녀의 지감은 독자들이 얼마든지 개연성 있게 짐작할 수 있는 성질의 것이다.

그녀는 어느 날 나무 팔러 온 이기축이 나무더미를 노적가리처럼 우뚝 진 것을 보고 비범하다 느꼈다. 남다른 그의 '완력'을 짐작한 것이다. 그 후 기축의 나뭇짐을 단골로 팔아주고 먹을 것을 내다주곤 하며 오랫

---

66) 『原本 東野彙輯·上』, 625쪽, "李起築關北人也 姿甚鹵鈍 不辨菽麥而性純實 膂力絕倫 嘗貧困 流離轉至咸興"

동안 관찰을 한다. 알아주는 여성이 남성을 선택할 때 대개 지감에 의해 단시간에 결정하는 상황과는 다르다. 면식 없는 남성을 여성이 시간을 두고 관찰하는 것에서 그 지감의 근거가 일상적이면서도 현실적임을 알 수 있다.[67] 어미의 욕설과 설득에도 불구하고 결연을 맺은 후에 그녀는 몇 달 동안 이기축을 공양한다. 그로 인하여 이기축은 살이 찌고 피부가 윤택하여 '호남자 기상'으로 변했다고 하였다. 여타 본에는 없는 남성 주인공의 자질이 우호적으로 표현되고 있는 셈이다. 여성 주인공의 면모가 일상적으로 변하면서 그 능력은 점차 약화되거나 현실화되는 반면에 남성의 자질과 능력은 점차 증가된다고 할 수 있다.

③에서 여성은 현실적 감각을 발휘하여 남편에게 상경을 권한다. 그러면서 다음과 같은 의견을 피력한다.

> 당신께서 하늘에 머리를 두고 땅을 딛고 선 장부로 태어나 민간에 파묻힌 다면 어찌 애석지 않겠습니까? 마을마다 떠돌아다니며 어떤 일을 할 수 있겠습니까? 진실로 입신양명하고 싶다면 녹수 청운이 노니는 곳에 접근하여 채찍을 잡고 천리마에 붙어 달려서 부귀를 구하는 것 만한 게 없습니다.[68]

서울을 가야하는 이유를 들어 남편을 곡진하고 절실하게 설득한다. 이인적 면모의 여성처럼 단독으로 결정하는 양상과는 판이하게 다르다. 녹수(綠水)와 청운(靑雲)이라고 상징적으로 표현했지만 그곳은 꿈을 이룰 만한 기회가 월등히 많은 아득한 어느 곳이다. 그런 곳의 근처라도 접근을 해야만 한다. 그리고 그곳에서 말채찍이라도 들고 천리마같이

---

67) 「오석량의 처」에서 여종은 시장거리에서 오석량을 본 후 그 다음날 다시 나가 관찰한다.

68) 같은 책, 627쪽, "女謂夫曰 君以頂天立地 丈夫之身 埋沒草澤 豈不可惜 棲屑鄉曲 何事可做 苟欲立身揚名 莫若依近於綠水青雲之際 執鞭附驥 富貴可求"

잘난 사람들의 시중이라도 들어야 부귀를 성취할 수 있다는 말이다.

한편 술청을 차려놓고 명사에 접근하는 내용은 여타본과 동일하지만 더 합리적으로 장소를 설정하였다. 여타본에서는 그 장소는 별 의미가 없었다. 홍제원이건 묵동 근처이건 반정의 주모자들과 쉽사리 접할 수 있는 곳이면 되었다. 반면 본 편에서는 『계서야담』본과 동일하게 '장동(壯洞)'이면서도 '노방(路旁)'이라고 덧붙여 서울의 중심가 요지라는 의미를 덧붙였다. 그러한 곳에 일류의 술가게를 벌여 반정의 무리들에게 외상술을 주며 주객이 친숙해지는 과정도 치밀하게 묘사하였다. 여인은 김류·이연평의 무리들이 오면 반드시 남편으로 하여금 술시중을 들게 하였다. 그들이 기축의 외모와 사람됨을 간파할 많은 기회를 자연스럽게 제공하고 서로 점차 친숙해 지도록 배려하였다.

④에서는 「이기축 처」 유화의 핵화인 '배움 청하기' 모티프를 더욱 다듬었다. 무엇보다도 배움을 청하는 시기가 관계 조성을 충분하게 이룬 후이고, 배우는 구절이 '배움을 청하는' 의도를 분명히 전달하도록 『사략』과 『통감』의 서로 다른 구절을 동일한 의미로 이용하였다. 『사략』에서는 이윤(伊尹)이 태갑(太甲)을 동궁(桐宮)으로 내치는 구절을, 『통감』에서는 곽광(霍光)이 창읍왕(昌邑王)을 흐느끼며 내보내는 대목을 지적했다고 하였다. 이들은 모두 신하가 대의명분에 따라 황제나 왕을 폐위했다가 바르게 된 후 재옹립하는 사건이었다. 흔히 이를 '이곽지사(伊霍之事)'라 하는데, 「곽광전」만 언급했던 전대의 작품에 비해 연관 전거를 상세하게 들은 셈이다.

결국 『동야휘집』본은 여타 본에 비해 원인과 결과가 서로 맞물리게 연계시켜 놓았다는 특징을 지닌다. 이는 서사 단락의 합리성을 증대시키고 여성의 지감이 현실적인 성격을 띠게 한다. 우선 거렁뱅이 이기축을 선택하여 '호남자 기상'의 대장부로 변신시킨 것은 헌신의 첫 단계이자 다음 단계의 포석이다. 그 다음 서울 번화가 요지에 술청을 차린다. 그곳에서 그녀는 시정을 민감하게 읽어내고 심상치 않은 손님들이 오면 반드시 남편으로 하여금 술심부름을 하게 한다. 이것이 두 번째의 헌신이자 다음 단계의 포석이다. 그런 다음 거사 모의자들을 예지력으로 압도하여 남편을 그 일에 참여시킨다. 이것이 마지막 단계의 헌신이다. 이로 인해 남성 주인공은 자신의 능력을 여성의 지감대로 유감없이 실천하고 현달하게 된다.

한편 「이기축 처」 유화 중에는 편찬자의 사평이 있는 각 편이 있다. 편찬자의 평을 통해 당대인들의 인식과 그 변이를 살펴보자.

> 이 여인의 신이한 술법은 어느 곳에서 배웠을까? 하늘이 낸 기이한 재주이니 사랑스럽고도 사랑스럽다.[69]

> 차희라 궐녀 근본 쳔기로 뎡녕빈필을 구ᄒ야 몸이 맛도록 일부를 셥기고 쟝ᄂᆡ 일을 미리 알아 스의 괴이ᄒᆞ미 귀신곳ᄒᆞ야 필경 몸이 극귀ᄒᆞ고 지아비를 현달케 ᄒᆞ니 궐녀는 고금의 드문 사람이로다.[70]

이인적 면모의 여성을 그렸던 두 편의 인식은 '신이(神異)'와 '기이(奇異)'로 압축된다. 아울러 『청구야담』에서는 기생으로서 남다른 행동을 한 데 대해 "귀신같다"고까지 평가하여 여성의 능력을 칭찬하였다.

또 관상술 지닌 여성의 경우에는 편찬자가 다음과 같이 평하였다.

---

69) 『靑邱叢話』, 『韓國野談史話集成』 1, 377쪽, "此女 神異之術 何處學得 天生奇才 可愛 可愛."
70) 『청구야담』(한글본), 『韓國野談資料集成』 2, 228쪽.

기축 처의 관상법은 신명과 같다.71)
어찌 기이한 여자가 아니겠는가!72)
어찌 전고에 없던 기이한 여자가 아니겠는가!73)

여성이 장래 일을 헤아리는 '신이한 술법'은 여인의 상법으로 의미가 제한된다. 그래서 보기 드문 '기이한 여자[奇女]'인 것이다. 이인적 면모의 여성이나 관상을 보는 여성에 대한 평가는『동야휘집』에는 다음과 같다.

하늘이 인재를 낼 때는 반드시 용처가 있다. 이기축은 다른 재주는 없이 단지 나뭇더미를 지고도 하늘을 나는 듯한 완력으로 공명을 세웠고 공신이 되어 후세에 이름을 남겼으니 그 얼마나 장한가. 이는 단지 완력의 효험만이겠는가. 모두 그 부인이 인도함으로 말미암아 성취한 것이니 부인의 신이한 지혜와 지식은 남편이 부지런하기를 권면하는 똑똑한 여인 정도에 그치지 않는다. 부인은 아무래도 서책에서 보기 드문 사람이다.74)

지금까지 여성에 대해서만 언급하던 편찬자의 평결이 남녀 주인공 모두에게 적용된다. 이기축의 완력은 용처가 있어 하늘이 예비한 재능이라 하였다. 그러나 그것은 부인의 인도로 말미암았으니 그 신이함은 남편을 계도하는 슬기로운 여인75)을 넘어서는 것이다.『동야휘집』에서는

---

71)『雞鴨漫錄』,『韓國野談資料集成』8, 103쪽, "丑妻之相法如神."
72)『錦溪筆譚』, 한국학중앙연구원 하성문고본·서울대 가람문고본, "豈非奇女子哉!"
73)『錦溪筆譚』, 한국학중앙연구원본, "豈非前古所未有之奇女哉!"
74)『原本 東野彙輯·上』, 630~631쪽. "外史氏曰 天生人才 必有用處 李起築斷無他技 而特因膂力 乃以負薪之蹤 飛能沖天 建功名於雲臺麟閣之上 何其壯也 是豈但膂力之 效哉 總由其婦之指導 至於成就 婦之智識神異 不啻如誠夫以弋鳧與鴈之哲 婦亦逞牒 之所罕聞也"
75)『詩經』,「鄭風·女日鷄鳴」에 "女曰鷄鳴 士曰昧旦 … 將翱將翔 弋鳧與鴈"이라 하였다. 이 내용은 부인이 새벽에 남편을 깨워 일나가도록 권면하는 내용이다.

일상적인 면모의 여성 지인자이기에 남성의 주체성이 요구되며 여타 각 편에 비해 여성의 남성 의존도까지 어느 정도 인정하는 태도를 취하였다. 그럼에도 불구하고 여성의 지략과 감식을 높이 평가했는데, 그 평가의 대비로서 『시경』의 전범으로 일컬어진 현숙한 아내를 끌어들인 것이 특이하다. 결국 편찬자는 하늘이 낸 인재 이기축과 아울러 이기축을 인도한 여인의 현실적인 지략과 총민함을 높이 평가함으로써 알아주는 여성 이야기의 진실성을 배가시켰다.

이상을 통해서 살펴볼 때 편찬자들의 인식도 역시 세 계통이 동일하지 않음을 알 수 있다. '귀신같이 기이한 여성'에서 '관상술이 귀신같은 여인'으로 바뀌고, 다시 '인재 이기축을 인도하는 지략의 여인'으로 변화하였다. 이는 「이기축 처」 유화의 변이에 대체로 상응하는 견해일 뿐만 아니라 크게는 여성 지인담의 변이와도 궤를 같이한다.

이러한 변화의 추이를 「이기축 처」 유화의 시대별 분포와 대비해 보자. 이인 면모의 여성상은 『동패집』, 『계서야담』(1833) 『기문총화』, 『청구야담』(1843)와 같이 19세기 전반에 편찬되었던 초기 화집에 등장한 이래 『청구총화』를 거쳐 1918년 『실사총담』까지 전승된다.

관상을 보는 여성상은 『금계필담』(1873년)에 등장하며 시대를 정확히 추정할 수 없으나 19세기 후반으로 추정되는 『계압만록』에 보인다. 반면 일상적인 면모의 여성은 『동야휘집』 1869년 필사본과 1958년 가람본까지 보인다. 그렇다면 「이기축 처」 유화는 1830년~1870년 사이에 집중적으로 편찬 유통되었다고 보아도 좋다. 이 시기는 여성 지인담의 다양한 변이가 나타나는 시기와 맞아떨어진다.

따라서 「이기축 처」 유화는 향유층의 요구를 수렴하는 여성 지인담의 변이를 충실하게 반영했다고 볼 수 있다. 각 편의 세 계열 가운데 시대가 확실한 화집만으로 따져본다면 「이기축 처」에 나타나는 여성 지인자

의 모습은 '이인면모의 여성 → 추리력의 여성 → 관상을 보는 여성'으로
발전한 셈이다. 그러나 『계압만록』과 『동야휘집』과의 선후관계는 미상
이며 또한 비교적 짧은 시기에 같은 유화의 여러 계열이 혼재하였다는
사실을 감안한다면 관상보는 여성상과 추리력의 여성상은 유사한 시기
에 유행했다고 보여진다.

  그렇다면 여성의 변모는 남성의 상황과 어떠한 관련성이 있으며, 어
떻게 관계되는가를 살펴보자. 「이기축 처」 유화는 부요녀 유형에 속하지
만, 여성 지인담 전체를 놓고 보더라도 가장 다양한 신분의 여성 주인공
을 나타내 보이기도 한다. '기생', '주막집 딸', '퇴기의 딸'이 있는가 하면
'춘천 촌녀자', '정부인이 될 여인' 등으로 설정된 경우도 있다. 심지어
구비설화에서는 정승집 셋째 딸로 설정되기도 한다. 하지만 이런 다양
한 신분은 대개 두 가지 의미를 지닌다. 기생, 주막집 딸, 퇴기의 딸,
정승집 딸 등은 작품의 계기적 구성을 위한 다양한 변이일 뿐 남성과의
관계에 있어서는 '부요녀(富饒女)'라는 동일한 표지로 작용한다. 반면
'춘천의 촌여자', '정부인이 될 여인' 등은 '빈녀(貧女)'를 의미한다. 이에
비해 이기축은 노비, 떠돌이 나무꾼 등으로 한결같이 미천한 신분이면
서, 내적 자질은 "노둔하고 먹기만 좋아하나 완력이 있다" ⇒ "힘이 장사
이고 성품이 순실하다" ⇒ "부귀상이다" 등으로 점차 상향 조정된다.

  '부요녀'들은 대개 이인 면모의 여성이거나 일상적 면모의 여성들이
며 남성과의 관계에 있어 우월한 처지로 설정된다. 그에 비해 '빈녀'들
은 관상 능력을 소유한 여성으로 남성과 거의 대등한 처지로 설정된다.

  이들은 남성과의 관계에 있어서 두 가지 양상을 나타낸다. 여성의 처
지가 우월하고 능력이 있으면 있을수록 남성은 열등하게 묘사된다. 여
성의 능력이 감소될수록 남성의 열등한 정도도 축소된다. 여성이 가난
한 여인들로 처지가 악화되면 남성은 부귀하게 될 가능성을 지닌 남자

로 상향 조정된다.

또한 이인 면모에서 일상인의 면모로 여성의 능력이 약화될 때에는 여성지인자의 행위에서 합리성이나 현실성이 강조된다. 이러한 경향은 여성 지인담의 일반적인 변이와 공동보조를 이룬 것인데 『동야휘집』이나 『금계필담』이 대표적인 예이다. 사건 전개가 뚜렷한 인과에 의해 연결되도록 한다든가, 남성의 내적 자질을 강화시킨다든가, 혹은 위기 설정과 갈등의 심화로 긴장을 조성하였다.

이상과 같은 변이 양상은 자신의 현실적 능력으로 성취를 이뤄나간다는 일반적 인식이 여성 지인담의 서사에서도 검출됨을 의미한다. 이것은 신비적 세계관이 점차 줄어들고 성취동기의 실현을 위해 현실적 노력을 다해야 한다는 여성지인 고소설의 주제의식과 연결된다.

3. 「백연전」에서의 소설적 변용

야담 영역에서 고유한 서사구조를 확보한 지인담은 전승을 거듭하면서 한문단편 소설의 수준으로까지 발전됨이 「일타홍」 유화와 「이기축처」 유화의 검토에서 확인되었다. 한편 국문소설에서도 여성 지인담과 동일한 서사구조와 주제를 지닌 작품이 보여서 주목된다. 이러한 현상을 여성 지인담의 소설화라고 단선적으로 파악한다는 것은 무리이나 서로 긴밀한 관계 속에 있을 것이라는 추측은 쉽사리 할 수 있다. 이것은 구체적인 작품에서 어느 정도 사실로 확인된다. 기존 연구에서 논의됐던 「소대성전」, 「낙성비룡」, 「신유복전」, 「박씨전」, 「영이록」 등이 그것이다.[76] 이들 작품은 사람을 알아보는 감식력 즉 '지인지감(知人之鑑)'

---

76) 현혜경, 앞의 논문 참조.

화소가 전체 구성의 핵심을 이룬다는 점에서 지인지감 유형의 소설이라 할 수 있다. 그러나 이들 작품의 구성에는 다른 요소, 예컨대 이인 주인공의 면모, 군담 소재의 차용, 영웅소설적인 전개가 또한 중요하게 작용한다. 따라서 지감화소가 중요한 서사단락이 기능하기는 하지만 지인담의 변이를 설명하는 데는 다소 방만해질 위험성이 있는 것이 사실이다. 문제는 얼마만큼 지인담의 고유한 서사구조를 충실히 반영하여 소설 작품의 근간을 이루었는가에 있다. 이러한 점에서 지인담의 구조에 더 가까운 소설 작품을 우선적으로 택할 필요가 있다. 그런 작품에서 지인담의 변이 양상을 충실히 살핀 다음에 주변의 작품군을 연계적으로 고찰할 때 기존의 연구도 더 많은 설득력을 얻을 수 있을 것이다.

그런데 지인담 가운데 여성 지인담은 대개가 애정결연담의 성격을 띤다. 이것은 남성 지인담이 발탁담, 보은담, 결연담의 여러 하위 유형을 지니고 있는 것과 좋은 대비를 이룬다. 지인담의 일반적인 양상은 남성 지인담에서 포괄적으로 드러나지만, 여성 지인담은 서사적으로 더 완성도 높은 구성을 보여준다. 따라서 지인담의 서사구조를 온전하게 반영하면서 소설로 꾸미는 데는 여성 지인담이 훨씬 유리한 위치에 있었다고 여겨진다. 물론 남성 지인담 가운데 보은담 또는 결연담도 얼마든지 소설로 발전할 여지를 지니고 있고 실제 그렇게 추정할 수 있는 작품들이 존재하지만, 그것들이 소설이 되기 위해서는 또 다른 핵심 요소들이 적지 않게 차용되어 결과적으로 적극적인 변개 과정이 필요할 수밖에 없었다. 그에 비해 여성 지인담은 소설적 변용이 좀더 손쉬운 대상이었다고 판단된다.

그런데 기존에 이미 논의된 「소대성전」이나 「낙성비룡」, 「영이록」 등은 지인담의 기본 서사구조에 군담소설적인 화소가 상당 부분 삽입되어 있으며 전형적인 여성지인소설이라기 보다는 남성지인소설에 가깝다.

또한 「박씨전」은 여성영웅 내지 여성이인 소설의 성향이 강하다.[77] 그 중 「신유복전」은 서사구조의 일치, 남녀의 얽힘과 남성의 '반전'이 현실적인 차원에서 성립되는 점 등이 여성지인 소설과 동일하다. 이 점은 「이진사전」에서도 동일하게 발견된다. 그러나 「신유복전」의 경우 서사구조 중 '후일담'이 대폭 확대되어 남성의 해외원정 부분이 추가되어 있다. 「이진사전」은 남성의 노력과 현달을 위한 헌신이 남녀 이합에 따른 고난으로 대치되어 있다. 그러나 「백연전」이나 「옥단춘니직상긔봉」은 온전한 여성 지인담의 서사구조를 지니고 있으며 남녀의 '알아주고', '알아줌을 입는' 관계 형성과 남성의 '반전'이 대단원을 이룬다는 점에서 여성 지인담과 동일하다. 이러한 이유에서 두 작품은 여성 지인담의 소설적 변용을 검토하기에 매우 적절한 작품이다. 특히 「백연전」과 「옥단춘니직상긔봉」은 각각 이본들을 검토해 보면 여성 지인담의 소설화를 여실히 보여주고 있어 더욱 주목된다.

(1) 서지와 작품 내용상의 특징

「백연전」은 오리본, 성암문고본, 청농본, 우산본의 4종이 전해진다.[78] 내용은 대동소이하지만, 전자 두 이본은 구어체 소설의 특징을, 후자 두 이본은 문어체 소설의 특징을 띨 만큼 표현적인 면에서 차이를 보인다. 또한 전자는 여성 지인담에 가까우며 후자는 소설적 변용이 두

---

77) 여성이인의 변별은 Ⅰ장 2절 참조.

78) 청농(淸儂) 진동혁 교수는 『도솔어문』 5집(단국대, 1990)에 해제와 함께 가장본 「빅년 젼」을 활자화하여 소개하였다. 한편 졸고, 「백년전 원전 연구」, 『열상고전연구』 8집(열 상고전연구회, 1995)에서는 오리(吾里) 전택부 소장본 「빅연전」을 포함하여 교감, 한자 비정 등 원전비평을 가해 두 이본의 특징을 비교하였다. 여기에 성암문고(誠菴文庫)본 「빅연젼」(內題: 빅연젼)과 우산(愚山) 홍윤표교수 가장본 「빅연젼」(內題:白蓮傳)을 보 태서 네 이본을 다루기로 하되, 대표 작품명을 "백연전"으로 표기하기로 한다.

드러진다는 차이를 보인다. 본 연구에서는 우산본을 저본으로 하되 논의 전개상 필요에 따라 다른 세 본을 참고하기로 한다. 그리고 주로 「백연전」의 서사구조와 의미를 따지면서 여성 지인담과의 관계를 규명하고자 한다. 우선 본 작품의 경개를 단락별로 요약해 보이면 다음과 같다.

① 조선 태종 시대 전라도 금산 땅에 이진사와 그의 처 유씨가 살았다. 그들은 세 살에 고아가 된 유씨의 동생 백연을 키웠는데, 이진사는 백연을 친남매같이 사랑하였다. 백연이 십칠 세가 되니 천연한 태도와 여공범절이 비할 데 없었다.

② 이진사는 처 유씨에게 백연의 배필로 김좌수댁 머슴 사는 스무 살의 박수재를 권하였다. 유씨는 반대하는데 백연은 박도령에게 시집갈 뜻을 밝혔다. 이진사가 박도령을 만나 동서로 삼을 뜻을 전달하고 김좌수로 하여금 주혼하게 하여 혼례를 치렀다.

③ 혼인 첫날밤에 신부가 귀머거리처럼 앉아 신랑을 거부하니 신랑은 속아서 혼인했다 생각하고 도망치려고 하였다. 신부는 그제야 입을 열어 신랑이 글공부를 하겠다고 약조하면 인연을 맺고 아니면 자결하겠다고 하였다. 신랑이 임시 모면하려고 응락하자 신부는 십 년간 헤어져 있자며 수기를 요구하였다.

④ 신부는 공부할 돈과 행장제구를 챙겨주며 박생을 떠나보내는데 조금도 서러워하는 기색이 없었다. 박생은 마지못하여 경성으로 글공부하러 떠났다.

⑤ 서울로 와 북한산성의 어느 절에서 노승에게 글공부 시켜주기를 청하였다. 노승이 절방에서 공부하는 경화 사부 자제들에게 박생의 글공부를 부탁하였다. 박생이 그날부터 불철주야 공부하여 10년이 되니 백가서에 무불통지하고 초시에서 장원진사를 하였다. 다시 노력하여 3년 뒤 회시에서 대과 장원급제를 하였다. 한림학사 겸 금산군수를 제수 받고 부인에겐 정열부인 가자가 내려지고 북한산 노승에겐 승장 가자와 은 일천 냥이 내려졌다.

⑥ 한림부인은 박생과 이별 후 아들 선운을 낳고 이진사 내외는 자식 없이 모두 세상을 떠났다. 한림부인은 형님 부부의 남은 가산을 가지고 그 사이 열심히 치산하여 누만금을 모았으나 13년 동안 남편의 생사를 몰라 눈물로 탄식하며 세월을 보냈다.

⑦ 박한림은 거지차림으로 귀향해 아내를 탐문하였다. 이진사의 집은 없어졌고 아내는 건너 마을 큰 기와집에 옮겨 살았다. 박한림은 자신의 신분을 속이고 아들과 짐짓 수작을 하고 아내의 진심을 떠보나 그간의 자초지종을 알고는 감격적인 재상봉을 하였다.

⑧ 박한림이 금산군수에 부임할 때 아내와 아들과 함께 가고, 김좌수 아들은 책방으로 데려갔다. 또 노마를 보내어 북한산 노승을 모셔다가 스승의 예로 대접하였다. 한림 부부가 백성을 잘 다스려 명성이 있었고 자손이 늘어 충효지가로 일컬어졌다. 여러 해 만에 한림부부가 죽어 자제들이 선산에 안장하고 또 입신하여 나라에 충성을 다하였다.

　이상의 경개를 종합해 보건대, 「백연전」의 남녀 주인공은 박일용과 유백연이다. 불우하지만 잠재력 있는 남성 '박일용'을 '유백연'이라는 여성이 배우자로 선택하고 권면하여 입신양명하게 했다는 내용으로 압축된다. 거기에다 여주인공의 형부와 언니인 이진사 내외, 남주인공이 머슴 살았던 김좌수 댁, 남주인공의 글공부를 후원한 북한산 노승, 한림으로 발탁하고 금산군수에 제수하며 백연에게 정열부인을 가자한 임금 등이 보조인물로서 위 두 주인공의 후원자 구실을 한다. 또한 김좌수의 아들, 박일용의 아들은 후반부에서 오랜 세월이 흘러 상황이 달라진 데 따른 변화를 압축적으로 보여주면서 남녀 주인공의 재상봉 과정을 더욱 흥미롭게 꾸미는 보조인물의 구실을 담당한다.

　한편 「백연전」은 여성 주인공을 앞세워 작품명을 붙였을 뿐만 아니라 여성 지인담의 서사구조를 근간으로 이야기가 진행되고 있다. 특히 기생 유형의 여성 지인담에 '이별(시련)'과 '재상봉(시련극복)'의 단락이 추가된 형태와 동일한 구조를 지닌다. 남주인공 박일용은 줄거리 전개상 급제하기 전까지는 이름도 밝혀지지 않을 정도로 무명에 가까운 인물이다. 지방 좌수의 집에 붙어 머슴을 살고 일자무식인데 다만 양반의 후예라는 것 때문에 '박도령' 또는 '박수재'라고 지칭될 뿐이다. 등과 후에야 이름이 필요해 '일용'이라고 명명할 정도로 작품 처음에 설정된 남주인공의 처지는 열악하다. 조실부모하고 이리저리 떠돌다가 남의 집 머슴살이까지 하게 되었으니 실상은 유랑민에 가깝다. 그런데 백연은 그러한 남성을 고집스럽게 선택하여 혼인한 후 남다른 방법으로 학업을 권면하고 자신은 치산을 하여 부귀공명하고 부부해로하는 여성이 되었으니 소설의 주인공이 될 만하였다.

그러나 여주인공에 초점을 맞춘다면 백연의 안목과 결단이 있었기에 박일용은 일개 머슴에서 명신으로 신분상승을 했고 결과적으로 두 부부가 부귀공명을 누렸다. '박일용전'이라 하지 않고 '백연전'이라 할 만한 충분한 서사적 근거가 있다 하겠다. 따라서 「백연전」은 전형적으로 알아준 여성의 이야기로서 성취와 애정의 남녀결연을 주제화한 것이라 판단된다.

(2) 여성 지인담의 서사구조와 그 의미

「백연전」은 여성 지인담의 확대 발전이라는 측면에서 살펴보는 것이 여러모로 작품 이해에 도움이 된다. 그러기 위해서 우선 본 작품을 여성 지인담의 서사구조에 맞추어 비교하고 각 단락의 의미를 따져 보도록 한다. 특히 기생 유형 여성 지인담의 서사구조와 대비하기로 한다. 오른쪽 옆의 숫자는 「백연전」의 해당 경개 단락이다.

A. 지인자와 피지인자 제시 – ①
B. 지감에 의거한 지인자의 선택 – ②
C. 지인자의 헌신 – ③
D. 지인자의 이별과 기다림(시련) – ④, ⑥

E. 피지인자의 노력과 급제 – ⑤
F. 피지인자의 탐색과 재상봉(시련극복) – ⑦
G. 후일담 – ⑧

여성 지인담에서는 대부분 서두에서 알아줌의 대상이 되는 남성에 대해 묘사하는 것이 일반적이다. 물론 작품에 따라서는 알아주는 여성에 초점을 맞춘 변이가 이미 야담 작품에서 일찍부터 나타나기는 하였다. 이에 비해 「백연전」 ① 단락에서는 여주인공인 백연의 가정환경부터 상세하게 묘사된다. 언니 내외인 이진사 부부가 등장함은 그러한 맥락에서 이해된다. 그리고 백연의 성장 과정, 성격과 외모 등이 빠짐없이 기술된다. 이렇게 독립된 단락을 설정함은 알아주는 여성에 초점을 맞추어 부각시킨 소설적 변용이라 할 수 있다.

②에서는 알아줌을 입을 남성을 선택하기 위한 전제로서 남성에 대해 상세한 소개가 이루어진다. 남성의 신분은 명목상 '양반'이다. 이는 기생 유형 여성 지인담의 피지인자의 신분과 일맥상통한다. 이것은 하나의 잠재적 가능성을 상징하는 중요한 표지이다. 「백연전」에서는 이 부분이 구체적으로 다음과 같이 묘사된다.

> 건너 마을 사는 김좌수 집에 머슴 사는 박수재라 하는 아이 있으되 고가(古家)의 후예요 박승지의 현손이라 연세는 이십이요 그 아이 고단한 고로 팔자 기박하여 조실부모하고 일가친척이 없어 남의 집에 머슴 사나 소견범절이 비범하고 얼굴이 관후하고 행실 단정함에 장래에 귀하게 될 것이니……79)

이진사가 그의 처 유씨에게 남주인공을 소개하는 말의 일부이다. 이진사의 지감으로 신랑감을 선택해 줌은 여타 지감화소의 소설인 「소대

79) 우산본 「빅연전」 3~4쪽. 이하로 현대어 표기법으로 인용한다.

성전」이나 「낙성비룡」과 야담의 남성 지인담인 「신임과 유척기」 등과
유사하다. 그러나 소설이나 야담에서 알아준 남성은 알아줌을 입은 남
성과 지속적인 관계를 맺으므로 「백연전」의 이진사와는 성격이 다르다.
이진사는 처제인 백연의 남편감을 골라주는 구실만 할 뿐이지 성취를
이루는 과정에 참여하는 것은 아니다.

　이진사는 오히려 고소설 「신유복전」에서 신유복의 비범함을 알아보
고 천거한 목사에 가깝다. 이진사는 백연이 여염집 처자라는 점을 감안
하여 혼례의 중매자 구실을 하기 위한 설정이다. 남주인공을 알아주는
주체는 어디까지나 백연이다. 그녀는 비록 이진사 내외의 의논을 엿들
은 이야기일망정 여러 가지 조건을 따져보고 상대방의 사람됨을 헤아려
언니의 반대에도 불구하고 박수재를 자신의 신랑감으로 확고하게 선택
한다. 비록 이진사가 박수재의 사람됨을 최초로 알아보기는 했지만, 백
연의 입장에서 보자면 남편감을 스스로 택한 것이나 진배 없을 정도로
포괄적인 지감의 능력을 발휘했다 할 수 있다.

　한편 알아줌을 입은 남성은 양반이라는 신분뿐만 아니라 그에 걸맞은
행동거지가 있어 그의 장래를 예견하는 근거로 제시된다. 그러나 현재
처지는 명색만 양반이지 남의 집 머슴 사는 천애고아이다. 이러한 상황
은 ③에서 백연이 혼인 첫날밤에 신랑에게 글공부를 권하자 이에 대해
항변하는 데서도 잘 나타나 있다.

　　내가 조실부모하고 남의 집에 의탁하여 세월을 보내였으니 낫 놓고 기역 자를
　알지 못하거든 이제 나이 이십이라 어찌 글을 하리요?[80]

---

80) 우산본, 15쪽.

천애고아로서 호구지책에 급급한 처지이니 양반의 표징인 '글공부'와
는 거리가 먼 처지이다. 생짜로 공부를 시작한다는 것은 거의 불가능에
가까우니 현실 개선의 가능성은 희박한 셈이다. 알아줌을 입은 남성의
처지가 열악하면 할수록 알아준 여성의 선택은 애초부터 고난을 동반할
수밖에 없는 것이다. 청농본에서는 첫날밤 인연을 맺지 못할지언정 글
공부는 하기 어렵다고 하소연하기까지 한다.

③은 신부가 신랑에게 '십년간의 이별과 학문 연마'를 다짐받는 장면
이다. 신부는 신랑의 말을 종시 못들은 체하고 묵묵부답이어서 귀머거
리로 의심 받기도 하고 또 글공부 못하겠다는 신랑에게 자결하겠다는
굳은 결의를 보이기도 한다. 신랑은 야담의 피지인 남성처럼 알아준 여
성의 인도에 따라 순순히 응하지는 않지만, 여성의 설득과 확고한 의지
에 눌려 우선 첫날밤의 결연을 맺을 양으로 허락하는데 여성은 의외의
요구와 당찬 제안을 하는 것이다.

> 낭자 또 청하여 왈,
> "그러할진대 수표를 하여 주옵소서!"
> 하거늘, 신랑이 왈,
> "무슨 수표를 하여 달라 하는가?"
> 낭자 답 왈,
> "십 년을 서로 보지 말고 낭군은 학업을 힘쓰고 첩은 가산을 다스려 부부
> 서로 성공한 후에 다시 보기로 기약하지요."
> 하니 신랑이 가로되,
> "붓과 먹을 알지도 못하거든 어찌 글씨를 쓰리요?"
> 낭자 답 왈,
> "사람의 손이 성하면 붓을 잡고 괴가 되든지 개가 되든지 못 하오리까?"
> 신랑이 마지못하여 허락하거늘 낭자 일어나 옥 같은 손으로 대함을 열고 남포

주작연에 수양대월먹을 갈아 대황모 수심필에 먹을 찍어 아홉 폭 비단치마 한 폭을 떼어놓고 '쓰옵소서' 하거늘 신랑이 그 거동을 보고 글쓰기를 생각하니 하릴없되, 작대기 쥐던 법식으로 덥슥 잡고 생각하니 연년 입춘날 '立春大吉'이라 써붙인 것을 본 고로 '큰대(大) 자'는 쓸 듯하고 언문에는 '아뢸 사'자가 쉬운지라 '大사'라 쓰리라 하고 당황모 무심필에 먹을 찍어 일필휘지하여 써놓고 '대사'라 읽는 소리는 큰 북소리 같고 철퇴를 들어 옥반을 깨치는 소리 같더라. 필법을 볼작시면 비록 함부로 썼으나 청룡이 대해에 노니는 듯하더라. 낭자 치마를 받아 함에 넣고 신랑을 뫼시고 금슬지락을 베플더라.81)

여성의 헌신 양상이 일종의 갈등 상황으로 번지지만 비장한 결심이 해학적으로 휘갑되고 있다. 알아줌을 입은 남성의 처지가 수기 한 글자 제대로 쓸 형편이 못 되지만, 손 달린 사람이면 글씨를 누구나 쓸 수 있다는 여성의 당당한 권면, 무식하지만 남성의 뛰어난 필력과 우렁차게 읽는 소리 등이 이들 부부가 염원하는 미래의 성취를 낙관적으로 암시하고 있다. 이를 통해 알아준 여성의 지인감과 결심이 곡진하게 부각된 셈이다.

④는 알어준 여성과 알어줌을 입은 남성이 이별하는 단락이다. 이는 삼일 동안 같이 지냈을 뿐 남녀주인공이 부부로서 하나의 가정을 이루고 있다는 아무런 표지도 지니지 못한 채 헤어지는 것이니 그 자체가 시련이자 위기이다. 그래서 남주인공의 안타까워하는 마음은 독자의 공감을 불러일으킨다. 이별을 앞둔 신랑의 심정이 다음과 같이 묘사되어 있다.

우리 부부 서로 이별하니 하늘님께 비나이다. 일광이 중천에 머물러 조석지별 (朝夕之別)이 없게하여 두 날[日]이 백 해[歲]나 되게하옵소서. 우리로 하여금

---

81) 우산본, 16~18쪽. 부분적으로 다른 이본을 참고하여 교합하였다.

평생이별이 없게 하옵소서![82)]

야담의 기생계 여성지인 이야기에서 이별을 당한 남성이 충격에 빠지면서 여성 주인공을 그리워하는 대목을 연상시킨다. 이에 반해 여주인공의 모습은 좀 더 의연하다. 청농본에는 다음과 같이 내외의 상반된 표정을 그려내고 있다.

> 생이 마지 못하여 길을 떠나 신정이 미흡하니 떠나는 정이 아연하되 하릴없이 내외 이별하니 신부는 조금도 슬픈 빛이 없더라.

이 모습은 여성 지인자가 남성을 마지막으로 '격권(激勸)하는 방법'을 써서 스스로의 행방을 감추는 『동패낙송』 계열의 「일타홍」과 흡사하다. 슬픔을 내색하지 않는다는 것은 결단의 표시이기도 하다. 부부에게 있어 10년간의 이별 기간은 결코 짧지 않지만 신혼의 애정을 멀리하고 미래의 성취를 이루기 위해 시련을 자초하는 상황이다. 박생은 글공부를 하고 백연은 치산방적하여 내외가 성공한 후 만나자고 작정한 데서는 야담의 치부담에 자주 등장하는 화소를 가지고 왔다.

④가 헌신을 위한 결심과 시련을 감내하려는 결단이라면, ⑥은 그것을 구체화하는 내용이다. 기생계 여성 지인담에서는 대부분 이별 기간에 여성 지인자가 '결신수행(潔身修行)'한다고 하였다. 여성으로서 몸을 더럽히지 않는다는 뜻이니 기생 노릇을 그만두고 잠적함을 말한다. 「급수비」같은 작품은 여주인공이 생존을 위해 남의 집에 후실이 되어 의탁하기도 한다. 모두가 여성의 시련을 표현한 것이지만, 「백연전」에서는 조금 더 현실적이다. 백연은 부부가 헤어져 있는 13년 동안에 홀로 치산

---

82) 우산본, 20쪽. 부분적으로 성암문고본과 오리본을 참고하여 교합하였다.

하여 가정적 성취를 이루고, 사생아나 다름없는 아들을 낳아서 기른다. 아비를 한 번도 본 적이 없는 아이를 부여잡고 있는 셈이다.

⑤는 남성의 노력과 급제 부분이다. 의외의 원조자가 무식한 박수재의 과거시험 공부를 차분하게 도와주기는 하지만, 남주인공의 자발적인 노력도 치밀하게 묘사되었다. 기생계 여성 지인담에서 남주인공이 각성한 후 치열한 노력을 기울이는 모습을 세밀하게 부연한 셈이다. 더구나 급제 후에 임금에게 충성심을 보이고 '박일용'이라는 주인공의 이름이 비로소 밝혀지게 된다. 특히 박수재가 과거를 보기 전에 용꿈을 꾸어 제 이름을 '박일용(朴一龍)'이라 했다고 하였으니, 그의 입신출세 소식을 고향에서는 까맣게 모르고 있었음을 강조하였다.[83] 알어줌을 입은 남성의 성취가 그 자체로 놀라운 일이지만, 알아준 여성에게 그러한 경과를 숨김으로써 서사적으로 매우 큰 반전을 예비하고 있는 것이다.

한편 임금은 박일용의 급제에 즈음하여 아내 백연에게 정열/정절부인을 가자하고, 북한산 노승에게는 '지인지감'이 있음을 다음과 같이 치하하고 포상하였다.

> 네 어찌 <u>지인지감</u>이 있어 박한림같은 이를 <u>알아보아</u> 공부를 시켜 집의 보필지신이 되게하니 집이 어찌 너의 공을 모르리요 – 오리본 / 성암문고본
> 네 어찌 <u>지인지감</u>이 있어 박한림이 잘될 줄 알아 공부를 시켰느냐? 국가의 보필지신이 되게하니 집이 어찌 네 공을 모르리요! – 청농본
> 네 어찌 감히 박한림같은 이를 <u>알아보고</u> 공부를 시켜 나라의 보필지신이 되게하니 집이 어찌 너의 공을 모르리요? – 우산본

---

[83] "각설 이때 박한림이 과거 볼 때 용몽을 꾼 고로 비로소 이름을 '일용'이라 한 고로 금산 사람이 군수하였으되 하방 사람이 알 이가 없더라"(우산본)라고 하였다.

본 단락은 최종적으로 백연과 북한산 노승을 포양함으로써 불우한 남성의 가능성을 알아준 애초의 애정 결연이나 학문적 후원이 일종의 지감이 적중된 결과를 낳았음을 부각시키고 있다.

⑦은 목표를 달성한 남성이 알아준 여성의 진심을 확인하기 위한 탐색과 확인 과정이다. 「단천 기생」나 「이만웅의 처」에서 거지 행세를 하고 여성을 찾아가 알아준 여성의 변함없는 환대를 확인하는 대목과 유사하다. 또한 「옥단춘전」에서 이혈룡이 급제 후 옥단춘을 찾아 갔을 때와도 같다. 이는 야담의 여성지인 이야기에서 남성이 여성의 진심을 재확인하는 과정이 별로 필요치 않았던 현상과는 크게 다른 부분이다. 야담에서는 알아준 여성이 피지인 남성의 입신출세 소식을 수시로 점검하고 있다. 그러다 남성의 성취 소식을 알고는 스스로 그 앞에 나타나기까지 한다.

이에 비해 「백연전」에서는 탐색과 확인 과정을 장황하게 사건화 하였다. 피지인 남성인 박한림이 자신의 출세한 신분을 속이고 거지 차림으로 내려가는데, 고향 길가에서 초동을 만나 수작하는 대목은 「춘향전」의 영향을 느낄 수 있다. 그를 통해 자신의 아내가 13년간 홀로 집안을 일으켰음을 확인하다. 뿐만 아니라 자신의 얼굴을 전혀 모르는 어린 아들과 만나 대화를 하면서 자신의 존재를 아내에게 알리는 대목은 여성지인 이야기의 소설적 절정에 해당된다.

⑧단락은 '후일담'이다. 야담의 여성지인 이야기에서는 남주인공의 사회적 성취에 수반되는 남녀결연의 애정을 부각시키는 대목에 상응한다. 야담에서는 여주인공의 행복한 결말을 표현했다면, 「백연전」에서는 이 부분을 소설적으로 확대하였다. 애초 지인자였던 이진사의 산소에 제문을 지어 바치고 석물을 차려주는 대목은 일종의 보은담에 가까운 내용이다. 청농본에는 죽은 이진사 내외에게 양자를 정해 제사를 받들

게 하고, 그간 망해버린 김좌수집에는 그 후손을 도와 집안을 보존케
하였다. 자신의 윗동서이자 혼인의 주관자였던 이진사는 말할 것도 없
거니와 자신이 머슴을 살다가 자신의 혼사를 도와주었던 김좌수에 대해
보은하는 내용이다. 여성 지인담의 구조로서는 우산본과 같이 생략해도
무방하지만, 소설의 핍진성을 위해 추가되었다.

또 박일용의 벼슬을 열거하고 아들들의 부귀공명이 대를 이었다고 한
부분은 이본들의 공통 사항이지만, 박일용과 유백연의 죽음을 청농본에
서는 한 날 한시에 부부가 '승천입지(昇天入地)'했다고 하였다. 이는 하
늘로 오르거나 땅으로 꺼져들어갔다는 어구이니 "감쪽같이 자취를 감추
었다"라는 의미이다. 한 사람이 죽어서 '승천'과 '입지'를 동시에 할 수는
없을 것이지만, 고소설에서 흔히 보이는 결말을 관습적으로 복합하여
사용했다고 보여진다. 이에 비해 우산본은 한림 부부가 세상을 버려 자
제들이 선산에 안장하는 것으로 마무리 지었다. 두 이본 모두 주인공들
의 죽음 부분까지 연결하여 일대기적 소설 형식을 그런대로 갖추려 한
셈이다.

(3) 여성 지인담 「고유 처」와의 비교

「백연전」은 야담의 여성지인 이야기 중에서도 「고유 처」와 매우 근접
한 줄거리를 지니고 있어 구체적인 대비 작업이 필요하다. 앞서 기술한
여성 지인담과의 공통 단락을 염두에 두면서 「고유 처」를 대비해 보기
로 하자. 「고유 처」의 단락은 다음과 같다.

① 참판 고유(高庾)는 제봉(霽峰)의 후손이다. 조실부모하고 영남에서 머슴을 살
  았었다.
② 이웃의 박좌수 딸은 식감(識鑑)이 있었다. 박좌수를 설득해 고도령과 혼인하였다.

③ 혼인 첫날밤에 아내가 남편에게 기약하기를 10년을 이별하여 자신은 치산하고 고도령은 과거급제를 하자고 하며 공부할 비용을 마련해 주었다.

④ 고유는 길을 떠나 합천의 한 노옹에게 5,6년을 공부한 뒤 다시 해인사에 들어가 10년 기한을 채웠다. 고유는 장원급제하고 고령현감을 제수 받았다.

⑤ 그 사이 박좌수는 죽고 고도령의 부인은 아들을 낳았다. 치산하여 부자가 되었으며 고도령을 찾으려고 거지잔치를 하고 있었다.

⑥ 거지 차림으로 재상봉해도 부인은 여전히 따듯이 맞아주었다. 고령의 관속들이 들어와 본관사또와 부인에게 문안 올리니 부인이 기뻐하였다.

⑦ 부인은 그간 치산한 재산을 백성들에게 나눠주었다. 고유는 영남관찰사가 되고 벼슬이 참판에 이르렀다.

「고유 처」는 현재 『금계필담』에만 수록되어 있으니 여성 지인담 가운데 말기 작품에 해당된다. 이별과 재상봉 단락이 있다는 점에서는 기생 유형의 여성 지인담 전통에 닿아있으나 여성주인공의 신분이 기생인 것은 아니다. 「백연전」과 서사단락의 내용이 거의 일치해서 오히려 고소설에 근접한 양상을 보인다.

우선 알아줌을 입을 남성을 제시하는 데 있어 「백연전」과 「고유 처」는 유사성을 보인다. 어느 쪽이나 남성의 애초 상황은 조실부모한 머슴의 처지이니 매우 열악한 것이다. 그러나 고유는 호남의 명문가인 제봉(霽峰) 고경명(高敬命, 1533~1592)의 후예라는 점과 행실이 남달라서 사람들의 칭송을 받는다. 그에 비해 「백연전」에서는 김좌수집에 머슴 사는 박도령을 두고 그냥 '사부(士夫)의 자제'[오리본, 성암문고본]라거나 '고가(古家)의 후예, 박승지 현손'[청농본, 우산본]이라고 하였다. 고유에 비해 박도령의 가계나 신분이 더 모호해진 것 같지만 야담에서 말하는 '참판 고유(高庾)'라는 사람은 역사기록에 실재하는 인물은 아니다. 다만 역사적 인물 고유(高裕, 1722~1799)는 경상도 상주 출신의 문인관료로서 1742년(영조 18) 나이 21세에 성균관 유생의 친시(親試)에서 장원을 차지하여 입신의 발판을 마련했고, 이듬해 정시문과(庭試文科)에 병과로 급제하여 병조좌랑, 창녕현감을 지내다가 영조의 탕평책에 의해 발탁되어 승지에 올랐던 인물이다. 아마도 「고유 처」 야담 작품의 모델이 되었던 듯하다. 그럼에도 불구하고 야담의 고유나 고소설의 박도령은 현재의 머슴살이를 역전시켜 양반의 자제로서 입신출세할 성취의 잠재력을 가졌다는 점에서 동일한 설정을 하고 셈이다.

한편 「고유 처」에서 알아준 여성은 박좌수의 딸이다. 야담 유형으로 보자면 기생계 여성 지인담에 속하지만 좌수는 지방의 자치기구인 향청(鄕廳)의 우두머리이니 여성 지인자는 부요녀 유형의 여항인적 속성을 띨 듯하다. 그러나 좌수딸은 지감으로 신랑감을 선택하는 단락에서 구체적으로 다음과 같이 묘사되고 있다.

> 이웃에 박좌수라는 사람이 살았는데 몹시 가난하였다. 그에겐 딸이 하나 있었는데 제법 식감(識鑑)이 있었다.[84]

오히려 가난하면서도 사람 볼 줄 아는 예견력이 있다고 서술자 시점으로 밝히고 있다. 이에 비해 「백연전」(오리본, 성암문고본)에서는 "재주 비범하여 세상에 모를 것이 없으니"라고는 서술자의 소개로 여성 지인자의 예견력을 암시하였다.

야담의 여성지인 이야기에서는 일반적으로 여성이 직접 남성 배우자를 선택한다. 「고유 처」는 남편감을 선택하기는 하되 아버지를 설득시키는 과정을 삽입시킨다. 반면에 「백연전」에서는 이 부분이 더욱 실감

---

84) 『錦溪筆譚』, 韓國精神文化硏究院本(이하 동일), "隣居朴座首者家甚貧 祇有一女 頗有識鑑"

나게 설정되어 있다. 이진사 내외의 혼담 이야기를 우연히 엿들은 백연이 언니를 설득하고 이진사가 적극적으로 백연의 의견을 지지하였다. 그 과정에서 여주인공이 남성을 선택하는 근거가 매우 합리적이어서 서사적 개연성을 높였다. 우선 고유 처가 아버지를 설득하는 부분을 살펴보자.

> 딸이 말하기를, "고도령은 지금은 비록 천한 일을 하고 있으나 근본이 양반 벌열입니다. 또 더구나 사람됨이 신실하여 인근이 모두 칭찬하고 있습니다. 만약 그가 우리집 사위가 된다면 우리 집안의 행운인데 무슨 안 될 것이 있습니까." 하였다.[85]

피지인자의 성취 가능성이 종합적으로 따져졌다 할 수 있지만, 남녀 가문의 비교가 매우 구체적이다. 일개 가난한 향리 집안의 처지에서 보면 고경명(高敬命)과 같은 공신의 후예는 신분상 전혀 다른 계층이라 해도 과언이 아니다. 그런데 현재의 처지가 열악하여 혼담을 나눌 대상이 된다는 것이 오리려 자기들에는 다행이라는 식이다. 이는 여성 지인자의 아버지를 설득시킬 수 있는 좋은 명분 거리가 된다. 이에 비하여 「백연전」에서 백연의 말을 보자.

> 소제 듣자오니 박수재는 공후거족의 후예요 또한 소견과 거동이 비범하고 소제와 같이 어려서 조실부모하고 남의 집에 의탁하여 있다 하오니 양궁(兩宮)이 합할뿐더러 곤궁한 사람이 불상한 사람 불쌍한 줄 아오매 그 혼처가 됨이 마땅하오니 아주버님께 엿자와 통혼하심이 마땅할까 하여이다.[86]

---

85) 같은 책, "女曰 高道令 今雖賤役 其本班閥也 又況 作人信實 隣里皆稱道 若招渠爲婿 吾家幸 而有何不當乎"

86) 우산본, 6쪽.

백연이 남편감을 결정함에 있어서 상대방이 명문일족이라는 신분과 위인의 성실성을 우선 고려하였다. 뿐만 아니라 처지가 서로 비슷하다는 점을 들고 있는 것도 매우 중요한 판단 근거이다. 특히 자신의 조실부모한 처지를 내세우면서 그것과 상합하는 상대방의 정황을 거론함으로써 부부 양궁의 금슬 좋을 것을 암시하였으니 백연의 지감이 합리적임을 잘 보여주었다. 야담의 여성지인 이야기가 소설로 발전하면서 중매자가 설정되었고, 그 중매자에게도 지감이 있음을 보여주었다. 그에 비해 결혼 당사자인 알아주는 여성의 성격은 상대방의 조건을 종합적으로 따지는 합리적 지감의 형태로 변개된 것이다.

다음으로 피지인자에 대한 여성 지인자의 헌신은 「백연전」이 「고유처」보다 더 강하게 나타나는 것 같지는 않다. 그 대신에 백연은 남편의 소식도 모르고 지내면서 13년간 가정을 홀로 건사하면서 거부의 재산을 일구어냈다. 남성은 입신출세의 성취를, 여성은 치산의 성취를 각각 이루어냈다는 의미가 있다. 그에 비해 「고유 처」에서는 남성과 여성 사이에 애정 결연의 유대관계를 강조한다. 「고유 처」의 이러한 성격은 여성이 남성에게 희망을 주는 '권면의 말'로 표현된다.

> 혼인날 밤에 박좌수 딸은 고도령에게 말하기를, "제가 당신의 용모를 보니 오랫동안 빈천하게 사실 분이 아니시군요…" [87)]

그에 비해 「백연전」에는 이러한 희망의 말이 제시되지 않는다. 여기서도 여성의 지감이 일상적이고 합리적인 성격의 것임을 발견하게 된다. 이 같은 대비점은 재상봉 후의 대화에서도 여실히 드러난다. 고유의

---

87) 이러한 '권면의 말'은 기생계 여성 지인담의 특징이기도 하다. 같은 책, "及當燕爾之夕 女謂道令日 妾觀君之貌 非久困於貧賤者"

급제 사실을 안 뒤에 고유 처는

공께서 금의환향하실 줄을 일찍이 헤아리고 있었습니다.[88]

라고 하여 앞의 '권면의 말'과 표리 관계를 이루며 여성의 예견력을 과시한다. 서두에서 '식감'이 있다고 한 서술자의 발언이 서사적으로 잘 호응되고 있다.

한편 남성 피지인자의 모습에서도 「백연전」과 「고유처」는 일정한 차이를 지닌다. 「백연전」에서는 박도령이 북한산 노승의 절대적인 후원을 입어 과거 급제가 무난하게 성취된다. 반면 「고유 처」에서는 고유가 스스로 학문 수련할 곳을 찾아서 연마를 계속한다. 합천의 노옹에게 공부한 후 다시 해인사로 들어가서는 졸지 않으려고 머리채를 천정에 매달고, 송곳으로 다리를 찔러 가면서 열심히 공부한다. 여성의 지감뿐만 아니라 알아줌을 입은 남성이 아내에 대한 의리를 지키고 학문을 스스로 연마하는 과정을 부각시켰다. 이에 비해 「백연전」은 공부 과정을 합리적으로 변개시켰다 할 수 있다.

그럼에도 불구하고 「고유 처」와 「백연전」은 화소적 측면에서 매우 유사함이 인정된다. 아내가 유복자와 다름없는 아들을 낳아 키우고 남편은 고향에 돌아온 후에야 일가족이 해후한다는 줄거리에서 두 작품은 일치한다. 남주인공이 아내와 이별한 후 아들이 태어났다든가, 그 아들이 열 살 혹은 열세 살이 되도록 잘 성장했다든가 하는 내용은 알아줌을 입은 남성이 출세한 사실을 감추고 알아준 여성을 다시 찾아 만나는 과정에서 비로소 독자에게 드러나는 만큼 흥미로운 요소를 간직하고 있다. 이러한 재상봉의 이야기를 두 작품 모두 효과적으로 운

---

88) 같은 책, "婦微笑曰 公之錦衣還鄕 早已料矣"

용했다고 할 수 있다.

반면 「고유 처」에서는 대단원에서 사대부 작가의 의식을 분명하게 드러내기도 한다. 재상봉 후에 아내가 그 동안 모았던 재물을 다음과 같은 이유로 모두 사회에 환원한다.

우리 부부는 지난 날의 약속을 지켜 10년 후에 만났는데 공께서는 이미 귀하게 되시고 저도 역시 부자가 되었습니다. 만약 재물을 쌓아만 두고 나눠주지 않는다면 이것은 오랑캐의 짓거리입니다. 어찌 어려운 마을 사람들에게 나눠주지 않겠습니까? [89)]

이는 야담 향유층의 재물관을 반영한 결과이기도 하지만, 서사적으로 여성 지인자의 애초 목적이 성취보다는 애정에 있었으며, 헤어져 있는 오랜 기간 동안에 남편의 고난에 동참한다는 의미를 뜻하기도 한다. 그러므로 시련을 극복하고 재상봉한 것을 계기로 여주인공은 재산이라는 성취의 결과물에 연연하지 않고 오히려 애정의 확산을 위해 흩어버린 것이다. 이는 여성의 지인지감을 사회적으로 과시하는 방법이기도 하다. "모두 박씨의 은덕을 칭송하더라"는 서술자의 말은 남성의 성취보다도 여성의 능력과 인품을 더 중시하는 관점을 담았다. 그에 비해 「백연전」에서는 백연의 재물을 잘 활용하면서 그 동안 신세를 진 후원자들에 대해 보은한다. 성취의 결과를 활용하는 범위가 개인적 차원에 머물렀다 하겠다.

또한 알아줌을 입은 남성의 탐색과정에 삽입된 '거지 행세' 모티프는 야담의 여성지인 이야기 가운데 「이만웅 처」, 「경주 기생」, 「단천 기생」 등에도 나타난다. 그러나 남주인공을 찾기 위해 여주인공이 '거지를 위

---

89) 같은 책, "婦曰 人願天從 吾夫妻各遂向日盟約 復團聚於十年之後 公已貴矣 妾亦富於産矣 若積而不散 是猶貊道也 盍若遍散於窮蔀(?)乎"

한 잔치'를 베푼다는 설정은 「고유 처」에서 새롭게 시도된 것이다. 애초 좌수의 딸이지만 가난한 환경에서 고도령을 택하였고 신랑과 헤어진 이후에는 10년간 치산을 하였다가, 남편을 찾기 위해 거지잔치를 베풀고 재상봉 이후에는 재산을 지역사회에 환원했다는 줄거리는 남성의 입신출세라는 성취 욕구 못지않게 여성의 치산과 애정이라는 주제를 강조했다고 할 수 있다. 이러한 특징들은 『금계필담』의 작가인 서유영의 적극적인 창신에 기인한 것으로 여겨진다. 결국 「고유 처」는 야담의 여성지인 이야기 가운데에서도 '한문 단편소설'이라고 해도 손색이 없을 만큼 작가의 창의성이 잘 드러나 있는 작품이다. 특히 「백연전」과 유사한 점이 많아서 야담과 국문소설의 관련성을 추측하는 좋은 사례로 기억할 만하다.

(4) 소설적 변용의 특징

앞에서 「백연전」을 야담의 여성지인 이야기의 서사구조에 맞춰 고찰해 보았다. 그러나 본 작품을 자세히 살피면 그 같은 서사구조를 유지하면서도 소설적 구성을 위해 여러 가지 요소가 가미되어 있음을 발견하게 된다. 예컨대 각 서사 단락의 강조점이 다르기도 하고, 새로운 화소가 추가되기도 하며, 문체의 변화를 꾀하기도 한다. 이들을 우선 서사단락의 순서에 따라 차례대로 살펴본다.

①은 '알아주는 여성의 제시' 단락이다. 이는 야담에서 일반적으로 알아줌을 받을 남성부터 소개하는 것과는 다른 양상이다. 여성 지인담은 어디까지나 한문 야담의 작가 의식을 반영하는 데 반해, 「백연전」은 국문소설 향유층으로서 여성 독자를 의식했다 할 수 있다.[90] 물론 여성지

---

90) 청농본 「빅년전」의 필사자는 '남궁소저'라 하여 미혼의 여성으로 밝히고 있다. 오리본

인 야담에서도 이본에 따라서는 여성을 앞세우는 각 편이 존재한다. 그런데 「백연전」에서는 여성을 앞세우는 데 그치지 않고 여성 지인자를 분명하게 독립된 단락으로 제시했다는 데 특이함이 발견된다. 야담의 남성적 관점을 바꾸어 여성에 초점을 맞추는 소설적 변용이라 하겠다. 작품 서두에서는 특별히 백연의 모습을 다음과 같이 소개하였다.

> 점점 자람에 얼굴은 관옥같고 아름다운 태도는 명사십리 해당화 한 가지가 아침 이슬을 머금어 춘광을 자랑하고 재조 비범하여 세상에 모를 것이 없으니 …… (오리본, 성암문고본)

이본에 따라 차이가 있기는 하지만 여주인공은 여성으로서 재덕을 두루 갖춘 비범한 인물이다. 더구나 지인자로서의 예견력까지 암시하여서 이어지는 남편감 선택의 단락을 예비했다 할 수 있다.

②는 여성이 남성을 배우자로 선택하는 내용을 담고 있는 단락이다. 따라서 알아줌을 입는 남성의 성격이 자세하게 제시된다. 지인담의 일반적 설정과 같이 여주인공에 비해 남주인공의 처지가 상대적으로 열악한 것은 앞에서 지적한 바와 같다. 그러나 자세히 살펴보면 열악한 점은 같아도 정도에 있어 야담과 소설에는 차이가 있다. 기생유형 여성 지인담에서 피지인 남성의 처지는 흔히 '조고가빈(早孤家貧)'의 상황으로 집약된다. 그것은 가부장제 사회에서 부성(父性)의 부재로 인한 경제력 상실, 공부 기회의 박탈, 도덕적 타락 등을 의미한다. 그러나 그것은 역으로 모친과 함께 거처함을 의미한다. 부성을 완벽하게 대신할 수는 없더라도 가정이라는 울타리가 형성되어 있으므로 여성 지인자가 남성 피지

과 성암문고본도 어투로 미루어 여성 필사자로 추측되며, 책주인도 충북 음성군 생극면 팔성리 지비천 '민딕미딕'이라 하였다. 졸고, 「빅년전 원전 연구」, 『열상고전연구』 8집, 296~297쪽 참조.

인자에 대하여 감수해야 할 헌신의 범위는 상대적으로 적어진다. 경제적 궁핍이 해결되고 남성의 심기일전이 이루어지기만 한다면 학문 연마와 과거 급제를 통하여 가문을 다시 일으키게 된다.

그에 비해 「백연전」에서는 남주인공의 부모가 구몰한 상태이다. 오직 양반의 후예라고 하는 실낱같은 가능성이 남아 있을 뿐이어서 이룩해야 할 일이 더 많고 시련이 그만큼 크다. 예컨대 부부가 이별해 있는 상태에서는 온전한 가정의 형태가 성립되기 어렵다. 다만 아버지를 알지 못하는 아들이 '가정 회복'의 유일한 근거이다. 그러나 그것은 잠재된 가능성일 뿐이지 남성은 알지도 못하는 사실이다. 요컨대 「백연전」에서는 남주인공의 입신양명과 여주인공의 치산이 성취의 목표로서 동시에 추구되고 그에 따라 재상봉의 의미도 증가하였다.

기생 유형 여성 지인담에서는 지감의 근거는 주로 '관상'으로 나타난다. 흔히 '식감'이란 말로 표현되는 여성의 지감은 그 같은 관상을 의미한다. 「고유 처」에서 박좌수 딸 역시 '식감'이 있다고 한 것이 그러한 예이다. 그에 비해 「백연전」에서 백연의 판단은 다분히 합리적이며 현실적이다. 반면 후원자 구실을 하는 이진사는 일종의 '관상'과 관련되는 예견력을 근거로 자신의 동서감을 추천한다. 이 대목을 살펴보자.

> 이진사 그 아이 기상을 살펴보니 골격이 장대하여 장래가 있을 듯하매 (오리본, 성암문고본)
>
> 소견범벌이 비범하고 얼굴이 기이하고 행사가 단정하니 반드시 후일에 귀히 될 아이니 (청농본)
>
> 소견범절이 비범하고 얼굴이 관후하고 행실이 단정하매 장래에 귀히 될 것이니 (우산본)

청농본과 우산본에서는 사대부적인 안목을 근거로 앞날을 예견했다면 전자에서는 일종의 관상법을 사용하였다. 결국 이진사의 지감은 외모에 의거한 관상만이 아니라 행동과 인격을 관찰하여 미래를 예측하는 종합적인 안목이다. 이러한 판단법은 최한기의 '측인(測人)'과도 통한다. 이에 비해 정작 여주인공 당사자는 지극히 합리적이고 일상화된 지감을 발휘한다. 남주인공의 비범함이 장점이겠지만, 특히 조실부모한 처지나 곤궁한 상황이 자신과 같아서 서로 잘 이해해 줄 것이므로 '혼처가 마땅하다'고 판단하기 때문이다. 이것은 야담의 여성지인 이야기에서 지감의 근거가 '신이함'에서 '관상'으로, 다시 '관상'에서 '일상적인 추리'로 변이하는 추세와 완전히 부합한다.

또 「백연전」은 여성 지인담에 비해 정식 절차를 갖추어 혼사를 치루는 것이 특징적이다. 이것은 소설이 세밀한 묘사를 하기 때문이기도 하겠지만, 여성의 능력이 약화된 것과도 관계가 있다. 야담의 여성지인 이야기에서는 시종 여성의 우월성이 강조되면서 다소 이인적 면모를 띠는 것이 일반적인 경향이다. 그에 비해 「백연전」에서는 여성의 능력이 지극히 현실적이고 합리적이다. 그러한 여성은 사회적 동의를 필요로 하고 현실적인 절차를 충실하게 밟아나갈 수밖에 없다. 백연은 이진사 내외의 도움을 받고, 박도령은 주인집의 김좌수의 후견을 입어 신방을 차리게 된다. 요컨대 야담의 여성지인 이야기에서와 같은 비약이 본 작품에서는 허용되지 않는다. 뿐만 아니라 남녀 주인공의 갈등 양상도 증폭시켜 줄거리를 이끌어 간다.

③은 '알아준 여성의 헌신' 단락이다. 기생 유형 여성 지인담에서는 주로 여성이 남성의 경제적인 궁핍을 전담한다. 이것은 남성의 최초 상황과 밀접히 관련된다. 야담에서는 남성의 상황이 왜곡되어 있을망정 기본적으로 양반의 신분을 유지하고 있다. 따라서 과거급제의 가능성

은 하나의 전제로 깔려 있고 오직 경제적 궁핍, 도덕적 타락을 바로 잡는 일이 요청될 뿐이다. 그에 비해 「백연전」에서는 남녀 주인공 사이에서 글공부의 필요성에 대해 격렬히 토론하는 다소 의외의 양상이 나타난다. 물론 「일타홍」의 이본 가운데 소설화 경향을 띠는 『양은천미』본, 『동야휘집』본의 각 편에서는 심희수가 일타홍의 헌신에 익숙해지면서 방탕한 기질을 근본적으로 고치지 못하기 때문에 짐짓 이별이라는 '격권(激勸)'의 방법을 쓴다. 하지만 「백연전」처럼 정황이 심각하지는 않다. 완강히 거부하는 남편에게 글공부가 필요함을 설득하고, 명문장이 되도록 글공부를 하겠다고 약조를 하게하며, 변변히 아는 글자가 별로 없는 남주인공에게 약조의 수기를 집요하게 받아내는 등등이 모두 소설다운 치밀함을 보여준다. 그러나 이 모든 것들은 이들 부부 앞에 높인 목표가 비단 남성의 성취에만 있는 것이 아니라 여성이 일구어야 할 성취와 애정에도 주어지기 때문에 복잡해 진 것이다.

또한 ④⑥에 나타난 여성의 시련은 매우 현실적이며 인간적이다. 우선 재산을 늘려 집안을 건사하고 아비 모르는 아들을 낳아 키워야 할 뿐만 아니라 특히 세월이 지날수록 남편에 대한 불안감이 커져 갔다. 이것은 남성의 성취와는 다른 측면에서 그려지는 여성의 성취이자 애정이다. 야담의 여성지인 이야기가 주로 남성의 성취에 초점이 모아진다면, 소설에서는 여성의 성취와 애정으로 주제가 심화되었다고 평가할 수 있다. 이 단계에서는 이들 부부가 성취한 결과보다도 애탄개탄 남편을 기다리는 여성의 애정이 부각되는 것이다. 구체적 문면에서 백연은 다음과 같이 자탄하기도 한다.

우리 낭군이 죽었는가 살았는가? 언약한 십 년이 지나고 또한 삼 년이 지나도록 아니 오시는고! 옛 글의 하였으되 '회교부서멱봉후(悔敎夫壻覓封侯)'라 하였

으니 어느 날 오려는가? 규중의 꽃같은 얼굴은 어찌 그리 퇴색(退色)하고 이팔
청춘이 다 지나거늘 내 무슨 뜻으로 학업을 권하여는고? 나의 독수공방 내
탓이로다! 일 년 열두 달, 하루도 열두 시에 기다리기 진저리 난다. 오늘이나
올까? 내일이나 올까? 문전의 일편석은 망부석이 되어 있고 집 뒤의 높은 산은
망부산이 되어 있다. 삼시출망무소식(三時出望無消息.)하니 내가 뉘를 원망하
리요?

13년이 되도록 소식 돈절한 남편을 기다리다 못해 애초 지감을 근거
로 취했던 자신의 행동을 뼈저리게 후회하며 진저리 치는 모습을 다소
통속적이며 과장되게 그렸다. '회교부서멱봉후(悔敎夫壻覓封侯)'라는 구
절은 당나라 시인 왕창령(王昌齡)의 「규원(閨怨)」에서 따왔다. 젊은 아낙
네가 근심을 모르다가 홀연히 봄날에 이별의 상징인 길거리 버드나무를
보고는 사내에게 출세하라고 떠다밀었던 옛일에 대해 때늦은 후회를 했
다는 시상이다.[91] 또 '삼시출망무소식(三時出望無消息)'도 역시 당나라
최호(崔顥)의 시구에서 연유한 것인데 가사 또는 가곡에도 인용되는 구
절로서 임의 소식을 애타게 기다리는 여인의 간절한 행동을 나타낸 것
이다.[92] 그러나 이는 야담의 주인공들에게서는 발견되지 않는 심적 갈
등이며, 남녀결연담에서 남성의 성취로는 해결되지 않는 애정의 주제를
새롭게 제기한 것이다. 물론 지인 서사의 측면에서 보자면, 그러한 애정
적 결핍감은 일상적인 추리력에 근거하여 지감을 발휘하는 여성이 지닐

---

91) 王昌齡, 〈閨怨〉 "閨中少婦不知愁, 春日凝粧上翠樓. 忽見陌頭楊柳色, 悔敎夫壻覓
封侯."

92) 영조 때 가객 박문욱(朴文郁)의 계면조(界面調) 편삭대엽(篇數大葉) 「월일편 등삼경
인제」의 4~5장에서 "삼시출망무소식(三時出望無消息.)하니 진일난두(盡日欄頭)에 공
단장(空斷腸)을 하여라"라고 하였다. 가사 「만언답사」에서도 "삼시출망 하는 눈이 뚫
어지게 되었다가"라는 구절이 있다. 원래는 [唐] 최호(崔顥)의 〈代閨人答輕迫少年〉에
서 "三時出望無消息, 一去那得行近遠"에서 유래하였다.

수밖에 없는 현실적 한계라고도 할 수 있다.

이러한 여성의 심적 고통과 시련은 「신유복전」, 「옥단춘전」, 「이진사전」, 「이화몽」 등에서 박해자들이 여주인공에 가하는 고난에 상응하는 것이다. 신유복의 과거길 노자를 마련하기 위해 친정집으로 간 여주인공은 가족에게 몰매를 맞고, 옥단춘은 이혈룡과 함께 대동강에 빠지는 위기에 처하게 된다. 「이진사전」의 경패는 기약 없는 이별을 하다가 납치를 당하며, 「이화몽」의 이화도 역시 관장에게 수청을 강요 받고 재산을 몰수당한다.

단락 ⑤의 분량은 전체 작품의 1/4이나 된다. 야담의 여성지인 이야기에서는 주로 여성의 행적에 많은 분량을 할당하는데 「백연전」에서는 남성의 노력을 꽤 상세히 묘사하였다. 필요한 서적의 섭렵[93]과 과거시험의 여러 단계[94]를 차례대로 묘사하고 임금과의 문답[95]까지 제시하였다. 입신출세의 과정이 현실적인 시각으로 조명된 셈이다. 평범한 남주인공이 이인의 도움으로 문득 능력을 갖추는 식의 비약은 없다. 물론 그 같은 성취의 가능성을 더욱 핍진하게 만드는 요소로서 '북한산 노승'도 등장한다. 아무런 연고가 없는 남주인공이 그렇게까지 성취하게 된 것은 본인의 노력을 무시할 수 없지만, 노승의 헌신적인 도움 없이는 불가능한 것으로 묘사하였다. 노승은 북한산에서 글공부하는 서울 명문가 자제들에게 남주인공의 사정을 말하고 글 동냥을 의뢰하고, 자제들

---

93) 예컨대 『천자문』에서부터 제술에 이르기까지 과거시험에 필요한 공부 과정이 상세히 묘사되어 있다.

94) 승보학제(陞補學製), 식년감시(式年監試)의 초시(初試), 회시(會試), 대과(大科) 등이 제시되어 있다. 이 과정에서 남주인공이 거둔 결과가 단계적으로 상세히 묘사되어 있다.

95) 임금이 칠보시(七步詩)를 지으라 한 대목이 특히 흥미롭다. 청농/우산본에는 '금산일초군(錦山一樵軍) 행봉금세순(幸逢今世舜)'이라 하였다. 오리/성암문고본에는 여러 구절이 더 있으나 내용파악이 어렵다.

이 바뀌면 몇 번이고 부탁을 반복하여 주인공이 실력을 쌓도록 배려한
다. 더군다나 남주인공이 처음에 맡긴 노자돈을 밑천으로 돈을 증식하
고 10년 만에 회시에서 진사가 된 주인공에게 귀향하여 부인과 착실한
가정을 이루라고 충고까지 한다.

　이것은 야담보다 소설이 더 합리적이고 사실적인 구성을 지향하고 있
음을 보여 준다. 야담에서 알아줌을 입은 남성은 거의 여성의 물질적,
정신적 후원에 힘입어 성취를 이룩한다. 예컨대 「급수비」의 경우 여성
은 언제나 조보(朝報)를 보며 정국을 헤아리고 다음번의 인사를 주관할
낭관(郎官)을 미리 점쳐서 인사를 차리고 무관 말직에 머물러 있는 남주
인공 우하형을 승진시킨다. 여성은 이 과정에서 일점의 의혹이나 실수
도 없이 남성에게 거의 절대적인 영향력을 끼치므로 전지적 능력의 이
인에 가깝다. 그러나 「백연전」에서는 여성의 능력이나 헌신이 남성에게
직접 작용하지 않으며, 단지 굳은 결심을 하게 할 뿐이다. 남성은 남성
의 성취 과정이 있고, 여성은 여성대로 성취 과정이 있다. 여성 지인자
는 이별 후에는 오직 길쌈을 하고 재산을 일구면서 남편을 하염없이 기
다린다. 그 과정에서 성취 욕구는 애정의 욕구로 바뀌어간다.

　⑦에서는 여성에 대한 남주인공의 탐색 과정이 흥미롭게 확대 부연되
었다. 일종의 '탐문 화소'라 할 수 있다. 박일용은 급제 후에 은인인 북
한산 노승에 대한 보답도 뒤로 미룬 채 자신이 평소에 "마음에 작정한
바가 있어" 거지 중에 상거지 차림으로 고향을 향해 간다. 내용상으로는
13년간의 이별기간 동안 남성은 여주인공의 마음을 확인하고자 다짐해
왔다 할 수 있으나 문맥이 자연스럽게 연결되지는 않는다. 표면상 백연
의 애정을 확인하는 과정이라 하겠으나 사실은 독자들의 주의를 환기시
키는 요소로 삽입되었다고 보는 편이 더 타당하다. 당시 유행했던 「춘
향전」 등을 참고로 했을 수도 있다. 백연이 혼사 첫날밤에 귀머거리 흉

내를 내 남편을 속인 것에 보복이나 하듯이 남주인공은 백연에게 일종의 트릭을 부려본다는 설정이다.

이러한 점은 고소설다운 흥미 고조와 관련이 있다. 야담의 여성지인 이야기에서는 피지인자의 급제와 사회적인 성취가 이야기의 '절정'이고 재상봉이 작품의 '대단원'이다. 이에 비해 본 작품에서는 급제 뒤에 또 다른 흥밋거리가 제공된 셈이다. 박일용이 자신의 집을 탐색하는 과정과 부인을 만나 자기 신분을 밝히는 숨 가쁜 과정이 줄거리의 절정을 이룬다. 물론 탐색 과정에서 아내인 백연이 '개가'한 줄로 오인하는 내용, 사랑방에서 13년 만에 만난 자기 아들을 확인하는 과정 등은 단순한 흥밋거리 이상의 갈등과 박진감을 제공한다. 뿐만 아니라 이러한 부분에서는 판소리투를 차용한 것도 특이하다.

⑧은 '후일담' 단락에 해당된다. 그런데 「백연전」에서는 주인공 부부의 부귀영화와 해로에 초점을 맞추기보다는 그간의 후원자들에 대한 보은을 상세하게 묘사하여 강조하였다. 이것 또한 '지감 - 지감적중'의 구조가 일상적이고 합리적인 차원에서 설정된 것과 관련이 있다. 야담의 여성지인 이야기에서는 특별한 지감을 지닌 여인이 그에 따라 행동해서 좋은 끝을 보았다는 데 초점을 맞추었기 때문에 지감의 근거가 신비화되기도 하고 관상이라는 특별한 방법이 동원되기도 하였다. 반면 「백연전」에서는 지인자의 모습이 지극히 일상적인 면모를 띠기 때문에 성취 단계마다 현실적 능력을 지닌 후원자가 필요했고 대단원에서는 그들에 대한 보답이 일일이 이루어졌다.

이러한 측면은 본 작품의 주제를 윤리적인 측면에서 형성하게 만든다. 오리본에 부기된 필사자의 평결이 그 점을 잘 드러내고 있다. 이 작품을 보아 그대로 하기만 한다면 남자는 '군자'가 되고 여자는 '열녀'가 되어 '복선화음(福善禍淫)'할 사람이 많다고 하였다. 이른바 권선의

의미를 강조하면서 남녀 주인공의 성취를 도덕적 당위로 보고자 하였
다. 이 지점에서 성취와 애정의 주제적 길항 관계는 갑자기 사라지고
만다. 물론 야담의 여성지인 이야기의 주제도 여러 변이를 거치기 때문
에 성취, 보은, 애정 등 여러 층위를 설정할 필요가 있지만, 일반적으로
살펴 볼 때 「백연전」의 이 같은 주제의 형성은 고소설의 상투적 변용으
로 여겨진다. 야담에서는 그만큼 여성의 능력에 관심을 기울이면서 그
것의 실현 과정과 성취도에 초점을 맞추었다면, 고소설에서는 일반 사
람들의 노력과 성취 및 도덕적 정당성을 강조하는 쪽으로 변이되었으며
그 점에서 현실적인 관점이 두드러졌다고 할 수 있다. 이점은 「옥단춘
전」, 「이화몽」 등의 여성지인 소설에서도 확인된다.

　한편 「백연전」은 전지적 시점의 3인칭 소설이다. 그 과정에서 한문으
로 기술되는 여성 지인담보다 묘사가 훨씬 다양해졌다.[96) 그래서 작중
인물들의 자탄이나 심정을 가탁한 서술자의 객관적인 경물묘사 등이 자
주 등장한다. 「고유 처」와 「백연전」에서 상응하는 단락의 내용을 비교
해 보자.

　　새벽이 되길 기다려 고유는 아내와 눈물로 작별하고 집을 나섰다. 동녘이
　터오지 않을 때였다. 시장에서 (아내가 준) 베를 파니 수십 냥이 되었다. 여기저
　기 다니며 스승을 찾아 다녔다.[97)

　　신랑이 마지 못ㅎ여 떠날 새 이때는 춘삼월 망간이라. 문밖에 나서니 어디로

---

96) '묘사의 확대'는 야담이 소설화될 때 문체가 변용되는 것 중의 하나로 '표현의 확장'
　이기도 하다. 이러한 '표현의 확장'으로 주정(主情)이 개입되며 흥미를 유발시킨다.
　김정석, 「단명담 추노담의 소설적 변용과 그 성격」, 박사논문 (성균관대 대학원,
　1994), 121~128쪽 참조.
97) 『錦溪筆譚』, "待鷄鳴 庚與女 遂揮涕分手 出柴門 時東方尙未明矣 賣布於市 得數十
　金 遍遊村庄訪塾"

향할 줄을 아지 못 하는지라 동방의 양류는 청청하고 월하 두견새는 가는 자의
심회를 돋구어 장부의 일천간장을 녹이더라. 머리는 때때로 고향을 돌아보고
발길은 오던 길로 도로 가니 십리 오리는 천 리 같고 낭자의 아름다운 태도는
눈에 삼삼하고 연연한 성음은 귀에 쟁쟁하여 수심으로 노래 한 자락 지였으되,
"신정이 미흡하여 이것이 뉘 탓인고 나의 원수 글이로다 서계(書契)를 뉘라서
내였는고 원하나니 복희씨라" 하루 오 리도 가고 십 리도 가서 그렁저렁 여러
날 만에 경성에 들어가니 노자는 반이나 썼더라. (우산본)

「고유 처」에서는 부부가 서로 아쉬워하며 이별한 후 고유의 행동만을
객관적인 시점으로 서술하고 있다. 이에 비해 「백연전」에서는 남성의
아쉬움과 이별의 회한을 경물에 이입시킴과 동시에 서술자가 주인공의
정서에 몰입하고 있다.

서술자의 적극적인 이야기 개입은 때로 판소리 형식을 취하기도 한
다. 급제 후 금의환향할 때 남성의 모습을 「고유 처」와 「백연전」에서
각각 대비해 보자.

고유는 임금의 은혜에 감사드리고 길을 떠나 도중 역관에서 머물러 헌도포와
갓으로 바꿔입고 박좌수의 집을 찾아갔다.[98]

각설 이때 박한림이 본댁에 내려갈 제 치장을 볼작시면 철대 없는 파립(破
笠)에 노끈으로 끈을 달아 쓰고 편자 없는 헌 망건에 노끈으로 당줄 달아 휘
휘칭칭 감아 두 눈썹을 늘너쓰고 마들가리만 남은 창옷을 복대로 질끈 매고
헌 중의적삼에 목만 남은 버선에 굽치 없는 헌 집신에 새내끼로 들메 매고
얼굴에 검은 칠은 줄기줄기 맺혀 있고 수수깽이 지팽이를 걸어 짚고 현순백
결(懸鶉百結) 노상걸립(路上乞粒) 모양하고 내려갈 제 고향산천은 안하에
희미하고 지내는 곳마다 아는 이 없더라. 화류동을 찾아가니 인가는 전혀 없

---

98) 같은 책, "庚感恩肅謝 行到中路 留騎從於官驛 以弊袍笠 尋到朴座首家"

고 쑥대만 무성하니 진소위(眞所謂) 상전(桑田)이 벽해(碧海)된단 말이 적실
하도다. (우산본)[99]

「백연전」에서는 야담에서 "헌 도포와 갓으로 바꿔입었다"라고 간단히
처리한 내용을 장황할 정도로 과장되게 묘사하였다. 판소리에나 있을
법한 일종의 헌옷치레 장면이라 할 수 있다. 이어서 어떤 초동을 만나
문답이 한참 진행되는데 거기서 백연이 건너 마을 기와집에서 산다는
소식을 알아내고는 개가(改嫁)를 했다고 오해한다. 인용한 이 대목과 연
결하여 일종의 간단한 노정기가 삽입되었다 할 수 있다. 이러한 판소리
투의 차용은 19~20세기 고소설의 만연된 경향이기도 한데 여성 지인담
의 소설적 변용에서도 이러한 점이 확인된다.

이상에서 논의한 바를 정리해 보면 다음과 같다. 「백연전」은 소설에
걸맞도록 여러 가지 변용이 가해지기는 했으나 조선후기에 유행한 야담
의 여성지인 이야기와 동일한 서사구조를 지니고 있다. 뿐만 아니라 야
담과 크게 다른 별도의 서사구조를 삽입시키지도 않았으니 전형적인
'여성지인 소설'이라고 할 수 있다. 다만 여성 지인담이 여성의 능력과
성취에 초점을 맞추었다면, 「백연전」은 백연을 주인공으로 부각시키면
서도 평범한 능력의 일상적인 면모를 강조했고, 남성의 노력 또한 크게
부각시켰다. 그래서 남녀결연의 이야기에서 남녀 각자의 성취를 주제로
삼았으며, 부분적으로는 성취와 애정의 길항관계를 새로운 주제로 제기
하기도 하였다. 그럼에도 불구하고 전체적으로는 성취가 곧 도덕적이라
는 권선적 주제를 피력하면서 사실적인 이야기로 꾸며냈다.

「백연전」은 주인공들의 전 인생에 걸친 일대기적 소설이 아니다. 이

---

99) 청농본도 이 같은 헌옷치레와 노정기가 나와 있기는 하지만, 우산본의 묘사가 더
   상세하다.

것은 여성 지인담의 서술이 주인공들의 일생에 걸쳐 있지 않고 남녀 결연 이후의 이야기에 국한되어 있는 것과 동일하다. 또한 신비한 능력의 개입이라든가 초월적인 원조자의 등장이 없고 그 대신 성취 단계에 따라 현실적인 후원자가 등장하여 서사적 치밀성을 높인 점은 작품의 사실적 경향을 이루었다. 현실적인 세계관에 입각하여 인간의 의지와 가능성을 도덕적으로 인정하는 소설을 만들어냈다.

「백연전」은 천상계의 도움이나 신이한 원조자의 출현 등 비현실적인 요소가 전혀 없다. 철저하게 현실을 바탕으로 하는 사실적인 소설이다. 소설의 유형으로는 가족 간의 구조적인 갈등 양상이 전혀 드러나 있지 않으므로 가정소설이라 하기도 곤란하다. 또한 두 주인공의 애정 갈등과 이합보다는 여주인공의 선택과 남주인공의 노력이 핵심을 이루니 애정소설이라 할 수도 없겠다. 여주인공의 선택과 주인공들의 근면한 노력과 성실함, 그를 돕는 후원자들의 등장 등으로 이야기를 전개시키며 시종 주인공들의 단계적인 성취 결과가 흥미를 돋군다. 오히려 윤리적인 주제를 강조하는 권계형의 소설이라 할 수 있다. 그중에서도 유형적으로는 야담의 지인담이 소설적으로 변용된 '지인 소설'이라고 새롭게 분류해 볼 만하다.

4. 「옥단춘전」에서의 소설적 변용

「옥단춘전」은 기생 유형 여성 지인담의 서사구조를 충실히 반영하고 있으며 남녀의 지인적 관계 형성과 남성의 지위 반전이 이루어지고 있어 여성 지인담의 변이를 고찰하기에 적합한 고소설이다.[100] 본 절에서

---

100) 여성 지인담의 소설적 변용의 대표적인 작품 선정 이유는 '3. 「백연전」에서의 소설

는 본 작품의 분석을 통해 '여성지인 소설'이라는 새로운 개념을 제시하
고자 한다.

(1) 연구사 검토

「옥단춘전」은 기생 옥단춘이 곤궁에 빠진 이혈룡을 구해주고 입신시
키는 내용의 국문소설이다. 김태준이 「춘향전」에 버금가는 소설이라고
할 만큼 조선후기에 유행했던 작품이다.[101] 그간의 연구 성과를 보더라
도 근원 설화, 작품의 성격, 작가의식 등에 관한 여러 방면의 축적이
있었다.[102]

이 가운데 작품의 근원설화에 대해서는 지속적 관심이 있어왔다. 이
는 설화의 소설화 과정을 밝히는 데 중요한 사례가 되기 때문으로 이해
된다. 중국소설의 영향이나 민요 등이 거론되다가 이제는 다음과 같은
네 작품으로 집약되고 있다.[103] 「옥단춘전」의 줄거리와 조금씩은 관련
이 있으니 한 차례씩 검토해 보기로 한다.

    ① 「이홍옥(李紅玉)」, 『罷睡錄』의 「柳也求乞完營得妓事」
    ② 「김서생과 박서생」, 『夢遊野談』의 「交道炎凉」

적 변용'에서 거론하였다.

101) 김태준, 『조선소설사』, 청진서관, 1932; 천태산인(김태준), 「옥단춘전설고」, 『학등』
    18호, 1935.
102) 최운식, 「옥단춘전」, 『고전소설연구』, 일지사, 1993, 480~491쪽 참조.
103) 김종철, 「玉丹春傳」, 『韓國古典小說作品論(완암 김진세선생 화갑기념 논문집)』,
    집문당, 1990; 이신성, 「선천기 이야기의 전개양상과 그 의미」, 『일사 천두현교수 퇴
    직기념논문집』, 1991, 370쪽 참조; 박일용, 『조선시대 애정소설』, 집문당, 1993,
    282~295쪽 참조; 최운식, 「玉丹春傳」, 『古典小說研究(황패강교수정년퇴임기념논총
    Ⅱ)』, 일지사, 1993, 484쪽 참조; 이은숙, 「신작구소설 이화몽의 창작방식」, 『논문집』
    8집, 한국학대학원, 1993; 서대석, 「문헌설화와 고전소설의 대비 연구 – 기녀담과 도
    술담을 중심으로–」, 『한국문화』 14, 서울대학교, 1993 참조.

③ 「단천(端川) 기생」, 『靑邱野談』의 「金丞相窮道遇義妓」
④ 「선천(宣川) 기생」, 『溪西野談』·『靑邱野談』·『東野彙輯』 등의 「玉溪 盧積」 설화

①의 내용은 다음과 같다: 유(柳) 아무개 선비가 무명 시절에 딸의 혼수비용을 위해 면식 있는 전라감사를 찾아 갔다. 그러나 가보니 완백은 이미 체직되어 상경한 터였다. 영문 앞에서 망설이고 있을 때 이홍옥(李紅玉)이라는 기생이 그를 데리고 가 딸의 혼수비용을 주어 보냈다. 그뒤 선비가 출사해 완백으로 내려와 잔치를 베풀며 기생의 은혜를 치하하고 누만금을 주었으며 기생의 소원대로 기적에서 빼주고 본 남편과 살게 해주었다.

인정 많은 기생이 곤란한 처지의 남성을 도와주고 후에 보은을 받는다는 내용이다. 그러나 그 점 이외에는 「옥단춘전」과의 직접적인 관련성을 인정하기 어렵다. 우선 남주인공과 친구는 결국 만나지 못하므로 서사적인 관계를 형성하지 못한다. 한편 기생이 유 선비의 사람됨을 얼마나 알아본 것인지 확실치 않고 또 지속적인 관련을 맺는 것도 아니다. 사람 알아준 이야기로서 이별과 탐색에 따른 시련과 극복의 의미가 부가되지 않는다. 「옥단춘전」이나 여성 지인담과는 달리 여주인공의 지인 행위가 단순한 형태이고 그것도 보은담의 성격을 강하게 띤다. 또한 이 작품은 현재로서는 1742년의 화집인 『파수록』에만 보인다.[104] 이른 시기에 출현한 작품이지만 전승이 부진하다. '지감 - 지감적중'의 단순한 지인 이야기의 영향권에서 멀리 벗어나지 못한 작품으로 생각된다.

②의 내용은 다음과 같다: 김생(金生)과 박생(朴生)은 동문수학하여 정의가 깊었다. 한쪽만 부귀해지면 상대방을 평생 돕자고 맹서하였다. 김

---

104) 이우성, 임형택 역편, 『이조한문단편집 · 下』, 일조각, 1978, 444~445쪽.

생은 일찍 등과했고 박생은 낙척불우하였다. 김생은 박생에게 근근히 녹봉을 나눠주었다. 김생은 평양감사가 되어 떠나가며 후대하겠다 하더니 부임해서는 소식이 없었다. 박생이 찾아갔으나 박대를 받고 귀로에 주점에서는 감사가 보냈다는 기생과 폭주한 뒤 정신을 잃었다. 깨어보니 기생은 간데없고 음낭에 작은 자물쇠가 채워져 있어 매우 불편하였다. 서울 집에서는 박생이 죽었다며 평양감사가 보내온 관을 놓고 장례 준비를 하고 있었다. 관에는 비단과 보물이 차있었고 맨끝에 부인이 직접 풀으라는 봉서와 함께 열쇠가 있었다. 후에 감사가 돌아와 이르기를, "작록도 없으면서 부귀를 누리면 오히려 재난을 당하는 법이니 고생 후 낙을 누리게끔 하였다."고 말하였다.

서로 우의를 다짐하는 도입부는 「옥단춘전」과의 유사성이 인정된다. 그러나 두 사람의 관계는 배신과 업보를 나타내지 않는다. 오히려 진정한 우정이 어디에 있는가를 보여주는 데 초점이 놓여 있다. 뿐만 아니라 '붕우유신'의 주제를 표면에 드러내고는 있어도 현실 생활에서 양반이 무능력하다는 점을 이면적으로 보여준 작품이다. 기생의 존재도 감사의 하수인에 지나지 않으므로 알아주는 여성 이야기의 서사구조가 전혀 이루어지지 않았다.

③의 내용은 다음과 같다: 김우항(金宇杭)이 딸의 혼수 비용을 위해 단천(端川) 태수를 찾아갔다. 박대에 분노하여 항의하다가 쫓겨나서 위태한 지경에 이르렀는데, 이를 지켜본 기생이 좇아와 김우항을 자신의 집으로 데리고 갔다. 후일 귀히 될 것이라며 결연하고 김우항이 구하는 혼수도 마련해 주었다. 후일 김우항은 급제하고 암행어사가 되어 거지 차림으로 기생을 찾아가니 여전히 환대하였다. 기생의 충고로 단천 고을원이 자진 퇴임토록 하였다. 숙종이 김공의 이야기를 듣고 단천 기생을 데려오라는 명을 내렸다. 기생은 공과 부인을 잘 모시고 해로하였다.

친구의 박대와 그에 대한 응보, 기생의 지감과 헌신, 남녀 주인공의 탐색과 재상봉 등의 화소가 「옥단춘전」과 일치한다. 학창 시절 친구와 함께 후일의 신의를 기약한 부분이 없기는 하지만, '평소에 친했다'는 설정에서 이미 전제되었다고도 볼 수 있다. 이 정도의 내용이면 근원설화로 검토해도 무리가 없을 듯하다.

④의 내용은 다음과 같다: 노진(盧稹)은 일찍 부친을 여의고 집안이 가난하여 늦도록 장가들지 못하였다. 당숙인 선천고을 원에게 혼사비용을 얻으러 갔다가 문지기에게 막혀 낭패를 당하고 있을 때 지나던 어린 기생이 보고는 자기 집에 찾아오라고 하였다. 기생이 노진과 결연을 맺고는 모은 재산을 주면서 10년 안에 크게 귀한 몸이 되실 터이니 그때까지 기다리겠노라고 하였다. 노진이 귀가하여 혼사를 이루고 과거에 급제하였다. 수의사또가 되어 선천으로 찾아와 어느 암자에서 결신수행하고 있는 그 기생를 만나 해로하였다.

「단천 기생」과 비교한다면 친구 사이의 관계가 숙질간으로 바뀌었다. 따라서 박대는 있어도 그에 대한 응보는 나타나 있지 않다. 그 나머지 기생의 지감과 헌신, 남녀주인공의 탐색과 재상봉 등의 화소는 유사하다. 친구의 배신과 그에 대한 응보를 제외하고는 주요 부분에 있어 「옥단춘전」과의 상관성을 인정할 수 있다.

이상의 내용을 통해 볼 때 근원 설화로서 더 중시되어야 할 작품은 ③④이다. 여러 연구자들의 견해 또한 이들 작품에 초점이 모여지고 있다. 서대석과 김종철과 이은숙은 ③을 근원 설화로 보았다. 그러나 김종철은 약간의 유보 사항을 두어 이후 연구와 관련된다. 즉, ③이 근원 설화에 가깝기는 해도 그 자체가 근원 설화는 아니라고 보았다. 선행하는 설화가 구전되다가 야담집에 정착되는 과정에서 ③같은 한문단편 소설로 발전하기도 하고 또 한편으로는 국문소설 「옥단춘전」에 영향을 끼쳤다고 하였다.[105] 그 후 이신성은 ④에 박대 구조가 삽입되어 ③이나 「이만응 첩」, 「경주 기생」 등이 되었으며 이것이 소설화하여 「옥단춘전」 을 만들어냈다고 하였다.[106] 최운식은 ③④가 함께 영향을 주었다고 하 였으며,[107] 박일용은 여기에 ②가 결합했다고 하였다.[108]

여기에서 주목되는 바는 김종철이 지적한 바 '③ 계통의 선행 설화'의 존재이다. 그에 대한 구체적인 대답을 일단 이신성이 마련했다 할 수 있다. 이신성은 결국 '④ → ③ → 「옥단춘전」'의 계보를 주장한 셈이기 때문이다. 또한 이신성의 논의는 「옥단춘전」의 근원 설화를 ③,④의 택 일로 정하려는 기존의 연구 태도를 벗어나 ③과 함께 「이만응 첩」, 「경 주 기생」을 일군의 야담작품군으로 설정했기에 연구사적 의의가 높다. 그러나 그들을 하나의 유형으로 이해하기 보다는 작품의 영향 관계를 단선적으로 파악한 점이 아쉽다.

작품의 영향 관계를 단선적으로 이해한다는 것은 무리가 뒤따른다. 「옥단춘전」의 근원 설화에서도 그 점은 마찬가지이다. ③④ 작품은 「옥 단춘전」을 기준으로 놓고 본다면 ③이 ④에 비해 더 많은 친연성을 지니 고 있고 설화적인 측면에서도 더 복잡한 화소를 지니고 있는 것이 사실 이다. 그러나 유사한 서사구조를 지닌 작품군을 하나의 유형으로 설정 하면 그 같은 설명이 더욱 계통적으로 이해될 수 있다. ③과 「이만응 첩」, 「경주 기생」은 물론 ④까지를 포함하여 이들은 모두 알아주는 여성 이야기의 서사구조를 지니고 있다. 뿐만 아니라 ④의 노진·선천기 야담 은 대표적인 여성 지인담 유화(類話)인 「일타홍」, 「급수비」 등과 함께

---

105) 김종철, 앞의 논문, 616쪽 참조.
106) 이신성, 「선천 기생이야기의 전개양상과 그 의미」, 『일사 천두현교수 정년퇴직기념 논문집』, 1991, 370쪽 참조.
107) 최운식, 앞의 논문 484쪽 참조.
108) 박일용, 『조선시대 애정소설』, 집문당, 1993, 281쪽 참조.

『동패낙송』에 수록된 이래 20여 화집에 전승된 작품이다. 그에 비해 ③ 김우항·단천 기생 야담은 현재로서는 1843년 『청구야담』에 최초로 모습을 보인 이래로 『금계필담』과 『조선해어화사』에만 수록되어 전승됐다. 그만큼 ③의 배후에는 ④의 폭넓은 전승이 존재했었고, 또 그 배후에는 여성 지인담의 전통이 자리 잡고 있었다고 할 수 있다. 따라서 「옥단춘전」의 분석에 있어서도 알아주는 여성 이야기 유형이 소설적으로 변용된 부분에 초점을 맞추어야 더 생산적인 논의가 이루어지리라 본다.

(2) 「옥단츈니지샹긔봉」의 이본적 특징과 여성 지인담적 성격

「옥단춘전」은 현재까지 필사본 10종과 활자본 15종이 보고되어 있다. 그러나 본 연구에서는 새로운 자료 「옥단츈니지샹긔봉」을 주 대본으로 하여 「옥단춘전」에 대한 '여성지인소설'로서의 면모를 살펴보고자 한다. 연구사 개관에서 살폈듯이 「옥단춘전」의 연원과 형성에 있어 여성 지인담의 존재는 매우 중요한 것이다. 본 자료는 이제까지의 이본 중 여성 지인담의 전통을 가장 충실하게 반영하고 있는 작품이라 판단된다. 다른 이본은 논의 전개상 필요에 따라 언급하기로 한다.

「옥단츈니지샹긔봉」은 단국대 율곡도서관의 신구입 고서이다. 가로 20cm × 세로 30cm, 22장 분량의 필사본이다. 뒷부분에 「위문성녹원」이 합철되어 있다.

「옥단춘전」의 이본은 대개 필사본과 구활자본의 두 종류로 대별된다. 이 가운데 일부 필사본이 활자본 및 활자본과 유사한 내용을 지닌 필사본들보다 선행하는 특징을 지니고 있다.[109] 「옥단츈니지샹긔봉」은 이른바 '선행 필사본'들과 공통점을 지니고 있음이 주목된다. 그 특징을

---

109) 김종철, 앞의 논문, 603~615쪽 참조.

열거하면 다음과 같다.

(a) 숙종대왕 즉위 초에 명재상 김정승과 이정승은 서로 후의가 돈독하였다.

(b) 무자식 탄식의 대목이 없다.

(c) 김정승 태몽 뒤에 김진회(김진호)110)가 태어나고 이정승 태몽 뒤에 이현용이 태어난다.

(d) 이현용에 대한 인물 소개가 자세하다.

(e) 이정승 득병 후 별세하므로 이현용의 가세 곤궁해 진다. 김정승의 생사 여부는 나타나지 않는다.

(f) 이현용이 평양감사 김진호를 찾아 가서 만나고자 하는 노력이 구체적이고 간절하며 이를 거절하는 관속들의 이유가 제시된다.

(g) 옥단춘이 이현용을 보고 지감을 느낀 내용이 상세하다.

(h) 옥단춘이 사공에게 살려주기를 부탁한다. 이어서 옥단춘이 김진호를 백사장에서 바로 구하는 장면으로 연결된다.

(i) 그 뒤 사건이 앞으로 거슬러 올라가 대동강물에 빠지러 가는 이현용의 자탄이 있으나 간략하며 '남아하처불상봉(男兒何處不相逢)하리오'라는 뱃사공과의 대화가 없다.

(j) 옥단춘의 권주가가 없다.

(k) 암행어사로 가서 대동강 위에서 옥단춘이 먼저 물에 빠지려하자 이현용이 말리며 하는 사설이 장황하다.

(l) 어사출도 후 옥단춘의 노래가 상세하며 작가 의식이 드러난다.

(m) 김진호 삼천리 정배보내다.

(n) 모친은 충열부인, 부인은 정경부인, 옥단춘은 정열부인 가자 받고 자식 낳고 사는 후일담이 길다.

(o) 필사자 후기가 있다.111)

---

110) 남주인공의 이름이 김진회와 김진호로 혼용된다. 전반부에서는 대개 김진회로, 후반부에서는 김진호로 불린다. 본 연구에서는 '김진호'로 칭한다.

111) "임술 정월 십삼일에 종필(終畢)하나 안혼 정신김 부지 못하기로 글씨 흥필괴괴하나 어미 필적 다하였으니 네 수중에 아껴두고 보아라. 단권 책으로 보암직 하니 앗겨보

본 이본의 내용적 특징을 활자본 계통에서 제일 먼저 출간된 박문서
관본 활자본과 비교해 보면 다음과 같다.

[표 5]

	옥단츈니지상긔봉	박문서관본 옥단춘전
①	숙종대왕 즉위 초 김정승, 이정승	숙종대왕 즉위 십년간 김정, 이정
②	무자식 탄식 없음	무자식 탄식 있음
③	서울 경내골, 거산골	황성
④	김진회, 이현용 백호 · 청룡 태몽	이혈룡, 김진희 백호 · 청룡 태몽
⑤	이정승 별세(김정승 언급 없음)	이정, 김정 동시 별세
⑥	민요 없음	호장 수노들의 노래 "춘아 춘아 옥단춘아 버들입헤 세단춘아"
⑦	"고은 의복 내어 입고 관풍각을 드러가니"	"광풍객 모양으로 드러가는"
⑧	이현용을 위한 옥단춘 권주가 없음	권주가 있음
⑨	김진호 정배	김진희 천벌 받아 죽음
⑩	필사자 후기가 있음	없음

그러나 본 이본은 선행 필사본들과도 차이를 보인다. 주로 여성 지인
담으로서의 구조를 충실히 반영하고 있으며 특히 기생계 여성 지인담으
로서의 면모를 충실히 반영한다는 점 때문에 그렇다. 본 이본의 내용을
서사 단락별로 분석하여 여성 지인담의 구조와 비교해 보도록 한다.

 ① 피지인자제시: 이정승의 아들 이현용은 김정승의 아들 김진호와 우의 돈독한
  사이이다. 그러나 이정승의 별세로 가산이 탕패하여 이현용의 생계가 곤궁하
  였다.
 ② 지인자의 선택: 평양감사 김진호에게 도움을 청하러 간 이현용은 도리어 죽음
  의 위기에 놓인다. 옥단춘이 그의 비범함을 알고 구해준 후 결연을 맺었다.[112]

라. 먼 사돈들 보시면 비소(誹笑)하실 듯하다."(연구자 – 현대어 표기 및 한자비정)
112) 박문서관본 류의 활자본 등 후대본에서는 옥단춘의 지감이 약화되고 '동정심'이 함
  께 표현된다.

③ 지인자의 헌신:

   (1) 이현용을 극진히 봉양하며 과거보기를 권하였다.

   (2) 이현용의 서울집에 재산을 보내 생계를 도모해 주었다.

④ 지인자의 이별(시련): 과거를 위해 이별한 후 다시 만날 날을 학수고대하였다.

⑤ 피지인자의 급제(지감적중): 급제하여 암행어사 제수 받았다.

⑥ 피지인자의 탐색과 재상봉:

   (1) 거지차림으로 옥단춘을 찾아가 진심을 떠봤다.

   (2) 김진호가 옥단춘과 이현용을 대동강에 수장하러 갈 때도 옥단춘은 이현용의 구명을 간청하였다.

   (3) 김진호를 징치하고 정배 보냈다.

⑦ 후일담: 옥단춘이 정열부인이 되고 1남 3녀를 낳다. 공후장상이 떠나지 않고 복록이 무궁하였다.

이같이 기생 유향 여성 지인담의 서사 단락에 의거해 「옥단춘전」을 나누어 본 결과 ③, ⑥ 단락이 두드러짐을 알 수 있다. 알아준 여성의 헌신과 재상봉 과정이 단순하게 이루어지지 않는 것이다. 시련이 거듭됨에도 불구하고 피지인 남성에 대한 애정과 배려가 깊게 작용함을 보이고 있다. 그러나 기본적인 서사구조는 여성 지인담과 동일하다. 본 절에서는 우선 여성 지인담과의 공통 서사 단락을 중심으로 그 의미를 살펴보자.

①은 이현용에 대한 배경과 소개가 상세하여 야담의 '피지인자 제시' 단락을 충실히 반영한다.

   천고 옥인군자를 탄생하니 점점 자라매 기골장대하고 의사 빼어나 선풍도골이요 일서 옥인군자라 효행은 공맹같고 충의는 의백을 압두하여 문장지화 만고 무쌍하니 ……

그에 비해 김진호는 출생 시에 '기남자'라고만 소개된다. 물론 두 사람이 태어날 때 부모들이 각각 청룡과 백호의 태몽을 꾼 것은 두 사람의 관계가 순탄치 않음을 암시한다. 그중에서도 달려드는 백호를 청룡이 물에 빠뜨리고 승천한다는 내용은 대립하는 가운데 어느 한 쪽이 승리하게 됨을 암시하여 작품의 초점이 친구인 두 남성에 있다기보다는 이현용에 놓여 있음을 짐작하게 한다. 또한 「옥단츈니지상긔봉」에서는 이현용의 불우낙척한 이유가 가문의 가부장인 부친이 죽었기 때문임을 분명히 제시하여 야담에서 흔히 보이는 '조고가빈(早孤家貧)'의 상황을 충실하게 수용하였다. 이는 활자본에서 두 재상이 다 같이 죽는 것으로 설정한 것과는 다른 상황이다. 활자본의 경우는 두 친구의 관계가 그만큼 비슷하고 밀접하다는 것을 강조한 데 비해, 「옥단츈전니지상긔봉」에서는 남주인공이 친구와는 다르게 애초의 환경에서 도태되어 열악한 환경에 처하게 됨을 말해준다. 따라서 이 필사본에서는 친구 가운데 한 사람이 상층 양반의 처지에서 하층민의 지위로 몰락함으로써 이른바 양반층의 분화와 대립이라고 하는 작품의 사회적 의미를 여실히 드러내고 있다.113)

결국 남주인공의 최초 상황은 재주가 세상에 드러나지 않았을 뿐만 아니라 '살아날 길이 전혀 없는' 처지에서 출발하는 셈이다. 그러나 몰락했을망정 양반이라는 신분은 하나의 잠재 형태로 남아 있다. 작품의 시작이 부친들의 소개에서부터 출발하고 태몽을 통해 주인공과 경쟁 상대역이 소개되는 것은 주인공의 잠재력을 상징한다. 이것은 고전소설에서 흔히 등장하는 천상계적인 설정과는 의미가 다르다. 비록 2대 만에 몰락된 것이므로 소설적 과장이기는 해도 이러한 작품의 시작은 주인공

---

113) 김종철, 앞의 논문, 628쪽 참조.

의 현실 상황을 총체적으로 표현한 것이라 할 수 있다. 이후 주인공은 친구가 소년등과하여 평양감사로 부임했다는 소리에 평양행을 결심한다. 그런데 「옥단츈니직상긔봉」에는 활자본 종류에서처럼 팔자와 처지를 한탄하며 통곡하는 사설이 없다. 오히려 모친의 푸념[114]을 위로할 줄 아는 심지 굳은 인물이다. 이러한 이현용의 모습도 '피지인자 제시'의 측면에서 하나의 가능성으로 제시되었다 할 수 있다.

②의 핵심은 이현용이 옥단춘을 만나는 장면이다. 물론 김진호의 배신이 그러한 만남을 매개하지만, 그것은 남주인공의 처지가 더욱 험난한 상황에 놓이게 되는 계기로 작용한다. 「옥단츈니직상긔봉」에서는 이현용이 평양감사를 만나려고 노력하는 데 대해 관속들이 통기를 못하는 이유를 비교적 합리적으로 밝힌다. 남주인공은 우선 거처를 정한 후에 관속을 불러 통지를 넣는다. 그 대목을 보자.

> 형방(刑房)을 불너 통지를 청하니, 대왈(對曰), "신관사또 혼금(閣禁)을 저처럼 하시기로 무가내하(無可奈何)니 그런 말씀 다시 마르시오" 두 손을 홰져서 내다라나거늘, 다른 관속을 불너 다시 간청하되 종시 듣지 아니하고……

신관사또의 혼금은 유독 이현용에게만 해당된 것인지의 여부는 단정짓기 어렵다. 벌써 여러 번 다른 손님들이 다녀가서 그때마다 관속들이 사또에게 혼줄이 났기에 이 같은 태도를 취했을지도 모른다. 그러나 남주인공이 사또와 죽마고우이고 결의형제한 사이라고 말하며 수일 후 다시 찾아가 사정을 해도 그들의 태도가 여전하다고 할 때는 특별한 의미가 부가된다. 이미 평양감사로부터 별도의 명령이 내려졌고 친구의 배

---

114) "나는 어떤 신수로 자식 하나를 두웠다가 부귀는 고사하고 악의악식(惡衣惡食)도 임의로 못하니 … 어찌 애닯고 통분치 아니하리요"라고 하였다.

신이 확실시되는 것이다. 이현용은 결국 친구만 잔뜩 믿고 왔다가 돌아갈 차비도 없는 처지에서 유리걸식하지 않을 수 없게 된다. 영락한 양반이라고 하는 최초 상황이 적나라하게 드러난 셈이다.

그 이후의 줄거리도 자못 상세하다. 남주인공은 평양감사가 큰 잔치를 베푼다는 소문에 다시 찾아가 결국 친구를 만나게 된다. 활자본에서는 박대하는 평양감사에게 "나 같으면 돈백이나 주어서 보낼 텐데"라고 은근히 도움을 간청한다. 두 친구의 처지를 극적으로 대비하고 있다는 점에서는 효과적이겠지만, 남녀 주인공의 상봉이 본 대목의 가장 핵심이라고 할 때 조금 지나친 설정이다. 이에 비해 「옥단츈니지상긔봉」에서는 남주인공이 평양감사에게 비굴한 모습을 보이지 않는다. 이때 수청기생 옥단춘이 이현용을 알아보게 되니 이 대목은 알아준 여성의 '지감 선택'이라고 하는 서사단락의 의미를 잘 구현하고 있는 것이다. 그 지감의 내용을 살펴보자.

　비록 의복은 남루하나 백옥이 진토에 묻힘 같아서 웅위한 기상이 짐짓 옥인군자라 그러나 아직 때를 만나지 못하고 범이 바람을 짓지 못하는 형상이라. 심중에 가장 애탄하니⋯ 무죄한 인명을 비명횡사함을 보고 구하지 아니하면 사람의 일 아니라.

자신의 육안으로 이현용의 비범함을 간파한 내용이다. '진퇴에 묻혀 있는 백옥', '바람을 짓지 못하는 범의 형상'[115]이라는 표현은 남주인공의 잠재력을 상징한다. 이러한 표현 방식은 야담의 여성지인 이야기에

---

115) 『주역(周易)』에 "운종룡(雲從龍) 풍종호(風從虎)"라는 문구가 있다. 범은 바람을 앞에 두고 먹이감에 접근해서 자기 냄새를 맡지 못하도록 한다고 한다. 여기서는 범이 바람을 좇지 못하는 형편을 묘사했으므로 아직 때를 만나지 못한 영웅의 기상을 암시한다.

서 흔히 관상어를 차용하여 직접적으로 표현하던 것이 다듬어졌다 할 수 있다. 이 부분을 또 다른 이본인 Ⓐ「니어사젼」(단국대 나손문고본, 1913.)과 Ⓑ「玉丹春傳」(박문서관본, 1916.)과 비교해 보자.

> Ⓐ 이때에 수청기생 옥단춘이 그 사람을 잠간 보니 의복은 남루하나 용모는 비상한지라 후일에 귀히 될 것이니 저 사람을 구원하리라
>
> Ⓑ 옥단춘이 넌짓 보매 비록 의복은 남루하나 얼굴이 비범하다 불쌍히 생각하고,

A에서는 '지감 선택'이 간략이 드러나 있고, B에서는 그나마도 희미해졌다. 이에 비해 이들보다 선행본으로 여겨지는 「옥단츈젼니직상긔봉」에서는 지감의 근거를 분명하게 밝히고 있다. 또한 인정에 이끌려서 명분까지 내세우는 대목이 분명하게 묘사되었다. 지감에 근거할 뿐만 아니라 인간적 도리로서 남주인공을 구원해야겠다는 사명감이 하나의 목적의식을 이룰 만큼 뚜렷하다. 이것은 김진호의 배신과 선명한 대비를 이룬다. ①에서부터 강조되었던 피지인자의 잠재력이 친구에 의해서는 철저하게 거부되는 반면에 생면부지의 기생에게서는 단박에 간파된다. 이러한 판이한 성격의 배반과 만남은 ①의 전제를 가시화한 것이자 새로운 갈등의 시작이 된다.

사람 볼 줄 아는 여성과 잠재력 있는 남성이 결합한다는 것은 그 잠재력의 증대를 의미하기도 하겠지만, 그것은 평양감사라고 하는 기득권자에게 항거하는 일이기도 하다. 따라서 이제부터 당분간은 잠재력의 확대 이면에서 시련의 가능성이 함께 증폭될 수밖에 없다. 수청을 내켜하지 않았던 기생인 옥단춘이 '사람의 도리'를 운운한 것은 단순한 연민이 아니라 이현용에 대한 기대감이자 평양감사에 대한 반항심의

발로라 할 수 있다.

알아주는 이의 지감 선택은 단순한 예언에 그치지 않는다. 이는 야담의 여성지인 이야기에서도 이미 확인된 바이다. ③④는 지감을 발휘하고 동시에 선택함은 '지인자의 헌신과 시련'을 동반한다는 의미를 지닌다. 옥단춘은 감사의 눈을 피해가며 이현용을 구해내고 자신의 집에서 봉양한다. 그리고 이현용 모르게 많은 재산을 서울로 보내 모친과 가족이 넉넉히 살도록 구처하였다. 일 년이 지난 어느 날 과거를 권면하며 치행해 준다. 이별할 때 옥단춘은 이현용에게 다음과 같이 '권면하는 말'을 한다.

> 과거를 보시면 입신양명하여 타일의 영화로 뵈올 터이니 염려 말으시고 가사이다. … 금일 이별이 섭섭하오나 후일 영화로 만날 것이니 조금도 섭섭히 아지 마옵시고 행도의 진중하옵소서! 타일 평양으로 올 원(願)을 가지고 귀인의 행차로 오실 때에 첩의 문에나 맞아지이다.

구사일생으로 살아나 기생에게 얹혀사는 신세이니 집으로 돌아 갈 면목조차 없는 이현용에게 옥단춘은 희망을 심어준다. 그러나 그것은 단순한 격려의 차원이 아니라 자신의 지감을 확신하고 수행한 것이다. 물론 여기서는 야담의 여성지인 이야기에서처럼 '10년안에 귀히 될 상'[116]이라며 오랜 이별을 기약하거나 '10년간 글공부'[117]라는 의미를 부가하지는 않는다. 입신양명에 관련하여 이미 서두에서 이현용은 '문장재사(文章才士)'라고 소개되었으며 이현용이 돌보아야 할 가족도 옥단춘이 이미 구처해 놓고 있는 상태이다. 이현용에게는 급제할 일만 남은 셈이다.

---

116) 구체적으로 「宣川妓」, 「汲水婢」 등에 그러한 표현이 나온다.
117) 구체적으로 「高庾 妻」에 그러한 표현이 나온다.

⑤에서는 알아줌을 받은 이의 현실 성취를 보여주는 단락이다. 이는 바로 '지감의 적중'이다. 이현용은 귀경하여 옥단춘이 일러준 대로 '서문밖 경기감영(京畿監營) 앞에 이선부 댁(宅)'을 찾아가니, 이는 옥단춘이 마련해 준 자기 집이었다. 평양감사의 은덕인 줄 알고 있는 가족에게 이현용은 그간의 사정을 실토한다. 이를 통해 지인과 피지인의 관계가 집안 혹은 가문에서 정식으로 인정된다. 기생 유형 여성 지인담의 대표적 유화인 「일타홍」에서 여주인공이 남주인공 심희수의 가족까지 건사하는 과정에서 가문의 일원으로 자연스럽게 받아들여지는 것과 매우 유사하다.

이현용은 장원급제하여 한림학사를 제수 받는다. 이때 임금께 상소를 올려 평양의 사정을 말하니 임금이 봉서(封書) 세 장을 하사한다. 한편 박문서관 본에서는 상소의 내용을 확대 부연하고 있어 주목된다. 즉, 평양감사의 소행이 친구를 배신한 문제로 그치는 것이 아니라 백성에 대한 학정에까지 연결되는 것으로 설정하였다. 암행어사 제수의 명분이 합리적인 셈이다. 그러나 단계적으로 뜯어보라고 한 봉서 석 장의 핵심은[118] 알아준 사람인 옥단춘이 있는 고장으로 되돌아가게 해 준다는 데 있다. 물론 '붕우지도'라고 하는 인륜을 선양한다는 의미도 있지만, 남녀 간의 애정이라고 하는 또 다른 주제를 극적으로 확인하게 하는 재상봉의 의미가 더 크다. 이에 비해 「일타홍」처럼 징치의 대상이 없는 기생계 여성 지인담에서는 알아줌을 받은 남주인공이 알아준 여성의 고을원으로 부임함으로써 금의환향의 의미가 확대되어 있다. 또한 「단천 기생」, 「경주 기생」, 「이만웅 첩」과 같은 여성 지인담에서는 피지인자가 급제 후 임금과 문답을 나누면서 임금이 고담이나 민정을

---

118) 첫째 봉서의 내용은 평양 지역 암행어사 제수, 둘째는 김진호의 봉고 파직, 셋째는 이현용의 평양감사 제수이다.

듣기 원할 때 자신이 겪은 일을 이야기함으로써 봉서 석 장을 받아 암행어사에 봉해진다. 「옥단춘전」에 비해 현실적일지는 몰라도 제수하자마자 직접 상소하여 암행어사가 되는 「옥단춘전」의 내용이 더 극적인 구성이라 할 수 있다.

⑥은 탐색과 재상봉 단락이다. 피지인자가 급제 후 거지행세를 하고 옥단춘을 찾아간다. 이러한 탐색 과정이 있음으로 해서 여성의 성취동기와 남성의 잠재력 발현이라는 애초의 주제가 남녀 사이의 애정이라는 새로운 주제로 전환된다. 「옥단춘니지상긔봉」에서는 거지꼴로 나타나 거짓 변명하는 이현용을 옥단춘은 다음과 같이 다독인다.

춘이 왈, "남아(男兒) 궁달(窮達)이 때가 있사오니 어찌 일시 군곤(窘困)을 한하리요? 과거는 금년뿐 아니요, 이 무엇이 늦사오리까? 내 집에 오시기를 부끄러워 하시니 장부의 뜻이 적사오며 첩을 범연히 알으심이라." 하고 수개월 그리던 정회를 담론하야 희롱함이 측량없더라.

이러한 대목은 여성의 지감 선택이 단순히 사회적 성취를 목표로 하거나 불쌍한 사람에 대한 적덕에 그치지 않았음을 잘 보여준다. 물론 과거급제에 대한 기대를 포기한 것은 아니지만, 더 중요한 것은 남녀 결연의 애정에서 비롯되는 '그리던 정회'를 확인함에 있다.

⑦은 평양감사 제수 이후의 내용에 해당된다. '후일담'의 성격을 지닌다. 대부분의 여성 지인담에서는 남성의 벼슬이 어디까지 이르렀다는 표현을 통해 행복한 결말을 대신한다. 이에 비해 「옥단춘전」에서는 후일담의 분량이 늘어나 있다. 고전소설의 행복한 결말에 어울리게끔 남녀 주인공이 부귀영화와 행복을 누리며 사는 모습을 구체적으로 묘사한다. 이 부분에서는 선후의 필사본들과 동일하게 이현용의 모친과 부인,

그리고 옥단춘이 '가자(加資)'를 받는다. 모친은 충열부인, 부인은 정경부인, 옥단춘은 정열부인이다. 모두 내명부 품계를 받는 것이고 더구나 기생이 그러한 지위에 올랐다는 것이 후일담으로 특기할 만한 내용이다. 뿐만 아니라 이현용이 평양감사로 선치를 잘한 것도 '처의 승덕(勝德)'때문이라 하였다. 이후 대미를 다음과 같이 처리하였다.

정경부인은 삼남일녀를 두시고 정열부인은 일남일녀를 두었으니 기기(頎頎)이 옥골선풍이라. 공후장상 떠나지 아니하고 복록이 무궁하여 경향(京鄕)에 유명하더라.

옥단춘이 소실로서 본부인과 원만한 관계를 유지했고 자식도 출생하여 훌륭하게 키웠다는 말이다. 그리고 이상의 옥단춘 이야기가 전국적으로 유명하다고 했으니 실제 이야기처럼 후기를 꾸몄다.

「옥단춘전」의 여성 지인담적 성격은 이상의 서사단락을 통해 전반적으로 확인된다. 또한 '친구의 배신', '기생의 헌신', '봉서 석 장' 등의 구체적인 화소에서도 야담의 몇몇 유화는 「옥단춘전」과 매우 높은 친연성을 보여준다. 이러한 사실은 그간 연구에서 이른바 「옥단춘전」의 근원 설화로 거론되었던 「단천 기생」(김우항 설화) 「선천 기생」(노진 설화)에 한정해서 작품을 연구해서는 안 된다는 점을 웅변한다. 그 가운데에서도 「이만웅 첩」119)은 야담의 여성지인 이야기와 「옥단춘전」을 폭넓게 대비할 필요가 있음을 잘 보여준다. 「이만웅 첩」의 내용은 다음과 같다.

감사 이만웅(李萬雄)은 과거에 오르기 전에 몹시 가난하였다. 어느 무변(武弁)이 제 관상을 보니 임지에서 어사에게 죽을 상이었다. 무변이 영흥부사로 가던 중 상주

---

119) 『이조한문단편집·상』, 296쪽~302쪽에서는 「관상」으로, 이신성은 앞의 논문에서 「常女이야기」라고 제명하였다.

(喪主)인 이만웅을 보았는데 머지않아 어사가 될 상이었다. 그래서 이만웅에게 자신을 찾아오라고 하였다. 이만웅이 영흥에 당도하였는데 영흥부사가 다시 보니 그가 어사 될 상이 아니어서 박대하고 내쫓았다. 이만웅은 죽음을 기다리며 엄동설한에 떨고 있는데 한 시골 노파가 딸을 데리고 지나다 구해주었다. 이만웅은 노파의 딸을 소실로 맞이하고 재산을 얻어 귀경하여 결국 급제하였다. 이만웅이 한림으로 경연에 배석해서 고담 듣기를 청하는 임금에게 영흥에서의 일을 말하였다. 임금으로부터 봉서 석 장을 받고 암행어사가 되어 영흥에 갔다. 거지 차림으로 가보니 소실은 자신을 구해준 벌로 기적에 올라 관청에서 다모(茶母) 노릇을 하고 있는데, 소실은 여전히 이만웅을 환대하였다. 어사출도하고 영흥부사가 되었으며 소실은 어명으로 둘째 부인이 되었다.[120)

「이만웅 첩」은 10편의 야담집[121)에 수록되어 있다. 그 구성은 「옥단춘전」과 매우 중요한 측면에서 일치한다. 죽마고우의 친구가 이 작품에서는 우연히 만난 인간관계로 설정된 것은 그리 중요한 차이가 아니다. 오히려 이 작품에서는 약속도 파약도 멋대로 하는 기득권자의 배신행위를 효과적으로 그려내었다. 따라서 같은 양반층이라 하더라도 주인공처럼 몰락한 선비층과, 세력을 지닌 관료층 사이의 괴리감을 선명하게 표현해 내고 있다.

한편 기득권층의 배신은 장래성 있는 남성과 알아주는 여성을 만나게 하는 계기로 작용하는 것도 두 작품에서 동일하다. 그런데 「이만웅 첩」에서는 알아준 여성의 시련이 일반 여성 지인담에서보다 더 절실하다. 옥단춘이나 이만웅의 소실은 그들이 선택한 남성 때문에 죽음에 처해지든가 혹은 다모(茶母)[122)라고 하는 관청의 노비가 된다. 그러나 「이만웅

---

120)『原本 東野彙輯·上』(대판본), 616쪽, 「繡衣給訪茶母家」
121)『동패낙송』정명기본, 연세대본, 동양문고본, 이대본, 임형택본.『기문총화』서울대본.『동야휘집』대판본, 경북대본, 서울대본.『계압만록』등 10편이다.『이조한문단편집·상』, 「관상」에 의하면『기관』에도 수록되어 있다고 한다.

첩」에서는 배신과 신의의 관계를 좀 더 분명하게 규정지었다. 배신한 영흥부사는 일반 백성에게도 불법을 서슴지 않았는데 비해, 딱한 사람을 구제했던 소실은 그 인연 때문에 고난까지도 순순히 감내한다. 불의한 기득권자는 단순히 윤리적으로 문제가 될 뿐만 아니라 일종의 범법 행위를 저지르고, 반대로 소박한 백성은 선량한 데서 한 발자욱 더 나아가 불의에 맞선다. 신의 없는 사람이 악한 일을 저지르면서 자기 자리를 고수하는 반면에 미천한 사람이 더 의로울 수 있다는 역발상이 잘 드러나 있다. 따라서 '봉서' 석 장의 암행어사 제수 내용이 더욱 설득력을 얻게 된다. 「옥단춘전」에서도 이현용이 상소를 올리면서 백성과 관련하여 김진호를 문제 삼은 것도 같은 맥락으로 이해할 수 있다. 그러나 「옥단춘전」에서는 「이만웅 첩」에 비해 친구간의 믿음이라는 윤리적 측면이 더 강조되어 있다.

여성 지인담의 유화 가운데에서 「이만웅 첩」은 알아준 여성의 시련만 보일 뿐 헌신이나 권면의 말들이 미미하거나 드러나 있지 않다. 이는 남주인공을 구제한 어머니의 등장으로 여성의 역할이 분산되었기 때문이다. 그러나 「이만웅 첩」 각 편 가운데 알아준 여성이 기생으로 설정된 경우도 있어 「옥단춘전」에 더 근접하기도 한다. 다음에서 줄거리를 확인해 보자.

옛날 관상 잘 보는 어느 사람이 자기 상을 보니 북청부사(北靑府使)에게 죽을 상이었다. 북청부사 자리를 구해 임지로 가던 중 어느 상주(喪主)를 보니 바로 자기를 죽일 사람이었다. 상주에게 초상 빚을 갚아 준다며 북청으로 오라 하였다. 상주가 북청에 당도했는데 북청부사가 다시 보니 관상의 격이 바뀌어 전날의 상이 아니었다. 박대하자 상주가 노하여 항의하였다. 북청부사는 상주를 죽도록 때린 후 끌고

---

122) 茶母란 관사에서 차와 술대접을 담당하는 관비이다. 김용숙, 『조선여속사』, 민음사, 1989, 275쪽 참조.

나가 매장하도록 시켰다. 옆에 있던 기생이 보니 상주의 상이 귀상(貴相)이었다. 관노들을 매수해 자기 집으로 데려다가 소생시켰다. 기생은 그 상주가 귀히 될 것이라면서 급제 후 만나자며 후일을 기약하고 떠나보냈다. 상주가 귀가해 보니 기생이 보내 준 돈으로 자기 집은 부자가 되어 있었다. 밤낮 면학에 힘써 급제하였다. 홍문관 입직 때 임금에게 북청에서의 일을 아뢰자 봉서 석 장을 주었다. 상주는 어명에 의해 북청부사가 되어 전관(前官)을 타살하고 그 기생은 부실로 삼았다.[123]

알아준 여성이 기생으로 등장할 뿐만 아니라 헌신과 후원을 적극적으로 하고 있는 것이 다른 각 편과 크게 다른 차이이다. 사회적인 문제의 식보다는 기생 유형의 여성 지인담에 충실한 셈이다. 전임 북청부사는 남성과 여성의 지감선택과 재상봉을 더욱 흥미롭게 하는 극적 요소이다. 그런데 남성이 당하는 수난이 「옥단춘전」의 이혈룡과 비견될 만큼 죽을 지경에까지 이른다. 또한 귀가후의 남성의 가족들까지 구처하는 기생의 조치도 옥단춘과 동일하다.

한편 죽마고우로서 우의를 다짐하며 먼저 급제하는 사람이 그렇지 못한 쪽을 구제하자는 '약속'의 화소는 「경주 기생」에서 보인다. 이는 「단천 기생」, 「선천 기생」에도 보이지 않는 것이다. 「경주 기생」의 개요를 소개하면 다음과 같다.

서울에 두 서생이 있었는데 친형제처럼 지내며 두 사람 중 누구라도 먼저 급제하면 나머지는 과거 공부를 폐하기로 맹서하였다. 한 사람이 급제하여 경주부윤을 제수 받았다. 또한 서생은 궁핍함을 면하기 위해 경주로 찾아갔는데 경주부윤이 박대하였다. 서생은 전날의 약속을 들먹이며 꾸짖자 경주부윤이 쫓아냈다. 서생이 유리걸식하다가 어느 기생과 결연을 맺고 환대를 받았다. 그녀는 '목전의 궁액이 심하나 공부하면 입신양명할 것'이라며 재산을 주며 상경시켰다. 서생은 급제하였다. 그 이후는 「이만웅의 소실」과 동일하다.[124] 곧 급제하고 암행어사로 내려와 설욕했으며

123) 『雞鴨漫錄』, 『韓國野談資料集成』 8, 228쪽부터 참조.

기생은 후부인이 되었다.125)

처음의 '약속' 화소는 매우 중요한 의미를 지닌다. 「단천 기생」, 「선천 기생」에서도 애초 불우한 친구를 도와야 한다는 윤리적 전제가 이미 검토된 것이라 할 수 있지만, 이같이 약속으로 분명하게 못 박아 놓으면 신의와 배신의 문제가 좀 더 크게 부각될 수 있다. 그에 비해 기생은 지인지감을 통해 남주인공을 돕는다. 그러나 관상과 관련되는 듯한 지감의 근거를 드러내고 있는 점이 「이만웅 첩」과 다른 점이다. 지감이 강조되는 만큼 여성의 신의와 애정은 도드라지기 어렵다. 그렇지만 편찬자는 이 두 작품이 매우 비슷하다고 인식했다는 점이 주목된다. 그것은 특히 급제 이후, 즉 '지감 적중' 단락에서 지적되고 있다는 점에서 흥미로운 시사점을 제공한다. 결국 야담편찬자에게 이들 작품은 지감과 관련하여 동일 유형으로 이해되었다는 증거일 수 있기 때문이다.126)

이상에서 보면 고소설 「옥단춘전」은 야담의 여성지인 이야기와 동일한 서사 단락을 이루고 있으며 여성이 불우한 처지의 남성을 알아보고 선택하여 입신시키는 이야기임을 확인하였다. 이것은 본 소설의 창작 또는 개작자들이 여성 지인담의 유형을 충분히 인식하고 있었다는 말이기도 한다. 따라서 「옥단춘전」의 근원 설화는 어느 특정 여성 지인담의 유화로 한정할 것이 아니라 여성 지인담 유형의 이야기 전체로 개방하

---

124) 「경주 기생」은 『동패낙송』 정명기본, 동양문고본, 연세대본, 이대본, 임형택본, 『기문총화(乾)』 등에 보인다. 「이만웅 첩」 바로 뒤에 수록됐는데, 임형택본『동패낙송』만 제외하고는 모두 작품 말미를 "그 뒤는 전편의 설화와 동일하다"고 서술자 요약이 있다. 즉 암행어사 제수, 알아준 여성의 진심 확인, 어사출도 부분이 동일하다는 말이다.

125) 『記聞叢話』, 『韓國野談資料集成』 6上, 161쪽 참조.

126) 야담 편찬자들이 여성 지인담의 서로 다른 類話를 동일한 유형으로 인식하는 경우가 고려대 본 『금계필담』에 수록된 「단천 기생」(김우항 설화)에도 보인다. 「단천 기생」을 전사하다 말고 「일타홍」 후반부를 바로 연결해 놓았다.

면서 특히 화소별로 일치하는 몇몇 작품을 부분적으로 거론하는 것이
더 바람직하다고 판단된다.

(3) 소설적 변용의 특징

「옥단춘전」은 여성 지인담의 서사구조를 유지하면서도 여러 점에서
다른 특징을 내포하고 있다. 이렇게 같고 다른 부분은 야담의 소설적
변용을 잘 드러내 보여준다. 본 절에서는 이 부분을 집중적으로 살피기
로 한다.

여성 지인담에서는 남주인공의 처지가 흔히 '조고가빈(早孤家貧)'으로
표현된다. 그에 비해 「옥단춘전」에서는 남주인공에 대한 소개가 번듯한
가문부터 영락한 처지에 이르기까지 상세하게 이루어진다. 「옥단츈니
지샹긔봉」의 ①도 마찬가지이다. 이현용의 가문이 2대만에 몰락하게 된
상황을 그리고 있다. 이는 조선후기 사회상을 소설적으로 반영한 것이
다. 재상 벼슬까지 한 집안이 그렇게 빠른 속도로 망할 수야 없겠지만,
이는 급격한 양반의 계층 분화 현상을 소설 문맥에 맞게 허구화해서 보
여준 것이라 할 수 있다.[127] 따라서 작품 처음에 제시된 '태몽' 화소는
동일한 기반에서 출발한 두 친구의 관계를 암시하면서 친구의 의리와
배신이라고 하는 작품의 주제를 상징적으로 나타낸다.

반면 야담의 여성지인 이야기 구조로 살펴보면 소설의 남주인공이 처
한 가난함은 어디까지나 '일찍 아비를 여의고 가난하게 된' 피지인자를
제시하는 데 불과하다. 또한 그것은 평양행에 대한 동기 부여의 측면으
로 작용한다. 그리고 평양행은 여주인공과의 만남이 이루어진다는 측면
에서 '지감에 의거한 지인자의 선택'이라는 서사 단락을 형성한다. 물론

---

127) 박일용, 앞의 책, 284쪽, 289쪽 참조.

이때 ①에서 제시되었던 가문의 배경과 개인의 비범함은 미래에 대한 가능성을 암시하면서 피지인자의 조건이 된다.

그러나 ②에서 더 중요한 것은 남주인공의 불우한 처지가 죽음의 위기로까지 악화되고 그것이 오히려 알아주는 여성과 연결되었다는 사실이다. 동문수학한 친구가 실제로 그렇게 몰인정할까 의아하지만 그래서 오히려 충격을 준다. 그러나 이는 이 부분이 '붕우지신'이라고 하는 인간의 기본적인 덕목을 두고 벌어지는 대결 구도를 반영한다는 측면에서는 매우 효과적인 설정이다. 또한 그것은 「이만웅 첩」과 같은 여성지인야담의 전통을 이어받으면서 기득권층과 소외계층의 대결 양상을 극단적으로 보여주는 것으로 이해할 수 있다. 따라서 옥단춘의 구원도 단순히 지인지감에 의존하지는 않는다. 본인의 처지, 사람의 도리, 곤궁에 처한 사람 등이 조합되어 일종의 반항의식을 드러낸다. 이것은 김진회의 배신과 선명한 대비를 이룬다. 감사의 비인간적인 포악성과 수청기생의 인간적 항거가 교차한다고 할 수 있다. 이러한 점은 「옥단춘전」이 단순히 여성 지인담의 수준을 넘어서는 측면이다.

옥단춘의 구원은 헌신으로 이어진다. ③이 여기에 해당된다. 이것은 죽을 목숨을 구해주고 선행을 베풀었다는 것 이상의 의미가 있다. 감사의 부속물이나 다름없는 수청 기생이 감사가 원수 취급하는 상대자를 구원하고 돕는다는 것은 일종의 항명이자 배반이다. 다시 말하면 그에 따르는 위험을 무릅쓰고 상대방을 돕지 않으면 안 된다. 실제 이현용이 암행어사 신분을 숨기고 돌아왔을 때 그를 도왔던 사실이 탄로 나 함께 죽음에 처해지는 위기를 맞기도 한다. ④⑤⑥에 이르기까지 알아준 여성은 피지인자를 도운 것 때문에 시련이 중첩되고 위기가 고조되어 간다. 이 점 또한 여성 지인담과는 다른 양상이다. 야담에서는 여성 지인자가 어떤 위험에 빠지거나 위기에 처하지 않는다. 물론 「이만웅 첩」과 같은 예외적인 작품이 있기는 하지만, 「옥단춘전」에 비할 게 못된다. '알아준 여성의 헌신과 시련과 탐색' 단락이라는 면에서는 이들이 동일한 의미를 지니지만 ③~⑥에 이르기까지 대결 구도가 지속되고 여주인공의 시련이 점점 강화된다는 측면에서 고소설다운 특징을 획득하게 된다.

또한 ⑥의 탐색 과정은 여성 지인담에 비해 매우 복잡하게 이루어진다. 우선 여성 지인담에서는 거의 남녀 주인공 사이의 애정이 별다르게 문제되지 않는다. 남주인공이 과거에 급제했다면 남성 쪽에서든 여성 쪽에서든 상대방을 당연히 찾아 나선다. 그러므로 여성 지인담에서의 탐색은 일회적인 것이고 탐색은 곧바로 행복한 재상봉에 연결된다. 그에 비해 「옥단춘전」에서는 여주인공의 변함없는 환대를 확인한 후 다시 김진호에 의한 시련 과정에서 또 다른 애정의 확인과 탐색 과정을 배치하였다. 이현용과 함께 대동강 물에 죽임을 당하러 가는 과정이 바로 그것이다.

물론 「옥단춘전」에서는 애정의 확인이 김진호에 대한 징치와 밀접한 상관 관계를 갖는다. 김진호를 사이에 두고 맺어지는 두 가지의 관계 방식은 이미 ②에서부터 설정되어 왔던 것이다. 이현용과 옥단춘의 관계가 의리와 애정의 차원에서 긍정적으로 설정된 것이라면, 이현용과 김진호의 관계는 배신과 징치라는 차원에서 부정적 가치를 역설한 것이기 때문이다. 어사 출도 후 옥단춘이 부르는 노래의 사설에는 그러한 관계를 포괄적으로 드러내고 있다. 이를 「옥단춘니지상긔봉」에서 살펴본다.

> 반갑도다 반갑도다 서리 츈풍 반갑도다
> 기껍도다 기껍도다 수의 행차 기껍도다
> 대한칠년(大旱七年) 비가 온들 이에서 더 기꺼울까

야속ㅎ다 야속ㅎ다 구관사또 야속하다
금석 같은 언약 두고 일조에 배반하여
구제하기 고사하고 물 넣기 무삼 일고
우리 성상 넓으신 은덕 선악을 분별하사
죽을 인생 살아나니 그 아니 즐거운가
연광정(練光亭)에 좌우 구경하는 사람들아 활인적덕 힘을 쓰소
적선하면 복이 되고 적악하면 화가 되는이되는이
부디 부디 내 말을 자세 듣고 적선하기 힘을 쓰소

　임금의 은혜를 앞세웠지만, 자신이 도운 사람이 성공했다는 것을 그렇게 표현했을 따름이다. '활인적덕'했다는 것은 자신의 행위를 요약한 표현이다. 먼저 김진호의 행위를 요약하고 그에 대비되는 자신의 행위를 뒤에 기술하여 전 후반을 대비하였다. 또 '적선하면 복이 되고 적악하면 화가 된다'는 말은 그것의 종합이라 할 수 있다. 결국 주제는 「백연전」과 동일하게 '복선화음'으로 요약된다. 고전소설의 '권선징악'적인 주제를 드러내고 있는 셈이다.[128] 이는 야담에서 흔히 서술자 평결을 통해 알아준 여성의 능력을 강조하는 것과는 다른 것이다. 야담의 여성 지인 서사가 소외된 계층의 능력과 신분 상승에 초점을 맞춘 데 비해, 고소설에서는 윤리적 주제가 강화되었다.
　이러한 양상은 「옥단춘전」이 민요화하는 과정에서도 발견 된다. 현재로서는 민요의 형태로 전해지는 「옥단춘요」는 모두 25수가 보고되고 있다.[129] 그러나 이것들은 '기생 옥단춘'이라는 신분과 이름 이외에는 「옥단춘전」과는 직접 관련이 없다. 그런데 「옥단춘전」과 동일한 내용의 민요 「옥단춘 노래」[130]가 새로 발굴되어 주목할 만하다. 보고를 겸해

---

128) 「백연전」에서는 '두 남녀처럼 한다면 복선화음한다'고 필사자는 후기하고 있다.
129) 김충원, 「옥단춘전 연구」, 고려대 석사논문, 1989, 67쪽 참조.

전문을 소개한다.

이러구 저러한다/노세 놀아 젊어서 놀아/늙어지며는 못노나니/이 논배미서
수확을 얻어/부모공양 자식공양/우리 내외 잘 먹고 살까/춘아 춘아 옥단춘아/
버들잎에서 해당춘아/이월윤과 김진회는/사생결단 동문수학 하였건만/너 죽어
도 내가 돕고/내가 죽게 되었을때/네가 돕기로 굳게 맹세/하였던 것이 정확한데
/너는 잘되 평양감사/나는 죽게 되었어서/마누라 빗 팔어가주/노자돈 하여 가
주/너를 찾아 갔건마는/평양감사 김진회는/온갖 기생 다 데리고/호화호식 할
적에/내가 너를 찾아가서/평양감사 김진회야/이월윤이 내가 왔으니/계집 자식
죽게되어/너를 찾아 왔건만/평양감사 김진회는/어떠한 저 미친놈/당장 갖다
죽여달라/그 상태 그 때에/한 기생 어떤 분이/하두나 안타깝고/평양감사 김진
회에게/말미를 얻은 적에/이월윤을 살릴라고/그 시련을 빠져났다

도입부는 민요의 일반적인 투식을 차용하였다. 「옥단춘전」과 직접적
인 관련이 있는 것은 7행 '춘아 춘아 옥단춘아/버들잎에서 해당춘아'부
터이다. 여기서는 일반 「옥단춘요」의 서두와 동일하다. 그러나 이하는
「옥단춘전」의 내용을 매우 세밀한 부분까지 나타내고 있다. 예컨대, 평
양행에 소용되는 노잣돈, 남성의 열악한 처지 등이 핍진하게 묘사되었
다. 후반부에 있어서는 구술자가 가사를 망각한 것인지 혹은 이것으로
끝난 것인지 정확지 않으나 가사 내용으로 보아서는 후반부가 더 있었
을 것이라 추측된다.

그런데 위 「옥단춘 노래」에서 중요한 것은 이월윤을 중심으로 김진호
의 배신과 옥단춘의 의리가 대립적으로 묘사되고 있다는 점이다. 그리
고 '말미를 얻어야 한다'고 표현한 것으로 보아 옥단춘의 신분은 '평양감

---

130) 1994년 6월 22일에 실시한 충북 보은군 일대 학술답사에서 「옥단춘 노래」가 채록되
    었다. 구연자는 충북 보은군 산외면 장갑리에 사는 정복동(남, 76세)이다. 『도솔어문』
    10집(단국대 한국어문학과, 1995) 154~156쪽 참조.

사'에게 예속되어 있는 기생임을 분명히 인식하고 있는 터인데도 '어떤 분'으로 높이고 있다는 점이 주목된다. 옥단춘은 '하두 안타까와' 이월윤을 구제한 것으로 되어 있다. 결국 「옥단춘전」의 구도를 남녀 간의 애정보다는 윤리적인 측면으로 이해하고 있음을 알 수 있다.[131]

야담의 여성지인 서사에서 지감은 20세기 초 『대동기문』 등에 이르러 부분적으로 생략되거나 약화된다. 급변하는 사회에서 '지감에 의거한 선택과 후원'이 남녀 결연을 지속시켜 줄 요인으로 생각하지 않았기 때문일 것이다. 「옥단춘 노래」에서도 이 점이 확인된다. 이것은 「옥단춘전」 이본의 추이가 그러하거니와 그 영향으로 민요 「옥단춘 노래」가 지인담적 성격보다는 '결의'와 '배신'의 대비 구조를 강조한 것이라 여겨진다.

그러나 부분적으로는 이현용과 옥단춘의 결합이 애정에 의한 것임을 강조하는 부분도 없지 않다. ⑥에서 파산을 가장한 이현용의 처지를 위로하며 두 남녀가 감격적으로 재상봉하는 데서 이미 '그리던 정회'가 분명하게 확인되었다. 이점은 ⑦의 후일담에서 더욱 분명하게 표현된다. 「옥단춘니지상긔봉」에는 다음과 같이 묘사하였다.

> 감사를 지낸 후에 옥단춘을 데리고 함께 경성에 올나가니 상(上)이 칭찬하시고 벼슬을 돋우어 승상을 하시니 사은슉배하시고 본가에 돌아와 부모께 효도하고 부인과 화락하고 옥단춘을 데리고 도홍이백(桃紅李白) 장춘일과 노류방초(路柳芳草) 호시절과 황국단풍(黃菊丹楓) 좋은 경을 구경하고 즐거워하더라.

---

131) 「옥단춘전 노래」와 「옥단춘전」 중에 어떤 것이 선행했는지 정확히 따질 수 없지만, 여기서 인용한 민요는 「옥단춘전」의 내용과 관련해서는 매우 예외적인 것이므로 「옥단춘전」의 민요화로 보는 것이 더 타당할 듯하다. 또한 "춘아 춘아 옥단춘아 버들잎에 세단춘아"라는 귀절은 신활자본을 비롯한 후기 이본군 「옥단춘전」에서 보인다. 기존의 민요가 소설에 삽입되었는데 그것이 다시 본 민요에 차용된 것같다.

기생 유형의 여성지인 야담은 한문 독자를 위해 여전히 자체 변이와 전승을 계속하고, 또 다른 한편으로는 한글 독자를 위한 구연이나 소설화가 이루어졌을 것으로 추측된다. 후자의 결과가 「백연전」과 「옥단춘전」 등의 창작으로 이어졌다고 할 수 있다. 그러므로 「백연전」이나 「옥단춘전」은 '지인 소설'이라는 새로운 유형을 설정해서 이해하는 것이 바람직하다 생각한다. 이 두 소설은 모두 야담 혹은 한문단편처럼 주인공의 일대기적인 서술보다는 신이하고 초월적인 세계의 개입 없이 현실적인 서사전개를 이룬다. 여성과 남성의 결합이 '지감'에 의해서 이루어진다는 것은 성을 초월하여 인간적인 신뢰가 두 사람 사이에 작용하였다는 의미가 내포된다. 이것이 소설에서는 일차적으로 '적선활인(積善活人)', '복선화음(福善禍淫)'이라는 윤리적 주제로 변용되었다. 「백연전」에서 그 점이 강조되었음은 앞 장에서 살펴 보았다. 「옥단춘」에서도 그 점이 인정되며 「이화몽」, 「이진사전」, 「신유복전」 등에서도 확인된다. 이는 고전소설의 일반적인 결구 방식과도 관련이 있으리라 여겨진다.

또한 「옥단춘전」은 '인간적 신뢰'가 윤리적 주제에 그치지 않고 남녀의 애정으로까지 발전되는 모습을 보여준다. 단순한 보은담 이상의 남녀관계, 즉 애정의 주제가 가미되었다. 그러한 복합적 주제의식에 있어서는 「옥단춘전」이 「백연전」보다 진일보했다고 할 수 있다. 야담에서도 후기 작품으로 내려 올수록 알아준 이의 선택과 후원에 내재한 애정을 강조하고, 피지인자의 탐색과 재상봉 등의 의미가 확대되는 경향을 보인다. 그러나 야담이 소설로 변용될 때에는 남녀의 애정과 애정 확인의 의미가 더 절실해진다. 기생이 장래성 있는 남성을 택해 후원하고 지감이 적중되는 일련의 과정은 그와 상대되는 배신과 징치와 대립됨으로써 소설의 흥미를 더하고 갈등구조를 선명하게 보였다 평가할 수 있다.

이상에서 「백연전」과 「옥단춘전」은 기생 유형의 여성 지인담의 서사구조를 충실하게 반영하는 고소설임을 살펴보았다. 야담이 소설로 변용될 때는 알아준 여성의 지감이 '관상' 위주에서 현실적인 '추리'로 대치되며 여러 가지 주변 상황 여건이 남성을 선택하는 근거로 작용한다. 이는 여성의 신이한 능력이 줄어드는 현상이므로 야담의 경향을 소설이 이어받은 것이지만, 고소설에서는 그로 인해 여성 지인자의 갈등과 위기가 더욱 부각되었다. 또한 여성의 능력과 성취를 내세우는 야담과는 달리 소설에서는 신의에 바탕을 둔 인간관계 속에서남녀의 애정 결연과 윤리적인 주제가 복합되는 양상을 띠게 된다. 이 가운데 윤리적 주제는 각각 지향하는 바가 달라 야담보다 다양한 양상을 보인다. 예를 들면 남녀의 고난이 사회적 차원에서 성립되고 해결되는 것은 「옥단춘전」과 「신유복전」에서, 남녀의 성취와 신의가 강조되는 것은 「백연전」과 「이화몽」에서, 애정이 더욱 강조되는 것은 「이진사전」 등에서 관찰된다. 이러한 여성의 지감능력 약화, 갈등과 위기의 조성, 남성 위주의 서술 등은 서로 유기적인 관련을 맺으며 소설적 흥미를 배가시킨다.

  야담에서 여성 주인공은 스스로 남편감을 택하지만, 소설에서는 두가지 양상이 보인다. 곧 여성의 신분이 기생인 「옥단춘전」, 「이화몽」, 「이진사전」의 경우는 기생 유형과 동일하다. 그러나 「백연전」이나 「신유복전」처럼 여성의 신분이 평민인 경우에는 중매자가 등장한다. 이럴 경우 중매자도 역시 지인자의 구실을 한다. 여성지인 소설에서도 여성지인 야담의 기생 유형과 부요녀 유형의 특징이 계승되고 있음을 알 수 있다.

제4장
지인담의 시대적 변이와 문학사적 의의

1. 여성지인 이야기의 서사문학사적 전통

여성이 배우자를 스스로 택하여 성공시키는 알아주는 여성 이야기는 조선 후기 야담집에 집중적으로 나타난다. 공통된 주제의 작품들이 동일한 시기에 집중적으로 나타났다는 것은 그 시대 향유층들의 요구가 있었으며 그럴 만한 문학사적 토양이 마련되어 있었음을 의미한다. 본장에서는 그 형성과 전승의 추동력이 되었을 서사문학사적 전통을 살핀 후 사람 알아주는 이야기의 시대적 변이 양상과 문학사적 의의를 고찰해 보기로 한다.

야담의 여성지인 이야기의 핵심은 여성이 특이한 안목을 지녀 배우자를 선택하고 적극적으로 사건을 주도하여 남성을 성공시키는 내용이다. 여기서 여성은 세 가지 특징을 지니게 된다. 첫째 사람을 알아보는 능력, 둘째 남성을 선택하는 적극성, 셋째 남성의 잠재력을 계발시키는 헌신이 그것이다. 여기서 여성 능력이 여인 독자적으로 이루어지지 않고 반드시 남성을 통해 성취된다는 점이 특징적이다. 이는 원시 모계사회가 고대의 남성 중심사회로 바뀌고 더구나 중세의 가부장사회로 진입된 이후에는 너무도 만연된 일상적 현상이라 하겠지만, 문학사적으로는 나름의 연원을 지니고 있다고 보여진다.

여성이 남성을 선택하고 사건을 주도하는 이야기는 여성주인공이 남성 주인공보다 우위를 점하는 설화의 한 유형이다. 여성 우위의 설화는 신화에서부터 이른 예가 보여 한국문학사의 오랜 전통을 형성하였다. 예컨대 제주도의 「삼공본풀이」는 서사무가라는 갈래 특성상 여성의 신적 능력이 강화되어 나타난다. 부친과 언니들의 '눈이 멀음', '눈이 떠짐', '변신(變身)' 등의 화소를 제외하고는 구비설화나 문헌설화로 전승되는 발복(發福) 설화와 동일한 서사단락을 지니고 있다. '발복'의 과정은 바로 능력의 발현 과정이라 할 수 있다.

「삼공본풀이」는 모두 5편의 이본이 있다. 이 가운데 3편은 내용이 유사하니 모두 3종의 이본이 있는 셈이다. 작품의 대체적인 줄거리를 바탕으로 내용 단락을 소개하면 다음과 같다.

① 거지 부부가 만나 셋째 딸 가믄장아기를 낳은 후 부자가 됐다.
② 셋째 딸이 자기 덕에 산다고 해 쫓겨났다.
③ 두 언니를 변신시키고 부모가 맹인이 됐다.
④ 산속 어느 노인 부부 집에서 마퉁이 3형제를 만났다.
⑤ 그 중 제일 착한 셋째 아들과 결연을 맺었다.
⑥ 셋째 딸이 금을 발견해 부자가 됐다.
⑦ 거지 잔치로 부모와 재상봉하고 부모가 개안하였다.[1]

가믄장아기는 집에서 쫓겨날 때 신이한 능력을 곧바로 입증한다. 이는 발복설화에서 여주인공이 축출되자 그 집안이 서서히 몰락하는 것과는 다르다. 온 집안이 오히려 셋째 딸 덕에 먹고살 뿐만 아니라 신적인

---

1) 김대숙, 「여인 발복 설화의 연구」(이화여대 박사논문, 1988) 86쪽 참조.

능력을 지니고 있음을 강력하게 암시한 셈이다. 그러나 완전한 입증은
아니므로 대단한 능력을 지녔어도 일단 집을 떠나야 하였다. 여성 주인
공은 '부신(富神)' 또는 '운명신'으로서 전반적인 능력을 입증해 나가야
하는 과정을 겪어야 한다.

반면 「삼공본풀이」의 주제가 가믄장아기의 능력 입증에 있기보다는
남성을 만나 결연을 맺고 복을 누리는 데 있다고 보면 집을 떠난 이후의
후반부가 새삼 주목된다. 즉, 두 언니의 변신과 부모의 눈멂은 가믄장아
기의 가치를 알아보지 못하는 그들의 열등한 인격과 안목을 상징하는
경과적 사건이라 해석해 볼 수 있다. 그래서 가믄장아기는 자신의 가치
를 알아주는 잠재력 있는 남성을 만나기 위한 여행을 떠난다. 여기서
남성의 잠재력은 언니나 부모와는 다른 인품, 즉 우량한 인간성으로 표
현되고, 여성의 능력은 그 남성의 복을 알아보는 힘으로 나타난다. 그
'알아주고 알아보는 능력'이 발복으로까지 확대될 때 신격의 모습을 띠
게 되고 무가의 주인공으로 좌정하게 된다.

또한 구비설화에도 알아주는 여성 이야기와 유사한 성격의 '발복설화'
유형들이 있다. 이는 쫓겨난 딸이나 며느리가 열등한 처지의 남성을 배
우자로 택하여 부자가 되어 잘 살았다는 내용이다.[2]

여인발복(女人發福) 설화 중 「내복에 산다」 계열은 「온달」 설화나 「무
왕」 설화와 마찬가지로 쫓겨난 딸이 미천한 남편을 성공시킨다는 데 이

---

[2] 이 설화군은 흔히 '女人發福 說話' 또는 '내복에 산다 系 說話'라고 명칭된다. 김대숙,
앞의 논문; 玄丞桓, 「내복에 산다系 설화 연구」, 박사논문(제주대 대학원, 1992) 참조.
단, 위 연구자들의 개념은 문헌설화, 서사무가, 구비설화 등을 모두 포괄한다. 그중
김대숙은 셋째딸인 경우 「내복에 산다」로, 며느리인 경우는 「복진 며느리」 1,2형으로
구분하였다. 현승환은 셋째딸의 경우 「초혼형」으로, 며느리인 경우는 「재혼형」으로
구분하였다. 본 연구는 여성 지인담에 초점을 맞추어 여성의 능력을 부각시킨 김대숙
의 개념과 명칭을 수용한다. 그러나 「복진 며느리」를 세분하지는 않고, 자료는 『한국
구비문학대계』로 한정한다.

야기의 초점이 있다.[3] 또한 여성은 남성을 만난 후 '생금터'로 표현되는 남성의 잠재된 행운을 알아본다. 남성이 일상적인 '생활터'로만 알고 있는 곳을 행운으로 바꾸어 놓는 것은 행운이 행운인 줄 알아본 여성의 안목이다. 그렇기는 하지만 이 쫓겨난 딸이 가문장아기와 같은 '부신(富神)'의 성격을 띠고 있는 것은 아니다. 박복한 여성이 복 있는 사람을 만났다는 행운담의 성격을 무시할 수 없다. 무가에서 신격화되어 나타나는 여성의 능력이 구비설화에서는 '여인의 운명'으로 전이된 셈이다. '발복'이라는 개념은 '팔자'에 순응하는 모습이면서 인간의 의지적 행위를 부분적으로 허용할 뿐이다. "복이 많으면 팔자가 세기도 해요."라고 하는 구연자의 의식은[4] 남다른 능력의 여인이 겪는 부적응 현상을 표현하는 말이기도 하다.

위 발복설화 가운데에는 전승 과정에서 여성지인 이야기로 주제가 바뀐 작품들도 있어 주목된다. 이러한 작품군의 가장 큰 특징은 여주인공의 '축출' 단락이 강제에 의한 것이 아니라는 점이다. 다시 말하면 '축출'이 '가출'로 바뀐 경우라 할 수 있다. 이 같은 자발적 소외의 과정은 바로 배우자의 선택으로 연결된다. 이는 여인의 발복설화를 '지감(知鑑)으로 신랑감 택하기'에 초점을 맞추어 전승한 결과로 해석된다. 이러한 변이를 구체적인 자료에서 살펴보자. 내용 단락을 제시하면 다음과 같다.

① 서울 장안에 부자 여인이 있었다.
② 이를 잡아 죽이는 소금장사와 이를 잡아서 버리는 숯쟁이가 있었다.
③ 여인은 소금장사와 혼인했으나 결별하고 친정으로 돌아갔다.
④ 여행을 하다가 숯구이 총각 집에 유숙하였다.
⑤ 숯구이 총각과 혼인하였다.

---

3) 김대숙, 같은 논문, 61쪽 참조.
4) 김대숙, 앞의 논문, 55쪽 참조.

⑥ 여인이 숯터의 이마돌이 금인 줄 알아채고 팔아서 큰 부자가 됐다.
⑦ 친정엘 오가며 잘 살았다.[5]

여성이 부친이나 남편에게 쫓겨나는 단락이 없다. 대신 부유한 여인
으로 설정되고 배우자가 될 남성들의 인간성이 제시된다. 여성 지인담
의 '피지인자 제시' 단락을 연상시킨다. 그러나 여인은 실패를 한번 경
험한다. 그리고 여행 중에 홀어머니 모시고 사는 숯구이 총각을 만난다.
한번의 실패를 설정한 부분은 야담 작품 「검녀(劍女)」를 연상시키기도
하지만, 전체적으로는 여성 지인담에 매우 밀접해 보인다. 물론 여인의
지감이 확고하지는 않지만 일상적인 것에서 행운을 간파해 내는 안목이
부각되어 있다. 또한 남성의 잠재된 행운은 이미 인간성을 통해 암시되
어 있고 그 같은 남성을 스스로 택한 여성은 어느 정도의 지감을 지닌
것으로 해석할 수 있다.

반면 발복설화 중에서도 여성 지인담에 매우 근접한 작품이 발견된
다. 내용 단락은 다음과 같다.

① 옛날 어느 정승댁 딸이 시집가기 겁이 나서 가출을 하였다.
② 금강산에 숯구이 총각이 홀어머니와 살았는데 어머니가 죽어 금강산 절벽 중
   간에 묘자리를 썼다.
③ 묘자리 있는 깊은 산골에 묘막을 지어 놓고 사는데 정승딸이 지나다 들렀다.
④ 총각은 여인을 정성껏 대접하고 자신은 토굴에서 잠을 잤다. 여인이 그를 찾아
   나섰다가 그 토굴에서 금을 발견하였다.
⑤ 여인은 총각을 데리고 대처로 나와 공부시켰다.
⑥ 총각은 하나를 배우면 열을 깨우쳤으며 열심히 공부해 급제하였다.
⑦ 여인은 삼일유가 행렬을 앞세우고 귀향하였다.[6]

---

5) 앞의 책 (6-5), 153쪽, 「숯굽는 사람의 행운」 참조.
6) 앞의 책 (7-13), 385쪽, 「숯구이 총각과 생금장」 참조.

전편의 설화에 비해 여인의 헌신 과정이 강조되어 있다. 특히 '발복'으로 인식되던 금덩이가 본 작품에서는 여인의 헌신을 뒷받침해 주는 경제적 보조물로 바뀌었다. 금을 발견해 잘 살았다는 데서 그치지 않고 남성의 입신출세로까지 여성의 활약이 연장된다. 발복의 종류가 늘어났기보다는 인간적 노력이 강조되면서 알아준 여성 이야기의 성격을 띠게 된다. 이는 운명에 순응하는 행운담과는 다른 특성이며 여성 지인담의 전통이 발복설화와 교섭함으로써 생겨난 변이라고 여겨진다. 하지만 본 작품에서도 남성의 잠재력을 강조했다는 점은 전편과 동일하다. 명산의 절벽 중간에 어머니 묘자리를 잡고 여묘살이를 하고, 낯선 여신을 위해 자신의 자리를 내주는 인간성이 두드러진다. 이는 남주인공의 잠재된 행운과 연관되어 있음은 물론이다. 그런데 본 작품의 특징은 남성의 잠재력이 여기에 그치지 않는다는 점이다. 여성의 헌신에 의해 잠재화되어 있던 남성의 지력(智力)이 발현되기 때문이다. 자신의 일상성 속에 파묻혔던 선한 마음씨가 금덩이로 발복한 것과 같이 숯 굽는 일에 매몰되었던 지적 능력이 과거급제의 영광으로 발화된 셈이다. 이 과정에서 여성의 선택, 안목, 헌신 등이 계기를 이루었으므로 알아준 여성 이야기의 성격을 띠게 된다.[7]

이상에서 살핀 무가와 설화는 남녀 주인공의 신분 설정 방식에 있어서도 여성 지인담과 유사점이 발견된다. 「내복에 산다」 계열의 여성 주인공은 대개 넉넉한 집안의 셋째 딸이고, 남성 주인공은 편모슬하의 가난한 숯쟁이이다. 「복진 며느리」 계열의 여성 주인공은 비록 '백정 딸'의 신분이지만 재상집 며느리가 될 만큼 복진 팔자를 타고 났는데 비해

---

7) 부자가 되었을 뿐만 아니라 남성을 급제시킨다는 결말을 지닌 발복설화는 이외에도 『구비문학대계』 (7-6)의 「생금덩어리」, (4-4)의 「돌무더기 위의 금덩이」, (8-11)의 「숯 굽는 총각과 결혼한 처녀」 등이 있다.

남성은 가난한 숯구이 총각이다. 변이형의 여성 주인공은 대개 부유한
정승 딸이고 남성은 심성 착하고 잠재력 있는 숯쟁이 또는 마퉁이이다.
이렇게 대비되는 남녀 주인공의 최초 상황은 여성 지인담의 기생 유형
과 부요녀 유형의 특징과 일치한다. 여성 지인담의 여성 주인공은 대개
경제적 능력이 있거나 경험과 안목을 지녔기 때문이다. 여인발복 설화
의 전통이 여성 지인담과 밀접히 연관됨을 알 수 있다.

한편 문헌설화 중에서도 여성이 남성을 택하여 주도하는 서사 전통을
확인할 수 있다. 이는『삼국사기』,「온달전(溫達傳)」에서부터 마련된다.
편찬자로서는 열전(列傳)의 형식을 통해 '온달'이라는 남성의 뛰어남을
말하려고 했지만, 내용상으로는 온달보다 평강공주가 크게 부각되어 있
음을 부인할 수 없다. 이제 여성 지인담의 서사 단락에 맞추어「온달전」
의 내용 단락을 비교 분석해 보자.

① 피지인자 제시 : 온달은 고구려 평강왕 때 사람이다. 당시 사람들이 '바보 온달'
　　이라고 불렀다.
② 지인자의 지감에 의거한 피지인자 선택 : 없음.
③ 지인자의 피지인자에 대한 헌신 :
　　헌신1 ; 패물을 팔아 가난한 살림을 일으켰다. (경제적 후원)
　　헌신2 ; 온달에게 병든 국마를 사오게 해서 살지게 키웠다. (잠재력 개발)
④ 피지인자의 활약과 현달:
　　활약1 ; 온달은 국마를 타고 국중 사냥대회에서 기량을 발휘하였다.
　　활약2 ; 후주와의 전쟁에서 선봉이 되어 적을 물리치고 공을 세웠다.
⑤ 지감적중 : 평강왕에게 사위로 인정받고 대형(大兄) 벼슬을 제수 받았다.
⑥ 후일담 : 영토 회복을 위해 신라군과 싸우다 전사하였다. 공주가 영혼을 위로
　　하니 관이 움직였다.[8]

---

8) 金鍾權 譯,『三國史記』(광조출판사, 1972) 702~709쪽 참조.

　이상에서 보면 여성 지인담의 기본 서사구조 중에서 '지감 선택' 단락
이 없음을 알 수 있다. 평강공주가 온달을 찾아가는 것은 지감에 의거한
선택이 아니라 "왕자무희언(王者無戲言)"이라 하면서 부왕의 권위에 역
설적으로 맞서는 과정이다. 울기를 잘하는 어린 딸을 바보 온달에게 시
집보내겠다고 했던 왕의 '옛말'을 지켜야 한다는 주장이다. 스스로 결행
하긴 했으되 그 대상을 결정한 사람은 아버지인 셈이다. 반면에 ③④에
서는 여주인공의 헌신과 활약이 세밀하게 묘사되어 여성지인 이야기의
성격을 띠고 있지만, 그것은 내조하는 여성상이기도 하다. 그러나 여성
지인담과 전혀 무관한 것은 아니다. 온달의 관이 움직이지 않자 평강공
주가 위로의 말을 하고서야 움직였다는 화소는 남녀 주인공 사이의 '알
아줌'이 성취에 그치지 않고 깊은 애정에 이르렀음을 상징하는 화소이
다. 여성 지인담 유화인 「일타홍」의 일부 각 편과 「급수비」에서는 이
부분이 후일담으로 수용되어 있다. 야담 향유층들이 유사한 유형으로
인식했었다는 증거일 수 있다.
　한편 불교설화에서도 지감 화소과 발견되는 사례가 있어 주목할 만하
다. 특히 「부설전(浮雪傳)」은 고소설로 발전한 작품인데, 그 내용을 여
성 지인담의 서사구조에 맞추어 소개하면 다음과 같다.

　① 피지인자 제시 : 신라 진덕왕 때 진씨(陳氏)의 아들 광세(光世)는 성품이 영리
　　하였다. 5세에 출가해 법명을 부설(浮雪)이라 하고 수도에 전념하였다.
　② 지인자의 선택 : 부설은 영희(靈熙) 영조(靈照) 등의 수도자들과 함께 오대산으
　　로 가는 도중 어느 집에 묵게 되었다. 그집에는 묘화(妙花)라는 딸이 있었는데,
　　부설의 설법을 듣고 한사코 쫓아가겠다고 하였다. 부설은 묘화와 혼인하였다.
　③ 헌신 : 부설은 집에서 수도하면서 묘화 사이에 등운(登雲)과 월명(月明)을 낳
　　았다.
　④ 시련 : 부설이 다시 벽면수도하여 원각(圓覺)의 경지에 이르렀다.

⑤ 지감 적중 : 동문인 영희와 영조가 수도 후에 찾아와 그간의 공부를 서로 시험
   하니 부설의 깨달음이 더 깊었다.
⑥ 후일담 : 부설은 단정히 앉아 입적하고 묘화는 110세를 누렸으며 두 자녀의
   이름으로 암자를 지어 지금까지 '등운암'과 '월명암'으로 불리운다.9)

여성 지인담의 서사단락으로 읽히기는 하지만 이야기 내용이 불법설
화이므로 성취의 목표와 결과가 구도와 득도의 차원에서 전개되었다.
여성주인공 묘화의 지감은 부설의 설법을 듣고 발휘된 것이다. 그러나
부설을 좇아가겠다는 결심이 불도의 완성이라는 성취동기 때문인지 남
녀의 애정 때문인지는 조금 불분명하다. 오히려 후자가 더 강할 수 있
다. 반면에 부설이 재가수련을 할 수 있도록 배려한 것이 '헌신'이라면
두 자녀를 혼자 키우며 집안일을 건사한 것은 '시련'의 또 다른 모습이
다. 남녀의 애정과 구도의 성취는 매우 대척적 방향으로 작용하는 것이
다. 그러나 부설은 결국 높은 깨달음에 도달한다. 여기에서 애초 불명확
한 지감의 성격이 보충되어 '지감 적중'의 의미를 파생시킨다. 그리고
후일담으로서 두 자녀 또한 수도자로 나섰고 그들의 이름을 딴 암자가
전해진다는 전설적 증거를 내세우고 있다. 높은 차원의 남녀애정이 오
히려 원만한 깨달음의 성취를 이루어냈다는 불교적 인연의 모습을 역설
적으로 제시했다고 할 수 있다.
이상에서 여성 지인담의 서사적 전통을 고찰해 보았다. 「삼공본풀이」
의 후반부와 「온달전」에서는 정확히 여성 지인담이라고 할 수는 없어도
여성 지인담적 요소를 찾을 수 있었으며, 「부설전」에서는 불교 설화로
차용된 여성 지인담의 변용된 모습을 검토하였다. 또한 여인발복 구비
설화는 여러 가지 변이 형태를 보이는데 그중에서 여성 지인담과 동일

---

9) 黃浿江, 「浮雪傳研究」, 『新羅佛敎說話硏究』, 一志社, 1975년, 364~396쪽 참조.

한 유화가 발견되어 여성 지인담의 서사적 전통을 엿보게 한다.

2. 여성 지인담의 시대적 변이

　조선후기는 임병양란의 영향과 근대의식의 발아 등으로 인해 중세적 권위주의가 동요를 보였던 시기이다. 이러한 움직임은 불합리한 현실 구조를 공격하는 사상계의 변화를 가져오기도 하였다. 특히 신분에 의해 강요되던 차별적 가치관에 회의를 표시하기 시작하며, 기존의 보편적인 질서보다는 인간의 정감을 중시하고 실리적 측면을 중시하는 면으로 확산된다.10) 인간 본능과 실천력의 중시는 신분보다는 능력을, 관념적인 해결보다는 현실적인 대처를 할 줄 아는 인간상에 관심을 두게 되었다. 특히 성리학의 도입으로 더욱 강화된 남존여비 관념11)에 대한 반동으로 '여성'의 능력을 인정하고 기존 통념을 반성하는 분위기가 지식층에서 확산되었다.12)

　이러한 제반 경향은 주자학적인 질서의 회의이기도 하면서 인간관계의 쇄신을 의미하기도 한다. 신분 질서로 경직된 인간관계에서 신분보다는 능력이, 명분보다는 신의를 바탕으로 하는 인간관계가 요구되기 때문이다.

　그러나 신의를 바탕으로 하는 인간관계가 조선후기 사회에서 돌출적

---

10) 이우성, 「실학의 사회관과 한문학」, 『한국사상대계』 1, 성균관대학교 대동문화연구원, 1973, 152~155쪽 참조; 조동일, 『한국사상사시론』, 지식산업사, 1979, 250~252쪽 참조; 유봉학, 「북학사상의 형성과 그 성격」, 『韓國史論』 8집, 서울대학교 국사학과, 1984.
11) 강재철, 「선덕여왕지기삼사 조 설화의 연구」, 『동양학』 21집, 단국대학교 동양학연구소, 1991, 64~72쪽 참조.
12) 이우성, 앞의 논문 참조.

으로 강조되었던 것은 아니다. 가정사에서 뿐만 아니라 대사회적인 인간관계는 오랜 전통을 지닌 유가의 윤리 의식과 무관하지 않다. 그래서 남성 지인담 중 인재 발탁담은 조선 전기부터 꾸준히 전승되어 왔다. 그에 비해 조선후기에는 사회 계층이 분화되면서 공적인 신분질서로 유지되던 인간관계가 사적 차원에서 다기화된다. 그리하여 관료사회의 이야기에서 관료와 종, 또는 평민간의 인간관계에서 비롯된 보은담 계통의 남성 지인담이 생겨난다.

남성 지인담에서 주로 다루는 인재 발탁과 보은에 관한 이야기는 전통적 가치를 고수하는 측면이 강하다. 이에 비하여 여성 지인담에서는 진취적 사고 방식이 두드러지며 소외된 계층의 능력을 부각시킨다는 측면에서 근대적 가치관을 읽어낼 여지가 상대적으로 많다. 여성 지인담은 여성 우위 설화의 전통 안에서 바람직한 인간관계를 모색한 서사물이므로 유가적 전통에서 다소 벗어난 모습을 띤다. 다시 말하면 여성 지인담은 유가의 사회적 이념이라는 보수성과 실학적인 근대 의식이 접목되어 나타났다고 볼 수 있다. 여성 지인담은 조선후기 영락한 양반 계층의 처지 회복과 남녀 간의 진정한 결합을, 미천하나 능력있는 인물들의 입신출세를, 여성들의 사회참여 및 자아 성취의 소망을 '남녀 관계'라는 이야기를 통해 반영한 서사체이다.

이제 앞 장에서 살폈던 여성 지인담의 전개를 시대적 변이의 측면에서 통시적으로 재점검하며 조선후기의 문학사회학적 의미를 따져 보기로 한다. 여성 지인담의 전개에 관한 이제까지의 논의를 종합하면 [표 6]과 같다.

[표 6]

유형·계열 요소	기생 주인공 유형	부요녀 주인공 유형	
	기생 계열	여항인 계열	천민 계열
남여 주인공 신분	기생 – 양반	부잣집외딸 – 천민	천민 – 천민
서사 단락의 특징	'이별', '재상봉' 있음	없음	없음
권면어의 존재여부	있음	없음	없음
知鑑 근거	관상	학식(선견지명)	추리
여성의 면모	전형적 知人者	이인	일상인
부부의 성취 결과	급제 – 소실·차부인	영웅 – 정경부인	치산 및 자유
주제 의식	남녀 간 진정한 결합	사회적 능력발휘	하층민의 욕구

  여성 지인담에 등장하는 여주인공은 애초 『어우야담』에서 심희수(沈喜壽)와 이장곤(李長坤) 이야기에 처음으로 등장하였다. 그러나 전자는 심희수의 도량을 나타내는 내용이었고,[13] 후자는 이장곤의 정치적 상황과 백정사위가 된 내력에 초점이 맞추어져 있다. 이 같은 사대부의 일화들이 후대 야담집에서는 여주인공에 초점이 맞춰지면서 여성 지인자의 이야기로 변모해 갔다. 예컨대 18세기 초의 『천예록(天倪錄)』에서는 심희수의 일화가 여성을 앞세운 「일타홍(一朶紅)」의 이야기로 첫선을 보였다.[14] 이때의 일타홍은 이인의 면모를 띤, 남성을 알아준 여성이었다. 또한 「이장곤 처」 유화에서는 『어우야담』에서 사대부 일화의 성격을 보이던 이야기가 18세기 중엽의 『청야만집(靑野謾輯)』에서 알아준 여성의 이야기로 변화하는 조짐을 드러냈다.[15] 이장곤을 보필한 아내로

---

13) Ⅲ장 1절 참조.

14) 『천예록』은 모두 62편의 이야기를 담고 있는데 신이한 이야기들을 대거 수용하였으며 또한 여성주인공들이 많이 등장한다. 문체나 작자의 역량면에서도 『어우야담』 이후의 획기적인 변모를 드러내며 독자성을 확보하고 있다.

15) 『청야만집』, 『한국문헌설화전집』 9권, 223쪽 참조. 영조 15년(1739) 이희겸(李喜謙)이 편찬한 화집으로서 야사(野史)의 성격을 지니고 있다. 그럼에도 불구하고 『청야만집』의 「이장곤 처」는 『어우야담』의 「이장곤」보다 여성 지인담으로 경사된 모습을 보여준다.

서 '백정 딸'이 문면에 드러나 있다.

그 이후 『동패낙송(東稗洛誦)』에서는 「일타홍」, 「선천 기생」, 「급수
비」, 「이만웅 첩」, 「이기축 처」, 「이장곤 처」 등 여성 지인담이 대거
출현한다. 특히 애초 『천예록』에서 남성의 사대부적 품위를 유지하며
여성을 이인화시켰던 「일타홍」이 이 화집에서는 남성을 불우한 처지
로, 여성은 관상 능력의 소유자로 변모시켜 기생 계열의 여성 지인담
의 전형적인 모습을 띠게 하였다. 「이장곤 처」 역시 『동패낙송』에서는
백정딸이 이장곤에게 바가지 물에 버들잎을 훑어서 주는 삽화가 나타
남으로써 여성 지인담의 성격을 뚜렷하게 드러내게 되었다. 그러나 본
화집에 보이는 여성 지인담에서는 기생 계열이 수적으로 우세하다.

이러한 기생 유형의 여성 지인담이 성행하는 경향은 19세기 중반까지
이어진다. 『기문총화』, 『선언편』, 『계서잡록』, 『계서야담』 등에서는 대
개 『동패낙송』의 전통을 그대로 유지한다. 『동패낙송』 작자의 관점을
그대로 유지하되 문체만 바꾸어 새롭게 서술한 것이다.[16) 두드러진 변
이는 보이지 않고 여성의 지감을 강조하고 남성의 최초 처지를 더 악화
시켜 지감 능력에 의거한 남녀의 결연을 설득력 있게 표현하려는 경향
을 보인다.

그러나 『청구야담』, 『파수편』 등에 이르러서는 『계서야담』의 서술시
각을 유지한 채 앞 시기에서 예외적이던 부요녀 유형의 지인담이 수적
으로 증가하기 시작한다. 따라서 여성 지인자의 신분도 죄수의 딸, 주

---

16) 『동패낙송』(서벽해외수일본) 이후의 야담집은 『계서야담』 계열과, 『청구야담』 계열
이 대종을 이룬다. 반면에 『동야휘집』, 『금계필담』, 『양은천미』 등은 작가의 창신이
나 문체 면에서 독특한 위치를 차지한다. 『계서야담』계나 『청구야담』계에 속하는 화
집들은 대개 편찬 시기가 미상이지만 특정 화집을 전사(轉寫)했다고 여겨질 만큼 오탈
자 정도만 드러나는 경우가 많다. 특히 『계서야담』의 수록된 작품은 『기문총화』, 『계
서잡록』, 『선언편』, 『성수총화』, 『쇄어』 등에 거의 동일하게 수록되었다.

막집 딸, 이방의 딸, 여종 등으로 변해 신분이 상승되기도 하고 급격히 하강하기도 한다. 남성은 머슴, 거지, 떠돌이, 짚신장사 등으로 현저히 하락한다. 중세적 위계질서에서 예외적으로 인정되던 기생과 몰락 양반의 기이한 결연이 다시금 여러 다양한 형태의 남녀 결연으로 확산된 것이다.

한편 『동야휘집』, 『금계필담』, 『차산필담』 등이 출현하는 19세기 후반에 이르면 기생 유형의 여성 지인담은 여러 가지 변화를 드러낸다.[17] 우선 큰 변화는 소설적 작품성에서 나타난다. 갈등 구조의 심화, 심리 묘사, 극적인 상황설정, 허구성의 개입 등이 『동야휘집』, 『금계필담』, 『양은천미』 등에서 시도된다. 『동야휘집』에서는 지감 능력이 대부분 현실적 상황에 대해 합리적으로 추리하는 모습으로 그려져서 여성 주인공이 일상적 면모의 지인자로 바뀐다. 또한 『금계필담』에서는 한문단편소설에 가까운 「고유 처」를 수록하여 기생 유형의 여성 지인담을 한층 짜임새 있게 만들었다. 뿐만 아니라 여성 지인담 구조가 국문소설에 반영된 작품으로 「백연전」이 발견되기도 한다.

이상과 같이 여성 지인담을 『동패낙송』, 『계서야담』을 중심으로 하는 전기와, 『동야휘집』을 중심으로 하는 후기로 나누어 그 특징을 대별해 볼 때 다음과 같은 결론에 도달할 수 있다. 전기는 관상을 능력으로 하는 기생 유형의 여성 지인담이 수적으로 우세하고, 후기는 기생 유형이 지속되면서도 부요녀 유형의 여항인 계열이나 천민 계열이 두각을 나타

---

17) 『동야휘집』은 서술방법과 문학성의 두 측면에서 주목되는 야담집이다. 우선 서술태도를 보면 전대 야담집에 수록된 유사한 각 편들을 종합했다는 점이다. 이 과정에서 비합리적인 부분은 합리적으로, 이름이 없는 주인공에겐 이름을 부여하기도 하였다. 또 문학성에서는 작자의 유려한 문장 구사력과 풍부한 서사문학적 교양이 관련된다. 중국의 전기(傳奇), 『태평광기』, 『해탁』 등의 삽화가 적절하게 차용되거나 용해된 흔적이 보인다.

내면서 결과적으로 다양한 양상으로 확산되어 나갔다. 여성의 지감 근거도 관상에서 학식 및 선견지명으로, 또 간접 경험에 의한 추리력으로 변하여 분화 현상을 보였다. 물론 전반적으로는 여성 주인공의 지감이 관상이나 선견지명과 같은 신비한 요소를 지닌 능력에서 실제적인 능력으로 전환되는 경향을 보였다. 이는 여성의 능력이 현실화되면서 부분적으로 약화되는 경향을 반영한다.

한편 여성 지인담의 시대적 변모 양상을 동일한 주인공이 등장하는 유화 내부의 측면에서 정리해 보자. 여러 화소가 가장 많은 변이를 보인 것은 기생 유형의 대표격인 「일타홍」이다. 이 유화에서는 지인자의 성격이 '신이한 이인'에서 '관상보는 지인'으로, 그것은 다시 현실상황을 추리하여 이치를 따지는 '일상적 지인'으로 변모하였다. 이 같은 세 단계의 변이는 여타 유화의 각 편에 적용해 볼 수도 있고, 여성 지인담의 하위 계열에도 대입시켜 볼 수 있다. 그런데 여러 화집에 두루 전승되었던 유화는 세 단계의 양상을 모두 보이지만, 그렇지 않은 것은 한두 단계만을 보였다. 특히 후기에 나타난 천민 계열 유화는 추리력을 지닌 일상인의 면모만 보여 그 자체가 여성 지인담의 확산된 성격을 드러내었다.

한편 「정기룡 처」는 지금으로서는 『동패집(東稗集)』에 최초로 보인다. 이 야담집은 『계서야담』과 선후관계가 문제시되는 화집이다.[18] 그런데 여기에 실린 「정기룡 처」는 이 유화의 다른 각 편에서 흔히 발견되는 이인적 면모가 보이지 않는다. 기생 유형이 주도했던 전기 여성 지인담의 전반적인 경향과 궤를 같이 했다고 볼 수 있다. 그만큼 전기에는 기생 유형의 지인담이 큰 영향력을 행사했다고 이해된다.

---

18) 임형택, 「별본 동패낙송(해제)」, 『동패낙송(서벽본)』, 아세아문화사, 1990, 13~15쪽 참조.

전기 여성 지인담은 신분을 뛰어넘은 남녀의 결연이 남성 주인공의 급제라는 성취에 힘입어 사회적으로 인정받았다는 데 초점이 있었다면, 후기 지인담의 경우는 출세와 치산이라는 사회적 성취와 속량과 부조리 고발이라는 사회적 문제의식 등으로 주제가 다양해져 갔다. 또 여성의 헌신 방법도 전자의 경우에는 여성이 자신의 재산을 털어서 헌신하며 남성이 이루는 성취의 결과를 기다렸다면, 후자는 여성이 치산이라는 나름의 성취를 이루고 남녀결연의 근거인 애정을 새롭게 확인하면서 알아줌을 입은 남성과 함께 알아준 여성이 구체적 사업에 동참하려는 의식이 두드러졌다.

이러한 경향은 조선후기 서사문학에서 현실적 세계관이 대두되어 갔던 일반적 흐름에서 설명될 수 있을 것이다. 결국 여성 지인담은 남녀 애정결연이라고 하는 보편적인 주제를 통해서 몰락양반과 화류계 여성이라는 상대적 소외계층, 떠돌이 남성과 부자집딸 혹은 천민 여성이라는 하층민들의 성취 과정과 애정의 문제를 담고 있다. 특히 이 과정에서 여러 가지 사회적 제한을 받고 있던 비천한 계층이 현실적인 능력을 키우고자 했던 염원을 담게 된다. 이처럼 야담의 여성지인 이야기는 18, 19세기 기층민들의 염원과 영락한 사대부문학 향유층의 욕구를 적절히 담아낸 서사체로서 중요한 의의를 지닌다.

3. 문학사적 의의

18세기에 실학의 대두, 화폐의 유통, 교역의 확대 등은 경제력 있는 부요민 계층과 여성 독자층을 낳는 등 문학 담당층의 확산을 초래하였다. 19세기 이르러서는 집안 경제를 일으키는 적극적 여성상을 그린 가

사나, 여성의 영웅적 면모를 그리는 소설이 등장하기도 하였다. 야담의 여성지인 이야기가 출현하고 또 2세기에 걸쳐 광범위하게 전승된 문학사적 현상도 같은 맥락에서 이해할 수 있을 것이다.

그러나 가사나 여성영웅 소설이 부녀자가 주 향유층이었다면, 야담의 여성지인 이야기는 일단 한문 주향유층인 사대부들이 생산하고 유통시켰을 것이다. 조선후기에 한문학이 광범위하게 확산되었다고는 하나, 야담은 비교적 보수성을 여전하게 갖추고 있는 갈래로서 향유되었다. 그러나 야담과 같은 비정통적 문학 갈래를 선호했던 이들은 통치권에서 상당히 멀어지고 경제력까지 상실한 영락한 양반일 가능성이 높다. 따라서 이들은 가문의 회복 및 현실적 처지의 개선을 소망하는 차원에서 인재발탁담에 주목했다고도 볼 수 있다. 집권층에게는 능력 위주의 인재 선발이라는 명분을 환기시켜 주는 한편으로 개인적 입장에서는 성실히 공부하면 과거를 통해 양반의 입지를 다시 회복할 수 있다는 염원을 투영했을 것이다.

그러나 발탁담의 주제가 갖는 공적인 성격은 조선후기의 다양한 인간관계를 충분히 반영하지 못했고, 일화의 수준을 뛰어넘는 다양한 문학적 욕구를 수렴하기 어려웠다. 따라서 18세기 이후 과거시험에 더 이상 기대를 걸 처지가 못 되는 대부분의 양반층들은 문학사적으로 여러 계층의 사사로운 인간관계를 다룬 보은담에 더 흥미를 느끼게 되었다. 또한 기층민이나 다름없는 식자 계층에게는 사람을 알아주는 밀착된 인간관계가 더 절실했을 것이다. 여성이 남성을 알아줌으로써 이루어지는 애정 결연과 사회적 성취의 이야기는 문학적으로 그러한 요구를 어느 정도 충족시켜 주는 주제로서 큰 인기를 끌었으리라 여겨진다. 또한 여성영웅 소설에서 여성의 맹활약이 적극적으로 묘사되면 될 수록 조선 사회의 실상과 어긋났던 데 비해,19) 야담의 여성지인 서사는 여성이 남성을 통해 사회적 성취동기를 이루면서도 애정의 문제를 다룬다는 점에서 현실적이다. 이 두 갈래가 남존여비 사상에 대한 반동, 여성에 대한 새로운 인식의 측면에서는 유사성을 지니지만 능력 실현과 연관되는 현실 인식에 있어서는 커다란 차이점을 보인다. 이러한 차이점도 갈래 향유층의 세계관에서 비롯된 것이다.

한편 군담소설에서도 여성 지인담과 동일한 서사단락을 지니고 있는 지인지감 소설이 보인다. 「소대성전(蘇大成傳)」, 「낙성비룡(洛城飛龍)」, 「신유복전(申遺腹傳)」 등이 그 대표적인 작품들이다.20)

그러나 각 작품마다 신이성과 현실성의 길항 관계가 서로 다르다. 「소대성전」의 소대성은 천상계에서 능력을 부여 받아 영웅의 면모를 지니며 위급 사태를 해결하는 방법도 초월적인 존재의 지시와 도움을 받는다. 「낙성비룡」에서는 신이성이 미약해지는 대신 경험적, 현실적 세계관이 상대적으로 부각된다.21) 한편 초현실적 요소나 신이성의 청산이 「신유복전」에서는 더욱 뚜렷해진다. 초현실적인 요소의 개입이 점차 현실화되어 가는 변화는 여성 지인담의 지감 변이와 궤를 같이한다. 또 이 같은 변화는 여성 지인담의 서사구조를 더욱 충실히 반영하고 있는 「백연전」, 「옥단춘전」과의 연관성에서도 그 이유를 찾아볼 수 있다.

「신유복전」은 1910년대에 활자본으로 출간된 '신작 구소설'이다.22)

---

19) 민찬, 「여성영웅소설의 출현과 후대적 변모」, 『국문학연구』 78집, 서울대학교, 1986, 90쪽 참조.
20) 서대석, 『군담소설의 구조와 배경』, 이화여자대학교 출판부, 1985, 72~95쪽; 현혜경, 「지인지감 유형 고전소설 연구」, 이화여대 박사논문, 1990 참조. 특히 후자에서는 이 작품들에서 '피지자 혹은 지자 제시 - 피지자의 처지 몰락 - 지자의 지감에 의거한 피지자의 결연 - 피지자에 대한 후원과 장애 - 피지자의 잠재력 발휘'라는 공통된 서사단락을 추출하였다.
21) 김일렬, 「蘇大成傳」, 『韓國古典小說作品論』, 완암김진세선생회갑기념논문집, 집문당, 1990, 327쪽 참조.

「옥단춘전」과 「백연전」이 이미 선례로 참작될 수도 있는 상태에서 고
소설의 형태로 창작된 작품이다. 이 작품은 선행 작품인 「소대성전」,
「낙성비룡」의 영웅적인 면모를 유지하면서도 남녀 주인공의 현실적인
성취를 합리적으로 추구해 가는 여성 지인담의 구조에 더 근접하는 변
화를 보였다고 짐작된다.

한편 여성 지인담의 서사구조는 「이진사전(李進士傳)」에서도 발견된
다. 우선 남주인공은 빈한하여 고을원으로 나가 있는 외숙에게 찾아갔
다가 자격지심에 되돌아오는 내용이 처음 부분에 나온다. 이는 여성 지
인담 「선천 기생」, 「단천 기생」과 동일한 설정이다. 남주인공은 돌아오
는 길에 평양에 들러 자신을 알아주는 기생을 만나고 결연을 맺는다.
이는 축첩하면 액운을 당한다는 남주인공의 집안 내력을 무릅쓰고 이루
어진 것이기에 가정 내의 갈등을 촉발시킨다. 따라서 성취 과정보다는
남녀 주인공의 애정과 그에 따른 시련이 부각되는 특징을 지니게 된다.
이후 남주인공은 살인 도주를 하게 되고 여주인공은 이별과 재상봉의
우여곡절을 겪어야 하였다. 결국 남녀 주인공의 특별한 이합 과정을 통
해 남녀의 애정 결합을 주지로 삼는 소설이 되었다. 이것은 「옥단춘전」
처럼 야담의 여성지인 서사구조에 충실한 고소설의 관점에서 볼 때, 남
녀가 알아주고 성취하는 인간적 신뢰의 차원을 넘어서서 애정으로 결연
하고 혼사 장애를 극복한다는 남녀 결연서사의 소설적 변용으로 발전했
다고 해석된다.

이외에 1910년대의 신작 구소설 「이화몽(梨花夢)」[23]에서도 여성 지
인담의 소설적 변용이 발견된다. 「이화몽」의 남성 주인공 김원성은 "일

---

22) 권순긍, 「申遺腹傳과 민족주체의식의 한계」, 『국어국문학논총』, 벽사이우성선생정
    년퇴직기념논총, 여강출판사, 1990, 556쪽 참조.
23) 「이화몽」, 新舊書林, 1914, 『신소설전집』, 계명문화사, 1987.

찍 아버지를 여의고 집안이 가난"하다. 평양 외숙에게 혼수비용을 얻으러 왔다가 기생 출신인 이화가 지감으로 알아보고 결연을 맺었다. 이화는 10년을 기약하면서 김원성에게 글공부하기를 권하고 경제적 후원을 하였다. 김원성은 급제한 후 평양으로 어사출도하여 관장 및 관장의 주변인물에 의해 시련을 겪고 있는 이화를 구해내고 재상봉하였다. 남녀 주인공의 관계 형성과 헌신, 남주인공의 처지 반전 등의 서사구조가 여성 지인담과 동일하다.24) 또한 악인의 치죄와 지인자의 구제를 맞물리게 한 설정에서는 「옥단춘전」의 영향을 감지할 수 있다. 한편 「이화몽」을 동시대 신작구소설인 「신유복전」과 비교해 본다면 두 소설 모두 '후일담'이 확장되었다는 점이 특이하다. 「신유복전」에서는 남주인공의 해외원정담이, 「이화몽」에서는 남주인공의 옥사 사건이 부연되어 있어 흥미를 돋웠다. 그러나 이 부분들을 떼어내도 남성과 여성이 알아줌을 통해 애정과 성취를 이루어내는 양상을 그려내는 데는 아무런 지장이 없다.

결국 여성 지인담의 서사구조를 가장 충실히 반영한 소설은 「백연전」과 「옥단춘전」 이본들이다. 그렇지만 이들 작품에서도 여성 지인담에서 보이는 사회적 성취 위주의 현실적 세계관을 넘어서서 '인간적 신뢰'를 '남녀의 애정결연'으로까지 확대하는 소설적 확장을 시도하였다. 그렇지만 「백연전」에서는 각 성취 단계에 따라 후원자를 등장시키고 완전히 성공한 후에는 후원자들에게 일일이 보답하는 내용이 덧붙여진다. 또 「옥단춘전」에서는 남녀 관계 뿐 아니라 친구라는 인간관계와 관련하여 선악형의 인물을 내세우고 복선화음의 주지를 실현하는 내용이 덧붙여

---

24) 이은숙은 「이화몽」의 근원설화로 「노진 설화」, 즉 본 연구에서 다룬 「선천 기생」으로 보았다. 이은숙, 「신작 구소설 '이화몽'의 창작 방식」, 한국학중앙연구원 박사논문, 1993, 158~161쪽 참조.

진다. 이러한 내용 때문에 이 두 작품은 모두 보은담적 성격을 띤다.
그러나 그것은 어디까지나 남녀 주인공이 배우자로서 진실한 인간관계
를 이루어 나간다는 내용을 둘러싸고 일어나는 주변적인 이야기들이다.
남녀의 애정을 강조하는 표현이 이 두 작품에서 적극적으로 개발되었다
는 점을 주목할 필요가 있다.

이상의 논의를 통해 야담과 소설을 포함하는 여성지인 서사의 문학적
의의는 대개 다음과 같이 요약할 수 있다.

첫째, 남녀 결연과 관련하여 특정한 서사구조를 확립시켰다. 또 야담
의 여성지인 이야기는 구비설화와 상호 영향 관계를 가질 뿐만 아니라
지인 소설 내지 여성지인 소설을 창출하게 하였다. 우선 구비설화에서
는 여인발복 설화가 여성 지인담 내지 변이형 설화로 확산되기도 하며,
「이장곤 처」, 「이기축 처」, 「정기룡 처」 등의 야담이 구비설화로 전승되
기도 하였다. 한편 고소설에서는 「백연전」, 「옥단춘전」과 같은 전형적
인 여성 지인담 서사구조를 띤 작품이 출현하기도 하고, 군담소설 내지
애정소설에 여성 지인담 서사구조가 활용되기도 하였다.

둘째, 주인공의 인물 묘사와 관련하여 전형적인 방법을 마련하였다.
기생 유형의 여성 지인담에서는 여성이 관상을 통해 남성의 장래를 예
측한다. 이것은 줄거리 상으로 불우한 처지의 남성에게 일종 권면의 말
과 동기 부여로 작용하고, 아울러 남성의 객관적 조건과 외모 등을 묘사
하는 서사적 기능을 담당한다. 이것이 고소설에서는 남주인공의 인물
묘사로 확대된다. 소설에서는 반드시 배우자인 여성의 눈을 통하는 것
은 아니지만 남성의 처지, 외모, 장래성 등을 관상적인 표현을 통해 종
합적으로 드러냄으로써 남주인공의 소개 단락과 사건 전개의 복선을 효
과적으로 설정하게 된다.

셋째, 주인공의 성취동기를 현실적으로 제시하며, 성취 과정을 단계

적이며 합리적으로 설정하였다. 여성 지인담에서는 남녀 주인공의 성취가 주로 신분적 상승으로 표현된다. 또 한편으로는 남주인공의 입신출세와 더불어 여주인공의 치산으로 성취를 나타내기도 한다. 열악한 최초 상황이 여성의 주도면밀한 계획과 도움에 힘입어 단계적으로 극복되어 나가고 종당에는 남녀 주인공 모두 신분이나 경제적 지위에 있어 성공하는 반전을 이룬다. 이는 조선후기에 동요했던 신분체계의 와중에서 각 계층의 현실 가능한 목표를 소망하고 있다는 점에서 어느 정도 사실주의적인 경향을 나타낸다. 한편 여성 지인담의 영향을 입은 구비설화는 민담적 가능성을 드러내고 있다는 측면에서 '발복'이라는 주제를 지니면서도 그것을 가능하게 하는 인간적 노력이 강조된다. 반면 소설에서는 신이한 세계관에 비해 현실적인 세계관이 더 우세할수록 전형적인 지인 소설에 근접하는 경향을 보인다. 또 성취 과정에 있어 단계적으로 후원자가 등장하고 완전한 성취 뒤에는 후원에 대한 보답이 일일이 이루어짐으로써 현실성과 합리성이 더욱 강조된다.

결국 여성지인 서사체는 오랜 서사문학사의 전통 속에서 18, 19세기에 출현한 것이지만 야담의 여성지인 이야기에서 독립된 서사구조를 갖추게 되었고, 그것이 이제는 거꾸로 구비설화에 영향을 끼치기도 하면서 한편으로는 소설로 전이되기도 하였다. 또한 지인담은 발탁하는 이야기 위주의 남성 지인담에서 남녀결연 위주의 여성 지인담으로 발전하면서 일화 수준을 넘어 유기적 구성의 서사물을 이룩하였다. 따라서 여성지인 서사체 중에서 여성 지인담이 핵심적 위치에 놓이고 여타 서사갈래에 영향을 끼치는 원동력을 제공했다고 의의를 부여할 수 있다. 반면 야담과 소설이 대종을 이루는 여성지인 서사체는 현세적인 성취동기를 설정했다는 점에서 중세적 가치질서를 추인하는 경향을 띠지만, 조선후기의 몰락 양반, 소외된 여성과 하층민 등의 능력을 인정하고 그들의 능력 발현과 성취 과정을 단계적, 합리적으로 보여준다는 점에서 근대적 지향을 드러낸다. 여성지인 서사체는 중세적 가치체계의 이념 속에서도 이념의 근대적 실현 방법을 모색함으로써 뚜렷한 서사문학적 위상을 확립했고 우리문학사의 근대 이행기적 특징을 나름대로 잘 드러냈다고 평가할 수 있다.

나오는 말

　사람이 사람을 알아줌은 인간의 소통을 위해서 가장 기본이 되는 행위이자 덕목이다. 이를 유가에서는 오륜의 마지막 덕목인 우도(友道)의 신의로 정의하였다. 그러나 사람을 알아주기 위해서는 먼저 사람을 알아보고 난 후에 깊이 사귀는 과정이 요구된다. 그 같은 '지인(知人)'의 개념은 아주 이른 시기의 한문고전에서부터 유래하였다. 그것은 인재를 적재적소에 배치하기 위한 통치자들의 덕목에서 비롯된다. 즉 '지인'이란 사람의 됨됨이, 능력, 가능성 등을 판단하거나 예견하는 행위를 두루 지칭하였다. 이것이 문학적으로 형상화되면서 '남의 잠재 능력을 알아보는 사람'[知人者]이라는 인물형으로 변형되고, 알아주는 사람과 알아줌을 입은 사람이 얽히는 이야기를 낳았다.

　또한 '지인'의 개념은 조선후기 문화에서 주로 관상과 관련하여 거론되었다. 또 그것은 18세기 양심적 지식인에 의해 '우정'의 담론으로 비판되기도 하였다. 또 19세기의 최한기(崔漢綺, 1803~1877)는 '측인(測人)' 개념을 구사하면서 거대한 인사행정 체계의 구상을 토로하였다. 그러면서 그는 인물 평가에 대한 일회적이며 결정론적인 방식을 지속적이고 종합적인 체계로 변용시켜야 함을 강조하였다. 조선후기 문학사에서 지인 이야기의 발전은 이 같은 문화, 사상계와 공동보조를 이루었던 현상이라 할 수 있다.

　조선후기 야담집에는 사람을 알아주는 이야기가 많이 수록되어 있다. 특히 지감(知鑑) 있는 사람이 열악한 처지에 놓인 인물의 비범성을 알아보고 선택하여 인간관계가 형성되고 기존의 상황이 반전되는 서사구조를 지닌 이야기 유형들이 있어 주목된다. 이를 본 연구에서는 '지인담'으로 특정하였다. 여기에는 남을 알아준 이로서의 '지인자(知人者)'와 남의 알아줌을 입은 사람으로서의 '피지인자('被知人者')'의 두 인물형이 등장한다. 지인담의 범주는 지인자와 피지인자의 성별에 따라 원칙적으로 네 가지 범주가 설정되지만, 실제로는 남성이 남성을 알아보는 남성 지인담과 여성이 남성을 알아보는 여성 지인담이 대종을 이룬다. 남성 지인담은 「지인자(피지인자) 제시 - 지감선택 - 갈등 - 후원 - 지감적중」의 순차적 서사구조를 지닌다. 또 사건의 종류에 따라 인재발탁담, 보은담, 애정결연담 계열이 존재한다. 실제 조선후기 야담집에서 이에 해당되는 작품들은 총 17유화의 162편이 추출된다.

　이 가운데 여성 지인담은 거의 여성이 남편을 택하는 택부담(擇夫譚)의 형태를 띤다. 이는 최소한 「피지인 제시 - 지감에 의거한 선택 - 결연과 여성의 헌신 - 지감 적중과 남성처지의 반전」이라는 단락을 보이면서 지인담으로서의 순차적 서사구조를 보인다. 따라서 여성 지인담은 지인담의 하위 유형으로서 독자성을 띠고 있다. 이것은 단순히 '지감 - 지감적중'의 구조를 지니는 일화적 성격의 야담과도 구별된다. 또한 이것은 위 순차 구조 가운데 한, 두 단락을 공유한다는 점에서 내조담(內助譚), 현녀담(賢女譚), 여성 이인담(女性異人譚)과 유사하다. 결국 남편감의 선택, 여성의 지감, 여성의 헌신, 처지의 반전이라는 서사 단락을 완비하고 있는가의 여부가 유사한 내용의 야담 작품들과 여성 지인담을 변별하는 기준점이 된다.

조선후기 여성 지인담은 지인담의 하위유형이지만 지인담의 가장 중요한 영역이며 내용적으로도 다양한 변모를 보였다. 본 연구에서는 54책의 화집에 수록된 13종 유화(類話)의 총 196개 각 편을 추출하였다. 이들 유화의 제목을 여성 지인자의 관점에서 붙여서 제시하면 다음과 같다: 「일타홍(一朶紅)」, 「급수비(汲水婢)」, 「선천 기생」, 「단천 기생」, 「경주 기생」, 「이만웅(李萬雄) 소실」, 「고유(高庾) 처」, 「이기축(李起築) 처」, 「정기룡(鄭起龍) 처」, 「이익(李益) 처」, 「이장곤(李長坤) 처」, 「오석량(吳碩樑) 처」, 「참정댁(參政宅) 여종」

여성 지인담은 지인자와 피지인자의 성격 및 서사구조에 의해 크게 기생(妓生) 유형과 부요녀(富饒女) 유형으로 나뉜다. 이들은 전체 여성 지인담의 약 60%와 40%를 차지한다. 그리고 부요녀 유형은 다시 여항인의 부잣집 딸과 천민 여성이 주인공으로 등장하는 두 계열로 나뉜다. 따라서 여성 지인담은 크게 기생 계열, 여항인 계열, 천민 계열로 분화되었다고 볼 수 있다. 각 계열은 전체의 여성 지인담 가운데 57%, 23%, 20%를 각각 차지한다.

기생 유형에서 남녀 주인공의 최초 상황은 영락한 양반과 부유한 기생으로 설정된다. 또 서사 단락은 「피지인제시 - 지감에 의한 지인자의 피지인 선택 - 지인자의 헌신 - 이별과 기다림(시련) - 피지인자의 영달 - 재상봉(시련극복) - 후일담」의 순차 구조를 보인다. 반면 부요녀 유형에서는 남녀 주인공의 최초 상황이 기생 유형보다 다양하다. 남성은 거의 머슴, 노비, 거지 등의 유랑 하층민이고 여성은 부잣집 딸 아니면 천민이다.

또 서사 구조는 기생 유형에 비해 '이별'과 '재상봉' 단락이 생략되어 나타난다. 기생 유형에서는 피지인자가 양반이라는 신분이 서사적으로 중요한 의미를 띠었다. 양반이기 때문에 입신출세의 성취동기를 지닐 수 있지만, 그 때문에 지인자와 피지인자의 남녀 결연이 정식 혼인 관계를 이루지 못하고 성취를 위한 이별과 시련 과정을 수반한다. 그러한 과정은 과거급제라는 사회적 성취를 통해 재상봉한 후에야 끝이 나고, 그 결과로서 그들의 애초 결연이 정당한 남녀결연으로서 사회적 인정을 받게 된다. '이별'과 '재상봉'의 의미가 그만큼 크고 또 새로운 관계를 맺은 이후의 후일담이 확대될 여지를 지니게 된다. 반면 부요녀 유형에서는 남녀 주인공의 처지가 서로 다르기는 해도 평민이라고 하는 동일한 지평에서 애정 결연을 맺는다. 따라서 이들은 정식 혼인 관계를 이루고 비록 여성이 주도적이기는 하지만 성취 과정에 지인자와 피지인자가 함께 참여한다. 시련과 시련 극복의 의미를 지닌 단락이 없으며 여성의 지략과 헌신, 남성의 능력 발현 등이 서사적 흥미를 자아낼 뿐이다. 또한 지감 적중 이후의 후일담이 성취의 결과를 나타내는 정도로 짧은 것도 특색이다.

기생 계열의 여성 지인담에서는 지감의 근거가 주로 관상(觀相)으로 나타난다. 반면에 여항인 계열에서는 지감이 학식에 의한 선견지명이나 이인적인 면모로 발현된다. 또 천민 계열에서는 지감이 현실감에 근거한 추리의 성격이 강하다. 기생 계열의 여성 주인공은 전형적인 '지인'의 행위를 한다고 한다면, 여항인 계열과 천민 계열에서는 각각 이인적 요소가 첨가되든가 혹은 지인적 요소가 약화되면서 지혜로운 일상인의 모습으로 변화된다. 이러한 다양한 여성 지인자의 모습은 어떤 한 유화가 지속적으로 변이될 때에도 관찰된다. 전승의 정도에 따라 세 형상이 모두 보이는 유화가 있는가 하면, 한두 가지 형태만 보이는 유화도 있다.

「일타홍」 유화(類話)는 기생 유형의 여성 지인담을 대표할 만한 작품이다. 각 편이 37편이나 되어 13개 유화 가운데 가장 널리 전승되었다.

본 유화는『천예록』계열,『동패낙송』계열,『동야휘집』수록본을 비롯한 기타 계열로 나뉜다. 첫째 계열에서는 피지인자 심희수의 처지가 다소 여유가 있으며 지인자 일타홍의 능력은 신이성을 띤다. 그러면서 애정의 진실성을 부각시키려 하였다. 둘째 계열에서는 지감의 근거가 관상술로 표현되고 지인자의 현실적 능력이 강조되며 피지인자의 처지는 악화된다. 그러면서 결연의 사회적 의미를 부각시키려 하였다. 셋째 계열에서는 표현의 치밀함과 지감의 합리성을 추구하였다. 이 계열에서는 고소설과의 연계성이 엿보인다.

「이기축 처」유화는 부요녀 유형의 여성 지인담을 대표할 만한 작품이다. 이기축의 처가 인조반정이라는 정치 상황을 예감하고 이를 기화로 무식하지만 용력 있는 남편을 출세시킨다는 내용이 공통되면서도, 다양한 성격의 여성 지인자를 표현하여 여성 지인담의 변모 양상을 두루 반영한다. 여성 지인자가 '주막집 딸', '함흥 퇴기의 딸', '평양 기생', '춘천 촌여자' 등의 다양한 신분으로 설정되어 있다. 말하자면 이기축의 처는 기생, 여항인, 천민의 특성을 골고루 지니게 된 것이다. 물론 이 가운데에서 '주막집 딸'로 설정된『계서야담』계열이 수적으로 우세하다. 이들은 알아준 여성이 이인 성향을 지니는 여항인 계열의 여성 지인담에 가까운 것이다. 그러나 물론 각 편들이 여러 계열의 특징을 띠고 있어, 지인자의 성격이 이인뿐만 아니라, 관상보는 지인, 현실감 있는 지인의 성격을 골고루 나누어 가져 다양한 변이를 보였다.

「일타홍」유화나「이기축 처」유화는 주로 어느 한 특정 계열에 몰려 있지만 광범위한 전승을 거치면서 세 계열의 특징적인 면모를 모두 드러낸다. 그러므로 이 두 대표적 유화를 통해 여성 지인담의 변화를 효과적으로 관찰할 수 있다. 즉, 지감의 근거가 이인적인 신비감을 띤 것에서 부터 관상을 위주로 하는 전형적인 지인자를 거쳐서 지혜로운 일상인의 모습으로 변이되어 갔다. 이를 통해 볼 때 여성 지인담에서 알아준 여성의 지감은 점차 현실적으로 바뀌어 갔음을 알 수 있다. 또한 지인자과 피지인자의 신분이 '기생'과 '양반'이라는 특수계층에서 '평민여성'과 '천민'으로 다양화되었다. 이는 야담에 있어서 현실 인식의 증대, 향유층의 다변화를 의미한다. 또한 후일담에서는 여성 지인자가 '소실' 혹은 '정부인'이 되어 신분이 상승되는 것을 특기함으로써 소외된 계층의 염원을 반영하였다.

여성 지인담은 서사적 변이를 거듭하면서 고소설로 근접하는 경향을 보였다. 특히 「백연전」과 「옥단춘전」은 대표적인 여성지인 소설이라 칭할 만하다. 두 작품은 모두 기생 유형의 여성 지인담과 동일한 구조를 지니고 있다. 다만 「옥단춘전」이 친구 사이의 결의와 배신 구조를 삽입해 갈등을 첨예화시켰다면, 「백연전」은 전형적인 여성 지인담의 구조에 보은담의 화소를 첨가하였다. 이들 작품은 남녀 주인공의 심리묘사 등 표현의 확대와 판소리 투의 운문체 삽입, 갈등의 심화, 피지인의 처지 악화 등을 통해 여성 지인담을 소설로 변용하였다. 또한 여성 지인담에 비해 남성의 성취 이후에 남녀의 애정 확인이나 탐색의 과정이 치밀하고도 흥미롭게 부가되었다.

여성 지인담은 여성의 시련과 극복이 두드러지는 서사문학의 오랜 전통에서부터 마련되었다. 「삼공본풀이」의 가믄장아기, 「온달전」의 평강공주, 「부설전」의 묘화(妙花) 등에서 나타나는 여성 지인자의 면모가 그러한 전통의 연원이라 생각된다. 구비설화에서는 쫓겨난 여인이 숯장이 남성을 선택하여 발복하는 설화군에서 그 전통이 발견된다. 이들 설화군의 변이형은 여성 지인담과 더 근접한 모습을 띤다.

여성 지인담의 유화는 기생 유형의 여성 지인담이 수적으로 우세하다. 그러나 『계서야담』 이후부터는 기생 유형이 계승되면서도 부요녀 유형의 여항인 계열과 천민 계열이 산출되었다. 지감의 근거도 신이한 면모의 '선견지명'에서 '관상'으로, 그것이 다시 간접 경험에 의한 '추리'로 바뀌어 현실적인 세계관을 반영하였다.

여성 지인담은 18~19세기에 집중되어 있지만 사상적, 문학적 전통은 오랜 연원을 지닌다. 남성의 입장에서는 영락한 처지를 현세적 방법으로 회복하기를 바라고, 여성은 남성을 통해 자아 성취를 이루고자 하는 염원을 담았다. 그러나 여성지인 소설에 이르면 보은과 애정의 주제가 강화된다. 여성 지인담이 잠재력 있는 인물에 대한 정당한 평가와 성취를 소망했다면, 소설은 인간의 보편적 덕목인 신의와 애정의 문제의식을 강화하였다. 또 소설에서는 피지인자의 성취 과정을 매우 단계적으로 그려나가며 그에 따른 후원자를 적절하게 설정하였다. 결국 지인 서사체는 종합적으로 살펴볼 때, 다음과 같은 서사문학사적 의의를 지닌다. 첫째, 남녀 애정결연의 주제와 관련하여 특정한 서사구조를 확립하였다. 둘째, 주인공의 인물 묘사와 관련하여 전형적인 방법을 마련하였다. 셋째, 서사 주인공의 성취동기가 현세적이고 성취 과정이 단계적이며 합리적으로 설정되었다.

조선후기 지인 서사체는 소외된 계층의 성취동기와 인간관계의 덕목을 합리적, 사실적으로 그려냈다는 점에서 문학사적 의의가 크다. 이는 신분보다는 능력을, 관념보다는 실천을 중시했던 실학사상의 분위기와, 알아줌이라는 유가적 덕목이 어우러져 야담과 소설로 형상화된 결과이다. 여성 지인담은 보수적 입장을 견지하면서도 조선후기 여성과 영락한 처지의 양반 및 하층민들의 현실 성취에 대한 염원을 일정하게 반영한 근대 이행기의 서사체로서 주목된다.

구비 지인설화의 양상과 의미

1. 머리말

한국 서사문학에는 지인지감(知人之鑑)이 있는 사람이 잠재적 능력이 있는 사람을 알아보고 후원 성취시키는 이야기가 많이 보인다.

『사문유취』나 『태평광기』 등에서는 남을 알아주는 행위와 남을 알아주는 인간형을 일찍부터 보여주었다. 지인은 알고 있는 사람에 그치지 않고 이미 알아줌의 행위가 하나의 인물형으로 발전됐다는 선례가 된다. 지인 이야기가 성립되는 요체는 지인지감인데, 지인지감은 사람의 잠재력을 알아보아 미래를 예견하는 능력으로 그 근거로는 '학식', '관상', '추리' 등이 있다. 그러나 지인설화는 단순한 지감과 지감적중에 그치지 않고 알아준 사람의 후원이 개입됨으로써 서사적 효과를 높인다. 우리나라의 지인설화는 문헌설화와 구비설화에 모두 발견되는데 특히 문헌설화가 주종을 이뤄 조선 후기 야담집에 집중적으로 수록되어 있다.

본 연구는 구비설화에 나타나는 지인 이야기의 양상과 의미를 검토하는 것을 목적으로 한다. 지인설화는 알아주는 사람의 성별에 따라 여성

지인 설화와 남성지인 설화로 구별할 수 있는데, 야담이나 구비설화에서 모두 전자가 후자보다 훨씬 많다. 이는 남성 지인이야기가 '알아줌'이라는 행위의 보편적 양상을 보여주기는 하지만 비교적 일상적인 것이라면, 여성 지인이야기는 전근대사회에서 소외 계층의 대표격인 여성을 주체로 하여 특별한 양상을 보여주는 것이기 때문에 문학적으로 즐겨 다루어진다. 여성이 남성을 택하여 대단한 성취를 이루고 애정의 관계에까지 이른다는 이야기는 완미한 서사 구조를 지니며 극적인 흥미를 줄 수 있다.

지인설화는 서사문학의 영역에서 하나의 독자성을 지니고 있는 영역인데도 하나의 유형군으로 인식되지 못하고 자료의 분포조차 제대로 조사되지 못하고 있다. 보통 남성 지인설화는 행운담(幸運譚)에 소속시키는 경향이 있고 여성 지인설화는 내조담(內助譚)[1]이나 현녀담(賢女譚)[2]으로 이해되는 실정이다.

한편 여성 지인설화의 존재는 김대숙에 의해 암시되었다.[3] 그는 '여인 발복 설화'의 전승 측면을 연구하면서 이것들이 조선후기 문헌설화에서 발견되는 '남편 택하여 출세시킨 여성이야기'와 어떻게 같고 다른지를 비교하였다. 그러나 여성 지인담과 관련하여 서사적 연원까지 고려한 계통적인 논의는 아니어서 본격적 연구가 필요하다.

양혜란[4]은 기봉류(奇逢類) 고전소설 중에서 '남녀주인공의 운명적이고 기이한 만남'을 다룬 이야기의 한 유형으로 '지인지감(知人之鑑)형'을

---

1) 조동일, 『한국문학통사』 3권, 지식산업사, 1993, 502쪽 참조.
2) 이신성, 「일타홍 이야기의 전개 양상과 그 의미」, 『한국한문학연구』 14집, 한국한문학연구회, 1991; 「선천기 이야기의 전개양상과 그 의미」, 『일사 천두현교수 정년퇴직 기념논문집』, 1991 참조.
3) 김대숙, 「여인 발복 설화의 연구」, 이화여대 박사논문, 1988.
4) 양혜란, 「기봉류소설연구」, 이화여대 박사논문, 1989.

설정하였다. 이 유형의 남녀결연 방식은 '신물점지(神物點指)형'과 '애
정성취(愛情成就)형'의 중간 단계로서 신이한 세계관에서 현실적 세계관
으로의 이행기적 양상이라고 보았다. 이는 '남녀결연'과 관련된 사상사
적 의미를 설명해 내는 데 유용하지만 '지인지감'에 대해 더 세부적이고
치밀한 논의가 요구된다.

그에 비해 현혜경[5]은 지인지감 화소가 핵심단락으로 작용하는 소설
에 주목하였다. 그리고 소설과 야담에 있어 그 서사구조의 유사성을
드러내기 위하여 본격적으로 야담을 주목하였다. 『계서야담』, 『청구야
담』, 『동야휘집』 등 3대 야담집에서 11편의 지인담을 추출하여 서사구
조를 따졌다. 그러나 지인담의 전반적인 양상과 특성, 소설적 변용에
대한 지적은 구체적이지 못하였다.

이상의 기존 연구는 지인지감 화소의 기능과 지인지감 유형의 고전소
설에 대한 인식을 새롭게 하는 데 커다란 기여를 하였다. 그러나 광범위
한 지인담과 지인이야기의 전승에 대해 정당한 관심을 두지 못했다는
연구사적 한계를 드러냈다.

지인담에 대한 본격적인 연구는 이 책 앞의 논의에서 이미 시도하였
다. '지인(知人)'의 개념과 유래를 따지고 지인담의 서사구조를 추출하
였다. 또한 남성 지인담 보다 서사적으로 충실한 여성 지인담의 계열과
전개양상을 천착하고 지인담의 소설적 변용을 살펴 '여성 지인소설'의
개념을 도출하였다. 이러한 작업으로 지인담과 친연성이 있는 지인소설
을 변별할 수 있는 기준점이 제시되었으며 '알아준 여성'이라는 인물형
을 부각시켰다. 그러나 지인담이 성행한 사회적인 요인이나 배경을 궁
구하지 못했으며 구비 지인이야기는 지금부터 새롭게 살펴본다.

---

5) 현혜경, 「지인지감유형 고전소설 연구」 이화여대 박사논문, 1990.

한편 정병헌[6]은 강영순의 '여성 지인담' 자료에 주목하되 혼사에 비중을 두어 관심을 '택부담' 쪽으로 돌렸다. 그는 택부 선택의 주체를 (1) 여성 자신과, (2) 여성의 주변인물로 나누었고, 선택의 목적을 (1) 여성 자신의 성취, (2) 배우자인 남성의 성취를 위한 보조로 나누었다. 그러나 이 같은 분류에는 배우자를 선택하는 방법에 대한 고려가 없다. 어느 경우든 직·간접의 차이가 있을 뿐 여성당사자의 배우자 선택에는 지인지감이 개입한다. 이야기 전개에서 더 중요한 것은 바로 여성이 배우자를 선택하는 동기와 방법이다. 설화 수용층의 흥미를 자극하는 부분은 천편일률적인 출세의 결과라든가 일상적인 남녀의 결합이 아니라 특이한 동기와 방법인 것이다. 이것의 다양한 변이를 지감화소는 효과적으로 반영하므로 지감의 정도와 유무를 기준으로 위 자료를 여성 지인담의 관점에서 고찰하는 것이 더 유리하다.

본 연구에서 다루고자 하는 지인이야기는 지인담 연구 성과에 힘입어 자료를 확장하고 지인설화 전반을 검토하기 위한 연구이다. 따라서 야담의 지인담과 구비설화의 지인이야기를 대비하는 관점을 취하면서도 한편으로는 지인담에 대한 후속연구의 성격을 띤다. 우선 구비설화의 자료를 일괄 개괄하되 자료는『한국구비문학대계』와『한국구전설화』에서 추출한다. 자료의 분포 양상을 점검한 후에 남성·여성 지인이야기의 양상을 파악하고 지인담과 지인이야기의 차이를 통해 구비설화 수용층의 의식을 알아보고자 한다.

---

6) 정병헌, 「배우자 선택이야기(택부담)의 유형적 성격」,『아세아여성연구』 35집, 숙명여대 아세아여성문제연구소, 1996.

2. 구비 지인설화의 자료양상

구비설화 가운데 지인 이야기에 해당되는 자료는 다음과 같다. 이를 도표화해서 제시한다. 단, 출전은 한국학중앙연구원의 『한국구비문학대계』[7]의 권수와 쪽수(○ - ○ ○○)를, 임석재의 『한국구전설화』[8]의 책수와 쪽수(○책 ○○)를 나타낸다. 표에서 지인자 항목은 해당 각 편에서 알아준 사람의 구실을 하는 주체를, 피지인자 항목은 알아줌을 입은 사람에 해당되는 주체를 밝혀 적기로 한다. 자료의 순서는 『대계』의 권수를 기준으로 삼는다.

[표 7]

	제목	출전		지역	지인자	피지인자
1	임경학의 발복	1-1	302	서울	義州 富者	건달
2	동고 이준경과 피서방 사위	1-1	726	〃	이준경	거지아이
3	인조반정과 이기축	1-1	745	〃	서좌수 딸	머슴
4	원두표이야기(2/2)	1-2	20	경기	좌수 딸	머슴
5	동고의 사위	1-2	74	〃	이준경	거지아이
6	박문수 일화	1-4	350	〃	박문수	아이
7	부처님 가슴에 꽂힌 칼	1-6	463	〃	도사 중	상좌 중
8	양아들의 슬기	1-6	503	〃	좌수 딸	유척기
9	초동원(원님 놀이하는 아이)	1-6	714	〃	경주부윤	樵童
10	별춘향전	1-7	833	〃	기생	몰락양반
11	이장곤과 백정의 딸	1-9	101	〃	백정 딸	망명양반 이장곤
12	평양 기생과 대감	2-1	223	강원	평양기생	몰락양반
13	智女	제4책	302	〃	평양기생	몰락양반
14	이장곤 이야기	2-1	67	〃	백정 딸	망명양반 이장곤

---

7) 『한국구비문학대계』(1-1)~(9-3), 한국정신문화연구원, 1980-1988. 이하 『대계』로 칭한다.

8) 임석재, 『한국구전설화』 1~12, 평민사, 1987-1993.

15	돈이 눈을 가리다 (정심사심)	2-2	417	〃	여흥후실	몰락양반
16	평양기생의 의리	2-2	551	〃	평양기생	몰락양반
17	여자 잘 만나 판서가 된 옴쟁이기축이	2-3	63	〃	생원 딸	머슴
18	서울에서 제일 큰집 찾기	2-8	575	〃	임금	시골백성
19	관상쟁이 원님의 자화자초	4-2	46	충남	처녀와 기생	초동
20	윤동춘의 우정 약속	5-2	456	전북	기생	몰락양반 윤동춘
21	원수를 은혜로 같은 조카	5-2	215	〃	서당선생	고아
22	재치 있는 신랑감을 구한 처녀	5-3	174	〃	대가집 처녀	과부아들
23	노끈으로 만든 장계를 전달한 정충신	5-3	204	〃	권율장군	노비 정충신
24	과거에 급제할 관상	5-4	516	〃	기생	몰락양반
25	고유와 좌수 딸	6-3	638	전남	좌수 딸	머슴 고유
26	박좌수 딸과 혼인하여 십년 만에 합격한 고씨 시조	6-8	477	〃	좌수 딸	머슴 고씨
27	내짝은 내가 찾을라요	6-8	492	〃	정승집 몸종	짚신장사 김총각
28	노진과 열녀	6-10	177	〃	기생	몰락양반 노진
29	유기장수 사위가 된 이장곤 교리	6-12	36	〃	유기장수딸	망명양반 이장곤
30	숯 굽는 총각의 행운	6-12	599	〃	처녀	숯구이 총각
31	옥단춘 이야기	6-12	137	전남	옥단춘	이일용
32	별과에 장원급제한 고아	7-2	81	경북	주인	고아
33	고아 여식과 혼인해 적선으로 성공한 짚신장수	7-8	128	〃	정승몸종	짚신장수
34	신유복 이야기	7-8	426	〃	목사	거지 신유복
35	정승된 곰보사위	7-8	515	〃	진사집 매부	곰보 정약포
36	머슴살이하다 부사가 된 고유	7-9	729	〃	박좌수 딸	머슴 고유
37	옥단춘전	7-11	75	〃	옥단춘	이현령
38	이정승 아들 배신한 김정승 아들	7-12	182	〃	기생 하월	이정승 아들
39	신유복 이야기	7-15	175	〃	상주목사	거지 신유복

40	천기를 아는 동고선생과 머슴	7-15	371	〃	이준경	머슴
41	임란 피난지를 마련한 이인 사위	7-15	518	〃	정승	거지사위
42	백정 딸과 결혼한 이장곤	7-15	560	〃	백정 딸	망명양반 이장곤
43	박문수 이야기(2/2)	7-16	299	〃	박문수	아이
44	숙종대왕과 병조참판된 더벅머리 총각	7-16	393	〃	숙종	총각
45	한양 황판서의 딸	8-5	205	경남	부잣집마님	거지아이(판서딸)
46	홍정승 딸과 고돌	8-5	861	〃	정승 딸	고아
47	이장곤이야기	8-6	792	〃	백정 딸	망명양반 이장곤
48	이기축의 부인	8-6	820	〃	평양기생	나무꾼 이기축
49	연산군과 이장곤 처	8-9	942	〃	백정 딸	망명양반 이장곤
50	연산군과 이장곤	8-14	475	〃	백정 딸	망명양반 이장곤
51	진주강씨와 정기룡	9-2	202	제주	이방 딸	하인 정기룡
52	이宅의 의붓딸	9-2	684	〃	글방선생	이씨댁 딸

지인설화는 지인자와 피지인자의 성별이 서사구조와 이야기의 성격을 결정하는 중요한 기준점이 된다. 곧 지인설화에 나타나는 주인물간의 관계 양상은 다음의 네 가지 경우로 나타날 수 있다. 첫째 남성 과 남성, 둘째 남성과 여성, 셋째 여성과 남성, 넷째 여성과 여성이 각각 알아준 사람과 알아줌을 입은 사람의 관계를 맺고 사연이 전개된다.

남성 지인자가 등장하는 첫째와 둘째의 경우는 남성지인 설화이고, 여성 지인자가 등장하는 셋째와 넷째는 여성지인 설화이다. 그런데 알아주는 남성과 알아줌을 입은 여성의 결합인 둘째의 경우는 문헌설화에서 발견되지 않는다. 구비설화에서는 「이댁(李宅)의 의붓딸」이 있지만 지감으로 선택할 당시에 여성 피지인자가 남성으로 변복해 있는 상태여서 알아줌을 입은 여성을 남성으로 알았으니 예외적이다.

셋째의 경우가 여성이 남성을 알아주는 여성지인 설화인데, 지인설화의 대종을 이루며 서사적 변이도 많이 이루어져 전승력이 강하다. 그런데 여성 지인자가 남성 피지인자의 능력을 알아보고 후원을 해주는 데에는 일정한 제약이 따른다. 여성의 성취는 가정 내에서 이루어지는데 비하여 남성의 성취는 대사회적이기 때문이다. 그래서 이 경우는 여성 쪽에서 남편을 택하는 이야기인 택부담과 내용이 겹치게 마련이다. 그러나 여성 지인담은 불우하지만 잠재력이 있는 남성을 지감 있는 여성이 선택하여 헌신하고 사회적 성취를 이뤄내는 내용이다.

또 알아준 여성과 알아줌을 입은 여성의 조합인 넷째의 경우도 문헌설화에서 발견되지 않는다. 그런데 구비설화에서는 「한양 황판서의 딸」이 있어 시어머니가 여성 지인자가 되어 거지아이인 여성 피지인자의 비범함을 알아보고 며느리로 선택한다. 여성이 여성을 알아보고 사회적인 성취를 시킨다든가 시어머니가 혼사에 관여하여 결정하는 것이 전통사회의 통념상 있기 어려운 일이라고 할 때, 문헌설화가 합리성을 반영했다면 구비설화는 가능성과 소망을 반영하였다.

이상을 통해 지인설화는 남성 지인자가 남성 피지인자를 선택하고 후원하는 '남성 지인설화'와 여성 지인자가 남성 피지인자를 배우자로 선택하여 성취를 이뤄내는 '여성 지인설화'가 주종을 이룸을 알 수 있다. 그런데 남성이 여성을 남성인줄 알고 선택하거나 여성이 여성을 선택하는 구비 지인설화도 있어 관심이 주목된다. 이제 이들을 남성 지인이야기와 여성 지인이야기, 변이형 지인이야기로 나누어 논의를 전개하고자 한다.

3. 남성지인 이야기의 내용과 의미

앞에서 제시한 구비설화 자료 가운데 남성 지인이야기는 다음의 11종 15편이다.

[남성지인 설화 자료]

1. 1) 박문수 이야기(2/2) (7-16, 299)

    2) 박문수 일화 (1-4, 350)

2. 숙종대왕과 병조참판된 더벅머리 총각 (7-16, 393)

3. 초동원(원님 놀음하는 아이) (1-6, 714)

4. 노끈으로 만든 장계를 전달한 정충신 (5-3, 204)

5. 임경학의 발복 (1-1, 302)

6. 1) 동고의 사위 (1-2, 74)

    2) 동고 이준경과 피서방 사위 (1-1, 726)

    3) 천기 아는 동고선생과 머슴 (7-15, 371)

    4) 임란 피난지 마련한 이인 사위 (7-15, 518)

7. 별과에 장원급제한 고아 (7-2, 81)

8. 원수를 은혜로 갚은 조카 (5-2, 215)

10. 부처님 가슴에 꽂힌 칼 (1-6, 463)

11. 서울에서 제일 큰집 찾기 (2-8, 575)

　지인설화는 지인자가 피지인자보다 사회적으로나 경제적으로 우월한 처지에 있다는 것을 전제로 한다. 야담의 남성 지인담에서는 더욱 그러하다. 그러나 구비설화에서 독특한 점은 피지인자의 잠재능력을 크게 부각시킨다는 데 있다. 사회적인 처지는 피지인자가 열등해도 지혜는 지인자보다 우월하여 지인자를 곤경에서 구원해 주는 이야기가 그것이다. 자료 1번의 「박문수 이야기」와 「박문수 일화」가 그것인데 여기서 피지인자는 다섯 살배기 어린아이이다. 이른바 '아이의 지혜'[兒智]를 통해 어사 박문수가 죽을 처지에서 벗어나게도 되며 국가적인 난제도 해결한다. 박문수가 이인적 성향의 아이를 후원하여 결국 아이는 높은 벼슬에 오른다.

피지인자의 탁월한 지혜를 보고 선택하는 이야기도 이에 해당된다. 자료2 「숙종대왕과 병조 참판된 더벅머리 총각」의 내용은 다음과 같다. 숙종은 중국에서 낸 난제를 해결 못해 고민하다가 미행을 나와 소몰이 총각에게 기발한 해결책을 듣는다. 총각의 지혜로 문제를 해결하고 그를 병조참판으로 발탁한다. 자료3 「초동원」은 고을원 놀이를 하는 초동 아이에게 백성의 송사를 맡겨 지혜를 시험해보고 아이를 공부시켜 출세시킨다. 자료4 「노끈으로 만든 장계를 전달한 정충신」에서 정충신도 적진을 헤치고 장계를 전할 때, 노끈으로 장계를 만들어 전하는 기지를 발휘해 권율장군에게 발탁된다. 이들 모두 야담에서 지인자가 지인지감으로 상대를 한순간에 알아보아 그 능력을 절차탁마시키는 양상과는 다르다. 지인자보다 피지인자를 부각시켜 학식이나 사회적 능력이 없어도 숨은 지혜가 알아주는 위치에 있는 임금이나 관리보다 뛰어난 점이 있고 그래서 알아주는 이를 돕고 발탁될 수 있다는 구비설화 향유층의 자신과 기대감이 반영되어 있다.

반면 지인자의 탁월한 지감을 크게 강조하는 경우도 있어 양극화 현상을 보인다. 아무런 능력도 없어 보이는 피지인자를 용케 알아보고 선택하는 이야기를 함께 살펴보아야 한다. 여기서 지인자의 지감은 구체적으로 '관상'의 형태를 띤다. 피지인자가 이인적 면모를 띤 것과는 달리 이러한 유화가 본격적인 지인설화라 할 수 있다. 자료 5번 「임경학의 발복」내용을 보자.

1. 의주에 어느 노총각이 술집을 전전하며 얻어먹고 다녔다.
2. 의주 부자가 보니 총각은 부귀하게 될 상이어서 집으로 불렀다.
3. 총각은 부자에게 천 냥을 타다가 보약을 먹었고 두 번째 천 냥으로는 '임경학'

이라고 작명하는 데 썼다. 세 번째 삼천 냥은 인삼을 사서 중국으로 가 팔아서 만 냥을 벌었다. 만 냥을 부친의 장례 때문에 몸을 파는 처녀에게 주고 의남매를 맺었다.

4. 부자에게 네 번째 삼천 냥을 타서 다시 인삼을 중국에다 내다 팔아 삼만 냥을 벌었다. 의남매를 맺은 처녀는 중국의 황후가 되어 임경학과 해후하였다. 임경학은 원하는 대로 평생 의주부윤이 되고 부귀하게 살다 죽었다.

임경학은 무식하고 게으른데다가 술집과 노름판을 오가는 건달이다. 누구의 눈에도 가능성이란 전혀 보이지 않는 인물이다. 그런데 의주 부자의 눈에 띄면서 임경학은 변신하며 자신의 잠재력을 발휘한다. 지인자의 지속적인 후원과 피지인자의 반복되는 변신이 어울려 복잡한 서사적 구조를 엮어내고 있다. 그의 몸보신과 작명은 엉뚱하게 보이지만 번듯한 사회적 인간으로 공인받기 위한 변신의 첫걸음이다. 그런 후 그는 본격적으로 잠재력을 발휘한다. 중국과의 교역에서 재간을 보인 것이다.

그러나 임경학의 마지막 변신은 그 재간을 고집하고 돈에 매달리지 않았다는 데서 이루어진다. 돈보다 더 귀한 가치를 수용하면서 인정을 저버리지 않자 결정적으로 운명이 바뀌는 계기가 찾아온 것이다. 건달에서 무역상으로 변신하는 데는 지략이 필요했다면, 무역상에서 의주부윤으로 변신하는 데는 더 높은 차원의 가치가 요구됐다. 부요해지는 성취는 피지인자의 노력으로 이루어졌다면, 귀인이 되는 궁극적 성취는 인정의 베풂과 의외의 보답으로 이루어졌다. 지략이나 재간보다 운명이 더 중요한 인생의 조건이며, 후원자는 그 운명을 현실로 만드는 계기를 부여하였다.

또한 이 이야기는 문헌설화에 보이는 「만금부자 전장복(田長福)과 아이」[9]와도 유사하다. 문헌설화에서는 거지아이의 신이한 행적을 통해 아이가 이인임을 짐작하는데 반해 이 작품에서는 피지인자의 애초 처지가 매우 열악한 상태에 놓여 있어 지인자가 그것을 짐작하기는 어렵게 되어있다. 그만큼 구비설화에서는 지인자의 후원과 피지인자의 변신이 지속적이고도 극적으로 연결되어 있다. 이와 비슷하게 야담에서는 홍순언(洪純彦, 1530~1598)의 보은단(報恩緞) 삽화가 지인 이야기 구조에 삽입되면서 알아준 사람이 오히려 큰 복을 받는다는 화소로 작용하기도 한다.

한편 장인과 사위 등의 가족관계를 통해 알아준 인물과 알아줌을 입은 인물의 얽힌 이야기를 보여주기도 한다. 매우 여러 유화가 여기에 해당되므로, 혼인화소가 역시 이야기 구성에 효과적으로 활용됐음을 말해준다. 자료 6~8번의 「동고의 사위」, 「별과에 장원급제한 고아」, 「원수를 은혜로 갚은 조카」 등이 그것이다. 이 가운데 자료 6의 「동고의 사위」 유화는 네 개의 각 편이 검색될 정도로 넓게 전승되었다.

「동고의 사위」 유화는 명종조의 삼정승을 지내고 선조의 즉위를 보좌한 원임 재상이었던 이준경(李浚慶, 1499~1572)이 거지를 사위로 택한 이야기이다. 현실적으로는 있기 어려운 파격을 설정하였다 하겠다. 그런데 그 사위는 남들이 게으름뱅이라고 놀리던 보잘 것 없던 존재였는데 장사를 한다고 집안을 거덜 내더니 어느 날 가솔을 모두 이끌고 피난지로 데려가 대전란의 화를 모면하게 하였다. 거지사위는 천기를 읽을 줄 아는 이인이었던 것이다. 그러나 문헌설화에서는 이준경이 자신의 겸인(傔人) 피씨(皮氏)에게 거지였던 이인 사위를 골라 주어 임진왜란의 화를 피하게 한다. 구비설화에 비해서는 어느 정도 합리성을 꾀하였다. 그럼에도 불구하고 임란이라는 미증유의 고난을 예견하고 또 그것을 피할

---

9) 「雪橋漫錄」, 『삽교집』 하, 서벽외사해외수일본, 아세아문화사, 1986, 344쪽.

곳을 예비하게 할 사람마저 알아보는 동고의 예견력은 문헌이나 구비나 다르지 않다. 따라서 이 설화에서는 혼인이 여성 지인설화의 남녀결연처럼 서사적 긴밀성을 갖지는 못한다. 특히 장인이 지인자이면서 제3자로 하여금 선택하게 할 경우에는 피지인자에 대한 알아준 사람의 후원은 별도로 없다. 이인을 알아준 지인자가 오히려 큰 복을 누리게 된다.

지인설화에서 지인자는 피지인자를 선택함에 있어 어떤 후회나 고민을 하는 경우는 드물다. 뿐만 아니라 지감이 적중될 때까지 후원 혹은 헌신을 지속한다. 또한 피지인자 쪽에서도 주변인의 반대와 몰이해 때문에 갈등하기는 하나 잠재력을 차질 없이 발휘해 성취를 이룩한다. 이는 지감에 대한 지인자의 자신감과 신뢰를 의미하기도 한다.

그러나 지인자의 능력보다 더 높은 차원의 지혜가 개입되면서 지감에 대한 회의를 드러내는 설화가 있어 주목된다. 자료 10번 「부처님 가슴에 꽂힌 칼」이 그것이다. 내용을 살펴보자.

1. 어느 절에 도사중이 상좌중을 데리고 있었다. 장래 크게 될 인물이어서 불사(佛事)보다는 글공부를 시켰다.
2. 상좌중이 글 공부를 마친 후 도사중은 그를 절에서 내쫓고, 부처에게 아이가 잘 되게 해 달라고 늘 축원하였다.
3. 몇 년 후 우연히 도사중은 아이가 거지가 된 것을 발견하였다.
4. 도사중은 절에 돌아와 돌 부처의 가슴에 칼을 꽂으며 기도의 응답이 기껏 거지 된 것을 원망하였다.
5. 도사중은 절을 폐문하고 아이를 위해 기도를 하였다.
6. 어느 날 절에 고을 원이 방문했는데 보니 바로 그 상좌중이었다.
7. 고을 원이 칼을 빼니 부처의 가슴이 원상태로 되며 칼에 '개심'이라 쓰여 있었다.

도사중은 아이의 비범함을 알아보고 불경보다는 글공부를 시켰으며 아이가 성장하자 절에 두면 중밖에 될 것이 없다면서 내쫓았다. 공부를 시킨 것도, 매달리는 아이를 내쫓은 것도 모두 도사중의 커다란 애정과 후원이었고 그 바람은 아이의 출세와 성취이었다. 그 뒤에도 도사중은 변함없이 부처님께 아이를 위하여 기도한다. 몸은 비록 아이와 떨어져 있으나 늘 마음만은 아이를 후원하고 있었던 것이다. 그러다 비렁뱅이 질을 하고 다니는 아이를 발견했을 때의 놀라움과 슬픔은 도사중의 이성을 잠시 마비시킬 만큼 엄청난 것이었다. 부처님 가슴에 칼을 꼽고 수도자로서의 생활을 포기한 채 술로 세월을 보내다가 다시 기도생활을 한다. 물론 부처님 가슴의 칼은 암만해도 뽑히지 않으니 신도 때문이라도 절문을 열 수는 없었다. 알아줌을 입은 사람의 성취는 알아준 사람의 후원에 힘입지만, 그보다 초월적인 힘이 작용해야 궁극적 성취가 완성된다는 내용이다. 그렇다면 그 초월적인 힘은 무엇인가? 딱 잘라 말할 수 없지만, 도사중의 사랑에 의해 촉구되고 부처의 자비로 반응되어졌다는 종교적 주제가 간취된다.

한편 같은 유화로서 「부처 가슴에 꽂은 칼」[10]이라는 제목의 구비설화도 발견된다. 여기서는 발복을 빌며 전 재산을 헌납한 어느 총각을 위해 도사중이 백일기도를 해준다. 그랬더니 총각이 장님이 되어버렸다. 다시 백일기도를 했더니 이번에는 반신불수가 되어 버렸다. 다시 백일기도를 했더니 총각은 죽어 버렸다. 도사중은 부처님께 항의하며 그 가슴에 칼을 꽂았다. 어느 날 고을 원이 와서 부처님 가슴에 꽂힌 칼을 뺏더니 스르르 빠졌다. 이 총각은 삼생(三生)에 거쳐 장님, 반신불수 등의 삶을 살아야 할 숙명이었는데, 도사중의 기도로 한번의 생애에서 마감

10) 장덕순외 4인, 『한국구비문학선집』, 일조각, 1984, 28쪽.

하고 고을 원으로 환생한 것이었다. 이 이야기는 부처님의 영험함과 기도 응답은 인간의 짧은 지혜로는 알 도리가 없으니 신의 뜻에 순응하고 수도하라는 종교적 차원의 지혜를 강조하고 있다.

그렇지만 앞 설화와 비교하자면, 무엇보다 후원자의 지감은 작용할 여지가 없게 되어 버렸다. 반면에 앞 설화에서는 알아준 사람의 애정과 헌신에 부처님조차 감응하여 원래의 운명을 바꾸면서까지 '개심(改心)' 하는 결과에 이르러 알아줌을 입은 사람의 성취를 끝까지 후원했다고 할 수 있다. 지감적중까지 지속적인 관계를 맺으며 후원하는 형태에 간절한 염원과 기도가 결합된 것이 특이하다. 구비설화의 상상력을 통해 초월적 가치를 수용하면서, 야담의 지인 서사가 지니는 합리적이며 현실적 주제의식을 확장시킬 수 있었다.

야담의 남성지인 이야기에서는 알아주는 사람이 주동적 인물이 되는 서사를 전개했다면, 구비설화의 남성지인 이야기는 알아줌을 입은 사람의 잠재적 능력을 초월적인 영역으로까지 확대하여 사람을 알아보는 이와 미래를 아는 이의 관련성을 서사화하였다. 구비 지인설화에서 알아주는 사람의 모습은 절대적 우위에 놓이는 것이 아니라 상대적이며 인간적이다. 암행어사, 임금, 고을원, 장군, 만금부자, 정승과 같이 신분적으로는 사람을 얼마든지 선택하여 부릴 수 있는 지위에 있지만, 인간적 한계 때문에 고뇌하지만 오히려 이인적 능력을 지닌 피지인자를 만나 행운을 누린다. 심지어는 도승조차 지인 행위의 한계를 느끼고 그것을 애정과 기도로 승화시키며 초월자의 감응과 피지인자의 도움을 받는다. 이는 설화 향유층이 사람의 '알아줌'은 불완전한 것이며, 오히려 '초월적 지혜'에 의해 보완될 성질의 것으로 인식하였음을 보여준다.

4. 여성지인 이야기의 내용과 의미

이 장에서는 여성 지인자가 주체가 되어 남성을 선택하여 결연을 맺고 후원하여 남성을 성취시키는 설화 자료를 개괄해 보고 그 의미를 분석하고자 한다. 필자가 찾은 여성지인 설화는 15종 33화이다. 우선 여성지인 설화는 문헌과 구비전승이 상당히 근접해 있다는 특징을 지니는데, 그 자료는 다음과 같다. 다만 같은 설화 작품이라도 각 편의 이름들이 제각각이므로 그 유화(類話)의 대표 이름은 야담 분석에서 사용했던 여성 지인담의 이름을 활용하고, 그에 속하는 구비설화의 작품명을 제시하기로 한다. 자료 1에서 자료 9까지는 야담과 고소설에 동일한 유화가 있는 경우이고, 자료 11에서 자료15까지는 구비설화에만 있는 각 편들이다.

[여성지인 설화 자료]

1. 「선천기」유화   1) 「노진과 열녀」(6-10, 177)

2. 「단천기」유화   1) 「평양기생의 의리」(2-2, 551)

3. 「고유 처」유화   1) 「고유와 좌수 딸」(6-3, 638)

　　　　　　　　　2) 「박좌수 딸과 혼인하여 십년만에 합격한 고씨시조」
　　　　　　　　　　(6-8, 477)

　　　　　　　　　3) 「머슴살이하다 부사가 된 고유」(7-9, 729)

4. 「옥단춘전」유화   1) 「별춘향전」(1-7, 833)

　　　　　　　　　2) 「윤동춘의 우정 약속」(5-2, 456)

　　　　　　　　　3) 「옥단춘 이야기」(6-12, 137)

　　　　　　　　　4) 「옥단춘전」(7-11, 75)

　　　　　　　　　5) 「이정승 아들 배신한 김정승 아들」(7-12, 182)

5. 「신유복전」유화   1) 「신유복 이야기」(7-8, 426)

　　　　　　　　　2) 「신유복 이야기」(7-15, 174)

6. 「오석량 처」유화 1) 「내짝은 내가 찾을라요」(6-8, 492)

2) 「고아 여식과 혼인해 적선으로 성공한 짚신장수」(7-8, 128)

7. 「이기축 처」유화 1) 「인조반정과 이기축」(1-1, 745)

2) 「원두표이야기(2/2)」(1-2, 20)[11]

3) 「여자 잘 만나 판서가 된 옴쟁이 기축이」(2-3, 63)

4) 「이기축의 부인」(8-6, 820)

8. 「정기룡 처」유화 1) 「진주강씨와 정기룡」(9-2, 202)

9. 「이장곤 처」유화 1) 「이장곤과 백정의 딸」(1-9, 101)

2) 「이장곤 이야기」(2-1, 67)

3) 「백정 딸과 결혼한 이장군」(7-15, 560)

4) 「이장곤 이야기」(8-6, 792)

5) 「유기장수 사위가 된 이장곤 교리」(6-12, 36)

6) 「연산군과 이장곤처」(8-9, 942)

7) 「연산군과 이장곤」(8-14, 475)

10. 「智女」 1) 「智女」(『한국구전설화전집』,302쪽) 강원도, 임석재편, 1989

2) 「평양기생과 대감」(2-1, 223)

11. 「재치있는 신랑감을 구한 처녀」(5-3, 175)

12. 「홍정승 딸과 고돌」(8-5, 861)

13. 「양아들의 슬기」(1-6, 503)

14. 「정승된 곰보 사위」(708, 515)

15. 「숯굽는 총각의 행운」(6-12, 599)

---

11) 천안에도 같은 유형의 설화가 구전된다. 「도끼 정승 원두표」는 정승집 셋째딸이 '내 복에 산다'고 하여 쫓겨났는데, 자기집에 드나들던 머슴 원두표와 혼인하고 상경하여 인조반정의 거사 때 도끼로 궁문을 부숴 공신에 책록되고 훗날 정승을 지냈다는 내용 이다. 상명대학교 구비문학연구회 편, 『구비문학대관』(천안문화원, 1996) 참고.

지인담의 순차적 서사구조는 '(피)지인제시 – 지감 선택 – 후원(헌신) – 지감 적중 – 후일담'으로 나타난다. 그런데 여성 지인자들은 열악한 처지에 있는 배우자를 선택하기에 어떻게 그럴 수 있는가가 이야기의 핵심노릇을 한다. 그러나 지인지감의 발휘도 일단은 여성이 남성을 '만나보아야'만 가능한 일이다. 그러기 위해서는 많은 사람들을 만나보든지 자신에게 특별히 주어진 계기를 확신감 있게 활용해야 한다. 이 점에서 구비설화에서는 여성 지인자가 남성 피지인자를 택하게 되는 계기로 1) 주어진 환경에서 남성을 보고 선택하는 경우, 2) 적극적으로 주변에서 물색하던 중에 남성을 만나는 경우, 3) 직접 남편감을 찾기 위해 여행을 하는 경우 등이 있다.

자료 1번에서 9번까지는 1)의 경우에 해당된다. 전형적인 여성 지인담의 전통을 잘 계승한 구비전승들이다. 이 가운데 1번에서 6번까지는 야담의 내용과 대동소이하다. 대개 여성 지인담이 구비전승으로 흘러들어온 것이라고 여겨진다. 그러나 전혀 변이가 없는 것은 아니다. 2번에서는 앞부분에 3번의 앞 단락이 일부 삽입되기도 하고 3번에서는 여성 지인자가 야담의 가난한 좌수 딸에서 부잣집 좌수 딸로 변개되기도 한다. 또 고소설로부터 전승된 자료 4번 중 1)은 「옥단춘전」과 「춘향전」의 내용이 혼동되어 일어난 결과이지만, 이 두 소설 작품이 여성 지인담 구조를 중심으로 동일하게 인식될 수 있다는 증거이기도 하다.

전통시대에서 여성은 비록 사람을 볼 줄 안다 하더라도 주어진 조건 속에서 남성을 선택하는 것이 자연스럽다. 이러한 상황을 이야기하는 작품에서는 알아줌을 입는 피지인자는 몰락한 가문을 일으켜야 할 처지의 남성으로 설정된다. 따라서 지감적중의 결과는 입신출세의 가장 분명한 방법인 '과거급제'일 수밖에 없다. 자료 1번에서 5번까지는 남성 피지인자가 가난하기 짝이 없는 양반이거나 머슴 또는 거지 처지로 전

락한 양반이다. 여성 지인자들은 남성의 결핍 요소를 제거해 줌으로써
남성들의 잠재력이 스스로 발휘되도록 한다. 결국 여성의 지감은 남성
피지인자가 자신을 알아준 여성의 신뢰감을 저버리지 않는 노력에 의해
결실을 거둔다. 구비설화에서 이 점은 특히 강조된다.

> 땅 살 생각두 않허구 먹는 쌀만 사다지군 그냥 칼을 놓구선 공부만 하는거야
> 공부. 만약에 눈이 졸음이 오면 칼 보구 내 엎으릴 생각해가지구. 평양기생이
> 그 조끔 돈 모아가지구... 이렇게 우리 식구 먹이구 하는데 내 장원급제 안 할
> 수가 있느냐. 아 헌다구. 이놈이 인제 칼을 물구서 공불 허는거야, 먹을 게 있으
> 니깐 그걸루 인제 허면서.12)

야담에서는 여성이 남성을 선택하고 헌신하자 남성은 저절로 잠재력
을 발휘하여 급제하는 것처럼 기술하는 편이다. 여성 지인자의 지감능
력과 헌신을 부각시킨 것이다. 그에 비해 구비설화에서는 남성 피지인
자의 호응에 정당한 관심을 기울인다. '알아줌'에 대한 반응을 진솔하게
표현하는 구비설화 담당층의 소박한 정서가 나타나 있다. 이와 같이 여
성 지인자의 헌신과 남성 지인자의 호응은 서로 협력하여 공동의 목표
를 성취하지만 각자의 역할 분담은 뚜렷한 편이다.

한편 자료 5번은 신작구소설 「신유복전」이 구비설화로 전승된 것이
다. 이는 여성의 내조가 강조된 이야기지만 남녀 결합에 있어 여성의
지감선택이 작용했다고 해석할 여지가 있다. 「신유복전」은 신유복이 급
제하기까지의 전반부와 출사 후의 출전담인 후반부로 나누어진다. 설화
는 전반부만을 수용하고 후반부는 지감 적중 이후의 후일담으로만 간략
하게 활용한다. 재산을 되찾고 선영도 찾아내 다시 가문을 일으켰다거

---

12) 「평양기생의 의리」, 『대계』 2-2, 556쪽.

나, 그 뒤에 내외가 승천했다고까지 구술하였다. 전쟁 이야기는 소설의 내용을 의식하고는 있어도 의도적으로 탈락시킨 것이다. 이것은 설화담당층들이 이 같은 줄거리의 소설을 여성 지인담 유형과 동일하게 인식하였다는 증거이다. 여기서 신유복의 처가 신유복을 선택한 동기에 대해 세심한 관찰이 필요하다. 목사(牧使)가 호장(戶長) 또는 노비 신분인 아버지에게 협박조로 신유복을 사윗감으로 천거하자 다른 딸은 모두 기피할 때 자청하고 나선 막내딸의 명분은 '효'였다. 그러나 막내딸이 잠재력 있는 이상한 신랑감을 선택한다는 화소는 광포설화인 「구렁덩덩 신선비」에서부터 깊은 신화적 전통을 드리우고 있는 것이다. 비록 소설적 합리성을 추구하기 위해 '효'를 표방하고 있지만, 처지가 비참함에도 불구하고 잠재력이 있는 배우자를 선택하는 데 신이한 지인지감이 작용했다고 볼 여지는 충분하다.

또 자료 7번은 주어진 환경에서 남편감을 택하는 가장 좋은 예이다. 다음은 그 중 3)의 내용 요약이다.

1) 조실부모하고 머슴 살던 기축이가 옴이 올라 거지노릇을 하고 다니다 홍주의 거부 김생원집에 머슴을 살게 되었다.
2) 김생원에게는 무경칠서를 통달하고 관상까지 잘 보는 딸이 있어 기축에게 접근하였다.
3) 기축을 샘내던 머슴 박씨가 김생원에게 일러 기축은 쫓겨났다.
4) 김생원의 딸은 기축을 좇아 가출해 작수성례하고 서울에서 술집을 차렸다. 밤에는 기축에게 글을 가르쳤다.
5) 기축의 처가 기축으로 하여금 능양군에게 가서 폭군을 몰아내는 대목을 물어보게 하자 인조반정 주모자들이 놀라 달려왔다. 그들에게 남편을 가담시켜 줄 것을 요청하였다.
6) 기축은 인조반정 때 공을 세우고 홍주목사가 되어 금의환향했으며 아내는 남편을 더 가르쳐 판서까지 지냈다.

자기 집에 머슴으로 들어 온 사람을 큰 부자의 주인집 딸이 남녀 결연을 맺는다는 것은 예상하기 어려운 일이다. 그런 만큼 부모에게 용납되지 못하고 집에서 쫓겨나는 것은 머슴 박씨의 시샘이 아니더라도 여인의 고집이 계속되는 한 예상되는 일이다. 그러나 그 이면에는 알아준 여성의 지감능력이 그만큼 확실하다는 의미를 내포한다. 그녀는 무경칠서(武經七書)를 통달했을 뿐만 아니라 지감과 함께 시대에 대한 선견지명이 있어 정권 교체 시에 기축같이 힘센 장사가 요청될 것을 내다보았다. 어차피 바뀔 신분이기에 비천한 남성의 신분은 문제가 되지 않는다. 또한 축복받지 못하는 작수성례라도 문제 밖이다. 그녀의 성취동기는 그만큼 높다. 양반정도가 아니라 '공신'으로서의 파격적인 신분상승을 바라보는 것이다.

위 작품은 여성 지인자의 이인적인 면모가 그만큼 두드러져 있다. 이와 같은 작품으로는 자료 8번이 있다. 자신의 집으로 심부름 온 하인 정기룡의 면모를 보고 부모의 반대를 무릅쓰고 결연을 맺었으며, 변란을 대비하여 군량미와 병기를 비축한다는 내용이다. 다만 여성의 성취동기가 이기축의 처에 비해 공공의 이익을 위한 것이다. 여성이 과연 그럴 수 있을까 의아스러울 정도로 속이 깊다. 민족의 시련을 여인의 숨겨진 능력으로 대비할 수밖에 없다는 집권층에 대한 향유층의 반발과 엉뚱한 기대감이 엿보인다. 이기축 처와 정기룡의 처는 모두 국가적 대변란을 예견할 만큼 이인적 성향이 짙은 여성들이다. 남을 알아주는 지인자나 앞날을 내다보는 이인에 그치는 것이 아니라 환란을 대비하는 실천력과 추진력을 갖추었다. 알아줌을 입은 남성의 처지가 비천할수록 알아준 여성의 능력이 엄청나게 부풀려져 있다. 그런 만큼 반전의 폭도 크고 지인과 이인의 능력을 겸비하고 있는 인물에 대한 기대감도 깊게 투영된다.

자료 9번은 이장곤(李長坤)이라는 역사상의 인물이 겪은 특이한 삶의 경험과 변모를 문제 삼고 있어 각 편수도 많고 변모도 다양하다. 야담에서 「이장곤 처」 유화는 34편이나 발견된다. 많은 작품 수에도 불구하고 다른 유화에 비해 변이가 가장 없는 유화이다. 이에 비해 구비설화에서 이 유화는 버들잎 화소의 유무에 따라 크게 두 부류로 나뉜다. 아내의 불륜과 임금의 패도에 직면한 고급관리가 변복망명(變服亡命)하여 은신처를 구하고 있을 때에 버들잎을 띄워 먹을 물을 건넨 처녀는 남자에게 재생의 기회를 제공한다. 아내의 정조를 문제 삼는 것이 다르기는 하지만 버들잎을 매개로 남녀가 결합한다는 내용은 야담과 다르지 않다. 반면에 버들잎 화소가 탈락하는 1), 6), 7)의 각 편도 있어 그 의미를 다시 생각하게 한다. '버들잎'이란 여성의 모성애와 기지를 상징하는 것뿐만 아니라[13] 신화적 생산성과 깊은 관련을 맺고 있다. 비록 고구려 시조 동명왕을 낳은 유화(柳花)의 신성성이 세속화된 형태로 변모되기는 했어도 여전히 버들잎은 이장곤의 재기의 전환점이 되어 재생의 상징성을 부여한다.[14] 그러나 설화 수용층에게 그것은 모호한 요소로 받아들여 질 수도 있다. 특히 여성지인 이야기에서 이 이야기를 수용한다고 한다면 '버들잎 화소'는 군더더기이다. 애초 여성이 남성을 선택하는 이유나 방법에 아예 무관심하거나, 남성이 어진 사람이어서 범법자가 아닌 줄 알았다고 도덕적 선입견을 가미하거나, 남편을 고르려고 적극적으로 바깥에 나 앉았다고 설정한다. 6) 7) 1)이 각각 그러한

---

13) 이수자, 「설화에 나타난 '버들잎 화소'의 서사적 기능과 의의」, 『구비문학연구』 2, 한국구비문학회, 1995, 17쪽에서는 버들잎이 여성의 지혜로움과 남녀의 결합을 나타내는 요소라고 했으나, 애초 지혜로움을 발휘한 동기는 물을 급하게 먹지 못하도록 하는 여성 특유의 모성애에 있다.

14) 이종주, 「동북아시아의 성모 유화」, 『구비문학연구』 4, 한국구비문학회, 1997, 65~66쪽.

각 편이다. 결국 「이장곤 처」유화는 우연한 계기에 지감을 발휘하는 것
으로부터 적극적으로 지감의 계기를 만들어 나가는 여성 지인상으로
변이됐다고 할 수 있다.

그 가운데 다음은 가장 큰 변이를 보인 1)의 내용 요약이다.

1. 연산조 포도대장 이장군(sic 이장곤)은 아내가 연산군의 수청을 들려고 단장을
   하자 아내를 죽이고 야밤 도주하여 강계까지 갔다.
2. 강계에 좋은 남편을 고르려고 고기를 파는 여인이 이장군을 보고 청혼을 하였다.
3. 혼인 후 여인과 함께 고기를 팔며 살았다.
4. 연산조가 바뀌고 나라에서는 이장군을 찾으려고 방을 붙였다. 강계부사로 이
   장군의 당숙이 내려와 우연히 이장군을 발견하였다.
5. 여인은 스스로의 신분이 백정이라고 이장군을 따라가기를 거부하였다.
6. 임금이 사정을 알고 여인을 함께 불러 이장군은 벼슬하고 잘 살았다.

알아준 여성은 자기가 원하는 남편감을 찾기 위해 스스로 저자거리에
나앉을 정도로 적극성이 돋보인다. 그러다가 지나가는 이장곤을 보고
"지게는 졌을망정" "관장자리라"는 판단을 하고 남성에게 결연을 맺자
고 제의한다. 비천한 백정 신분에 관장자리 남편감을 선택한 것이다.
물론 이장곤의 진짜 신분은 모르는 상태이다. 이인적 역량이나 버들잎
화소도 나타나지 않는다. 그러나 저자거리에 살아가는 백정의 딸로서
마치 호걸도판(豪傑屠販)과 같은 심정으로 사람을 기다리는 면모는 이장
곤이 언젠가 때가 오면 문인관료로서 재생할 운명과 묘하게 호응한다.
여성의 생산성, 모성적 상징이 이 각 편에서는 시대를 낚고 있는 영웅처
럼 형상화되어 있다.

한편 자료 10번부터 15번까지는 야담에서 발견되지 않는 여성지인 이
야기이다. 자료 9번 「이장곤」 유화가 야담에서 유래되었음에도 불구하

고 일부 각 편에서 변이가 시도되었다면, 이들 자료는 이야기 자체가 새로운 것이다. 그 중 남녀가 자신들의 성취를 위하여 함께 동참하고 노력하는 유화도 있다. 다음은 자료 10번 2)「평양기생과 대감」의 내용 요약이다.

1. 옛날에 한 선비가 재산을 팔아 서울 대감집에 갖다 바치고 때를 기다렸다. 그러나 몇 년이 되어도 급제에 실패하고 집안이 패가되어 낙향한다.
2. 낙향 중에 '술 한 잔에 백 냥'을 받는다며 배우자를 고르고 있던 평양기생 집에 들어가 술 두 잔을 마신다. 기생은 배우자감이 될 만하다고 보아 선비와 결연을 맺는다.
3. 선비는 그간의 사연을 기생에게 말하자 기생은 모처에서 낡은 궤짝과 버들고리 등의 물건을 사오라고 시킨다.
4. 기생은 다시 선비를 대감집에 보내 상을 당했다고 하소연하도록 해보나 대감은 박대만 한다. 이에 기생은 선비와 함께 내외가 되어 대감집의 하인으로 들어간다.
5. 기생은 미모로 대감을 유인하여 술을 먹이고 선비가 밤늦게 갑자기 들어오도록 해서 대감을 궤짝 속으로 피신해 들어가게 한다. 선비와 기생은 궤짝이 부정하다고 강에 내다버리러 간다.
6. 대감이 자기 재산을 나눠주기로 하여 대감을 풀어준다. 기생과 선비는 잘 살았다.

여기서 알아준 여성은 평양기녀이다. 그녀는 많은 재물을 축적하였으면서도 남편감을 만나질 못하였다. 평양에서 멀리 떨어진 곳에 주막이라고 차려놓고 '술 한 잔에 백 냥'을 한다고 내걸었다. 술장사가 목적이 아니다. 범인의 출입을 차단하면서 진짜 남자를 만나기 위한 방책이었다. 조건이 까다롭기는 하지만 배우자의 배포와 기상을 보기 위한 예비시험의 성격을 띤다. 이 시험 말고도 별도의 지감이 작용했는지 여부에 대해서는 확실하지 않지만 이인형 지인에 비해서는 지감이 약화되고 그 대신에 지략이 동원된 셈이다. 한편 남성에게는 별반 특이한 능력을 감지할 수 없다. 그러나 '한잔에 백냥'하는 술집에 누구라도 돈을 들고 가기란 쉽지 않다. 야담이라면 특별한 목적 하에 몇 백냥씩 빌려서 발복할 곳에 찾아드는 이인적 면모를 보일지 몰라도,[15] 구비설화인 본 작품에서는 무일푼으로 들어가는 데서 무모하면서도 범상치 않음이 드러난다. 그것을 알아본 여성은 남성을 선택하고 남성의 처지를 반전시키는 일에 착수한다. 여성은 선견지명이 있어 선비에게 궤짝과 버들고리와 헌옷 각각을 달라는 가격을 그대로 주고 사오도록 시킨다. 큰일을 예비하기 위한 물건이라면 하늘이 정한 가격을 그대로 다 주고 살 때만이 제 구실을 다한다. 여기서 여성 지인자에게서 다른 면모를 발견하게 된다. 헌옷, 버들고리, 궤짝 등의 준비는 치밀한 지략과 예견력에 의한 것일지라도 그 일의 성패에 대해서는 경건하게 기도하는 자세를 취하였다.

한편 여성 지인자가 배우자를 선택하는 데 있어 가장 예외적인 경우는 여행을 떠나는 경우이다. 다음은 자료 11번 「재치있는 신랑감을 구한 처녀」의 내용 요약이다.

1. 서울에 혼기가 지난 대가집 처녀가 눈에 맞는 남편감을 고르기 위해 전국을 헤매고 다녔다
2. 강원도 골짜기에서 글공부는 못하고 무예만 익힌 가난한 과부아들을 만났다.
3. 여자는 무과 시험 보러가는 남자를 따라가며 부부인 체 남의 집에 들어 물건을 훔쳐서 남자를 곤경에 빠지게 하거나, 자기 집으로 유인해 월장한 남자를 도둑으로 몰아 사지에 빠뜨리거나 순라꾼에게 잡히게도 해보지만 그때마다 남자는 기지를 발휘해 빠져 나간다.

---

15) 기이한 물건에는 제값이 있다는 이야기는 『계서야담』 31화, 「許生者方外人也」에 나오는데 허생의 이인적인 면모를 보여준다. "白君曰 取一爐雖非萬金 亦此容易 何其勤勞再三乎 許生曰 此天下至寶也 有神物助焉 非重價則 莫可取也 於是白君曰 君神人也"『한국문헌설화전집』 1, 동국대부설한국문학연구소, 1991, 85쪽.

4. 무과를 보자 처녀의 아버지가 시관이 되어 장원급제를 시켰다.
5. 혼인을 하고 친정아버지의 후계자로 삼아 잘 살았다.

　대부분 알아줌을 입을 남성을 먼저 제시하는 것과는 달리 알아주는 여성을 우선적으로 소개하였다. 부모가 정해주는 혼처를 거절하고 뜻하는 남자를 만나지 못해 혼기를 놓친 대갓집 처녀이다. 마음에 차는 신랑감을 만날 수가 없자 적극적으로 여행을 떠난다. 그런데 인재들이 모여 있는 한양이 아니라 강원도 골짜기에서 마음에 드는 남성을 만났다. 편모슬하에 공부 시기는 놓치고 무예만 익힌 남성이었다. 지인은 일단 남성을 한번 본 순간 선택을 하지만 복잡한 검증 절차를 둔다는 점이 독특하다. 지감의 근거가 이인적인 선견지명에서 관상으로, 관상에서 추리로, 추리가 지략으로 변이될 때에 지감능력은 상대적으로 약화된다고 할 수 있다. 또 헌신도 상대적으로 약화되어 가는데 본 작품에서는 거기서 더 나아가 혹독한 시험과정을 여러모로 부가하였다.
　한편 여성지인 설화에서 지감선택의 최종적인 성취자는 남성이다. 여성의 성취가 남성을 통해 드러난다 하더라도 그것은 간접적인 것이다. 그래서 여성의 여러 가지 도움이 남성에 대해 헌신적이다. 자료 10번과 11번에는 여성 자신을 위해 배우자를 선택했다는 동기가 드러나 있다. 남성의 성취를 우선으로 할 때는 여성의 전폭적인 후원과 헌신이 요구되고 여성은 남성의 성취로 얻어지는 새로운 신분질서에 편입되는 비해, 여성을 위한 택부에는 헌신 대신에 시험이 필요하고 여성은 남성을 자신의 기존 세계로 끌어들인다. 여성지인 이야기는 알아주는 여성의 지감이 약화되어가면서 택부설화와 공유하는 부분을 지니면서 변모했음을 관찰할 수 있다.
　여성지인 설화가 택부설화 쪽으로 변신을 꾀하려는 한편에는 여전히 지인담의 본령을 지키면서 변모하는 설화도 있어 야담의 여성지인 서사의 영향력이 만만치 않음을 입증한다. 그 변이의 핵심은 알아준 여성의 헌신이 지략으로 교체되는 데 있다. 그러나 헌신과 지력이 대립적이기보다는 보완적임을 보여주는 좋은 사례도 있다. 다음은 자료 12번 「홍정승 딸과 고돌」의 내용 요약이다.

1. 심심산골에서 만득자로 태어난 고돌은 고학으로 글을 깨치고 한양으로 올라왔다.
2. 홍정승의 몸종이 거리에서 고돌을 보고 집에 데려와 홍정승에게 사윗감으로 천거한다.
3. 홍정승 딸은 결혼 후에 남편 고돌이 보통사람이 아니라는 것을 간파하고는 부모에게 짐짓 신랑감이 못마땅한 듯이 굴다가 여행을 떠나 남편과 이혼을 하고 혼자 귀가한다.
4. 고돌은 귀향하고 정승 딸은 아버지에게 자기 신세를 망쳤다고 돈을 많이 타내고는 고돌의 고향을 찾아간다.
5. 정승딸은 부친에게 받은 돈으로 치산을 하고 고돌을 십 년간 공부시킨다.
6. 부친에게 고돌임을 숨기고 새로 남편을 정했으니 급제시켜 달라고 청하여 고돌이 급제한다.

우선 혼인의 직접적인 계기를 만들어 준 지인자는 홍정승의 몸종이다. 그러나 결연 당사자인 홍정승 딸은 남성이 정승딸인 자신보다도 훨씬 나은 사람이라는 것을 알아본다. 대갓집 딸이 직접 미천한 남성을 택하여 결연하는 대신에 몸종과 지감을 적당히 배분하는 합리성을 갖추었다고 보면 왜 이러한 변이가 이루어졌는가 이해가 간다. 더 큰 변이는 지감 선택에 이어서 실질적으로 존재하는 커다란 신분차이를 극복할 방법을 찾았다는 데 있다. 친정집은 자신의 기존 세계를 상징한다. 남성에게 굴절 없이 헌신하기 위해서는 친정집을 떠날 수밖에 없다. 그러나 남성을 보살피기 위해서는 친정집의 도움이 없이는 불가능하다. 자기의 기존세계를 떠나면서 그 세계의 도움을 받자니 속임수가 필요하였다. 말하자면 헌신하기 위해 지략을 발휘한 셈이다. 헌신과 지략을 결합시켰으니 대단한 변이라 할 수 있다.

홍정승 딸은 남성에게 헤어질 것을 요구하자 그렇지 않아도 비천한 처지에 정승집 사위가 부담스러웠던 남성은 선선히 따른다. 그 뒤 정승 딸은 아버지께 그런 천한 사람한테 혼인시켜 신세를 망쳤다고 한탄하며 많은 돈을 얻은 뒤 치산의 밑천으로 삼고 고돌의 고향을 찾았다는 것이다. 부부간에 10년간이나 이별을 하여 남편을 독려시켰다고 설정한 자료 3번보다는 친정 식구들과 10년간 의절하며 남편에게 헌신하고 부귀를 도모했다는 점이 오히려 현실성을 갖는다. 자료 3번이 부(富)와 귀(貴)의 성취를 여성과 남성이 나누어 감당함으로써 헌신이 약화되었다면 본 작품은 부귀를 함께 추구하면서 헌신까지 유지시키고 있다. 그러나 임시방편이기는 하지만 목적을 위해 여성이 이혼을 했다가 재혼한다는 설정은 현대에서 보아도 파격적이다.[16] 여기에는 야담적 인식으로서의 헌신이 아니라 부부가 고락을 함께 한다는 민담적 세계관의 낙관적이고도 발랄한 인식이 담겨져 있다. 여성의 치산 과정과 남성의 출세 과정을 더욱 사실적으로 묘사한다면 소설로의 변이도 가능해 질 것이다.[17]

한편 남성 지인담이나 타장르가 여성지인 이야기에 개입되는 변이형의 작품도 있어 여성지인 설화의 강한 흡인력을 짐작케 한다. 남성 지인담의 지감선택 화소에 여성지인 이야기의 지감선택 뒷부분이 결합된 경

---

16) 야담 작품 「노재상의 딸」에서는 과부가 된 딸이 측은해 비부(婢夫)로 하여금 멀리 떠나 재혼토록 하고는 딸이 죽었다고 거짓 장례를 치른다. 영원히 혼자만의 비밀로 하며 평생 가족과 연을 끊고 사는 것과는 대조적이다.

17) 여성지인설화는 소설로 변이될 때 중매인을 내세운다든가 남성의 성취과정을 사실적으로 그려내든가 하는 특징을 지닌다. 여성지인 소설 「백연전」은 그 점을 잘 보여준다.

우가 자료 14번 「정승된 곰보사위」에서 관찰된다.

혼기에 찬 딸을 둔 어떤 진사가 관상을 잘 보는 매부에게 정승감의 사위를 부탁한다. 매부는 사윗감을 찾으러 여행을 하다가 사윗감을 찾아 혼인시켰는데 너무 못생겨서 처가 집에서 홀대를 받고 쫓겨난다. 그렇지만 아내가 정성으로 보필하여 과거급제를 하고 처가 집에도 보복을 했다는 내용이다. 정승이 될 사윗감을 부탁하여 구한 뒤 박대하는 부분은 야담의 「신임과 유척기」 유화와 동일하다. 여기서는 피지인자 유척기가 집안 식구들에게 홀대를 받지만 지인자 신임은 변함없이 후원한다. 이에 비해 「정승된 곰보사위」에서는 피지인자를 선택한 사람은 진사의 매부일 뿐이며, 정작 피지인자를 후원할 위치에 있는 진사는 집안 식구들의 홀대에 동참하였다. 피지인자가 시련을 당할 때 그의 아내가 내조를 할 뿐이었다. 정확히 따지자면 지감화소가 제대로 작동하지 못하고 내조담과 혼합되어 있는 형태라 하겠다. 「홍정승의 딸과 고돌」과 같이 제3자의 지감으로 피지인자가 선택되었다 하더라도 홍정승 딸처럼 자신의 지감이 뚜렷하게 나타나 있지 않기 때문이다. 그렇다고 남녀 결연 과정이 특이하므로 순전한 내조담은 아니다. 여성지인 이야기의 범위에서 가장 주변에 걸쳐 있는 각 편이라 할 수 있다.

야담의 지인 이야기에서는 남성 지인담보다 여성 지인담이 우세하였다. 이것은 구비설화에 있어서도 마찬가지 경향을 띤다. 문헌과 구비를 아울러 남성지인 서사는 모두 177편이고 여성지인 서사는 232편이다.[18] 위에서 살핀 여성지인 설화는 대개 세 부류로 나뉘고 그 안에서의 변이도 매우 다양하다. 크게는 여성 지인자의 지감 실현 욕구가 얼마

---

18) 이제까지 발견된 것으로는 남성 지인담이 17유화 162편이고 여성 지인담은 13유화 195화로 야담에 모두 30유화 357편이 있다. 구비설화의 남성지인 이야기는 11종 15편이고 여성지인 이야기는 15종 37편으로 모두 26종 52편이다.

나 적극적이냐에 따라 부류가 달라진다. 여성지인 이야기는 여성 지인 담과 동일한 유화일 경우 피지인자의 인간성과 노력이 부각되는 등의 변이는 있으나 문헌설화적 전통을 고수한다. 그러나 구비설화에만 있는 지인이야기는 여성의 주체성과 성취 욕구가 강화되어 나타나고 지략과 시험의 화소가 새롭게 등장하여 변모를 꾀하였다. 이러한 변화의 핵심은 여성 주체의 지감능력이 달라진 것에 있다. 전반적으로 여성 지인자의 지감능력이 현실화되는 경향이 있다. 이인적 면모의 지인자인 경우는 선택이나 헌신의 방법에서 확실한 믿음과 힘을 지니고 남성을 주도한다. 또 관상에 의거한 지인자의 경우는 남성의 결핍요소를 해결해 주는 헌신을 통해 남성의 주체성을 강화시켜 사회적 성취에 이르도록 유도한다. 남성이 선수라면 여성은 코치인 것이다. 그러나 지인자의 지감능력이 현실화되면 여성들의 헌신은 상업적이거나 정치적 실세와 밀접한 관련을 맺어 정보를 최대한 이용한다든가 하는 현실적 방법을 통해 남성을 후원한다. 여성도 선수가 되어 같이 뛰는 형국이다. 여기서 진일보하여 여성 자신이 스스로 성취동기를 이룩하기 위해 남성을 택한 경우에는 지감선택뿐만 아니라 남성의 능력을 시험하고 지략을 발휘하는 변이가 이루어졌다.

5. 변이형 지인이야기의 내용과 의미

앞 장에서 남성지인 이야기와 여성지인 이야기를 살펴보았다. 그러나 알아줌을 입은 사람이 여성이거나 알아준 사람이 복수(複數)여서 주체의 큰 변이를 보인 작품들이 있어 별도로 다룰 필요가 있다. 비록 해당되는 작품 수는 적으나 흥미로운 주체의 설정과 줄거리 전개가 보인다.

해당 작품들은 다음의 3종 5화이다.

1. 「한양 황판서 딸」(8-5, 205)
2. 「이숙의 의붓딸」(9-2, 684)
3. 「이만웅 처」유화 1) 「돈이 눈을 가리다(正心邪心)」(2-2, 417)
   2) 「관상장이 원님의 자화자초」(4-2, 46)
   3) 「과거에 급제할 관상」(5-4, 516)

이제까지 발견된 지인설화 중에 피지인자가 여성인 경우는 자료 1과 2가 발견될 뿐이다. 이 가운데 자료 1은 알아준 여성과 알아줌을 입은 여성의 사연이어서 주체 설정이 더욱 특이하다. 이 작품에서 여성 피지인자는 판서딸이다. 남성이 피지인자인 경우에는 이같이 높은 신분설정은 전혀 발견되지 않는다. 그러나 이 판서 딸은 계모가 박대하다 못해 죽이려고 까지 하여 유리걸식하는 거지의 신세가 되었으니 여느 지인담의 남성 피지인자보다 더 비참한 지경에 빠진 셈이다. 다음은 자료 1번 내용을 요약한 것이다.

1. 한양의 황판서 딸은 계모의 박대와 죽이려는 계획에 집을 떠나 유리걸식한다.
2. 어느 부잣집 마님이 보고서는 몸종으로 삼고 있다가 아들과 혼인을 시킨다.
3. 아들이 글이 막히면 황판서 딸이 깨우쳐 주곤 한다.
4. 실력이 안 되는 아들이 과거를 보겠다고 우기자 마님은 아들과 함께 남복으로 며느리도 함께 과장으로 보낸다.
5. 과거장에서 마님이 시키는 대로 서로 답안지에 이름을 바꿔 써넣어 아들이 급제한다.
6. 친정집 벽에다 시구를 써 넣어 황판서 딸은 아버지와 해후한다.

판서의 딸이라는 조건만으로도 여성의 학식과 잠재력은 충분히 짐작된다[19]. 황판서 딸은 상처한 아버지를 권유하여 재혼하게 하나 계모는 구박을 하다못해 사람을 시켜 살해를 모의한다. 그 결과 잠재력은 완전히 사장되고 집안을 도망 나왔으니 목숨 부지도 어려운 처지에 놓인다. 그러나 그녀의 비범함을 알아본 부잣집 마님이 선택함으로써 반전의 계기가 마련된다. 그 마님은 남편이 아들의 혼처를 정하려 하자 반대하며 거지아이(황판서 딸)를 며느리로 삼겠다고 한다.

> 우리 집에 여 얻어 묵으러 다니는 아가 하나 있길래 들랐고, 그 아를 나는 내 미느리로 심정을 딱 해 놓고, 지금 있입니다. 첩의 말은 들어야 되지, 안들으만 안 됩니다.

남편을 설득하는 여성 지인자의 어조에서 강한 의지가 느껴지며 전지적 입장에서 꼭 선택해야만 할 것 같은 당위성이 엿보인다. 걸인 며느리이기에 체면손상을 걱정하는 남편에게 그 해결책까지 제시하며 지인자는 거지 아이를 며느리로 맞이한다. 사방에 손님을 청해 걸인 며느리를 보겠다고 중대 발표를 하기 까지 한다. 그러나 알아준 시어머니도 파격적이지만 이 작품에서 더 흥미로운 것은 알아줌을 입은 여성의 성취가 어떻게 전개될 것인가에 있다. 일반적으로 여성 지인담에서 알아줌을 입은 남성은 편모슬하일망정 가문의 배경을 지니고 있다. 그에 비해 본 작품은 편부계모의 가정에서 쫓겨난 여성이 피지인자로 설정되어 있다. 남성 피지인자가 몰락한 가세를 다시 일으켜야 한다면, 여성 피지인자는 몽매한 아버지를 깨우치고 천륜의 관계를 개선해야 한다. 그래서 주

---

19) 여성 지인담에서 남성 피지인자의 처지는 예외 없이 '조고가빈(早孤家貧)'이거나 거지의 신세이다. 또 여성 지인자라도 대개 경제적으로는 부유하나 신분이 높은 경우는 매우 예외적이다.

어진 과제와 성취 목표가 더욱 극적이다. 황판서 딸은 남편을 대신하여
과거시험에 합격할 만한 잠재력을 발휘할 뿐만 아니라, 애초의 결핍 요
소였던 친정에서 명필을 휘두르는 것이다. 여성의 능력을 한껏 인정하
며 흥미요소를 적절히 안배하였다.

한편 자료 2번 「이댁의 의붓딸」은 자료 1번과 유사한 구성이지만 알
아줌을 입은 여성이 조금 다른 인간관계속에서 설정되었다. 그 내용은
다음과 같다.

1. 이씨집 딸은 의붓엄마가 모함하고 죽이려하니 멀리 도망쳐 구걸을 하고 다녔다.
2. 글방선생이 보니 보통아이가 아니라서 수양아들로 삼았다.
3. 아들과 함께 공부시키니 영특하여 하나를 들으면 열을 알았다.
4. 과거보러 아들과 함께 보내니 수양아들(이씨집 딸)이 자신이 여자임을 고백
   하고 과거시험 답지를 수양오빠에게 주어 대신 급제시켰다.
5. 수양오빠와 혼인한 후 친정집 벽에 시구를 써 놓아 친정아버지와 해후하였다.

글방선생이 지감을 발휘하여 우선 부자의 가족관계를 맺고 후원한다.
그러나 글방선생은 피지인자의 능력은 알아보았어도 그가 여성인 것은
몰랐다. 자신의 아들을 위해 결국 며느리를 선택한 셈인데 여성이기에
지감의 기대치였던 과거급제는 이룰 수 없게 된다. 이때 알아줌을 입은
여성이 결연을 맺은 남편을 후원하여 간접적으로 글방선생의 지감을 적
중하게 만든다.

여성도 과거급제를 할 능력이 있다는 점을 강조하면서 부모와 자식,
친정과 시집의 관계를 중첩시키면서 신분의 은폐와 드러냄, 잘못된 가
족관계와 그것의 회복을 서사적으로 연결시켜 흥미를 돋우었다.

위의 두 작품은 여성 피지인자가 등장하는 작품들이다. 지인담에는
보이는 않는 파격적인 경우이다. 계모 때문에 불우해지고 가족관계가

파괴된 여성이 잠재력을 발휘하여 남성과 동등한 과거급제의 실력을 갖는다. 설화의 상상력도 현실을 도외시할 수는 없기에 결국 남성을 대리로 급제시키고 그와 혼인하지만, 남성을 후원하여 남성의 성취를 돕는 보조 역할에서 벗어나 여성의 가능성을 유감없이 발휘하였다. 지인이야기 중에서 가장 정채로운 변이를 보인 작품들이다.

자료 3번 「이만웅 처」 유화는 여성 지인담에서 유래한 작품이다. 그런데 세 각 편 중 한 작품만 여성 지인담과 내용이 동일하고 나머지 작품은 변이가 이루어졌다. 다음은 그 중 2)의 내용 요약이다.

1. 관상 잘 보는 사람이 자기의 관상을 보니 암행어사에게 죽을 상이다. 고을 원으로 부임하다가 암행어사가 될 상을 지닌 상주(喪主)를 만나 짐짓 나중에 자기를 찾아오라고 후대한다.
2. 상주가 찾아가니 고을 원이 그의 관상이 바뀌었다고 판단하고 박대하여 내쫓으니 죽을 처지에 놓였는데 그 고을 처녀가 그를 보고 구해준다.
3. 상주는 서울로 와 복수를 하기 위해 한약방에 취직하니 한약방 주인은 그를 수양아들로 삼는다.
4. 어느 날 만난 기생이 그의 총명을 알고 공부를 시켜 과거에 급제하게 한다.
5. 암행어사 출도하여 고을 원을 징치하고 함흥처녀를 제1부인으로, 기생을 제2부인으로 삼고 잘 살았다.

이 작품은 여러 명의 알아주는 사람이 등장하여 특이하다. 애초 관상을 잘 보는 사람도 피지인자가 암행어사가 될 상을 지녔음을 알아보았으니 지감이 있는 셈이다. 그런데 그의 지감은 어설퍼서 미래를 내다보는 힘이 약하여 피지인자를 고난에 빠뜨림으로써 역설적으로 피지인자의 운명이 작동하는 계기를 마련해 주었다. 피지인자의 시련은 다시 그를 후원해줄 여인들과 수양아버지를 만남으로써 반전의 계기를 마련한다. 동네처녀가 관장의 명을 어기고 위험을 감수하며 그를 살려 주니 지감이 있었는지의 여부는 확실치 않으나 지인자의 역할을 일부 담당하였다. 본격적인 지인자의 후원은 약방주인으로부터 시작한다. 비범함을 알아보고 수양아들로 삼으니 일종의 지감이 작용한 것이다. 그리고 지감과 함께 계속적인 후원이 이루어진다. 피지인자가 우연히 본 기생을 연모하여 상사병에 걸리자 약방주인은 그를 위해 기생과의 만남을 주선해 주기까지 한다. 마지막으로 기생도 피지인자의 비범함을 알아보고 결연하여 선택할 뿐만 아니라 그의 운명을 결정적으로 바꾸어 놓도록 후원한다. 주인공의 주변 인물들은 서로 유기적인 관계를 맺으며 피지인자의 운명을 바꿔 놓는다. 역설적 지인자였던 고을원은 그 결과 애초 자신의 관상대로 피지인자에게 징치되는 결과에 이르렀다.

그런가 하면 각 편 3)은 야담의 기본 줄거리와 대동소이하다. 알아준 여성으로는 고을 처녀가 등장하지 않고 함흥고을 기생만이 설정되어 있어 구원과 후원의 역할을 겸하고 있다. 뿐만 아니라 기생은 물레방아간에서 죽어가는 용꿈을 꾸고 그를 발견한다. 지인자의 지감선택이 신이한 몽조로 드러나 있다. 이 각 편이 지인자의 신이성을 강조했다면, 여러 명의 지인을 연결시키고 있는 각 편 2)는 지감의 능력을 분산시키고 있는 것이다. 변이가 많은 이러한 각 편에서는 지인자의 능력은 불완전하거나 피지인자를 부분적으로 돕는 등으로 신이성이 약화되는 대신에, 작품 전체로는 서사적 연결성을 강화하여 피지인자의 운명과 인생 역정을 흥미롭게 다루었다.

변이형의 지인 이야기는 여성 피지인과 복수 지인자를 설정함으로써 지인 서사를 이채롭게 확장시켰다. 여성도 급제할 수 있는 능력이 엄연히 있음에도 남성을 대리로 내세운다는 것은 어쩔 수 없는 전통사회의 한계이지만 여성의 능력을 전폭적으로 인정했다는 점은 새로운 가치관을 어느 정도 반영하고 있다.

6. 야담과 구비설화의 지인 서사의 비교

남성 지인 서사에서 지인자는 피지인자보다 경제력, 학식, 신분 등에 있어 우월한 처지에 있다. 그래서 대부분 지인자는 관료나 양반이다. 그러나 야담에서는 남성 지인자가 관료 일색이지만, 구비설화에서는 관료를 비롯하여 도사 승려, 집주인, 글방선생, 임금 등 신분이 다양해졌다. 지인자의 사회적인 신분이 보편화되어 누구나 사람 알아보는 능력을 가질 수 있다는 관념을 나타냈다. 또한 구비설화에서는 알아준 사람의 지감 능력이 제한적이다. 이인을 알아줌으로써 오히려 지인자가 복을 누리기도 하며, 알아줌을 입은 사람을 둘러싸고 여러 명의 지인자가 연결되기도 한다.

이런 일반화 현상은 피지인자에게서도 나타난다. 야담에서는 이인적인 성향의 피지인자를 제외하고는 몰락 양반이 위주이다. 그래서 알아줌을 입은 자의 성취는 거의가 입신출세와 관련되며 발탁담에 가까운 이야기가 상당히 많다. 반면 구비설화의 남성 지인서사에서는 발탁을 기대하는 피지인자 곧 양반은 잘 보이지 않는다. 시골백성, 어린아이, 거지, 노비, 상좌중 등이 나타나는데 이인적 인물형이 많이 보인다. 따라서 구비 남성지인 서사는 후원담보다도 이인담의 성격을 더 많이 공유하게 된다.

한편 야담의 여성 지인서사에서 지인자의 신분은 주로 기생이며, 여항인과 천민도 나타난다. 반면 구비설화에서는 야담이나 고소설에서 전이된 것을 제외하고는 향반의 딸, 마님, 정승집 혹은 대갓집의 따님 등 신분이 다양하다. 여기서도 구비설화가 문헌설화보다 더 개방적임을 알 수 있다. 그러나 다양한 신분의 공통점은 모두 경제력 이 있는 여성들이라는 사실이다. 이는 야담의 여성 지인담의 부요녀(富饒女) 유형의 경향이 더욱 확산된 결과로 여겨진다. 알아줌의 대상이 되는 남성을 선택하고 후원하기 위해서는 그럴 수 있는 객관적 능력이 여러모로 고려되었음을 알 수 있다.

야담이나 구비설화나 알아줌을 입는 사람은 남성이고 모두 애초 경제적으로 혹은 사회적으로 비천한 처지에 놓여 있다는 공통점을 지닌다. 그러나 구비설화에서는 알아줌을 입는 여성이 설정되어서 커다란 변이를 일으켰다. 애초 신분은 판서 딸 등으로 상승되었으나 거지가 되어 떠도는 불우한 처지로 전락되는 파격적 설정을 하였다. 또 여성 피지인자는 잠재력의 정도가 남성과 동등하게 과거급제를 할 정도의 실력을 갖춘 것으로 서사를 진행시켜 심상치 않은 주제의식을 드러내었다.

종합하자면 구비 지인서사는 지인자나 피지인자의 신분이 야담에 비해 모두 보편화하는 경향을 보여서 지인 서사의 다양한 변이를 촉진시켰다. 특히 남성 지인이야기에서는 이인적 성격의 기층민이 대거 등장하여 야담의 발탁담적 성격을 혁신하였다. 여성 지인이야기에서는 여성 지인자의 신분이 다양해지지만 경제적으로 부요한 인물들로 설정되는 공통점을 지닌다. 반면에 곤궁에 처한 여성 피지인자도 등장하였다.

지인 서사에서 지인자와 피지인자의 성취동기는 다양하다. 입신출세라는 사회적 성취가 대종을 이루지만, 구비설화에서는 치산을 하는 경제적 성취도 나타난다. 뿐만 아니라 구비설화에서는 남녀 결연 내지 인간관계에서의 애정 추구라든가, 결함 있는 가족관계의 회복이라든가, 여성의 잠재된 능력 그 자체를 발휘하는 것 등이 주제로 등장하고 있다. 전통 시대의 가치관이 관직을 통한 출세 위주에서 벗어나기 어려운 한계성을 일부 보이기도 하지만, 구비설화에서는 오히려 부(富)와 귀(貴)를 등가적으로 추구하면서도 인간관계와 자아실현에 대한 다양한 주제의식도 드러내 보인다. '알아줌'의 서사가 사회적 성취를 이야기하는 단순성에서 벗어나기 위한 모색이 오히려 구비설화에서 발랄하게 제기된 셈이다.

야담에서는 동일 유화가 여러 화집에 수록이 되어도 기본 줄거리는 변하지 않고 유화의 개별성을 유지하는 편이다.[20] 반면에 구비설화는 문헌설화의 일부분이나 소설의 일부분을 차용해 오고 변개시키며, 구비설화끼리도 서로 영향을 주고받아 유화의 개방성을 드러낸다. 구비 지인설화의 유화가 기본적으로 문헌설화에서 유래한 경우가 앞에서 살핀 바와 같이 10여 종 이상이다. 구비설화 「평양기생과 대감」의 전반부는 야담의 「이기축 처」 유화 가운데 기생 계열과 유사하다. 또한 구비설화 「평양기생의 의리」 전반부는 고소설 「옥단춘전」과 유사하다. 뿐만 아니라 구비 지인설화의 정채로운 자료였던 「한양 황판서 딸」과 「이댁의 의붓딸」은 여러 화소들이 섞여있다.

야담의 지인 서사는 사실적인 작품군이 많은 편이다. 고소설과 달리 신이한 요소들이 상당히 배제되어 가는 변이를 보여주었다. 그런데 이러한 면은 오히려 구비설화에서 더욱 강화된다. 지인자의 지감이 구비설화에서는 '추리'에 의한 현실감으로 나타나는 경우가 많기 때문이다.

특히 소설에서 유래한 「옥단춘전」 유화나 「신유복전」 유화에서는 원래 소설의 신이한 요소마저 변이시켰다. 「옥단춘전」은 고전소설 중에서

---

20) 야담의 지인 서사는 동일한 유화가 20, 30여 가지의 화집에서 발견되기도 한다. 그런데 서로 다른 유화끼리 섞이는 경우는 극히 드물다. 다만, 「일타홍 이야기」와 「단천기 이야기」의 결합이 이루어진 각 편 하나가 발견될 뿐이고 그것도 문맥이 서로 통하지 않는다.

인정세태를 그리면서 말미에 김진희가 천벌 받아 죽는다는 결말을 제외하고는 신이한 요소들이 배제된 작품으로 손꼽힌다. 그런데 구비설화의 「옥단춘전」 유화에서는 대부분이 김진희조차 죽지 않고 귀양을 가거나 이혈룡과 화해하는 결말을 보여준다. 또한 납득할 수 없는 부분에 대해서도 합리적인 설명을 가하기도 한다. 예컨대 소설 「옥단춘전」에서 서로 결의형제를 맺었던 김진희가 왜 갑자기 이혈룡을 죽이려고 했는지는 소설을 다 읽고 난 뒤에도 풀리지 않는 수수께끼에 속한다. 이에 비해 여성지인 설화의 자료 4-(2) 「윤동춘의 우정약속」에서는 이효춘(이혈룡에 해당)이 윤동춘(김진희에 해당)에게 왜 자신을 죽이려 했는지를 묻자 옛날 윤동춘이 이효춘의 집을 방문했을 때 술시중을 들던 기생 손목을 자기가 잡으려하자 이효춘이 제지했기에 앙심을 품었다는 것이다. 그러나 이효춘은 그 여인이 기생이 아니고 자기 아내였음을 해명하여 서로 오해가 풀린다.

또 「신유복전」 유화에서는 신작 구소설 「신유복전」의 후반부인 군담이 생략되었다. 후반부의 탈락은 소설 「신유복전」을 지인담 내지 내조담으로 인식하게 하며, 비현실적인 외국으로의 출전보다는 선영을 찾아내 결함 있는 가문을 회복시킨다는 합리성을 추구하였다.

야담과 구비의 지인 서사 그리고 여성지인 소설의 관계는 궁극적으로 어떠한 것인가? 그것은 본 연구의 논의 정도를 넘어서는 것이지만 지인 서사의 면모는 어느 정도 밝혀졌다고 생각한다. 그런데 여성지인 설화의 자료 3 「고유 처」 유화에는 (1) 「머슴살이하다 부사가 된 고유」, (2) 「박좌수 딸과 혼인하여 십년만에 합격한 고씨시조」, (3) 「고유와 좌수 딸」 등이 있어 야담과 구비설화와 소설의 서사적 변용 과정 및 차이를 알려 주는 자료로서 소중하다. 『금계필담』 이본군에만 전승되는 「고유 처」 유화와 고소설 「백연전」과의 친연성에 대해서는 이미 앞에서 고찰한 바 있다. 그런데 구비설화 모든 각 편에 내기 장기로 박좌수의 딸을 머슴 사는 고유가 얻게 되고, 숙종대왕과 소낙비를 함께 피한 인연으로 고경명의 후예임을 아뢰어 고향 고을원으로 제수되는 대목이 있어 야담과의 친연성을 보인다. 하지만 (1)에는 고유 처가 치산한 재물을 백성에게 흩는 대목이 나와 야담에 더욱 가깝고, (2)에는 처가 혼인 첫날밤 고유에게 반협박조로 학업을 다짐받는 대목과 고유가 유복자에 가까운 아들과 수작하는 대목이 있어 오히려 고소설에 가깝다. 지금으로서는 그 생성과 변이 과정은 확증하기 어렵지만, 구비설화 「고유 처」 유화는 야담과 소설의 연원 구실을 했을 가능성도 배제할 수 없다.

7. 마무리

이상의 논의는 다음과 같이 요약된다.

지인 서사는 야담과 구비설화의 지인이야기로 이루어져 있다. 자료의 분포는 야담과 구비설화가 겹치는 것, 야담에만 있는 것, 구비설화에만 있는 것으로 이루어진다.

지인 설화는 총 52편이 발견된다. 이는 다시 주체의 성별에 따라 남성 및 여성 지인이야기로 나뉜다. 남성지인 이야기는 11종 15편, 여성 지인 이야기는 17종 37편(변이형 포함)이 채록되고 있다. 지인이야기는 지감이 있어 남을 알아주는 지인자와 남에게 알아줌을 입어 성취를 이루는 피지인자가 서사 주체를 이룬다. 지인자는 학식이나 신분, 경제력 등에 있어 피지인자보다 우세하다. 피지인자는 불우한 처지이지만 잠재력을 지니고 있어 성취의 주인공이 된다. 또 지인 이야기의 서사 구조는 지인자의 선택과 후원(또는 헌신), 피지인자의 노력과 성취 단락으로 구성된다. 또 '알아줌'의 행위를 중심으로 놓고 보자면, 그것들은 다시 지감 선택과 지감 적중으로 양분된다. 이는 지인 서사의 전반적 특성과 일치한다.

남성지인 구비설화는 다음과 같은 특징을 보인다. 지인자보다 피지인자의 주체성이 강화되었다. 피지인자로는 아이들, 상좌, 건달, 노비 등이 등장하였다. 야담의 지인서사처럼 알아줌이 곧 발탁으로 이어지기보다는, 피지인자의 성취를 위해 알아준 사람의 후원이 이루어지거나 알아줌이 오히려 지인자에게 혜택으로 돌아간다. 구비설화에서는 지인자의 인간적 한계와 피지인자의 잠재력이 강조되는 경향이 있다. 지인자가 풀지 못하는 문제를 피지인자가 해결하여 이인적 면모를 보이기도 하고, 지인자가 인간적 애정을 가지고 피지인자의 소망스러운 운명을 발현시키는 구실을 하여 종교적 주제를 나타내기도 하였다.

여성지인 구비설화는 지인담과 겹치는 것, 고전소설의 내용과 겹치는 것, 여성지인 설화에만 있는 것으로 다양하게 분화 발전하였다. 그만큼 지인 서사는 여성지인 이야기에서 활발한 전승을 이루었던 것이 증명되는 셈이다. 여성지인 설화에서 여성 지인자는 신분이 다양해지고 경제적으로 넉넉하다는 특징을 지녔다. 이 때문에 여성의 주체성이 부각되고 지감능력이 현실화되는 경향을 보였다. 또한 여성 지인자의 행위는 지감 선택과 헌신에 제한되지 않고, 자신의 성취를 위하여 피지인자의 능력을 시험하거나 지략을 사용하는 등의 변이를 보였다. 특히 야담이나 소설에서 유래하지 않은 여성지인 설화에서는 여성의 지감이 추리로 현실화되고 후원의 양상도 사회적인 정보를 최대한 활용하며 성취 과정을 주도한다는 특징을 보였다.

지인 구비설화는 야담 지인서사에서는 발견되지 않는 작품들이 있었다. 특히 알아줌을 입은 여성이 등장하거나, 여러 명의 지인자가 연속되어서 사건의 유형뿐만 아니라 주체의 설정에서도 파격을 보여주고 있다. 본고에서는 변이형 지인이야기로 구분하여 별도로 고찰하였다. 이러한 작품에서는 가족으로부터 버림받은 불우한 여성이 남성 못지않은 실력을 갖추고 남성을 하여금 대리로 과거급제의 성취를 이룩할 뿐만 아니라 결손된 가족관계를 회복시킨다. 여성이 한껏 능력을 발휘하여 그 잠재력을 유감없이 보여주고, 성취동기에 있어서도 사회적 성공 이상의 주제의식을 나타내었다. 여성이 알아줌의 대상이 되어 애정과 성취를 동시에 이루어냈다는 점에서 지인 서사의 정채로운 작품으로 평가해도 무리가 없다. 한편 복수 지인자가 등장하는 작품은 지감 능력이 현실화하면서 알아주는 사람의 후원 행위가 분산되고 역할이 다양화해졌다. 피지인자의 변화되는 상황에 맞게 지인자를 등장시켜 이들을 유기적으로 연결시키고 있어 서사적 구성을 탄탄하게 만들었다.

지인 구비설화를 야담의 지인담과 비교해 보면 다음과 같은 특징을 지닌다. 지인담은 각 유화의 독자적 전승을 유지하는 데 비해 지인설화는 야담이나 고소설 또는 다른 유화의 지인설화에 대하여 개방성이 훨씬 높다. 주로 역사적 실존인물을 등장시키는 지인담에 비해 지인설화는 무명 기층민의 지인자와 피지인자를 많이 증가시켰다. 이는 지인설화가 전승의 개방성뿐만 아니라 그 내용에 있어서도 개방적임을 보여준다. 지인담에서는 남성은 몰락한 가문을 회복하고 여성은 남성을 통해 자아를 실현한다는 성취동기를 나타내는 데 비해, 지인설화에서는 여성 및 하층민이라는 소외 계층의 잠재력을 긍정하는 특성을 보여주었다.

이상의 고찰을 통해 구비설화에서 발견되는 지인 서사의 영역과 그 의미가 어느 정도 드러났다고 생각된다. 그러나 이인설화, 여성성취담 등과 관계, 지인담과 지인설화 및 지인소설의 관계에 대해서는 논의가 미흡하다. 이들에 대한 심도 있고 전면적인 논의는 계속되는 과제이다.

참고문헌

1. 자료편

『遣閑錄(公私見聞錄)』: 鄭在崙 著, 한국야담사화집성 2.

『溪西野譚』: 李羲平 著, 서울대학교 규장각 소장, 한국문헌설화전집 1.

『溪西雜錄』: 李羲平 著, 고려대학교 소장, 한국야담자료집성 5.

『雞鴨漫錄』: 한국야담자료집성 8.

『古小說』: 단국대학교 율곡도서관 나손문고 소장.

『舊活字本古小說全集』, 인천대학교 민족문화연구소 편, 1983.

「국역 인정」: 崔漢綺 著, 민족문화추진회, 1980.

『錦溪筆譚』: 徐有英 著, 한국학중앙연구원 소장.

『錦溪筆譚』: 한국학중앙연구원 하성문고 소장.

『錦溪筆譚』: 고려대학교 소장, 한국문헌설화전집 8.

『錦溪筆譚』: 국립중앙도서관 소장 해외반환문화재.

『錦溪筆譚』: 서울대학교 도서관 소장.

『錦溪筆譚』: 서울대학교 가람문고 소장.

『錦溪筆譚』: 서울대학교 상백문고 소장.

『記聞叢話』: 이우성 편(서벽외사해외수일본), 아세아문화사, 1990.

『記聞叢話』: 서울대본, 한국야담자료집성 6上.

『記聞叢話』: 연대본, 한국야담자료집성 6下.

『記聞叢話』: 국립중앙도서관본, 한국문헌설화전집 5.

『記聞叢話』: 동양문고본(서벽외사해외수일본), 아세아문화사, 1990.

『蘭室漫筆(雜記古談)』: 한국야담사화집성 1.

『니어사전』: 단국대학교 율곡도서관 나손문고 소장.

『大東奇聞』: 姜斆錫 著, 경문사, 1981.

『東國瑣談』: 한국야담자료집성 7.

『桐巢漫錄』: 南夏正 著, 천리대학교 소장, 한국야담사화집성 1.

『東野輯史』: 한국야담자료집성 10.

『東野彙輯』: 경북대학교 소장, 프린트본.

『(原本)東野彙輯』: 大板大 소장, 정명기 편, 보고사, 1992.

『東野彙輯』: 서울대학교 소장, 한국문헌설화전집 3·4.

『東稗洛誦』: 盧命欽 著, 연세대학교 소장.

『東稗洛誦』: 이화여자대학교 소장.

『東稗洛誦』: 이우성 편(서벽외사해외수일본), 아세아문화사, 1991.

『東稗洛誦』: 天理大 소장, 한국야담사화집성 1.

『東稗洛誦』(卷之二) : 정명기 소장, 한국야담자료집성 1.

『東稗洛誦抄』: 국립중앙도서관 소장.

『東稗追錄』: 정명기 소장, 한국야담자료집성 1.

『麻衣相法』: 김혁제 교열, 명문당, 1988.

『蓂葉志諧』: 古今笑叢(全), 민속학자료간행회, 1958.

『梅翁閑錄』: 朴亮漢 著, 天理大 소장, 한국야담자료집성 7.

『夢遊野談』: 李遇駿 著, 홍성남 편, 보고사, 1994.

『빅년젼』(청농본) : 단국대학교 율곡도서관 청농문고 소장.

『빅연젼』(오리본) : 단국대학교 율곡도서관 청농문고 소장.

『北譯 高麗史』: 신서원 편집부 편, 신서원, 1991.

『事文類聚』: 嶺營新刊, 도서출판 서광 영인, 1991.

『三國史記』: 김종권 역, 광조출판사, 1972.

『三國史記』: 이병도 교감, 을유문화사, 1977.

『三國遺事』: 이재호 역주, 광문출판사, 1967.

『三國遺事 新譯』: 이가원 역, 태학사, 1991.

『雪橋集』: 安錫儆 著, 이우성 편(서벽외사해외수일본), 아세아문화사.

『相書論(知人鑑)』: 단국대학교 율곡도서관 청농문고 소장.

『選言篇』: 한국학중앙연구원 장서각 소장, 한국문헌설화전집 5.

『醒睡叢話』: 단국대학교 연민기념박물관 소장, 열상고전연구 3집, 1990.

『松泉筆譚』: 沈鋅 著, 한국학중앙연구원 소장.
『瑣語』: 한국야담자료집성 7.
『숙향전·숙영낭자전·옥단춘전(한국고전문학전집5.)』: 황패강 역주, 고려대학교 민족문화연구소, 1993.
『實事叢談』: 崔永年 著, 新文館, 1918.
『我東奇文』: 한국야담자료집성 6下.
『揚隱闡微』: 단국대학교 율곡도서관 나손문고 소장.
『양은천미(야담국역총서 1)』: 이신성·정명기 공역, 보고사, 2000.
『於于集·於于野譚』: 경문사, 1977.
『景印古小說板刻本全集』: 김동욱 편, 연세대학교 인문과학연구소, 1973.
『五百年奇譚』: 崔東洲 著, 廣學書舖, 1913.
『옥단춘니지상긔봉』: 단국대학교 율곡도서관 소장.
『李朝漢文短篇集』: 이우성·임형택 편역, 일조각, 1973.
『제주도 무속자료 사전』: 현용준 著, 신구문화사, 1980.
『朝鮮의 占卜과 豫言』: 村山智順 著, 김희경 역, 동문선, 1990.
『朝鮮朝文獻說話輯要』 I·II : 서대석 편저, 집문당, 1992.
『朝鮮解語花史』: 李能和 著, 민속원, 1981.
『芝峰類說』: 李睟光 著, 남만성 역, 을유문화사, 1975.
『此山筆談』: 裵琠 著, 서울대학교 소장, 한국야담자료집성 8.
『天倪錄』: 李商雨(任埅) 著, 천리대학교 소장, 한국야담사화집성 4.
『天倪錄』: 김동욱·최상은 역, 명문당, 1994.
『靑邱野談』: 小創進平 文庫 소장, 한국문헌설화전집 2.
『靑丘野談』: 버클리대 소장, 이우성 편(서벽외사해외수일본), 아세아문화사, 1985.
『청구야담』: 서울대학교 규장각 소장, 한국야담자료집성 2·3.
『靑丘叢話』: 今西龍 文庫 소장, 한국야담사화집성 1.
『청야담수』: 한국야담자료집성 4.
『靑野謾輯』: 李喜謙 著, 국립중앙도서관 소장, 한국문헌설화전집 9·10.
『叢話』: 한국야담자료집성 6下.
『太平廣記』: 계명문화사 영인, 1982.

『罷睡錄』 : 서울대학교 소장, 한국야담자료집성 12.

『罷睡篇』 : 東洋文庫 소장, 한국야담사화집성 4.

『荷潭漫錄』 : 天理大 소장, 한국야담자료집성 7.

『鶴山閑言』 : 辛敦復 著, 한국학중앙연구원 장서각 소장, 한국문헌설화전집 8.

『韓國口碑文學大系』 : 한국학중앙연구원, 1978~1988.

『韓國口碑文學選集』 : 장덕순외 4인 편, 일조각, 1984.

『韓國口傳說話』 : 임석재 편, 평민사, 1989.

『韓國文獻說話全集』 : 동국대학교 한국문학연구소 편, 태학사, 1981.

『韓國野談史話集成』 : 소재영·박용식 편, 태동출판사, 1989.

『韓國野談資料集成』 : 정명기 편, 계명문화사, 1987.

『海東奇話』 : 고려대학교 소장, 한국문헌설화전집 5.

『海東野書』 : 한국학중앙연구원 장서각 소장, 한국문헌설화전집 6.

『活字本古典小說全集』 : 동국대학교한국학연구소 편, 아세아문화사, 1977.

2. 단행본

김용숙, 『한국여속사』, 민음사, 1989.

김종군, 『남녀 애정결연 서사 연구』, 박이정, 2005.

김태준, 『조선소설사』, 학예사, 1939.

김현룡, 『한국고설화론』, 새문사, 1984.

_____, 『한중소설설화비교연구』, 일지사, 1976.

렁천진 편저, 김태성 역, 『변경(辨經)』, 더난출판, 2003.

박일용, 『조선시대 애정소설』, 집문당, 1993.

박희병, 『한국고전인물전연구』, 한길사, 1992.

서대석, 『군담소설의 구조와 배경』, 이화여자대학교 출판부, 1985.

유탁일, 『한국고소설비평자료집성』, 아세아문화사, 1994.

이강옥, 『조선시대 일화 연구』, 태학사, 1998.

_____, 『한국 야담 연구』, 돌베개, 2006.

이상섭, 『자세히 읽기로서의 비평』, 문학과 지성사, 1988.

이상택·성현경 편, 『한국고전소설연구』, 새문사, 1983.

이신성, 『천예록 연구 - 여성인물 야담을 중심으로』, 보고사, 1994.

임철호, 『설화와 민중의 역사의식』, 집문당, 1989.

정명기 편, 『야담문학론』 1·2, 보고사, 1994.

조동일, 『한국소설의 이론』, 지식산업사, 1977.

_____, 『한국문학통사』 3, 지식산업사(1~3판), 1984~1994.

_____, 『한국설화와 민중의식』, 정음사, 1985.

조희웅, 『조선후기문헌설화 연구』, 형설출판사, 1980.

_____, 『설화학강요』, 새문사, 1989.

한국고전문학연구회 편, 『근대문학의 형성과정』, 문학과 지성사, 1983.

_____, 『고전소설연구의 방향』, 새문사, 1985.

황패강, 『신라불교설화연구』, 일지사, 1975.

_____, 『조선왕조소설연구』, 단국대학교 출판부, 1978.

3. 논문류

강봉근, 「여성영웅소설의 출현동인 일고찰」, 『국어국문학』 26, 전북대학교 국어국
　　　문학회, 1986.

강영순, 「어우 유몽인 연구」, 단국대학교 석사논문, 1985.

_____, 「일타홍 이야기의 여성 지인담 성격 연구」, 『고전문학연구』 9집, 한국고전
　　　문학연구회, 1994.

_____, 「조선 후기 여성 지인담의 존재 양상과 의의」, 『연민학지』 3집, 연민학회,
　　　1995.

_____, 「백연전 원전 연구」, 『열상고전연구』 9집, 열상고전연구회, 1995.

강재철, 「선덕여왕지기삼사조 설화의 연구」, 『동양학』 21집, 단국대학교 동양학연
　　　구소, 1991.

권순긍, 「신유복전과 민족주체의식의 한계」, 『국어국문학논총』, 벽사 이우성 박사
　　　정년퇴임 기념 논문집, 1990.

권오영, 「최한기의 학문과 사상연구」, 한국학대학원 박사논문, 1994.

권태을, 「동야휘집 소재 야담의 유형적 연구」, 영남대학교 석사논문, 1979.

김경숙, 「신분변동야담연구」, 서울대학교 석사논문, 1989.

김근태, 「연명을 위한 탐색이야기의 한 변형」, 『숭실어문』 8집, 숭실대학교 숭실
　　어문연구회, 1991.

김대숙, 「여인발복 설화의 연구」, 이화여자대학교 박사논문, 1988.

김동욱, 「천예록 연구」, 『반교어문연구』 5집, 반교어문학회, 1994.

김동호, 「조선후기 한문단편의 서사구조」, 『한문학』 1집, 전주대학교 한문교육과,
　　1982.

김병국, 「고대소설 서사체와 서술시각」, 『고전소설연구의 방향』, 새문사, 1985.

김상조, 「계서야담계 연구」, 고려대학교 박사논문, 1991.

김석배, 「의적계 한문단편 연구」, 『문학과 언어』 6집, 문학과 언어 연구회, 1985.

＿＿＿, 「추노계 한문단편 연구」, 『문학과 언어』 7집, 문학과언어연구회, 1986.

김　영, 「눌은 이광정 문학 연구」, 연세대학교 박사논문, 1987.

김영숙, 「악부의 온달열전 수용양상」, 『영남어문학』 14, 영남어문학회, 1987.

김정석, 「청구야담과 구비설화의 관련 양상」, 한국학대학원 석사논문, 1986.

＿＿＿, 「단명담·추노담의 소설적 변용과 그 성격」, 성균관대학교 박사논문, 1994.

김종철, 「玉丹春傳」, 『韓國古典小說作品論』, 완암 김진세 선생 화갑 기념 논문집,
　　집문당, 1990.

김진세, 「조선조 후기소설에 나타난 세계관의 변이 양상」, 『한국문화』 10집, 서울대
　　학교, 1989.

김충원, 「옥단춘전 연구」, 고려대학교 석사논문, 1989.

김혈조, 「박효랑 사건과 그 문학적 연변」, 『인문연구』 10집 2호, 영남대학교 인문과
　　학연구소, 1989.

김혜숙, 「전·서사(기사)·야담의 대비적 고찰 – 상호연관성과 관련하여」, 『한국판소
　　리·고전문학연구(새터 강한영 교수 고희 기념 논문집)』, 동 간행위원회, 1983.

김희경, 「기녀 결연 야담 연구」, 연세대학교 석사논문, 1990.

두정님, 「동야휘집 연구」, 서울대학교 석사논문, 1990.

민　찬, 「여성영웅소설의 출현과 후대적 변모」, 서울대학교 석사논문, 1986.

박명희, 「고소설의 여성중심적 시각연구」, 이화여자대학교 박사논문, 1989.

박민일, 「고대소설에 나타난 여인상고」, 『어문논집』 13, 고려대학교 국어국문학연
　　구회, 1971.

박희병, 「조선후기 야담계 한문단편 소설 양식의 성립」, 『한국학보』 22집, 일지사, 1981 · 봄.

_____, 「이인설화와 신선전」 1 · 2, 『한국학보』 53 · 54, 일지사, 1988.

사재동, 「박씨전의 형성과정」, 『장암 지헌영 선생 고희 기념 논총』, 장암 지헌영 선생 고희 기념 논총 간행회, 형설출판사, 1980.

서대석, 「고전소설의 행복한 결말과 한국인의 의식」, 『관악어문연구』 3집, 서울대학교, 1978.

_____, 「문헌설화와 고전소설의 대비연구 – 기녀담과 도술담을 중심으로」, 『한국문화』 14. 서울대학교, 1993.

서영숙, 「여성가사의 형성과 변이 연구」, 『어문연구』 25집, 어문연구회, 1994.

설성경, 「홍연전」, 『문학사상』 통권 44, 문학사상사, 1976 · 5.

성기동, 「조선후기야담연구」, 중앙대학교 박사논문, 1993.

신동흔, 「역사인물담의 현실대응방식연구」, 서울대학교 박사논문, 1994.

양혜란, 「기봉류 소설연구」, 이화여자대학교 박사논문, 1989.

_____, 「18세기 후반 대하 장편가문소설의 한 유형적 특징」, 『한국학보』 75집, 일지사, 1994, 여름호.

여세주, 「정남훼절담의 형성과 사회적의미」, 『영남어문학』 16집, 영남어문학회, 1989.

윤경수, 「온달전의 후세문학에의 수용양상」, 『한국한문학』 15집, 한국한문학회, 1992.

윤세순, 「동야휘집의 성격 고찰」, 성균관대학교 석사논문, 1991.

윤옥희, 「한문단편에 나타난 군도의 성격」, 성균관대학교 석사논문, 1987.

이강옥, 「조선후기야담집 연구」, 서울대학교 석사논문, 1982.

_____, 「조선후기 야담집 소재 서사체의 장르규정과 서술시각 유형설정 시고」, 『한국학보』 29집, 일지사, 1982, 겨울.

_____, 「육미당기와 금계필담의 비교분석을 통한 소설과 야담계 서사체의 관계 양상 고찰」, 『한국학보』 42집, 일지사, 1986.

_____, 「조선 초 · 중기 일화의 형성과 변모과정 연구」, 서울대학교 박사논문, 1993.

이경우, 「인물설화의 의미와 변이 연구」, 『논문집』 12집, 청주사범대학교, 1983.

이경우, 「초기 야담의 문학성에 관한 연구」, 서울대학교 박사논문, 1991.

이석래, 「고대소설에 미친 야담의 영향」, 『성곡논총』 3집, 성곡학술문화재단, 1972.

이수영, 「조선후기야담연구 – 치부담을 중심으로」, 영남대학교 석사논문, 1992.

이승수, 「옥루몽 소고 1」, 『한국고전여성문학연구』 창간호, 2000.

이신성, 「일타홍 이야기의 전개 양상과 그 의미」, 『한국한문학』 14집, 1991.

_____, 「선천 기생이야기의 전개양상과 그 의미」, 『일사 천두현 교수 퇴직 기념
　　논문집』, 1991.

_____, 「천예록연구」, 동아대학교 박사논문, 1993.

이우성, 「최한기의 생애와 사상」, 『동양학』 18집, 단국대학교 동양학연구소, 1988.

이은숙, 「신작구소설 이화몽의 창작방식」, 『논문집』 8집, 한국학대학원, 1993.

_____, 「항일 우의 신작구소설 연구」, 한국학대학원 박사논문, 1994.

이학주, 「조선조 야담집 작가의 야담인식에 관한 연구」, 강원대학교 석사논문, 1991.

이현택, 「계서 이희평 문학연구」, 국민대학교 석사논문, 1983.

임완혁, 「조선전기 필기 연구」, 성균관대학교 석사논문, 1991.

임재해, 「무왕형 설화의 유형적 성격과 여성의식」, 『여성문제연구』 10집, 효성여자
　　대학교 한국여성문제연구소, 1981.

_____, 「온달형 설화의 유형적 성격과 부녀갈등」, 『여성문제연구』 11집, 효성여자
　　대학교 한국여성문제연구소, 1982.

임형택, 「한문단편 형성과정에서의 강담사 – 허생고사와 운영」, 『창작과 비평』 13권
　　3호, 통권 49호, 창작과 비평사, 1978, 가을.

장진숙, 「조선후기 야담집 소재 치산담 연구」, 연세대학교 석사논문, 1992.

장효현, 『서유영 문학의 연구』, 아세아문화사, 1988.

전관수, 「조선후기야담의 형성과 갈래」, 연세대학교 석사논문, 1985.

전용문, 「여성계 영웅소설의 설화적 연원」, 『한국언어문학』 25집, 한국언어문학회,
　　1987.

_____, 「한문단편 검녀에 대하여」, 『어문연구』 14집, 충남대학교 어문연구회,
　　1985.

정명기, 「청구야담의 편자와 그 이원적 면모」, 『연민 이가원선생칠질송수기념논총』,
　　1978.

정명기, 「여호걸계소설의 형성과정 연구」, 연세대학교 석사논문, 1981.

_____, 「야담문학에 나타난 역사의식 – 여성들의 면모에 국한한」, 『글터』 2집, 원광대학교 국어교육학과, 1984.

_____, 「야담의 변이 양상과 의미연구」, 연세대학교 박사논문, 1988.

_____, 「동패낙송 연구」, 『원광한문학』 4집, 원광대학교, 1991.

조동일, 「영웅이야기의 유형」, 『구비문학』 5집, 한국학중앙연구원, 1981.

조상우, 「전관산전 연구」, 단국대학교 석사논문, 1994.

조선옥, 「사술담 연구」, 부산여자대학교 석사논문, 1993.

차용주, 「고대소설에 끼친 관상법의 영향고」, 『어문논집』 13, 고려대학교 국어국문학연구회, 1971.

최운식, 「옥단춘전 소고」, 『국제대학논문집』 6집, 국제대학교 인문사회과학연구소, 1978.

_____, 「서사작품에 나타나는 남장신부 모티프의 성격과 의미」, 『벽사 이우성 선생 정년 퇴직 기념 논총』, 여강출판사, 1990.

_____, 「옥단춘전」, 『고전소설연구』, 황패강 교수 정년퇴임 기념논총 2, 1993.

최인황, 「한국 서사문학에 나타난 연명담 연구」, 숭실대학교 석사논문, 1992.

현승환, 「내복에 산다계 설화 연구」, 제주대학교 박사논문, 1992.

현혜경, 「지인지감유형 고전소설 연구」, 이화여자대학교 박사논문, 1990.

홍성남, 「동야휘집연구」, 단국대학교 석사논문, 1992.

황형주, 「군도이야기 연구」, 성균관대학교 석사논문, 1992.

찾아보기

강영순(채영)

· 서울 출생
· 성균관대학교 국문학과 졸업, 단국대 대학원 석·박사 취득
· 중등교사 국어과 임용순위고사 수석합격, 진광중고등학교 교사, 서울예고 교사 역임,
  1급 정교사
· 한국정신문화연구원(현 한국학중앙연구원) 공채합격, 민족문화대백과사전 편찬부 문학·
  민속 편수원
· 단국대학교 동양학연구소 상임연구원, 상명대학교 동아시아연구소 연구원 등을 역임하였음
· 현재 단국대 아시아아메리카연구소 연구원, 단국대 한국어문학과 외래교수

논저

「조선후기 여성지인담 연구」(단국대 박사, 1995), 『동아시아우언론과 한국의 우언문학(공
저)』(집문당, 2005), 『한국우언산문선집 Ⅰ·Ⅱ(공편)』(박이정, 2008), 『천안의 구비설화』
(성환문화원, 2010) 외 다수

알아줌, 그 성취와 애정의 서사

2013년 3월 27일 초판 1쇄 펴냄

지은이 강영순
펴낸이 김흥국
펴낸곳 도서출판 보고사

책임편집 오은아
표지디자인 윤인희

등록 1990년 12월 13일 제6-0429호
주소 서울특별시 성북구 보문동7가 11번지 2층
전화 922-5120~1(편집), 922-2246(영업)
팩스 922-6990
메일 kanapub3@chol.com
http://www.bogosabooks.co.kr

ISBN 978-89-8433-879-1 93810
ⓒ 강영순, 2013

정가 20,000원